BASTEI
LÜBBE
TASCHENBUCH

Weitere Titel der Autorin:

Lügen haben hübsche Beine

Dieser Titel ist auch als E-Book erhältlich.

Über die Autorin:

Nell Dixon stammt aus der Nähe von Birmingham und lebt dort zusammen mit ihrem Mann und den gemeinsamen drei Töchtern. Die gelernte Hebamme arbeitet für eine gemeinnützige Behinderteneinrichtung ihrer Gemeinde und liebt es, mit dem Wohnwagen durchs Land zu reisen.
Mehr über die Autorin erfahren Sie auf ihrer Website: www.nelldixon.com.

Nell Dixon

DIE LIEBE UND DAS WILDE VIEH

Roman

Aus dem Englischen von
Diana Beate Hellmann

BASTEI LÜBBE
TASCHENBUCH

BASTEI LÜBBE TASCHENBUCH
Band 16 084

1. Auflage: Oktober 2011

Vollständige Taschenbuchausgabe

Bastei Lübbe Taschenbuch in der Bastei Lübbe GmbH & Co. KG

Deutsche Erstausgabe

Titel der englischen Originalausgabe: »Animal Instincts«
Originalverlag: Little Black Dress, an imprint of
HEADLINE PUBLISHING GROUP

Textredaktion: Andrea Kalbe, Berlin
Titelillustration: © plainpicture/Denise Boomkens
Umschlaggestaltung: Manuela Städele
Satz: Urban SatzKonzept, Düsseldorf
Gesetzt aus der Garamond
Druck und Verarbeitung: GGP Media GmbH, Pößneck
Printed in Germany
ISBN 978-3-404-16084-6

Mit Bewunderung und Respekt für all die Angestellten,
ehrenamtlichen Mitarbeiter und Geldgeber von Tierasylen
wie Rainbow Ridge, die ganz wunderbare Arbeit leisten,
indem sie Tiere retten und ihnen ein neues Zuhause geben.
Darüber hinaus ist dieses Buch meinem Ehemann
gewidmet, der mir jahrelang nahegelegt hat,
ein Buch über einen Papageien zu schreiben.

1

Das Licht der Dielenlampe flutete hinaus in die Dunkelheit und frei auf die beiden Gestalten vor meiner Haustür.

»Überraschung!« Immi schwankte auf ihren hohen Absätzen und blinzelte mich an wie eine Eule. »Ich habe ein Geschenk für dich.« Sie hielt mir eine ungeöffnete Flasche Champagner unter die Nase.

»Das macht sechzig Pfund, Miss.« Der Taxifahrer, der meine betrunkene Stiefschwester stützen musste, lehnte sie gegen den Türrahmen, und ein Hauch von Erleichterung legte sich auf seine geröteten Gesichtszüge. Er musste sie ziemlich weit chauffiert haben, um sechzig Pfund zu verlangen, und dass Immi kein Geld bei sich hatte, war typisch.

»Bezahl den Mann, Clo«, befahl Immi. Sie taumelte zur Seite und schlang ihren Arm gerade noch rechtzeitig um den Hals des Fahrers, um nicht umzufallen.

»Huch!« Sie kicherte vor sich hin.

Das einzige Geld, das ich im Haus hatte – das einzige Bargeld, das ich überhaupt noch besaß –, war in der Küche versteckt, in der Keksdose, die aussah wie ein gefräßiges Schwein. Ich ließ Immi und ihren neuen Freund vor der Haustür stehen, huschte los, um das Geld zu holen, und verfluchte sie dabei im Stillen.

Kaum dass der Taxifahrer entlohnt war, zerrte ich sie ins Haus und schloss die Tür.

Im schummrig gelben Licht des Korridors schielte sie mich an. »Wie isses, Clo? Warst du schon im Bett?«

Ja, was denn sonst, bitte: Es war zwei Uhr morgens, und ich trug meinen Schlafanzug, was möglicherweise schon mal ein Anhaltspunkt hätte sein können. Ich schob sie in die Küche und setzte den Wasserkessel auf. Eine von uns brauchte Kaffee – vielleicht brauchten wir auch beide einen.

Immi ließ sich auf einen der wild zusammengewürfelten Holzstühle plumpsen, die neben dem Aga-Herd standen, und knallte die Champagnerflasche auf den Tisch. Ihre langen blonden Haare waren zerzaust, und ihr sonst immer makelloses Make-up war verschmiert. Sie trug ein silberfarbenes Minikleid und eine dazu passende Strickjacke, als habe sie eine Tour durch die Nachtclubs hinter sich.

»Gott, ich brauch einen Drink.« Sie beugte sich über den Tisch, brachte einen Haufen Rechnungen durcheinander und wiederholte, dass sie etwas zu trinken brauche, dann vergrub sie den Kopf unter ihren Armen.

»Ich glaube, du hast schon genug getrunken.«

Dass meine beduselte Stiefschwester unangekündigt mitten in der Nacht bei mir auftauchte, war an sich nichts Ungewöhnliches. Normalerweise erschien sie aber mit ihrem kompletten Sortiment pinkfarbener Koffer und Köfferchen, mit dem Mobiltelefon am Ohr und ereiferte sich über den Mann, der ihr gerade das Herz gebrochen hatte. Sie blieb in diesen Fällen einen knappen Tag, bis jener sündige Mann eintraf, um mit einem Arm voller Rosen ihre Vergebung zu erflehen.

Sie hob den Kopf. »Du verstehst nicht, Clodagh. Mein Leben ist zu Ende. Ruiniert.«

Ihre Worte verloren durch ihr Lallen leicht an Dramatik. Ich fragte mich, wo sie gewesen war, dass sie zu dieser nachtschlafenden Zeit bei mir auftauchte.

»Ich bin sicher, dass es so schlimm nicht ist.«

»Essiss schlimmer als schlimm.« Trunken nickte sie mit dem Kopf.

Auf dem kurzen Stück, das sie aus der Diele in die Küche getorkelt war, hatte sich ihre Laune von glückselig betrunken in zu Tode betrübt verwandelt. Junge, Junge, wenn das in dieser Geschwindigkeit weiterging, war ich diejenige, die einen Drink brauchte; ihr derzeitiges Männerelend musste größer sein als sonst. Es musste um einen Mann gehen. Immi war der einzige Mensch auf der Welt, der ein noch schlechteres Händchen hatte als ich, wenn es um Männer ging. Ich schob den Papierstapel mit meinem Buchführungskram zur Seite und stellte ihr einen Becher mit schwarzem Kaffee vor die Nase. »Trink das.«

Mit großen blauen, tränenfeuchten Augen starrte Immi mich an. »Ich sag die Wahrheit. Ich hab riesige Probleme.«

Übermäßig schockiert war ich nicht über diese Eröffnung. Meine Stiefschwester glaubte stets, ihre emotionalen Krisen seien das Ende der Welt. Seit ihrer Teenagerzeit hielt ich ihr regelmäßig das Händchen und reichte ihr Taschentücher. Sie verliebte sich immer viel zu heftig und viel zu schnell.

Ich setzte mich auf den Stuhl, der gegenüber von ihrem stand. »Wer ist es dieses Mal?« Beim Kaffeebrühen hatte ich mir die ganze Zeit das Hirn zermartert, konnte mich an den Namen ihres aktuellen Liebesflüsterers aber nicht erinnern.

Sie schniefte und wischte sich mit der Seite ihres Fingers eine Träne vom Gesicht. »Es ist kein Mann. Es ist eine Fernsehshow.«

Auf der Arbeitsplatte stand eine Küchenrolle, also reichte ich sie ihr. Karrieresorgen waren auch nichts Neues. Immi ist Schauspielerin. Keine hochkarätige, eher eine drittklassige mit Ambitionen. In der Vergangenheit hat sie ein paar gute

Nebenrollen gespielt, und derzeit ist sie das Gesicht des Blitzclean-Mundwassers und hat eine feste Rolle in einer Fernsehserie, die täglich im Mittagsprogramm läuft. Zwischen ihrem und meinem Lebensstil liegen Welten; ihrer besteht aus Glanz und Glamour, meiner aus Jeans und Hündchen. Ich weiß nicht viel über Immis Welt – ich besitze nicht einmal mehr einen Fernseher.

»Eine Fernsehshow?« Ich erinnerte mich, dass sie mir vor einigen Wochen eine verwirrende SMS geschickt hatte, in der es um eine Live-Talkshow gegangen war. In der Nachricht hatte mindestens zehnmal in Großbuchstaben »GR DRCHBRCH« gestanden. Ich hatte versucht, sie anzurufen, wurde aber wie gewöhnlich immer nur zu ihrer Mailbox durchgestellt.

Immi riss eines der Papiertücher von der Küchenrolle und schnäuzte sich die Nase. »Es war entsetzlich. Ich kann mein Gesicht nie wieder im Fernsehen zeigen. Meine Karriere ist zu Ende. Ich kann mich glücklich schätzen, wenn ich nach dieser Sache überhaupt noch eine Rolle bekomme – in der hintersten Provinz, in einer Pantomime, in der letzten Reihe als Dritte von links.«

»Was ist denn passiert?«, fragte ich gähnend. Ich wollte wieder in mein schönes, warmes Bett. Ich liebe Immi von Herzen, aber ich liebe sie mehr, wenn sie in London ist. Ihr derzeitiges Problem hörte sich nicht so an, als würde ich ihr helfen können, und ich hatte einen langen Tag hinter mir.

Sie stieß einen wehklagenden Laut aus. »Man hat mich vom Set wegeskortiert.«

Nun, das hörte sich zur Abwechslung einmal wirklich schlimm an. »Weshalb denn?«

»Ich hatte im Green Room ein paar Gläschen getrunken. Du weißt schon, nur um mich vor der Sendung ein wenig zu entspannen. Ich schwöre es dir bei Gott, Clo, ich hatte wirklich nur ein paar Gläschen.« Sie konnte nicht weitersprechen, weil sie hicksen musste, und wischte sich neuerlich über die Augen, wobei sie ihren blauen Eyeliner quer über die Wangen schmierte. Immis Trinkerei gab immer mal wieder Anlass zu kleineren Streitigkeiten zwischen uns. Okay, zu mittleren bis größeren Streitigkeiten.

»Und?« Meine Füße waren eiskalt, und ich musste um sechs aufstehen, um die Gänse nach draußen zu lassen. Ich bin im Allgemeinen ein mitfühlender Mensch, aber jetzt war ich müde, und Immi hatte die Angewohnheit zu schwafeln, ganz besonders, wenn sie ein paar Gläser zu viel getrunken hatte.

»Erinnerst du dich an Kirk?«

Kirk war einer der Männer in Immis Leben gewesen, die man nicht ganz so leicht vergaß wie die anderen, denn der ehemalige Kleinstrollen-Darsteller hatte unlängst mit einer beliebten Fernsehserie ganz groß Karriere gemacht. Jetzt wollte ihn auf einmal jeder haben, und gerade erst hatte er eine Rolle in einem großen Hollywood-Streifen an Land gezogen – so behaupteten es zumindest die Klatschmagazine.

»Mhm.« Zwischen ihm und Immi war es auf wahrhaft spektakuläre Weise zum Bruch gekommen, als Immi entdeckte, dass er ohne ihr Wissen in ihrer Garderobe eine Videokamera installiert hatte. Eine Zeitlang war sie besorgt gewesen, sie könne als Paris-Hilton-Verschnitt im Internet enden. Aus Rache verbrannte sie all seine heimlich gesammelten Pornomagazine und rieb weißen Pfeffer in den Zwickel seiner Unterhosen.

»Er war auch da. Mister Megastar! Wollte mir seinen Erfolg unter die Nase halten.« Sie rieb sich wieder über die Augen.

Ich ahnte, worauf das Ganze hinauslief, und es sah nicht gut aus. »Was hast du angestellt, dass man dich vom Set geführt hat?«

»Ich war als Erste dran – der Drei-Minuten-Slot, mit dem sie das Eis brechen. Die kleinen Lichter müssen immer als Erste ran – das ist so ungerecht.«

»Immi!«

»Er war als Letzter dran, dieser Eiterpickel auf dem Gesicht der Menschheit. Er fand sich so toll, hat geschwafelt über seine Fernsehserie und die Filmrolle und seine neue Freundin, und dabei hat er die ganze Zeit so widerwärtige kleine Spitzen gegen mich losgelassen.« Finster blickte sie in ihren Kaffeebecher. »Hat so getan, als wäre er nett, dieser widerliche Schleimscheißer!«

»Sag mir endlich, was du angestellt hast.« Ich kannte meine Schwester. Sie war so süß und so reizend, wie Menschen nur sein können, aber wehe dem, der ihren Zorn auf sich zog. Kirk war allerdings auch ziemlich gemein zu ihr gewesen. Ich meine, ich weiß, dass sie seine Unterhosen gepfeffert hat, aber er hat von all ihren Designer-Schuhen die Absätze abgebrochen und sie bei einem berühmten Hollywood-Regisseur in Misskredit gebracht.

»Er ist selbst dran schuld.« Sie zog einen Schmollmund.

»Was hast du getan?«

Immi war normalerweise glücklich und zufrieden, wenn sie betrunken war, aber wenn ihr Temperament mit ihr durchging, dann ging es *wirklich* mit ihr durch. Es wäre nicht das erste Mal gewesen, dass sie sich damit in die Nesseln setzte. Vor einigen Jahren hatte es einen bedauerlichen Zwischenfall bei einem Fototermin gegeben, als sie eine Mitbewerberin um den Titel der *Miss Teen Starlet* in einen Fischteich schubste. Auch damals war Alkohol im Spiel.

»Hab ihm eine reingehauen. Mitten in sein blödes, selbstherrliches, blasiertes Gesicht.« Die Erinnerung war offenbar so schön, dass sie sich vor lauter Wonne die Fingerknöchel rieb.

»Vor laufenden Fernsehkameras?«

Eine Träne rollte über ihre Wange und landete platschend auf einer der unbezahlten Tierarzt-Rechnungen. »Ich habe ihm sämtliche Schimpfworte an den Kopf geworfen, die mir in dem Moment eingefallen sind, und der Welt erzählt, was für entsetzliche Dinge er mir angetan hat.«

»Du hast das Sex-Video erwähnt?« Ich hoffte, dass sie vorher erfolgreich sichergestellt hatte, dass alle Kopien davon vernichtet worden waren. Während wir uns hier unterhielten, hatte YouTube sicher eine Million Klicks, weil alle versuchten, irgendwie an eine Kopie zu kommen.

Sie wischte sich über die Augen und fuhr mit ihrer Leidensgeschichte fort. »Dann kam sein neuestes Flittchen aus dem Green Room gerannt – so eine nuttige kleine Schlampe mit der übelsten operierten Nase, die du dir vorstellen kannst – und ehe wir uns versahen, haben wir auf dem Sofa gerauft.«

»Verdammte Scheiße.« Ich lehnte mich zurück und zog die Besteckschublade auf. Jetzt brauchte ich einen Drink, und ich war überzeugt, dass ich eine Mini-Flasche Brandy darin finden würde, die auch prompt unter einem Stapel von Futterkatalogen hervorlugte.

Ich hatte gerade den Verschluss abgedreht, als Immi mir das Fläschchen aus der Hand riss und sich einen großen Schluck in ihren Kaffeebecher goss. Es gelang mir, ihr das Fläschchen zu entreißen, bevor sie es gänzlich leeren konnte. Ich wollte selbst einen Schluck, damit ich besser denken konnte.

»Was hat Marty denn zu dem Ganzen gesagt?« Ich war sicher, dass Immis kettenrauchende, vorlaute Agentin bereits voll im Einsatz war, um die Feuer zu löschen, die meine Schwester entfacht hatte. Schließlich wusste jeder, dass ein Skandal im Allgemeinen gut fürs Geschäft war, ganz besonders, wenn es sich bei dem Geschäft ums Showgeschäft handelte. Ich meine, Kate Moss und Co. haben die Eskapaden, mit denen sie für Titelschlagzeilen gesorgt haben, am Ende nicht wirklich geschadet.

»Ich weiß es nicht. Ich habe sie auf der Fahrt hierher immer und immer wieder angerufen, bis der Akku leer war, aber sie hat nie abgenommen. Ich muss eine Zillion Nachrichten hinterlassen haben.«

Das hörte sich nicht gut an. »Pass auf, ich gehe jetzt nach oben und richte dir das Gästebett. Vielleicht ruft Marty dich morgen früh an, wenn dein Telefon wieder aufgeladen ist.«

Immi schniefte wehklagend. »Kann sein. Danke, Clo.«

Sie hielt sich an ihrem Kaffeebecher fest, während ich nach oben ging, um Clive, den Kater, vom Gästebett zu scheuchen. Glücklicherweise waren nicht zu viele Haare auf der Steppdecke. Immi kann sich wegen solcher Kleinigkeiten schrecklich anstellen. Nachdem die Katze verbannt und die Heizdecke eingeschaltet war, um das Bett anzuwärmen, rief ich Marty von meinem eigenen Telefon aus an.

Ich hinterließ ihr eine Nachricht auf der Mailbox: »Hier spricht Clodagh. Immi ist hier bei mir im Tierasyl. Ruf mich bitte an.«

Ich hatte gerade den Treppenabsatz überquert, um ein paar Sachen für Immi für die Nacht zu suchen, als mein Telefon klingelte.

»Clodagh? Marty! Gott, hier ist die Hölle los. Halt Imogen von der Presse fern, und lass sie in keine Kneipe. Ich rufe morgen an mit einem Update.« Im Hintergrund konnte ich ein anderes Telefon läuten hören, und sie beendete das Gespräch mit mir.

»Hat das Telefon geklingelt?« Immi torkelte auf ihren hohen Absätzen in die Diele. »Wenn das Marty war, muss ich unbedingt mit ihr reden.«

»Es hatte sich jemand verwählt.« Ich hielt es für keine gute Idee, ihr zu dieser nachtschlafenden Zeit zu erzählen, was Marty gesagt hatte.

»Ach so.« Immi verzog das Gesicht und rutschte an der Wand entlang, um sich auf die unterste Treppenstufe zu setzen und in Tränen auszubrechen.

»Komm, ich bring dich jetzt nach oben. Wenn du dich erst mal ausgeschlafen hast, wird dir das Ganze nur noch halb so schlimm vorkommen.« Ich hoffte zumindest, dass ihr das Ganze dann nur noch halb so schlimm vorkommen würde, denn wenn nicht, blieb Immi möglicherweise für eine Weile bei mir, und das würde uns beide zum Wahnsinn treiben.

Mit viel Überredungskunst gelang es mir, sie nach oben in ihr Schlafzimmer zu bugsieren, und ich hoffte, dass der Kater über ausreichend Verstand verfügte, um ihr aus dem Weg zu gehen. Immi war nicht allzu tierlieb – eine dumme Sache, da ich ein Tierasyl betrieb. Wann immer sie hier war, beklagte sie sich über den Kater und die Gänse, über den allgemeinen Gestank, und über Dave, den Papagei, den niemand adoptieren wollte, weil er über einen so unflätigen Sprachschatz verfügte.

Nachdem ich Immi sicher in ihr Zimmer verfrachtet und sie zugedeckt hatte, kontrollierte ich die Türschlösser und ging zurück ins Bett. Sie hatte vielleicht Probleme, aber Probleme hatte ich selbst auch. Das Rainbow-Ridge-Tierasyl war pleite, und wenn ich nicht bald mit etwas Geld aufwartete, würden nicht nur die Tiere obdachlos werden.

Mir war, als schrille der Wecker nur Sekunden, nachdem ich die Augen geschlossen hatte. Vorsichtig befreite ich mich von Clive, der sich um meinen Kopf gelegt hatte wie ein Pelzhut aus Katzenhaar. Ich versuchte mich zu konzentrieren. Heute war ein wichtiger Tag. Sobald ich die Tiere versorgt, meine ehrenamtlichen Mitarbeiter eingeteilt und weiteres Koffein in Immi hineingepumpt haben würde, stand mir am Nachmittag ein bedeutsamer Termin bei der Bank bevor.

Nicht, dass ich mir irgendwelche Hoffnungen machte, ein weiteres Darlehen zu bekommen: Mister Curzon, der gar nicht so freundliche Direktor meiner Bank, hatte sich angewöhnt, persönliche Begegnungen mit mir zu vermeiden. Stattdessen erhielt ich auf dem Postweg immer häufiger Drohbriefe. Für heute aber war es mir tatsächlich gelungen, einen persönlichen Gesprächstermin mit ihm zu vereinbaren. Doch dafür musste ich um fünfzehn Uhr mit einem fabelhaften Geschäftsplan dort auftauchen; andernfalls würde ich wohl mit leeren Händen nach Hause kommen.

Die ehrenamtlichen Mitarbeiter, die mir dabei halfen, das Tierasyl zu führen, würden bald kommen, und so kletterte ich in meine Jeans, warf mir einen Pulli über und lief nach unten. Eines meiner Ziele war, genug Geld zu verdienen, um Mitarbeiter einstellen zu können, statt mich auf den guten Willen von Freiwilligen zu verlassen. Da ich aber kaum genug verdiente, um einen Mindestlohn für mich selbst zu bezahlen, wurde dieses Ziel zusehends zu einem Traum, der nahezu unerreichbar schien.

»Huhu, Clodagh.« Es wurde heftig gegen die Hintertür gepocht.

Ich öffnete die Tür und ließ Susie herein. Sie ist von meinen Freiwilligen diejenige, die am längsten für mich arbeitet – nicht, dass sie tatsächlich viel arbeiten würde, wenn man davon absieht, dass sie Tee kocht und viel redet. Auf das Teekochen und das Reden versteht sie sich allerdings blendend. Ich hatte sie in gewisser Weise geerbt, als ich das Tierasyl übernahm.

»Oje, das ist ja richtig kühl heute Morgen.« Sie dackelte in die Küche und rollte sich dabei einen ausgeleierten handgestrickten Schal vom Hals. Ich fragte mich, wie sie zurechtkommen wollte, wenn es wirklich kalt wurde. Wir hatten erst September, und sie beschichtete sich bereits mit mehreren Lagen Wolle.

Susie ist ein etwas seltsamer Typ. Sie ist Ende dreißig und hat in all der Zeit, die ich sie jetzt kenne, niemals eine Familie oder ein Privatleben erwähnt. Ich weiß nicht einmal genau, wie sie sich erlauben kann, den größten Teil ihrer Zeit im Tierasyl zu verbringen, da sie keiner Art von Erwerbstätigkeit nachgeht. Sie ist aber ein liebenswerter Mensch und meint es gut, selbst wenn sie einem manchmal auf die Nerven gehen kann.

»Tee?« Ich weiß nicht, warum ich mir die Mühe machte zu fragen. Gegen eine Tasse Tee hatte Susie nie etwas einzuwenden.

»Gern.« Sie setzte sich an den Tisch und rieb die Hände gegeneinander, um sie zu wärmen.

Ich reichte ihr einen Becher und schnappte mir meine alte Wachsjacke, die an der Tür zur Vorratskammer hing. »Ich gehe los und lass die Gänse raus. Könntest du die Decke von Daves Käfig nehmen?«

Der Käfig stand im Wohnzimmer, weit weg von irgendwelchen Besuchern, und so musste es auch sein. Daves Vorbesitzer war ein Bordellinhaber, und Dave hatte sich dort ein äußerst schillerndes Vokabular angeeignet. Überdies hatte er eine extrem boshafte Persönlichkeit.

Susie spitzte die Lippen, und ich wartete auf ihre Ausrede.

»Ich habe im Moment einen leichten Schnupfen, Clodagh; ich will nicht, dass die Tiere sich bei mir anstecken. Vielleicht sollte ich für dich aufräumen. Jade kann Dave ja versorgen, wenn sie gleich kommt.« Sie zog ein Taschentuch aus ihrer Jackentasche und schnäuzte sich auf wenig überzeugende Art die Nase.

Ich nahm an, dass sie in Wahrheit nach einer Gelegenheit suchte, ein wenig herumzuschnüffeln. Sie war unglaublich neugierig, und ich hatte sie schon mehrmals beim Lesen privater Briefe erwischt, die ich meines Wissens nach in die Besteckschublade gelegt hatte. Ich glaube, ihr gefiel die Vorstellung, mehr als die anderen Freiwilligen über das Bescheid zu wissen, was hier vorging. Es war, als gebe ihr das irgendwie das Gefühl, wichtig zu sein.

»Wenn du möchtest.« Ich hob den Stapel Bücher und Rechnungen vom Tisch. »Das hier räume ich dir aus dem Weg.« Ich trug die Sachen nach oben und warf sie auf mein Bett; ich wollte nicht, dass sie von den finanziellen Problemen des Tierasyls erfuhr. Manche Dinge musste man für sich behalten.

In Immis Zimmer war es still. Ich nahm an, dass sie noch schlief und sich so von den Ereignissen des Vorabends erholte, und darüber war ich froh. Es war besser, wenn sie weder Susie noch irgendeinem meiner anderen freiwilligen Mitarbeiter in die Arme lief. Wenn man Marty Glauben schenken durfte, würde sich die Presse wie Ausschlag über dem Tierasyl ausbreiten, wenn sie herausfand, dass Immi hier war. Das Letzte, was ich jetzt brauchte, waren negative Werbung und Kamerateams, die unsere Eingänge blockierten.

Susie saß immer noch teetrinkend am Tisch, als ich auf Zehenspitzen in die Küche zurückkehrte.

»Ich bin in ein paar Minuten wieder da.« Ich schlüpfte in meine Gummistiefel.

Sie sah kurz von einer alten Ausgabe vom *Monatsmagazin für Tierhalter* auf. »Okay. Ist es in Ordnung, wenn ich mir ein Plätzchen nehme?«

»Es sind noch ein paar in der Dose.« Ich stapfte nach draußen, während sie mir die letzten Vollkornkekse wegaß. Wenn ich nicht so wenige Hilfskräfte gehabt hätte, wäre ich vielleicht schon vor Urzeiten versucht gewesen, Susie zu sagen, sie solle die Fliege machen. Das war vielleicht ein bisschen gemein; sie hatte durchaus ein paar gute Seiten, wenn sie nicht gerade neugierig war oder einem auf die Nerven ging. Sie verstand sich ziemlich gut darauf, die anderen Freiwilligen einzuteilen, und um ehrlich zu sein, war es nett, jemanden zu haben, mit dem ich reden konnte. Nun, das heißt, jemand anderen als Dave.

Ich ließ die Gänse nach draußen auf ihr Feld und stellte das Futter raus. Ein schwacher Dunst schwebte über dem taufeuchten Gras, das im Licht des frühen Morgens glitzerte. Als ich mich auf den Rückweg zum Haus machte, um meinen Morgentee zu Ende zu trinken, schielte Mister Sheen, der Ziegenbock, hoffnungsfroh über seinen Zaun zu mir herüber. Er machte sich immer Hoffnungen auf noch mehr Futter. Ziegen haben nicht umsonst den Ruf, unersättlich zu sein.

Als ich ins Haus zurückkam, war Jade, meine andere freiwillige Mitarbeiterin, eingetroffen. Sie stand in der Küche und wiegte ihren Teebecher in den Händen. Ich konnte Dave aus dem Nebenzimmer kreischen und fluchen hören, also hatte sie wahrscheinlich die Decke von seinem Käfig genommen.

»Hi Boss.« Jade ging zum College und half am Wochenende bei mir aus sowie an den Tagen, an denen sie keine Vorlesungen hatte. Sie wollte Sozialarbeiterin werden, liebte aber Tiere. Ich hatte immerzu Schuldgefühle, weil ich mir nicht leisten konnte, sie oder Susie zu bezahlen. Sie opferten beide ihre Zeit, um mir dabei zu helfen, das Tierasyl am Laufen zu halten. Jade hätte eigentlich im Urlaub sein können, da die Vorlesungen erst in ein paar Wochen wieder anfingen. Doch sie hatte hier einen Freund und war deshalb den Sommer über geblieben und hatte sich mit Bar-Jobs ein bisschen Geld verdient.

Susie schien sich keinen Millimeter von der Stelle gerührt zu haben, an der sie gesessen hatte, als ich gegangen war. Ich habe Riesenlandlungenschnecken erlebt, die höhere Geschwindigkeiten erreichten als Susie.

»Jade, bist du heute Nachmittag hier, um auf die Tiere aufzupassen? Ich muss zu einer Besprechung in die Stadt.«

»Klar.« Jade trank den Rest ihres Tees.

»Kann ich dir im Hinblick auf deine Besprechung irgendwie behilflich sein?«, bot Susie an.

»Nein, es ist eine persönliche Angelegenheit.« Neugierige Kuh. Ich hatte nicht vor, ihr zu sagen, wohin ich ging. Nicht, dass es noch lange ein Geheimnis bleiben würde, wenn ich das Darlehen nicht bekam, das ich brauchte, um das Tierasyl offen zu halten. Alle, die bei mir aushalfen, wussten, dass wir pleite waren, aber keiner von ihnen wusste genau, wie schlimm es stand.

»Also, Suze. Zeit, dass wir den Eselstall ausmisten.« Jade zog ein hellgrünes Strickmützchen aus ihrer Jackentasche, stülpte es sich schräg über den Kopf und zerrte dann eine widerwillige Susie aus der Küche nach draußen.

Ich warf zwei Scheiben Brot in den Toaster und setzte neues Teewasser auf. Im Obergeschoss knarrte eine Fußbodendiele.

Immi erschien im Türrahmen. Sie trug den blassblauen Schlafanzug aus Satin, den sie mir letztes Jahr zu Weihnachten geschenkt hatte. Sie sah verkatert aus.

»Kaffee?«

Sie fuhr sich mit der Hand durchs Haar, sodass es danach noch wirrer aussah als vorher. »Ich will nur noch sterben.«

»Nein, das willst du nicht.« Ich grabschte mir meinen Toast aus dem Toaster und warf ihn auf einen Teller.

»Mein Leben ist vorbei.« Immi ließ sich auf den Stuhl plumpsen, den Susie gerade freigemacht hatte.

»Quatsch.« Ich fing an, meinen Toast mit Butter zu bestreichen.

Immi zuckte zusammen. »Clo, bitte, es gibt Menschen, die Kopfschmerzen haben.«

Ich reichte ihr einen Becher und biss gerade in meinen Toast, als ein nur zu vertrauter Geländewagen auf den Hof fuhr.

2

Jack Thatcher öffnete die Tür seines Wagens und sprang heraus. Da ich mich hinter dem Vorhang des Küchenfensters gut verstecken konnte, gönnte ich mir ein paar Sekunden Auszeit und schwärmte voller Wonne vor mich hin. Er ist der absolute Traummann: groß, dunkelhaarig und attraktiv. An diesem Morgen sah er ganz besonders gut aus in seinen eng sitzenden Jeans und dem schlichten schwarzen Pullover, der seine breiten Schultern ausgesprochen gut zur Geltung brachte.

Von der Rückseite meines Hauses geht es auf einen kleinen quadratischen Hof, hinter dem sich die Freigehege der Tiere und die Gehwege für die Besucher befinden. Von meinem Küchenfenster aus kann ich sofort sehen, wenn ein Wagen über den Privatweg aufs Haus zufährt, und ich kann die Tiere beobachten und die Besucher im Auge behalten, die durch die Anlage spazieren. Der Nachteil einer derart guten Aussicht ist ein ausgeprägter Mangel an Intimsphäre. Freunde, Familie und Mitarbeiter stehen alle plötzlich auf der Matte, weil sie über den Hof kommen, obwohl ich das Tor zum Privatweg in der Nacht zusperre, damit sich niemand auf das Gelände schleichen kann.

Von der Vorderseite des Hauses blickt man auf die Hauptstraße und den öffentlichen Parkplatz. Ich habe einen winzigen Vorgarten, der von dichten Ligusterbüschen und einem schmiedeeisernen Tor begrenzt wird, durch das man auf den schmalen, mit rotem Ziegel gepflasterten Pfad gelangt, der zur Haustür führt.

Susie schoss aus dem Eselsgehege wie eine mit Wolle umhüllte Flugabwehrrakete und richtete ihren Zielflug geradewegs auf Jack. Sie hatte ihn irgendwie auf dem Kieker und lag mir ständig in den Ohren mit Geschichten über seine neuesten Missetaten. Laut Susie sind Männer der Inbegriff alles Bösen, und Jack war der Schlimmste von allen, obwohl er zu mir immer sehr höflich und freundlich war, eher etwas zu freundlich, ganz besonders in letzter Zeit. So verlockend es also auch war, dabei zuzusehen, wie sie über ihn herfiel, nahm ich mal an, dass ich besser daran tat, nach draußen zu gehen und herauszufinden, was er wollte.

Jacks größtes Verbrechen bestand darin, dass er der Eigentümer einer Grundstückserschließungsgesellschaft war. Er hatte den Familienbetrieb von seinem Vater geerbt und es innerhalb weniger Jahre geschafft, ihn in ein millionenschweres Unternehmen zu verwandeln. Seine Firma war verantwortlich für das Gros der neuen Wohnsiedlungen in der Stadt und für die Sanierung des Einkaufszentrums. Ich wünschte, ich hätte einen Hauch seines Geschäftssinns gehabt – dann wäre ich vielleicht in der Lage gewesen, Rainbow Ridge zu retten.

Ich durchstöberte die Sachen, die sich auf meiner Küchenanrichte häuften, weil ich nach einer Bürste und einem Haargummi suchte.

»Was machst du da?«, fragte Immi.

»Nichts. Ich muss nur mal kurz nach draußen um, äh … jemanden zu treffen.« Ich schob mein Haar nach hinten, damit es etwas ordentlicher aussah, und legte das letzte bisschen Lipgloss auf, das sich aus der fast leeren Tube quetschen ließ, die neben der Keksdose gelegen hatte.

Immi lief quer durch die Küche zum Fenster. »Nett.«

»So nett ist der nicht.« Das klang schroffer, als ich beabsichtigt hatte.

Neugierig sah sie mich an. »Ach nein?«

»Er sieht vielleicht okay aus, aber er ist es nicht.« Das Tierasyl stand auf Land, das man für entwicklungsreif hielt – eine Tatsache, die mir immer im Hinterkopf spukte, wenn Jack in meiner Nähe war. Wir hatten einen atemberaubenden Blick auf die offene Landschaft und lagen dennoch gleich am Stadtrand und im Einzugsbereich guter örtlicher Schulen. Mit jedem Haus, das man hier baute, würde viel Geld zu verdienen sein, denn die attraktiven Muttis mit den dicken Scheckbüchern, die nur darauf warteten, ein solches Haus zu kaufen, würden scharenweise kommen und sich in einer Schlange anstellen, die um den ganzen Block reichte.

Mir hatte man in den letzten paar Monaten unaufgefordert diverse Schreiben durch den Briefkastenschlitz der Haustür geworfen, in denen man anfragte, ob ich interessiert sei, das Land zu verkaufen. Einige der Briefe kamen von Bauträgern und andere von der Immobilienagentur in der Stadt. Ich konnte mich nicht erinnern, ein Schreiben von Thatcher Development gesehen zu haben, doch war es möglich, dass Jack einen der Immobilienmakler beauftragt hatte, in seinem Namen zu agieren. Long Meadow, das Land, das an das Tierasyl angrenzte, war kürzlich an Lovett Properties verkauft worden, und inzwischen hatte man der Firma die Baugenehmigung für eine Wohnsiedlung erteilt.

Jack war mit vielen der hiesigen Stadträte eng befreundet, und ich machte mir keine Illusionen über seine Möglichkeiten, Beziehungen spielen zu lassen, wenn er es für erforderlich hielt. Ich kannte ihn inzwischen recht gut aufgrund der vielen Feste und Benefizveranstaltungen, die wir im Laufe der letzten Jahre beide besucht hatten. Ich wusste, dass es wegen Long Meadow zwischen ihm und Lovett zu einem regelrechten Angebotswettkampf gekommen war, und vor

Kurzem hatte er angefangen, ein persönlicheres Interesse an mir zu zeigen.

»Und deshalb hast du dir Lippenstift draufgeklatscht und dir die Haare gekämmt?«

Ich ignorierte Immi, eilte nach draußen und schlug die Hintertür hinter mir zu, sodass es äußerst befriedigend knallte. Immi hielt sich für die absolute Expertin, wenn es um Männer ging. Ich denke, dass sie das im Vergleich zu mir wahrscheinlich sogar war, obwohl ich angesichts ihres kürzlichen Abenteuers mit Kirk, dem Porno-Fan, doch meine Zweifel hegte.

Susie hatte Jack nicht ganz in die Ecke, nur gegen den Kotflügel seines Wagens gedrängt, und wie es schien, schnatterte sie ihm die Ohren voll. Vermutlich hielt sie ihm gerade einen Vortrag über Treibhausgase, obwohl ... wenn ich nicht gewusst hätte, dass sie ein solcher Männerhasser war, hätte ich gemutmaßt, dass sie insgeheim auf ihn stand. Ich konnte sehen, wie sie beim Reden mit den Armen um sich schlug, als sei sie eine wild gewordene Windmühle.

»Ach, da ist Clodagh ja.« Er entzog sich Susies Verhör und schritt mit einem erleichterten Ausdruck auf dem Gesicht auf mich zu.

Dummerweise begann mein Herz sofort schneller zu schlagen, wie es das immer tat, wenn Jack in meiner Nähe war. Er war umwerfend attraktiv. Ich meine, *gefährlich* attraktiv – jedes weibliche Wesen, das ich kannte, ob es noch im Windelalter oder bereits Großmutter war, erlag seinem schiefen Lächeln und dem Grübchen, das sich dabei auf seiner rechten Wange bildete. Doch so ansehnlich Jack auch sein mochte, so musste ich mir stets vor Augen halten, dass er der Feind war. Ausnahmsweise teilten diese Meinung sowohl Susie als auch Jade.

»Du hast gestern Abend deine Jacke im Pub vergessen. Ich muss auf dem Weg zur Arbeit heute sowieso hier entlang, und deshalb habe ich gesagt, dass ich sie dir vorbeibringe.« Seine dunklen Augen bohrten sich in meine, und ich musste schwer schlucken.

»Äh, danke.« Er hielt mir meine Jeansjacke entgegen, und ich nahm sie ihm aus der Hand. Ich arbeitete in letzter Zeit hin und wieder schwarz an der Bar vom Frog and Ferret. Damit verdiente ich mir etwas Taschengeld und konnte beim Bierzapfen fernsehen, da im Barraum ein großer Apparat stand. Ich wünschte, ich hätte Immis Talkshow-Desaster gesehen – dann wäre ich zumindest darauf vorbereitet gewesen, dass sie bei mir auftaucht – doch war ein anderer Kanal eingeschaltet gewesen, TV Gold.

Das Frog and Ferret war der letzte Ort auf der Welt, von dem ich gedacht hätte, dass Jack ihn besucht. Es war ein richtiger Arbeiter-Pub, in dem alle Bier tranken und gegrillte Schweinehaut aßen. Ich hätte gedacht, dass er mit all seinem Geld in etwas Schickeres und Exklusiveres gehen würde. Doch er war gekommen, kurz bevor wir schlossen, mit einer ganzen Gruppe von Freunden, Männern wie Frauen, und sie hatten alle in der Nähe des Breitwandfernsehers gestanden, sich unterhalten und gelacht. Ich war davon ausgegangen, dass sie aus irgendeinem schicken Laden kamen, denn dementsprechend waren sie alle angezogen. Jack hatte sich an die Theke gestellt und eine ganze Weile mit mir geplaudert. Als ich ging, waren sie alle noch da, und Jack unterhielt sich angeregt mit Frank, dem Pächter des Pubs, und dessen Ehefrau Jenny.

»Arbeitest du heute Abend wieder im Pub?«, fragte Jack.

Mir war bewusst, dass Susie immer noch neben dem Wagen stand – mit vor der Brust verschränkten Armen und gespitzten Ohren. »Nein. Ich helfe nur aus, wenn sie nicht genug Personal haben. Es ist eigentlich mehr ein Freundschaftsdienst.«

Frank bezahlte mich bar, ganz diskret, also wollte ich nicht, dass irgendjemand auf die Idee kam, meine Anwesenheit dort sei etwas anderes als reine Gefälligkeit. Ich wäre am Vorabend fast gestorben, als Jack auftauchte, kurz bevor ich Feierabend machen wollte. Wir waren einander einige Male bei gesellschaftlichen Anlässen begegnet, die ich besucht hatte, um Sponsoren und Mäzene anzuwerben. In letzter Zeit hatte er es sich jedoch angewöhnt, irgendeinen Vorwand zu benutzen, um zum Tierasyl zu kommen, beispielsweise um mir eine Einladung in den Rotary Club vorbeizubringen, mich um Rat zu fragen, weil er seiner Nichte ein Meerschweinchen schenken wollte, alle möglichen Sachen. Jade glaubte, dass er auf mich stand, aber Susie war ebenso wie ich misstrauisch, was seine Motive anging.

Melhampton ist ein kleiner Ort, in dem jeder jeden kennt, obwohl ich als einigermaßen neu Zugewanderte noch nicht zu jedem eine Beziehung aufgebaut hatte. Um das zu schaffen, brauchte man länger als die sieben Jahre, die ich inzwischen hier wohnte. Es war die Art von Stadt, in der man seit mindestens drei Generationen leben musste, um als echter Einheimischer zu gelten.

Unterhaltungen mit Susie und Jade waren hilfreich; die beiden schienen alles über jeden zu wissen. Susie lebte seit vielen Jahren in der Gegend, und Jade war zwar ebenso wie ich eine Zugewanderte, hatte aber Familie in der Stadt. Abgesehen davon, dass ich Angst hatte, irgendeinen gesellschaftlichen Fauxpas zu begehen, machte es mir nicht viel aus, als Außenseiterin betrachtet zu werden. Es passte zu mir, mich etwas im Abseits zu halten.

»Ich habe mich gefragt, was du da hinter der Theke machst.« Er legte den Kopf zur Seite und lächelte mich an, wobei ihm eine Locke seines dunklen Haars über die Stirn fiel.

»Jedes Mädel braucht ein bisschen Sozialleben.« Ich spürte, dass mir die Hitze in die Wangen stieg. Jack war der letzte Mensch, der von meinen finanziellen Problemen erfahren durfte. Er mochte zwar attraktiv und sexy sein, doch war er auch der Mann, der nicht zögern würde, mir das Tierasyl und das dazugehörige Land wegzunehmen, wenn sich ihm dazu eine Gelegenheit bot. Ich hatte über seine skrupellosen Geschäftsmethoden massenhaft Geschichten gehört und gelesen. Jade und Susie waren beide schnell dabei gewesen, mich über die Heldentaten des Jack Thatcher zu informieren und über seine Fähigkeit, meilenweit ein Geschäft zu wittern, das in Schwierigkeiten steckte.

»Ich wollte fragen, ob du vielleicht Lust hättest, heute Abend mit mir auf einen Drink auszugehen.« Er wartete auf meine Antwort.

Was tun? Das kleine Mädchen in mir wollte zusagen, aber falls mein Gespräch bei der Bank die Zukunft des Tierasyls nicht zu sichern vermochte, musste der vernünftige Teil meines Ichs dankend ablehnen. Ich hatte in Gegenwart von Männern nicht viel Selbstvertrauen, und Jack war mehr als nur ein paar Nummern zu groß für mich. Er hatte mir am Vorabend im Pub ein paar klare Suggestivfragen über meine Pläne hinsichtlich des Tierasyls gestellt, und ich wurde das unbehagliche Gefühl nicht los, dass er Rainbow Ridge umkreiste wie ein Geier. Zudem hatte ich jetzt auch noch das Problem mit Immi. Ich wollte sie nicht allein im Haus lassen, schon gar nicht, wenn sie sich nicht wohl fühlte.

»Äh, Clodagh?« Jack wartete immer noch auf meine Antwort.

»Besser nicht. Ich habe unheimlich viele Sachen zu erledigen.« Meine Ausrede klang selbst für meine eigenen Ohren faul. Er hatte mich schon häufiger eingeladen, und meine Ausflüchte wurden von Mal zu Mal billiger. Ich glaube, die einzige alte Kamelle, derer ich mich noch nicht bedient hatte, war die, dass ich mir die Haare waschen musste.

»Dann ein andermal, vielleicht?« Seine Worte klangen gestelzt und eher wie eine höfliche Reaktion als ein ehrlich gemeinter Vorschlag.

»Prima.« Ich zwang mich zu lächeln und erfreut zu klingen, als könnte ich damit das eine Wort mit so viel herzlicher Begeisterung durchtränken, dass es die Verlegenheit, die zwischen uns in der Luft schwebte, wegwischen konnte.

»Ich mache mich besser auf den Weg. Man sieht sich.« Er drehte sich um und lief zurück zu seinem Wagen.

Scheißkerl. Mein Privatleben war noch übler dran als meine Finanzen. Ich hätte mich darauf einlassen sollen, auf einen Drink mit ihm auszugehen. Ich winkte, als sein Wagen wegfuhr, aber er drehte sich nicht noch einmal um.

»Was wollte der?« Jack war noch nicht ganz vom Hof verschwunden, als Susie bereits über mich herfiel.

»Ich hatte meine Jacke wo vergessen, und er musste sowieso hier vorbei und hat sie mir gebracht.« Ich formulierte meine Antwort so vage wie möglich.

»Hmmm. Dir ist schon klar, dass er ein Auge auf das Anwesen hier geworfen hat, oder etwa nicht?« Susie starrte wütend auf das Tor, wo Jacks Wagen gerade verschwunden war und dabei auf dem ungepflasterten Weg eine Staubwolke aufgewirbelt hatte, die sich jetzt sehr schnell auflöste.

»Das ist doch nur ein Gerücht, Susie. Außerdem ist das Tierasyl unverkäuflich.« Zumindest war es *bisher* nicht verkäuflich.

»Gut. An ihn würdest du sowieso nicht verkaufen wollen. Der würde hier nur einen Haufen Luxushäuschen hinbauen. Weißt du schon, dass Lovett solche Dinger auf Long Meadow hochziehen wird?« Sie wedelte mit den Armen, um ihre Worte zu unterstreichen, und dadurch sah sie noch mehr wie eine dem Wahnsinn verfallene Stadtstreicherin aus.

»Das wird nicht passieren.« Ich kreuzte meine Finger, die in meiner Jackentasche steckten.

Susie starrte finster vor sich hin. »Meinst du? Wieso hängt der dann hier rum wie ein übler Geruch? Das war jetzt das dritte Mal in vierzehn Tagen, dass er unter irgendeinem Vorwand hier aufgetaucht ist.«

Nun musste ich aber doch sehr bitten! Es war ja nicht vollkommen jenseits alles Vorstellbaren, dass er auf mich stand. Natürlich sagte ich das Susie nicht. Stattdessen murmelte ich etwas über Papierkram und flitzte zurück in die Küche, wo Immi mich erwartete.

»Nun aber los, erzähl mir alles über Mister Adonis.« Ihre Laune schien sich in der Zeit, die ich draußen gewesen war, beträchtlich gebessert zu haben.

»Da gibt es nichts zu erzählen.« Ich hängte meine Jeansjacke an den Haken der Vorratskammertür und nahm die Tasse hoch, die das enthielt, was von meinem fast kalten Kaffee noch übrig war.

Immi verschränkte die Arme vor der Brust. »Clodagh, du bist durchschaubar wie eine Glasscheibe. Du hast dich in ihn verguckt, stimmt's? Wer ist er also, und warum hatte er deine Jacke?«

Ach du meine Güte! Ein paar Tage mit ihr und Susie, und ich drehte wahrscheinlich durch. »Ich habe mich nicht in Jack verguckt. Er hatte meine Jacke, weil ich sie gestern Abend im Pub vergessen habe. Er hat mir lediglich einen

Gefallen getan, indem er sie auf dem Weg zur Arbeit hier vorbeigebracht hat.«

»Aber sicher doch. Ein super aussehender Typ scheut keine Mühen hierher zu pilgern, nur um dir deine verdreckte Jacke zu bringen. Aber du hast kein Interesse an ihm, und er hat auch keines an dir?« Mit einem selbstgefälligen Gesichtsausdruck lehnte sie sich zurück.

»So einfach ist das nicht.« Mein kalter Kaffee schmeckte abgestanden, also goss ich ihn in den Ausguss.

»Ich wette, dass er nicht nur hergekommen ist, um dir deine Jacke zu bringen.«

»Na gut, er hat mich gefragt, ob ich heute Abend mit ihm auf einen Drink ausgehen würde.« Ich spülte meinen Becher aus und war froh, dass mir das einen Vorwand bot, Immis triumphierendes Grinsen nicht sehen zu müssen.

»Ha!«

»Und ich habe nein gesagt.« Ich stellte meinen Becher auf das Abtropfgestell und drehte mich wieder zu meiner Schwester um.

»Du lebst schon zu lange hier oben mit diesen verdammten Tieren. Was stimmt nicht mit dir?«

»Er ist ein Bauträger. Er ist an Rainbow Ridge interessiert, nicht an mir.«

Immi verdrehte die Augen. »Das ist Quatsch.«

»Wie bitte?« Typisch Immi – wenn es um Männer ging, bildete sie sich immer ein, alles zu wissen. Man hätte meinen können, dass sie aus ihrem jüngsten Desaster mit Kirk gelernt hätte. Ich hatte aus meinen bisherigen Erfahrungen mit Männern – nun, insbesondere mit einem Mann – ganz bestimmt meine Lektion gelernt. Bei meinen Tieren lief ich zumindest nicht Gefahr, dass mir vor Liebeskummer das Herz brach.

»Sieh mal, er ist ein attraktiver Typ, der mit dir ausgehen will. Es ist ja nicht gerade so, als könntest du dich vor Anfragen nicht retten. Außerdem wirst du den Laden hier niemals verkaufen, weshalb bist du also beunruhigt?«

Ich konnte sie nicht ansehen. »Es gibt da ein Problem mit dem Tierasyl«, murmelte ich.

»Was meinst du damit? Was für eine Art von Problem?« Sie legte einen Arm um meine Schultern.

»Es ist pleite. Für die nächsten drei Monate habe ich noch Geld, aber dann ist Schluss.« Es war eine Erlösung, das endlich jemandem gesagt zu haben. Seit Monaten hatte ich all meine Sorgen für mich behalten, obwohl ... wenn meine Mitarbeiter die Besucher gezählt hatten, mussten sie wissen, dass etwas nicht stimmte.

»Das ist verrückt. Du arbeitest so hart. Wie kommt es da, dass du kein Geld hast?« Sie legte ihren Kopf auf meine Schulter.

»Keine Besucher, nicht genug Sponsoren und Mäzene, gewaltige Tierarztrechnungen – du kannst dir eines davon aussuchen.« Ich versuchte, beim Auflisten nicht in Tränen auszubrechen. »Und dann hatten wir noch den ganzen Vandalismus.«

Immi drehte den Kopf, damit sie mir ins Gesicht sehen konnte. »Vandalismus?«

»Jemand hat unsere Zäune und Gebäude beschädigt. Sie scheinen es ganz gezielt auf uns abgesehen zu haben. Wir haben eine Menge Tierfutter verloren, als sie das Futtermittellager in Brand gesetzt haben. Jetzt redet die Versicherungsgesellschaft plötzlich davon, dass sie für den Schaden nicht zahlen will. Wenn das so weitergeht, werde ich für nächstes Jahr keine Deckung bekommen.« Obwohl ich mich so sehr bemühte, entwich mir eine dicke runde Träne und rollte mir über die Wange.

»Das ist schrecklich. Warst du bei der Polizei? Können die nicht irgendetwas tun?«

Ich schüttelte den Kopf und fuhr mir mit der Hand über das Gesicht, um die Träne wegzuwischen. »Sie kommen in letzter Zeit auf ihren Runden häufiger hier vorbei, haben aber noch niemanden geschnappt. Ich habe heute Nachmittag einen Termin bei der Bank, bei dem ich versuchen muss, ein weiteres Darlehen zu bekommen, nur besitze ich nichts mehr, was ich als Sicherheit bieten könnte, und deshalb sieht es nicht gut aus.«

»Irgendetwas muss es geben, was du versuchen kannst.«

»Ich weiß nicht. Mir gehen die Ideen langsam aus. Ich hoffe, dass die Bank helfen wird.« Viel Hoffnung hatte ich nicht, aber an Mister Curzons besseres Wesen zu appellieren – falls er so etwas überhaupt besaß –, war mir wie der nächste logische Schritt erschienen, um mein Zuhause zu retten.

Im Hof herrschte plötzlich Tumult, der meine Aufmerksamkeit auf sich zog. Ich eilte zur Hintertür und lugte nach draußen. Susie rannte Mister Sheen hinterher, der den Eindruck erweckte, als habe er die Gunst eines offenen Tores genutzt, um auf dem Gelände umherzustreifen und nach mehr Futter zu suchen. Jade winkte mir vom Eselsgehege aus zu, wo sie sich auf einen Besen stützte und darüber lachte, wie Susie vergeblich versuchte, den Ziegenbock wieder einzufangen.

»Du siehst besser zu, dass dich niemand zu Gesicht bekommt.« Ich hoffte, dass Jade nicht gesehen hatte, dass Immi hinten in der Küche stand.

»Ich geh nach oben und zieh mich an. Kann ich mir von dir irgendetwas ausleihen, was ich tragen kann? Marty muss mir meine Sachen aus dem Apartment holen.« Nahezu angewidert nahm sie meinen Pulli und die Jeans in Augenschein. Das Gros meiner Kleidung stammte aus den Secondhandläden der Stadt. Meine Garderobe war im Großen und Ganzen nur praktisch, abgesehen von ein paar etwas hübscheren Sachen für meine Arbeit im Frog and Ferret und meinem einen Kostüm, das ich noch bügeln musste, bevor ich zur Bank ging.

Immis Kleidung bestand ausschließlich aus Designerteilen und aus Imitationen, die gut genug gemacht waren, um als Designerteile durchzugehen. Ich brauchte mir keine Sorgen darum zu machen, dass sie eines meiner Kleidungsstücke auch nur eine Sekunde länger tragen würde, als unbedingt nötig. Ich fragte mich, wann Marty sich endlich bei ihr meldete. Nicht mehr lange, und es würde Immi langweilen, hier im Tierasyl herumzuhängen, und da das Frog and Ferret der einzige Ort in der Stadt war, in dem etwas los war, zeichnete sich da möglicherweise bereits ein weiteres potenzielles PR-Drama ab.

»Such dir einfach etwas aus.« Ich drehte mich zurück zur Tür, um zu sehen, was da draußen vorging.

Susie hatte sich Mister Sheens Haltestrick gepackt und versuchte nun, ihn zurück in Richtung seines Geheges zu zerren. Wie es seiner Natur entsprach, hatte der Ziegenbock seine Hufe tief in den Dreck gegraben und weigerte sich beharrlich, sich auch nur einen Millimeter von der Stelle zu bewegen. Ich wollte gerade nach draußen laufen, um zu helfen, als Jade Mitleid mit Susie bekam und mit einer Hand voll Leckerli auftauchte, um Mister Sheen damit zu seinem angestammten Platz zurückzulocken.

Als der Ziegenbock wieder sicher in seiner Einzäunung war, trottete Susie davon, vermutlich, um sich in den Kiosk am Besuchereingang zu setzen. Es sah so aus, als würde der

Tag wettermäßig recht schön werden, sodass wir mit etwas Glück ein paar zahlende Kunden bekämen, die uns ein paar Beutel Tierfutter abkauften und vielleicht etwas Geld für unsere laufenden Ausgaben spendeten.

Obwohl es sehr viel mehr brauchte als eine Hand voll Besucher, um meine derzeitigen finanziellen Probleme zu lösen.

3

Da Susie mir jetzt nicht mehr im Weg und Immi unter der Dusche stand, holte ich mir meine Buchhaltungsunterlagen wieder nach unten, denn ich musste versuchen, einen Geschäftsplan zu erarbeiten, mit dem ich das Tierasyl retten konnte. Von meinem Stuhl am Küchentisch konnte ich alles überblicken und sah, wie Jade nacheinander die einzelnen Ställe ausmistete und die Tiere fütterte. Immi polterte oben herum, und Dave, der Papagei, lieferte im Wohnzimmer ein fortwährendes Sperrfeuer aus Schimpfwörtern und Beleidigungen. Die Atmosphäre war also nicht unbedingt förderlich, um eine komplexe Finanzstrategie auszuarbeiten, doch musste ich damit klarkommen.

Trotz des sonnigen Wetters blieben die Gehwege um die Tiergehege deprimierend leer. Eine einsame Mutti mit einem Kleinkind im Kinderwagen starrte mit abwesendem Gesichtsausdruck auf die Esel, und ein älterer Mann verstreute etwas Futter für die Gänse. Die Besucherzahlen, die ich veranschlagen konnte, wurden immer kläglicher, während ich versuchte, neue und kreativere Wege zu ersinnen, um den Besucherfluss zu erhöhen.

Werbung kostete eine Menge Geld und hatte nur wenig geholfen, unsere Einnahmen anzukurbeln. Ich hatte es mit Broschüren und Plakaten versucht, aber das wenige Gute, was dabei herausgekommen war, hatten das Pech und das erbärmliche Wetter während der Schulferien wieder zunichtegemacht. Tierarztrechnungen verschlangen einen riesigen

Batzen unserer Einkünfte, und obwohl ich für mich selbst so wenig Geld abzweigte, dass man es kaum einen Lohn nennen konnte, erschienen die Gesamtausgaben deprimierend hoch.

Das Telefon läutete, und Immi hüpfte die Treppe hinunter, um sich den Hörer zu schnappen, ehe ich auch nur die Chance bekam, mich von meinem Stuhl zu erheben.

»Hallo?«

Böse blitzte ich sie an. Über das Haustelefon liefen nur die Anrufe des Tierasyls.

»Ja, Sie sind mit dem Rainbow-Ridge-Tierasyl verbunden.« Mit einem lauten Seufzer reichte sie mir den Telefonhörer.

Ich kümmerte mich um die Anfrage hinsichtlich der Kaninchenbabys, die wir zum Verkauf anboten, und wandte meine Aufmerksamkeit dann wieder meiner Stiefschwester zu. Mit gerunzelter Stirn und nachdenklichem Gesichtsausdruck brütete sie über meiner Buchführung.

»Du hattest recht, diese Zahlen sind miserabel.«

Da Immi blond, hübsch und Schauspielerin war, neigten viele Leute dazu, sie für dämlich zu halten. Sie versuchte nur selten, diese Ansicht zu widerlegen, denn sie behauptete, es zahle sich aus, unintelligenter zu erscheinen, als sie es in Wirklichkeit war. Doch war Immi abgesehen von ihrem schlechten Geschmack, was ihre Liebhaber anging, und ihrem Hang zum Alkohol alles andere als auf den Kopf gefallen.

Sie ließ sich auf meinen Stuhl gleiten und zog den Taschenrechner näher heran. Mir fiel auf, dass sie sich mein bestes Oberteil herausgesucht hatte – jenes, das ich nur zu ganz besonderen Anlässen trug – und meinen hübschesten Rock. Als ich mich so hinstellte, dass ich ihr über die Schulter schauen konnte, roch ich auch noch mein Luxus-Duschgel. Das besaß ich nur »für alle Fälle«, für diese seltenen, so gut wie nie stattfindenden Abende, an denen ich mit einem Mann ausging; sonst benutzte ich immer nur das hauseigene Produkt des Supermarkts, obwohl ich mich häufig fragte, ob das nicht das Spülmittel in anderer Verpackung war.

»Hast du mein gutes Duschgel benutzt?«

Immi sah nicht von ihren Kalkulationen auf. »Du weißt doch, dass ich empfindliche Haut habe. Ich werde dir ein anderes geben, wenn ich meine Sachen bekomme.«

Sie hämmerte noch ein paarmal auf dem Taschenrechner herum und korrigierte mit dem Bleistift eine meiner Zahlen. »Puh, du hast recht, das Tierasyl steckt echt in Schwierigkeiten. Wie willst du die Bank dazu bringen, dir mehr Geld zu leihen?«

Ich schob einen Stapel Rechnungen zur Seite und hielt ihr die drei Seiten Papier vor die Nase, denen ich voller Optimismus den Titel »Geschäftssanierungsstrategie« gegeben hatte. Darin wurden drei verschiedene Wege aufgezeigt. Brillant war keiner, aber besser bekam ich es angesichts meiner begrenzten Mittel nicht hin. Immi überflog die Papiere und legte sie seufzend auf den Tisch.

»Diese Ideen sind ja noch miserabler als deine Zahlen.«

»Heißt das, dass du bessere hast.« Ihre Reaktion versetzte mir einen Stich. Zugegeben, meine Strategien waren nicht großartig, doch ließen sie sich umsetzen, und vielleicht behagten sie dem verhassten Direktor meiner Bank.

»Nu-hun ...« Sie drehte eine der Rechnungen um, die auf dem Tisch lagen, und nahm den Bleistift wieder in die Hand. Fünf Minuten kritzelte sie intensiv vor sich hin, dann reichte sie mir das Blatt.

Allein schon aus Prinzip wollte ich natürlich nicht, dass

mir ihre Idee gefiel, doch war sie im Grunde recht gut. Besser als gut – na ja, besser als meine allemal.

Immi strahlte mich an. »Was meinst du?«

»Das ist nicht übel.«

Sie verdrehte die Augen. »Na schön, es muss noch ein bisschen weiter ausgearbeitet werden. Nur wird das Problem nicht gelöst werden, wenn du dir nicht langfristig dauerhafte finanzielle Einnahmen verschaffst.«

»Ich weiß. Ich brauche ein paar Sponsoren.« Ich hatte schon so oft versucht, welche zu finden. Die meisten hatten sich nicht einmal die Mühe gemacht, auf meine Anfrage zu reagieren.

Immis Plan würde ohne große Ausgaben etwas Geld in die Kasse spülen – zumindest würde ich dadurch etwas Zeit gewinnen. Einen Flohmarkt zu organisieren, klang machbar, und ein Tag der offenen Tür mit besonderen Veranstaltungen ließ sich vor Ende der Sommersaison irgendwie einbauen. Beides war besser, als einen Teil des Landes zu verkaufen. Wenn ich damit erst einmal anfing, waren die Tage des Tierasyls gezählt, da ich mich damit von dem einzigen Vermögen trennte, das ich besaß.

»Vielleicht könnte ich dir ein paar Sponsoren besorgen«, meinte Immi.

»Ich hasse es, deine Seifenblase zum Platzen zu bringen, aber nach dem, was in der Fernsehshow passiert ist, könnte sich das als schwierig erweisen.« Ich kam mir gemein vor, weil ich das zur Sprache brachte, aber es war bereits Mittagszeit, und ich fing an, mir Sorgen zu machen, weil Marty noch nicht angerufen hatte.

Immi verzog das Gesicht, und ich dachte, sie würde jetzt anfangen zu weinen. »Ich weiß. Ich hatte gehofft, das wäre Marty, als das Telefon läutete.«

»Ach, Imms. Sie wird sich ganz bestimmt melden. So ein kleiner Skandal könnte sich am Ende sogar positiv auswirken. So was kann man nie wissen.« Ich versuchte, fröhlich und optimistisch zu klingen.

Ohne jede Vorwarnung wurde die Hintertür geöffnet, und Jade kam in die Küche. »Oh. Entschuldige, Clodagh. Ich wusste nicht, dass du Besuch hast.« Sie sah Immi an und bekam Stielaugen.

»Jade, das ist meine Schwester, Imogen.« Ich dankte dem Himmel, dass Jade hereingekommen war und nicht Susie.

»Ich habe dich im Fernsehen gesehen! Du bist das Mädchen, das sich betrunken und diesen Schauspieler geschlagen hat.« Jades Wangen bekamen eine leuchtend rote Farbe, und ihre Augen wurden größer und größer, als ihr bewusst wurde, wer Immi war.

»Ich war nicht betrunken.« Immi hatte plötzlich auch zwei leuchtend rote Flecken im Gesicht.

»Wow, du bist in sämtlichen Zeitungen heute Morgen. Ich kann gar nicht glauben, dass du Clodaghs Schwester bist!« Jade sah mich an und dann wieder Immi, als versuche sie, irgendeine Familienähnlichkeit zu entdecken.

»Stiefschwester«, sagte Immi. »Meine Mutter hat ihren Vater geheiratet.«

»Wow.«

»Es soll niemand erfahren, wo Immi sich aufhält. Könntest du es also eine Weile für dich behalten?« Ich hoffte, dass ich Jade in puncto Diskretion vertrauen konnte.

Immi sah Jade mit ihren großen blauen Augen an und klimperte mit den Wimpern. »Ich bleibe nicht lange – nur bis meine Agentin kommt. Es würde Clodaghs Leben unnötig komplizieren, wenn die Presse mich hier belästigen würde.«

»Oh ja, natürlich. Ich kann diesen Kirk nicht ausstehen. Der kommt mir immer leicht pervers vor. Weiß Susie Bescheid?« Jade drehte sich wieder zu mir und wirkte geschmeichelt, weil ich sie gebeten hatte, Immis Geheimnis für sich zu behalten.

»Nein. Wir dachten, je weniger Menschen es wissen, desto besser.« Wenn wir es Susie sagten, konnten wir auch gleich eine Großanzeige in den Lokalzeitungen schalten.

»Cool.« Jade strahlte über das ganze Gesicht. Die Vorstellung, ihrer Kollegin etwas vorauszuhaben, gefiel ihr. »Ich werde ihr ihren Tee in den Kiosk bringen. Das wird sie davon abhalten, hierherzukommen.«

Jade kochte frischen Tee, setzte sich wieder ihr Mützchen auf, und mit zwei Teebechern in der Hand – der eine war für sie selbst, der andere für Susie – machte sie sich auf den Weg nach draußen und entschwand in Richtung des Besucherparkplatzes.

»Glaubst du, dass sie den Mund halten wird?« Immi schloss die Hintertür, um die kühle Luft wieder auszusperren.

»Susie gegenüber schon.« Ob sie der Versuchung widerstehen würde, sonst irgendjemandem davon zu erzählen, konnte ich indes nicht mit Sicherheit sagen.

Ich widmete mich neuerlich dem Geschäftsplan, den Immi in groben Zügen niedergekritzelt hatte. Mit etwas Glück blieb mir gerade noch genug Zeit, ihn vor meinem Gespräch mit der Bank in irgendein zusammenhängendes Format zu bringen.

Die donnernden Motorengeräusche eines weiteren Wagens, der den Privatweg hinaufpreschte und auf den Hof fuhr, waren ein klarer Anhaltspunkt dafür, dass der heutige Tag wirklich nicht gerade ein Glückstag war. Dieses Mal handelte es sich bei dem Fahrzeug um ein schickes kleines, ausgesprochen heißes Teil mit leuchtend rotem Lack. Zumindest war der Lack leuchtend rot gewesen, bevor der Staub des Weges das Auto neu beschichtet hatte.

Ich beobachtete, wie Immis Agentin aus dem Wagen stieg. Sie trug ein pfauenblaues Seidenkostüm und Schuhe, die dermaßen hohe Absätze hatten, dass jede normale Frau vom Tragen Nasenbluten bekommen hätte. Sie zerdrückte ihre Zigarette mit der Spitze eines ihrer Stöckelschuhe, und dann öffnete sie ihren Kofferraum und zog einen von Immis pinkfarbenen Koffern heraus. Das war kein gutes Zeichen – es sah ganz so aus, als würde Immi noch eine Weile bleiben.

»Marty!« Meine Schwester stieß beim Anblick ihrer Agentin einen derart schrillen Schrei der Begeisterung aus, dass ich für einen Moment auf beiden Ohren taub war.

Ich ließ Immi in der Küche zurück und lief nach draußen, um Marty mit dem Koffer zu helfen. Es stellte sich heraus, dass sie nicht nur den einen gepackt hatte. Damit sah es definitiv so aus, als würde Immi sehr viel länger bei mir bleiben, als uns beiden lieb war.

»Saumäßig grässliche Fahrt. Verkehr war schrecklich. Ist sie im Haus? Keine Presse? Prima.« Marty schnappte sich ein pinkfarbenes Kosmetikköfferchen und ein dazu passendes Reisetäschchen, den riesigen Koffer überließ sie mir. Sie stolzierte eilig auf das Haus zu, während ich mich hinter ihr her quälte. Wenn ich es nicht besser gewusst hätte, hätte ich geschworen, dass sie Ziegelsteine in das Ding gepackt hatte, so schwer, wie das war.

Bis ich mich keuchend durch die Hintertür und in die Küche geschleppt hatte, waren Marty und Immi bereits dabei, sich Luftküsse auf die Wangen zu geben und einander Darling zu nennen. Ich stellte den großen, schweren Koffer ab und den Wasserkessel auf den Herd. Immi führte Marty ins Wohnzimmer. Unmittelbar bevor sich die Tür hinter ihnen schloss, hörte ich, wie Dave die beiden begrüßte, indem er aus seinem Käfig in der Ecke ein paar Obszönitäten von sich gab.

Ich hatte kaum Zeit, die Tassen auf ein Tablett zu stellen, als die Tür, die vom Wohnzimmer in den Korridor führte, schon wieder geöffnet wurde und Immi zurück in die Küche hüpfte.

»Dieser verflixte Vogel.« Sie riss mir das Tablett förmlich aus der Hand.

»Ich decke ihn wieder ab, wenn du möchtest. Er ist einsam und hat gern Gesellschaft. Im Bordell haben sich die Prostituierten immer mit ihm unterhalten.«

Immi verdrehte die Augen. »Ich werde ihm den Hals umdrehen, wenn er seinen Schnabel nicht hält.«

Ich folgte Immi ins Wohnzimmer. Marty hockte auf einem Stuhl am Fenster. Sie hatte es einen Spaltbreit geöffnet und ihren Aschenbecher vorsichtig auf den Sims gestellt. Dave stakste wutschnaubend auf der Sitzstange seines Käfig hin und her, und dabei wackelte er unablässig mit dem Kopf und plapperte vor sich hin.

»Oben ohne kostet fünfundzwanzig Pfund!« Er kreischte protestierend auf, als ich seinen Schnabel zur Seite drückte, um die Decke wieder über seinen Käfig zu legen. Dadurch hörte er zwar nicht auf zu schreien, doch war der Lärm jetzt gedämpft.

Immi reichte Marty eine Tasse mit starkem schwarzen Kaffee, und die förderte prompt aus ihrer Handtasche eine kleine Dose mit Süßstoff zutage und ließ drei Tabletten in die Tasse fallen.

»Richtig. Es sieht nicht gut aus, Imms. Die Leute lassen

dich fallen wie eine heiße Kartoffel. Deine Wohnung wird von Paparazzi belagert. Die Medien sind voll von der Geschichte. Kirk hat mit einem Schundblatt einen Deal gemacht.« Marty stockte, um kurz an ihrer Zigarette zu ziehen und an ihrem Kaffee zu nippen.

Immis Unterlippe begann zu zittern.

»Das wird sich aber alles wieder legen«, warf ich ein, »oder? Und das wird alles wieder auf die Reihe kommen, nicht wahr?« Ich meine, andere Berühmtheiten schienen von ihren Fehltritten eher noch profitiert zu haben.

»Schwer zu sagen. Die Rolle, die Immi in der Öffentlichkeit gespielt hat, beruhte auf ihrem süßen Wesen. Das Bild ist jetzt kaputt, nachdem sie ihrem Ex eine gelangt hat. Vom Schnaps gar nicht zu reden. Alle möglichen Geschichten machen im Moment die Runde. Irgendein Mädchen behauptet, du hättest es mal in einen Teich geworfen, als du betrunken warst.«

»Aber was soll ich denn machen?« Immi rollte eine dicke Träne über die Wange.

»Bleib hier, und versteck dich, oder mach eine Entziehungskur. Am besten wäre, du würdest hierbleiben.« Marty schnippte die Asche von der Spitze ihrer Zigarette – aus dem Fenster hinaus und geradewegs in mein Blumenbeet.

»Hier?«, riefen Immi und ich gleichzeitig.

»Verhalte dich ruhig, meide die Öffentlichkeit. Sollte die Presse auftauchen – tu irgendein gutes Werk. Knuddel eine Ziege oder so.« Das Sonnenlicht schimmerte auf den kastanienbraunen Strähnen in Martys Haar, während sie ihre weisen Ratschläge erteilte.

Das Ganze hörte sich übel an. Ich war der Auffassung gewesen, es würde höchstens ein paar Tage dauern, bis sich alles wieder beruhigt hatte.

»Aber wie lange soll das so gehen?«, fragte Immi.

Mit nachdenklicher Miene nippte Marty an ihrem Kaffee. »Ein paar Wochen. Danach ein paar gezielte Interviews oder so. Vielleicht die Tiere nutzen, um Sympathiepunkte zu sammeln.«

Aus der Ecke, in der Daves Käfig stand, erklang etwas, das sich sehr stark nach einem gedämpften »Schwachsinn« anhörte. Ich war geneigt, mich seiner Meinung anzuschließen. Immi sah aus, als sei sie total geschockt. Ich glaube, sie hatte gehofft, Marty würde irgendeine Art von Zauberstab schwingen und all ihre Probleme beseitigen. Um ehrlich zu sein, hatte ich gehofft, Marty hätte eine elegante Lösung parat.

»Aber was ist mit meiner Arbeit?« Immis Gesicht war aschfahl.

Marty sah sie flüchtig an. »Die hast du nicht mehr. Die Werbeträger haben dich fallenlassen. Deine Serie hat dich suspendiert. Zwei Rollen, die du hättest bekommen sollen, gibt man dir nicht. Die Einladung für den Auftritt bei der Benefizveranstaltung hat man zurückgezogen. Es liegt mir aber ein Angebot von einem Pornosender vor. Wie stehst du dazu?«

»Igitt!« Immi war beleidigt, weil jemand wagte anzunehmen, sie würde sich für Pornografie hergeben.

»Ich denke mal, das liegt an dem Home-Video, das Kirk gemacht hat.« Marty wirkte nicht überrascht. »Nimm dich vor der Presse in acht, und halt dich fern von Pubs und sonstigen Orten, an denen Alkohol ausgeschenkt wird. Es gibt da einen Typen – sehr aufdringlich, Marcus Sowieso, der Beziehungen zu Fernsehsendern hat –, vor dem nimm dich besonders in acht.« Sie drückte ihre Zigarette aus und leerte den Aschenbecher, indem sie den Inhalt aus dem Fenster kippte, dann griff sie nach ihrer Handtasche.

»Was ist mit Arbeit in den USA?« Ich konnte nicht fassen, dass Marty überhaupt nichts tun konnte.

Sie schnaubte, als sei das nun eine ganz blöde Frage. »Keine Chance. Für die Amis braucht man nicht nur eine weiße Weste, sondern eine strahlend weiße. Die halten sie für eine Alkoholikerin.«

Immi stieß einen wehklagenden Laut aus, der dafür sorgte, dass Dave unter seiner Decke protestierend zu kreischen begann.

»Ich melde mich. Ich werde tun, was ich kann, um den Karren aus dem Dreck zu ziehen.« Marty deutete die üblichen Luftküsse an, die Immis bleichen Wangen gelten sollten, und eilte elegant aus dem Zimmer. Nun ja, so elegant, wie eine kleine Frau das auf schwindelerregend hohen Absätzen eben kann. Ich begleitete sie zu ihrem Wagen.

»Wirst du versuchen, ihre Karriere wieder zum Laufen zu bringen?«

»Könnte alles gut ausgehen. Hab da verschiedene Möglichkeiten, mit denen wir es versuchen können. Es muss sich nur alles erst wieder ein bisschen beruhigen, bevor wir zurückschlagen können.« Marty öffnete die Tür ihres Wagens.

»Danke.« Marty war immer ausgesprochen gut zu Immi gewesen, sodass ich wusste, dass sie tun würde, was sie konnte.

»Behalt sie im Auge. Denk positiv. Ruf mich an, wenn es irgendwelche Probleme geben sollte, und halt sie vom Schnaps fern.« Im nächsten Moment bekam auch ich Luftküsse, und dann zog sie den Kopf ein und setzte sich in ihren Wagen. Dort verharrte sie genau so lange, wie es nötig war, sich die nächste Zigarette anzuzünden, und dann fuhr sie davon – mit einem sorglosen Winken und einer Staubwolke im Schlepptau.

Ich ging wieder ins Haus und zog die Decke von Daves Käfig. Er und Immi sahen mich vorwurfsvoll an.

»Was?« Ich war nicht sicher, wen ich das fragte.

»Jetzt sitze ich hier fest«, schniefte Immi.

Dave stieß gackernde Laute aus. »Zeig uns deine Titten!«

Clive, der Kater, schlich ins Zimmer und steuerte auf Immi zu; ich wusste, dass er sich jetzt gleich um ihre Fußknöchel schlingen würde.

Sie kreischte auf, und er schnurrte zufrieden und machte es sich auf ihrem rechten Fuß bequem. »Und diese scheußlichen Tiere habe ich auch noch am Hals!«

Da von *meinen* scheußlichen Tieren die Rede war – und erst jetzt fiel mir auf, dass mich überhaupt niemand gefragt hatte, ob es mir vielleicht etwas ausmachen würde, Immi bei mir wohnen zu lassen –, nahm ich ihr die Bemerkung mehr als übel.

»Na ja, du brauchst ja nicht hierzubleiben. Es gibt ja immer noch das Priory oder das Clouds oder wo immer diese Leute heutzutage hingehen, um sich ausnüchtern zu lassen.« Ich nahm Clive hoch, der mich empört anfauchte, weil ich wagte, ihn von seinem bequemen Plätzchen zu entfernen.

Immi sah mich mit ihren großen babyblauen Augen an. »Ach, Clodagh, du bist meine Schwester – du würdest doch nicht wollen, dass ich in eine Entzugsklinik gehe, oder? Ich bin doch keine Alkoholikerin.« Sie schmollte schon wieder, und ihre Unterlippe fing auch wieder an zu zittern.

»Du musst zugeben, Imms, dass du gern ein Gläschen trinkst.« Ich wusste, dass sie kein wirkliches Alkoholproblem hatte, doch machte ich mir Sorgen, sie könne im Begriff sein, eines zu entwickeln. Nur wenn sie trank, schien Immi Katastrophen magisch anzuziehen.

»Nur wenn ich ausgehe. Es ist ja nicht so, dass ich Delirium tremens habe und anfange zu zittern, und ich verstecke auch keine Wodkaflaschen unter meinem Bett. Bitte, Clo.« Ihre Stimme hatte auf einmal einen bettelnden Ton.

Ich seufzte. »Okay. Du weißt, dass du solange wie nötig hierbleiben kannst.« Mir wurde ganz anders, als ich dieses Angebot machte. Wann immer ich meine Schwester um mich gehabt hatte – egal wie lange –, hatte sie mein Leben auf den Kopf gestellt. Trotzdem. Das hier gab mir jetzt zumindest die Chance, mich für all die guten Dinge zu revanchieren, die sie in der Vergangenheit für mich getan hatte. Für all die Dinge, die sie nach Jonathan für mich getan hatte. Er war mein Kirk gewesen – nur schlimmer.

»Dämliche Tussi«, mischte Dave sich ein. Ob er Immi oder mich damit meinte, blieb ungeklärt.

»Oh Mist! Weißt du, wie spät es ist?!« Ich ließ Clive aufs Sofa fallen und lief zur Treppe. Mein Geschäftsplan war auf die Rückseite einer Rechnung gekritzelt, mein Kostüm war nicht gebügelt, und mein Gespräch bei der Bank war in einer halben Stunde.

Ich zog mich innerhalb von zehn Sekunden um, ignorierte dabei die gutgemeinten Kommentare, die Immi über mein Outfit machte, und legte ein wenig Wimperntusche auf und andere Ohrringe an. Meine guten hochhackigen Schuhe waren unter dem Bett verstaut, und ich musste sie mit einem Kleiderbügel hervorangeln. Nachdem ich sie mit einem Spritzer Möbelpolitur wieder auf Hochglanz gebracht hatte, präsentierte ich mich Immi, die mich mit prüfendem Blick betrachtete.

»Schulterpolster sind *so* out. Wo, um alles in der Welt, hast du dieses Kostüm her?« Sie klaubte ein paar Katzenhaare von meiner Jacke, drückte mir meine Geschäftsunterlagen in die Hand und erklärte mich für startklar.

Jetzt blieb mir nur noch zu hoffen, dass Mister Curzon, der Direktor meiner Bank, von meinen vor Kraft strotzenden Schultern und den riesigen Ohrringen beeindruckt war, auch wenn es sonst niemand war. Ich sprang in meinen ramponierten Fiat Panda und düste den Weg hinunter in Richtung Stadt.

4

In der Haltebucht neben der Einfahrt zu dem Privatweg, der zu meinem Haus führte, stand ein seltsamer blauer Wagen. Ich weiß nicht, warum er mir auffiel, denn dort parkte häufiger mal jemand, um die Aussicht zu bewundern. Nicht, dass die Aussicht noch lange bewunderswert sein würde. Auf Long Meadow hatte man bereits ein Firmenschild aufgestellt, und zu beiden Seiten des Tores flatterten je zwei Fähnchen im Wind. Lovett Properties verschwendeten also keine Zeit, um die Konkurrenz auszustechen und hier genau die Art von Luxussiedlung zu bauen, die Jack, wie ich fürchtete, gern auf meinem Grund und Boden hochziehen würde.

Es könnte sein, dass mir das Fahrzeug auffiel, weil es klein, leuchtend blau und sehr sauber war – ach ja, und außerdem sah der Fahrer ziemlich gut aus. Nicht, dass ich Zeit hatte, allzu viel darüber nachzudenken; Mister Curzon ist ein Pünktlichkeitsfanatiker, und ich war natürlich jetzt schon spät dran.

Es gelang mir, ganz in der Nähe der Bank einen Parkplatz zu finden, und ich spurtete so schnell die Hauptstraße hinunter, wie man das in einem Bleistiftrock und hohen Absätzen kann. Die schon etwas ältere Bankangestellte, die am Informationsschalter arbeitete, bedachte mich mit einem frostigen Blick und starrte dann demonstrativ auf die Uhr an der Wand, während ich keuchend von mir gab, mit wem ich wann und wo einen Termin hätte. Nachdem sie mich darüber aufgeklärt hatte, dass Mister Curzon ein äußerst beschäftigter Mann sei, wurde ich an den Pranger geführt: Ich nahm auf einem Stuhl vor einer Reihe mich betrachtender Bankkunden Platz und wartete darauf, dass der große Mann sich herabließ, mich zu empfangen. Es dauerte zehn Minuten, bis er aus der kleinen Bürozelle trat, auf deren einen Trennwand aus Mattglas »Kundenberatungssuite« zu lesen war.

Ich folgte ihm in die vermeintliche Suite und tat, was ich konnte, um so groß wie möglich zu wirken. Ich hatte einen Zeitungsartikel gelesen, in dem behauptet worden war, dass große Menschen mehr Erfolg hätten als kleine und dass eine Frau bei jedem offiziellen Gespräch hohe Absätze tragen solle, um ihrem Gesprächspartner überlegen zu sein. Da Mister Curzon im Hinblick auf Körpergröße nicht gerade gesegnet war, hatte ich mir gedacht, die Sache einfach mal auszuprobieren.

Die Kundenberatungssuite erwies sich als ebenso mies und unangenehm wie das Gespräch an sich. Mister Curzon pflanzte mich auf einen altmodischen Holzstuhl mit kerzengerader Rückenlehne, der gegenüber des Schreibtisches stand, hinter dem er es sich auf einem gepolsterten, drehbaren Lederthron bequem machte. Er setzte sich seine Halbbrille so auf die Nase, dass sie ihm zum größtmöglichen Vorteil gereichte, um mich einzuschüchtern, und dann legte er los.

Das Gespräch – falls man es überhaupt so nennen konnte – dauerte nicht sehr lange. Das Wort »Gespräch« impliziert eine abwechselnd geführte Rede und Gegenrede, doch war das hier eher ein aus Feststellungen bestehender Monolog, und Mister Curzon war derjenige, der ihn hielt. Er erklärte mir ungefähr so etwas wie: »Sie benötigen innerhalb der nächsten drei Monate eine große Summe Bargeld, oder die Bank wird Ihnen Ihre Hypothek kündigen.« Ich kann mich nicht erinnern, meinerseits groß zu Wort gekommen zu sein. Mister Curzon hatte nämlich kein Interesse daran zuzuhören, wenn ich versuchte, etwas zu sagen, und ich bildete mir ein, gehört zu haben, dass er schnaubte, als ich meinen Sanierungsplan erwähnte. Sein einziger Vorschlag bestand darin, mir zu raten, ich solle einen Teil meines Kapitals flüssig machen; mit anderen Worten: einen Teil meines Grundstücks verkaufen.

Als ich die sogenannte Suite wieder verließ, war die Bank nahezu menschenleer, was meine Laune aber auch nicht hob, denn Jack war da, beugte sich über den Schalter der Kundeninformation und flirtete mit dem alten Drachen hinter der Glasscheibe.

»Hallo, schöne Frau. Hast du dich aber verändert seit heute Morgen.« Die Haut neben seinen Augen legte sich in Fältchen, während er mich von Kopf bis Fuß betrachtete. Als sein Blick an meinen Beinen kleben blieb, zog sich mein Herz vor Wonne zusammen.

Mister Curzon kam unterwürfig hinter mir zum Vorschein, um Jack die Hand zu schütteln. »Mister Thatcher, es freut mich außerordentlich, dass Sie vorbeikommen konnten. Wenn ich Sie in mein Büro bitten darf?«

Zu meinem großen Verdruss hatte Jack die Dreistigkeit, mir zuzuzwinkern, als er an mir vorüberschlenderte, um Mister Curzon zu folgen. »Ich liebe diesen Achtzigerjahrestil«, flüsterte er mir ins Ohr.

Es war gut, dass Mister Curzon zwischen uns stand, denn andernfalls hätte ich Jack meine Geschäftspapiere um die Ohren geschlagen. Jack wurde in Curzons Allerheiligstem empfangen; ich hatte mit der Kundenberatungssuite vorliebnehmen müssen. Das sagte eigentlich schon alles über das unterschiedliche Ansehen, das wir bei der Bank genossen. Ich bewegte mich aus dem Gebäude hinaus und nach draußen auf die Hauptstraße. Depressionen begannen an mir zu nagen, also ging ich zum Zeitungsladen, um mir einen Schokoladenriegel zu kaufen und einen Blick auf die Tageszeitungen zu werfen.

Meine Schwester sorgte auf sämtlichen Boulevard-Blättern für die Titelschlagzeile.

Betrunkene Schauspielerin dreht durch!
Talkshow-Skandal!
Serienkätzchen zeigt seine Krallen!

Ich las mich durch so viele Zeitungen, wie ich eben konnte. Kein Wunder, dass Marty Immi angewiesen hatte, sich versteckt zu halten. Es war mir seltsam vorgekommen, dass Marty heute Morgen keine Zeitungen mitgebracht hatte, um sie meiner Schwester zu zeigen, aber jetzt wusste ich, warum. Die arme Immi wäre am Boden zerstört gewesen, wenn sie die boshaften Bemerkungen in einigen der Artikel gelesen hätte, obwohl ich fand, dass das Foto, das sie von ihr gedruckt hatten, hübsch war.

Der Besitzer des Ladens fing an, mir böse Blicke zuzuwerfen. Also legte ich die Zeitungen zurück, bezahlte meinen Schokoriegel und trottete dann weiter die Straße hinunter und hing meinen Gedanken nach. Ob Jade wohl in der Lage war, für sich zu behalten, dass Immi bei mir im Tierasyl wohnte? Selbst wenn sie schwieg: Wie lange würde es dauern, bis sonst jemand Immi dort sah? Vielleicht konnte ihre Anwesenheit mehr Besucher … Ein flüchtiges Bild erschien vor meinem geistigen Auge und zauberte ein Lächeln auf meine Lippen. Ich sah Immi, als Ausstellungsstück gekennzeichnet, gleich neben den Meerschweinchen.

Marty schien zu glauben, dass ich Immi die Atempause und den Unterschlupf gewähren konnte, die sie brauchte, bis der Rummel sich legte. Dass es so einfach war, konnte ich mir nicht vorstellen, aber klappen mochte es. Morgen war Samstag, im Allgemeinen der Tag, der uns die meisten Besucher bescherte. Sonntags war es ruhiger, und montags hatten wir geschlossen. Falls es mir gelang, Immi über das Wochenende unter Verschluss zu halten, hatten wir vielleicht Glück, denn bis Dienstag konnte die Presselawine schon zur nächsten großen Sache weitergedonnert sein.

Vor der Immobilienagentur blieb ich stehen. Das eine Schaufenster war ganz für Lovett Properties reserviert. Ein großes Plakat ermahnte die Leute, nur ja Interesse für die Luxusbehausungen mit den fünf Schlafzimmern, die auf Long Meadow entstehen sollten, zu bekunden. Mir wurde schon schlecht, als ich auf die Baupläne und Entwurfszeichnungen schaute. Das andere Schaufenster war voll von Thatcher Developments: Wohnanlagen unten am Fluss mit Blick aufs Wasser, Fabrikgebäude in dem großen neuen Industriegebiet sowie Luxusvillen am anderen Ende der Stadt. Jack war ein fleißiger Junge – kein Wunder, dass Mister Curzon ihn behandelte wie einen Prominenten. Bestimmt hatte er ihm Kaffee angeboten – im edlen Porzellantässchen – und feinstes Gebäck.

»Wir müssen aufhören, uns auf diese Art zu treffen.« Als hätte ich Jack durch meine Gedanken herbeigezaubert, vibrierte plötzlich seine Stimme in meinem Ohr. Sein Gesicht spiegelte sich in der Glasscheibe des Schaufensters dicht neben meinem.

»Läufst du mir hinterher?« Ich tat so, als studiere ich die Immobilienangebote, und versuchte dabei, das Kribbeln auf meiner Haut zu ignorieren.

Ein langsames, träges Grinsen war die Antwort auf meine Anschuldigung. »Willst du, dass ich dir hinterherlaufe?«

»Nein.« Mein Herz pochte heftig bei der Lüge.

»Komm, ich lade dich zu einer Tasse Kaffee ein.« Er wies auf die Teestube auf der anderen Seite der Straße. »Wenn du mir schon nicht erlaubst, dich heute Abend auszuführen, so erbarme dich wenigstens, einen Cappuccino mit mir zu trinken.«

»Okay. Ich schätze, ein paar Minuten kann ich erübrigen«, stimmte mein Mund zu, bevor mein Hirn auf die Bremse treten konnte. Und schon überquerten Jack und ich die Hauptstraße, auf dem Weg zu einem »Tea for Two«.

Es war relativ ruhig in dem Café, nur an wenigen Tischen saßen ein paar alte Damen mit klassischem Lilastich im weißen Haar. Das Café war eine dieser angenehm altmodischen Teestuben mit kitschigen Spitzengardinen. Normalerweise ging ich mit meiner Stiefmutter Gloria hierher, wenn sie von ihrem neuen Zuhause in den Staaten kam, um mich zu besuchen. Und da ich nun gerade an Mum dachte, fragte ich mich, ob Immi sie nach der Talkshow eigentlich schon angerufen hatte. Es wäre schrecklich, wenn die Presse sie aufspürte, bevor Immi mit ihr gesprochen hatte.

Ich setzte mich an einen Ecktisch, während Jack die Getränke holte. Er kehrte mit zwei Bechern Kaffee und zwei großen Stücken Apfelkuchen mit Sahne zurück. Damit war mein Plan, schnell auszutrinken und noch schneller wieder zu flüchten, vereitelt.

Jack nahm seine Gabel und machte sich über seinen Kuchen her. »Was ist los? Hättest du lieber ein Eclair gehabt?« Er warf sich ein Stück Apfel in den Mund und sah mich unverwandt an, während er vor sich hin kaute.

»Nein, das hier ist okay. Ich mag Apfelkuchen.« Das

stimmte, ich liebte Apfelkuchen. Jetzt, da ich darüber nachdachte, fiel mir auf, dass ich mich nicht erinnern konnte, irgendetwas zu Mittag gegessen zu haben, und ziemlich hungrig war. Der eine Schokoladenriegel hatte nicht viel genützt, um die Leere in meinem Magen zu füllen.

»Wie läuft's mit dem Tierasyl?«

Ein Teigkrümel blieb mir hinten im Hals hängen, also griff ich nach meinem Kaffee, um ihn herunterzuspülen. Aufschneiderei und Geflunker gehören nicht zu meinen Stärken. Ich habe das, was Immi »ein aussagekräftiges Gesicht« nennt.

»Okay, so la-la, du weißt schon.« Ich fragte mich, ob Mister Curzon irgendetwas über den Zweck meines Besuchs erzählt hatte. Falls dem so war, hatte er damit sicher den Ehrenkodex aller Bänker verletzt oder irgendetwas in der Art.

»Seit wann machst du das schon?« Jack hatte seinen Kuchen bereits vertilgt.

»Seit sieben Jahren.« Es schien, als seien all meine Befürchtungen im Hinblick auf Jacks Motive, mit mir ausgehen zu wollen, berechtigt. Ich konnte nahezu hören, wie der Geier mit den Flügeln schlug. Mein Kuchen schmeckte mir plötzlich nicht mehr sonderlich, und ich legte die Gabel nieder.

»Es muss Schwerstarbeit sein, all diese Tiere zu versorgen.«

»Es ist die Arbeit, die ich mein Leben lang tun wollte.« Ich habe Tiere immer geliebt, schon als ich noch ein kleines Mädchen war. Ich kann den Gedanken nicht ertragen, dass ein Tier verletzt wird oder Schmerzen erleidet. Als mein Vater starb, kurz nachdem ich mit dem Studium fertig war, hinterließ er Gloria das Haus und Immi und mir jeweils einen dicken Batzen Bargeld. Ich benutzte mein Geld, um das Tierasyl zu kaufen; Immi investierte ihren Anteil in eine Anzahlung für eine Eigentumswohnung und in Schauspielunterricht. Obwohl Gloria ein toller Mensch ist und ich sie schrecklich liebhabe, vermisse ich meinen Vater immer noch.

»Wie war es bei dir?«, fragte ich. »Hast du immer schon Dinge bauen wollen?«

Er lächelte, und auf seiner Wange bildete sich ein Grübchen. »Ich glaube, ja. Als ich klein war, bin ich mit meinem Vater immer vorn im Laster mitgefahren. Ich hatte meinen eigenen gelben Helm mit meinem Namen drauf.«

Ich konnte nicht anders, ich musste einfach lächeln, als ich mir den kleinen Jack mit einem Miniatur-Helm auf dem Kopf vorstellte.

»Du siehst so hübsch aus, wenn du lächelst, Clodagh.« Er griff über den Tisch und legte seine Hand auf meine. »Ich wünschte, du würdest häufiger lächeln. Du siehst immer so ernst aus, als lasteten alle Sorgen der Welt auf deinen Schultern.«

Mein Herz krampfte sich unter seinem gefühlvollen Blick zusammen, und seine Berührung versetzte meinen Körper in einen Zustand, als habe er keine Knochen mehr und bestehe nur noch aus Gelee. »Ist das so?«

Die nächste Minute zog sich dahin, und das war wundervoll, denn ich dachte, er würde mich jetzt gleich küssen. Dann begann meine Handtasche zu klingeln, und der Zauber war vorüber. Ich zog meine Hand unter seiner weg und griff nach meinem Mobiltelefon.

»Clo, wo bist du?« Es war Immi.

»Ich, äh … trinke gerade Kaffee mit einem … Freund. Warum?«

»Da ist eine Nachricht auf dem Anrufbeantworter, in der

es um irgendeinen Hund geht, und auf dem Hof schleicht ein mysteriöser Mann herum.« Immi klang wahnsinnig gestresst.

»Okay, ich bin in zehn Minuten zu Hause. Wo ist Jade?« Der mysteriöse Mann konnte so ziemlich jeder sein, sowohl irgendein Besucher als auch der Tierarzt. Ich konnte nicht sagen, ob Immi übertrieb, wie sie es im Schauspielunterricht gelernt hatte, oder ob sie ernsthaft in Panik war.

»Die ist weg, weil sie ihren Bus erwischen musste. Der Besuchereingang ist zugesperrt, und dieser Typ späht durch die Fenster. Ich bin ganz allein hier.«

»Bin schon unterwegs. Ruf die Polizei, wenn er versucht, ins Haus einzudringen.« Ich sprang auf, das Telefon immer noch fest gegen mein Ohr gepresst. Dieser Mann konnte der mysteriöse Saboteur sein, der all diese Schäden angerichtet hatte.

»Was ist passiert?« Jack stand ebenfalls auf, und ich klappte mein Telefon zu und ließ es wieder in meine Handtasche gleiten.

»Ich muss zurück. Meine Schwester ist ganz allein im Haus, und irgendein Mann schleicht auf dem Hof herum.« Ich stürzte auf die Tür zu.

»Welche Schwester?« Jack folgte mir auf dem Fuße, als ich die Straße hinunter zu meinem Wagen eilte.

»Meine Schwester, sie wohnt im Moment bei mir.«

Er holte mich ein, als ich gerade die Tür meines Wagens öffnete. »Ich fahr hinter dir her.«

Ich fuhr los, ohne darauf zu antworten oder noch einmal zurückzuschauen. Auf dem ganzen Weg zum Tierasyl lief mein Gehirn auf Hochtouren. Hätte ich die Polizei rufen sollen? Warum hatte ich Jack erzählt, dass Immi bei mir wohnte? War Immi in Ordnung?

Der Hof wirkte verlassen, als ich ankam. Mit quietschenden Reifen brachte ich den Wagen zum Stehen und sprang heraus, die Dose mit Enteiserspray im Anschlag. Ich weiß, eine richtige Waffe ist das nicht unbedingt, doch war es das Einzige, was ich auf die Schnelle zur Hand hatte. Die Hintertür öffnete sich, und Immi lugte nach draußen; sie trug eine riesengroße Sonnenbrille.

»Bist du in Ordnung? Hast du die Polizei gerufen?« Ich eilte ihr entgegen, so schnell mein blöder Rock es mir erlaubte.

»Unmittelbar nachdem ich dich angerufen hatte, ist er weg. Ich weiß nicht, wohin er verschwunden ist.«

Jacks Range Rover fuhr auf den Hof und hielt neben meinem Fiat.

»Ach du Scheiße. Das ist ja der Adonis von heute Morgen.« Immi zog sich ihre blassblaue Kapuze über das Haar, während Jack aus dem Wagen sprang und zu uns herüberrannte.

»Ist alles in Ordnung?« Er kniff erstaunt die Augen zusammen, als er Immi erblickte, die aussah, als verdinge sie sich als Statistin in einem Rapper-Video.

»Wir glauben, dass der Typ weg ist, der sich hier herumgetrieben hat.« Ich wedelte mit dem Enteiserspray in Richtung der Vorderseite des Hauses.

Jack grinste. »Was hattest du denn damit vor? Wolltest du ihn damit hauen oder auftauen?«

»Witzig. Wir sollten zur Vorsicht mal nachsehen.« Ich stellte die Dose neben die Hintertür.

»Ich gehe allein.« Er warf Immi einen weiteren neugierigen Blick zu. »Ihr Mädels bleibt hier.«

Er war kaum außer Sichtweite, als Immi keine weitere Zeit verschwendete, um ihre Meinung kundzutun. »Der Typ ist allererste Sahne. Und das ist der Freund, mit dem du dich beim Kaffee herumgetrieben hast?«

»Ich habe mich mit niemandem herumgetrieben. Ich bin ihm zufällig in der Bank begegnet und dann noch einmal auf der Hauptstraße.«

»Na klar doch. Ich dachte, du hättest gesagt, er sei ein Bösewicht.«

»Das ist er auch. Ich war lediglich höflich.«

»Glaubst du, dass er mich erkannt hat?« Sie zog sich die Kapuze tiefer ins Gesicht.

Ich hatte keine Zeit zu antworten, denn Jack war wieder auf dem Hof und joggte auf uns zu.

»Ich konnte niemanden sehen. Da stehen ein paar Wagen auf dem Parkplatz, aber in denen sitzt keiner.«

»Danke, dass du nachgeschaut hast.« Die Situation war irgendwie peinlich.

Wieder starrte er Immi an. »Sind wir einander schon mal irgendwo begegnet?«

»Ich glaube nicht.« Sie wich zurück in Richtung Tür.

»Meine Schwester lebt in London. Sie kann mich nicht sehr oft besuchen.« Ich musste Jack vom Tierasyl wegbekommen.

»Sie kommt mir bekannt vor.«

Ich legte meine Hand auf den Ärmel seiner Jacke und zog ihn auf seinen Wagen zu.

»Autsch, Clo, weshalb die Eile?« Ein paar Meter von der Hintertür entfernt blieb er stehen. »Wo ist deine Schwester hin?«

Suchend sah ich mich um; Immi hatte die Chance genutzt und war verschwunden.

»Es geht ihr nicht sonderlich gut.« Ich hätte meine Finger gekreuzt, um für die Lüge nicht bestraft zu werden, aber meine Hand lag immer noch auf seinem Arm – etwas, was mir nur zu deutlich bewusst wurde, als ich plötzlich spürte, wie sich seine Muskeln unter dem Leder seiner Jacke spannten. »Ich, äh, sollte gehen und nachsehen, ob sie in Ordnung ist.« Mein Verstand riet mir, mich zu bewegen, aber mein Körper schien dem Rat keinerlei Beachtung zu schenken.

Jack schaute auf die geschlossene Hintertür. »Ich bin sicher, dass sie in Ordnung ist.«

Mein Herz begann schneller zu schlagen, als er seine Arme sanft um meine Taille schlang und mich näher an sich heranzog. Ich konnte den erdigen Duft seines Rasierwassers riechen, als seine Lippen meine berührten. Er schmeckte nach Kaffee und nach Jack. Auf einmal begannen meine Hände, über seine weichen, dunklen Locken zu streichen, und ich verlor mich in seinem Kuss.

Das Brüllen der Esel auf ihrem Feld machte dem Zauber ein jähes Ende. Ich knutschte mit dem Feind!

»Ich muss jetzt wirklich gehen.« Ich löste mich aus seiner Umarmung. Mein Herz trommelte in meiner Brust, und meine Lippen prickelten von seinem Kuss. Ich lief aufs Haus zu, doch blieb ich gleich wieder wie angewurzelt stehen, denn er rief mir etwas nach.

»Warte! Jetzt weiß ich, wer deine Schwester ist!«

5

Sie ist diese Schauspielerin, die für Mundwasser Reklame macht und in der Fernsehserie, die mittags immer läuft, die Tochter spielt. Die, die gestern Abend betrunken in der Talkshow war. Ihr Foto ist heute überall in der Zeitung.«

Scheiße.

Ich drehte mich um und sah Jack an. Die Haustür quietschte und wurde wieder geöffnet, denn Immi hatte offenbar mitgekommen, was er gesagt hatte.

»Ihr kommt besser ins Haus«, meinte sie.

Sie hatte ihr Gesicht und ihre Haare in Ordnung gebracht, während ich bei der Bank war, denn als sie jetzt ihre Kapuze vom Kopf zog, kam eine glänzende blonde Lockenpracht zum Vorschein. Als Nächstes nahm sie ihre dunkle Brille ab und klimperte mit ihren langen schwarzen Wimpern in Jacks Richtung.

Er folgte mir in die Küche. »Ihr zwei seid Schwestern?« Ungläubig schüttelte er den Kopf, während Immi die Hintertür schloss. »Ihr seht euch nicht gerade ähnlich.«

»Stiefschwestern. Ihre Mutter hat meinen Vater geheiratet«, erklärte ich ihm.

Immi und ich erzählten die Geschichte schon seit so vielen Jahren, dass wir sie hätten singen können. Sie war neun und ich war dreizehn Jahre alt gewesen, als unsere Eltern heirateten. Mein Vater war Witwer; ich erinnere mich überhaupt nicht an meine leibliche Mutter, denn sie kam bei einem Autounfall ums Leben, als ich erst ein paar Wochen alt war.

Immis Mutter war geschieden und heiratete nach dem Tod meines Vaters noch einmal. Heute lebt sie in Kalifornien, mit Burl, einem sehr netten pensionierten Sergeant der US Air Force. Wir telefonieren einmal in der Woche und korrespondieren regelmäßig via E-Mail. Ich habe meine Stiefmutter sehr gern.

Jack lehnte sich mit dem Rücken gegen das Spülbecken, während Immi und ich uns an den Küchentisch setzten.

»Ich wette, hinter *dir* ist im Moment jeder Journalist und Reporter im Vereinigten Königreich her.« Er sah Immi an. »Ich habe heute Morgen im Frühstücksfernsehen einen Ausschnitt der Show gesehen. Du hast ja ganz schön zugeschlagen.«

Ich stützte den Kopf auf meine Hände.

»Ich bin zwar nicht stolz darauf, was ich getan habe, aber es hat sich als recht nützlich erwiesen, dass ich mal Kickboxen gemacht habe«, pflichtete sie ihm bei. »Übrigens, sag bitte niemandem, dass ich hier bin. Geht das? Ich weiß, dass es im Endeffekt doch herauskommen wird, aber es wäre mir lieber, das würde erst in ein paar Tagen passieren, wenn sich der Rummel etwas gelegt hat.«

»Mhm«, erwiderte Jack, und dabei blitzte ihm der Schalk aus den Augen, »das muss ich mir erst noch überlegen.«

Oh, oh. Ich kannte diesen Blick, und meine Schwester war immer schon ein Mensch, der sich auf jede Provokation einließ.

Trotzig schob Immi das Kinn vor. »Du versprichst, den Mund zu halten, und Clo wird mit dir ausgehen.«

»Immi!«

Mein Protest stieß auf taube Ohren.

»Was verleitet dich denn zu der Annahme, ich sei bestechlich?«, fragte Jack und grinste dabei.

»Das sind die meisten Männer«, bemerkte Immi.

»Entschuldigt vielmals, aber habe ich in dieser Sache gar kein Mitspracherecht?« Ich hasste es zwar, ihren geistreichen Schlagabtausch unterbrechen zu müssen, doch kam es mir ganz so vor, als begriffen sie das Wesentliche nicht – und das war, dass *ich* mich nicht bereiterklärt hatte, mit Jack auszugehen. Ein flüchtiger Kuss bedeutete noch lange nicht, dass mir der Sinn danach stand, einen ganzen Abend in seiner Gesellschaft zu verbringen. Danach zu urteilen, wie meine Gefühle immer noch mit meinen Hormonen Walzer tanzten, war das viel zu riskant.

»Du darfst bestimmen, wo wir hingehen«, meinte er.

»Ich glaube nicht, dass …«

»Großartig!« Immi strahlte uns an und erstickte meinen Protest damit im Keim.

Ich hoffte, dass Clive ihr einen fetten Haarballen aufs Bett würgte.

Jack grinste mich an. »Ich komme so gegen acht und hole dich ab.«

»Aber was wird aus Immi?« Mir gefiel die Vorstellung nicht, sie allein im Haus zu lassen – nach dem Schrecken mit dem Herumtreiber erst recht nicht. Das konnte gut und gern der geheimnisvolle Saboteur gewesen sein.

»Ich spiele für euch doch nicht den Anstandswauwau. Und außerdem soll ich mich ja versteckt halten, erinnerst du dich?« Immi zog eine Nagelfeile aus ihrem Make-up-Täschchen, das mitten auf dem Tisch stand, und begann, ihre French Manicure zu inspizieren. »Um mich brauchst du dir keine Sorgen zu machen, Clo. Ich kann die Polizei rufen, wenn es irgendwelche Probleme geben sollte.«

»Aber …« Das behagte mir ganz und gar nicht. Meiner Schwester gefiel es zu sehr, über mein Leben zu bestimmen.

»Ich werde ein paar Anrufe erledigen.« Sie feilte an einem imaginären Grat und bewunderte das Ergebnis, als sei bereits alles entschieden.

»Okay, Clodagh. Wir sehen uns um acht. Überleg dir, wo du gern essen möchtest.« Jack zwinkerte Immi zu, und dann ging er.

Ich zog einen meiner klobigen Ohrringe herunter und schleuderte ihn gegen die Küchentür. Er traf mit einem befriedigenden Knall das Holz, bevor er unter die Spüle rutschte und nicht mehr zu sehen war.

»Fühlst du dich jetzt besser?« Immi streckte die Hand aus, um erneut das Resultat ihrer Maniküre zu bewundern.

»Nicht wirklich.« Ich nahm meinen anderen Ohrring ab und stand kurz auf, um ihn in die halbgeöffnete Besteckschublade zu werfen. »Du hast mich reingelegt.«

Immi steckte die Nagelfeile zurück in ihr elegantes Make-up-Täschchen. »Als ich aus dem Fenster gespäht habe, hast du dir von dem Adonis gerade das Gesicht ablutschen lassen. Ich bin nicht davon ausgegangen, dass es eine unzumutbare Härte für dich darstellen würde, mit ihm auszugehen.«

»Nun, damit hast du dich geirrt.« Ich ließ mich wieder auf den Stuhl plumpsen, der Immis gegenüber stand.

»Clo, nicht jeder Typ, dem du begegnest, ist ein Psychopath.«

Ich sah sie nur an – als wäre *sie* die große Expertin! Sie hatte Kirk vor laufenden Fernsehkameras verprügelt.

»Das ist die Wahrheit«, protestierte sie.

»Hör auf, dir was vorzumachen, Immi! Wir haben beide kein Händchen für Männer. Du hast dich mit Kirk eingelassen, und ich war mit Jonathan zusammen.«

Ich brauchte bloß seinen Namen auszusprechen, und prompt hatte ich einen bitteren Geschmack im Mund. Jonathan war der Mann meiner Träume gewesen. Seinetwegen hatte ich alles verändert: meine Frisur, meine Garderobe, meinen Freundeskreis – sogar die Dinge, die ich aß und trank. Mein Studium hatte ich nur geschafft, weil ich ihm unbedingt beweisen wollte, wie gescheit ich war.

Er war einer meiner Dozenten an der Uni gewesen. Ich hatte mich für etwas so Besonderes gehalten, als er mich auswählte. Erst als ich dahinterkam, dass er mit der Hälfte der Erstsemestlerinnen herumbumste, begriff ich, was er wirklich war: ein armseliger Lustmolch mittleren Alters, der sich verzweifelt danach sehnte, wie Peter Pan zu sein, und sich seine Jugend erhalten wollte, indem er mit jungen Mädchen schlief. Unglücklicherweise hatte etwas wirklich Schreckliches geschehen müssen, damit er sein wahres Gesicht zeigte, und zu diesem Zeitpunkt war es bereits zu spät. Mein Selbstwertgefühl sank gegen null, und seither hatte ich mein Leben darauf ausgerichtet, mich lieber um Tiere zu kümmern statt um Männer.

Immi zog die Stirn kraus. »Ich weiß, Süße, aber irgendwann werden auch wir Glück haben. Ich kann nicht noch mehr Pech haben, als ich bereits hatte, und Jack scheint echt scharf auf dich zu sein.«

»Kann sein.« Ich persönlich fing langsam an zu glauben, dass Schwester Philomena, die Direktorin unserer alten Schule, vielleicht nicht so ganz unrecht gehabt hatte, als sie anregte zu erwägen, ins Kloster zu gehen. Wenn ich an Jonathan dachte, kam mir das jedes Mal in den Sinn.

Gähnend streckte Immi die Arme über den Kopf und machte dabei einen Buckel wie eine Katze. »Wo willst du mit Jack hingehen?«

Ich knibbelte an der Nagelhaut meines Daumens. »Weiß nicht.«

»Wo ist es denn hier in der Gegend so richtig nett?«

Ich hatte keine Ahnung. Mein gesellschaftliches Leben kreiste um die chinesische Imbissstube Lucky Dragon und den Pub. Als ich das letzte Mal mit einem Mann zum Essen in einem Restaurant war, hatten die Zähne von X-Factor-Jury-Mitglied Simon Cowell noch ihre ursprüngliche Farbe. Was für ein erbärmliches Leben führte ich eigentlich? Ich war achtundzwanzig Jahre alt, und der Höhepunkt meiner Woche war ein Abend im Frog and Ferret. Ich trat mir die Schuhe mit den hohen Absätzen von den Füßen und stapfte quer durch die Küche zu der Kiste mit dem Altpapier, um die Gratiszeitung vom letzten Wochenende wieder herauszuklauben.

Immi sah mir dabei zu, wie ich sie auf dem Tisch ausbreitete und den Unterhaltungsteil durchstöberte.

»Du bist echt ein hoffnungsloser Fall.« Fassungslos schüttelte sie den Kopf.

»Ich habe weder die Zeit noch das Geld, um schick auszugehen.«

»Du gehst *nie aus*.« Immi strich die Seite glatt, um ihrerseits die Anzeigen zu studieren.

Das hatte gesessen. Jetzt fühlte ich mich wie eine altjüngferliche Einsiedlerin. »Ich gehe hin und wieder aus.«

»Das Frog and Ferret zählt doch nicht als Ausgehen. Wann bist du das letzte Mal durch Nachtclubs gezogen oder warst mit ein paar Leuten in einem Weinlokal oder im Kino?«

»Ich war vor ein paar Wochen bei einem Fest im Gemeindezentrum.« Okay, ich war dort, weil ich bei einer Hochzeit hinter der Bar gearbeitet hatte, um mir ein bisschen Geld nebenbei zu verdienen, aber das brauchte Immi nicht zu wissen. Ich war seit Jahren nicht in einem Nachtclub gewesen; ich wusste nicht einmal, ob es so etwas in Melhampton überhaupt gab. Seit der Sache mit Jonathan tat ich viele Dinge nicht mehr, die ich vorher leidenschaftlich gern getan hatte. Manchmal fühlte ich mich Jahre älter als Immi, fast so, als sei ich niemals jung gewesen, sondern vom Kind gleich zur Frau mittleren Alters geworden. Unterhaltungen wie diese erinnern mich immer daran, warum ich Immi lieber mag, wenn viele, viele Kilometer zwischen uns liegen.

Sie verdrehte die Augen, biss sich aber auf die Zunge.

»Wie wäre es denn mit dem da?« Ich zeigte auf die Anzeige eines Restaurants, das sich in einer umgebauten Scheune befand und nur ein paar Kilometer von mir weg war. Es sah nicht so piekfein aus, dass ich mich gleich unbehaglich fühlen würde, aber es war auf jeden Fall besser als das Lucky Dragon.

»Das wäre zwar okay, aber das hier ist besser.« Sie zeigte auf die Anzeige eines hochpreisigen Bio-Restaurants am anderen Ende der Stadt.

»Die verlangen wahrscheinlich für einen gefüllten Champignon fünfzig Pfund.« O Gott, ich würde Geld brauchen. Ich konnte nicht erwarten, dass Jack für alles zahlte. Ich brauchte bloß daran zu denken, dass ich Geld lockermachen musste, das ich nicht besaß, und schon zog sich in meiner Brust alles zusammen, und ich fing an zu hyperventilieren.

Immi ließ ein paar Äpfel aus einer braunen Papiertüte kullern. »Atme.« Sie half mir, die Tüte über Mund und Nase zu stülpen, bis ich mich wieder beruhigt hatte.

»Ich dachte, diese Panikattacken hättest du hinter dir, Clo.« Sie kniete vor mir auf dem Boden, und ihre großen blauen Augen blickten sorgenvoll zu mir auf.

Ich hatte auch geglaubt, dass ich die hinter mir hatte. Schätze mal, dass das ein Irrtum war. Ich hatte seit Ewigkeiten keine mehr gehabt – nach der Sache mit Jonathan hatte ich sie ständig bekommen. Irgendwann war ich fast schon agoraphobisch gewesen. Ich hatte die Wohnung nur noch verlassen, um zu Vorlesungen zu gehen, und es ansonsten tunlichst vermieden. Ich hatte Panikattacken gehabt, die so beängstigend waren, dass ich gefürchtet hatte, ich sei herzkrank.

Damals hatte ich – genau wie Jade heute bei mir – als ehrenamtliche Mitarbeiterin in einem kleinen Tierheim in der Nähe der Universität gearbeitet, und Tiere wurden zu dem einzig mental Gesunden in meinem Leben, zu dem Einzigen, das mich am Leben hielt, als meine Welt so erschüttert wurde, dass ich den Boden unter den Füßen verlor. Tiere lieben einen bedingungslos. Sie beurteilen einen weder nach der Kleidung, die man trägt, noch nach der Arbeit, der man nachgeht, oder danach, wie viel man wiegt. Ich kann keine Form von Grausamkeit und Missbrauch ertragen, und als ich sah, in welchem Zustand einige der armen kleinen Wesen waren, als sie im Tierheim ankamen, war ich entschlossen, etwas zu tun, womit ich helfen konnte.

Als mein Vater starb und mir etwas Geld hinterließ, wusste ich, dass das eine Chance war, wirklich etwas zum Guten zu verändern. Zudem war es eine Chance, ein neues Leben zu beginnen. Zum damaligen Zeitpunkt gehörte Rainbow Ridge einem älteren Ehepaar, das sich in Spanien zur Ruhe setzen wollte, um näher bei der Tochter zu wohnen. Sie verkauften mir das Haus und das Land zu einem Preis, der unter dem Marktwert lag, weil sie mehr als alles andere wollten, dass jemand ihre Arbeit fortsetzte. Seit damals lebte ich hier und war eigentlich recht glücklich in meiner kleinen heilen Welt auf dem Land, allein mit meinen Tieren.

»Ich hätte dich nie dazu gedrängt, mit Jack auszugehen,

wenn ich gewusst hätte, dass du dadurch wieder krank wirst.« Immi erhob sich vom Boden.

»Ich bin okay, wirklich. Du hast recht – ich gehe nicht viel aus.« Ich legte die Papiertüte auf den Tisch.

Mit Wucht betätigte jemand den Türklopfer an der Haustür. Schlagartig wurde Immi leichenblass.

»Ich mach auf. Du siehst zu, dass dich keiner sieht.« Ich schloss die Küchentür hinter mir und huschte durch den Korridor. Durch die altmodische Milchglasscheibe in der Haustür konnte ich die Umrisse einer männlichen Gestalt erkennen. Vorsichtig zog ich die Tür einen Spaltbreit auf.

»Hallo. Ich hatte heute kurz angerufen, um zu fragen, ob Sie Nigel bei sich aufnehmen könnten?« Der dicke Mann mittleren Alters, der da auf meiner Matte stand, hielt an einem Stück Wäscheleine einen riesigen rauhaarigen Irischen Wolfshund. Mit traurigen braunen Hundeaugen blickte er mich an.

»Er gehört meinem Vater. Ich würde ihn bei mir aufnehmen, bis Dad wieder aus dem Krankenhaus kommt, aber meine Frau ist allergisch.« Der Mann hielt mir das Stück Wäscheleine entgegen. »Dad ist ernsthaft krank, und es würde ihm das Herz brechen, wenn Nigel irgendetwas zustieße. Ich weiß, dass es ihm bei Ihnen gut gehen wird, und wir werden bezahlen, was seine Haltung kostet und so. Die vom Tierschutzverband haben gesagt, Sie könnten uns helfen.«

Nigel stieß ein klägliches Winseln aus.

»Für wie lange wäre das denn ungefähr?« Ich fragte das, obwohl ich bereits wusste, dass ich ihn nehmen würde. Wie hätte ich ihn nicht nehmen können?

»Nur für eine Woche oder so. Meinen Namen und meine Anschrift finden Sie in diesem Umschlag hier, und da sind auch fünfzig Pfund drin. Ich wünschte, ich könnte Ihnen mehr Geld geben.« Mit seiner freien Hand wühlte der Mann in seiner Jackentasche und förderte schließlich einen schmuddeligen braunen Briefumschlag zutage.

»Sein Korb ist noch im Wagen«, sagte er und schoss mit sichtlicher Erleichterung in dem geröteten Gesicht auf den öffentlichen Parkplatz zu.

Ich blieb an der Tür stehen und überprüfte den Inhalt des Umschlags. Ich wusste, dass ich das hier bereuen würde; ich entwickelte immer eine viel zu starke Bindung zu meinen Kurzzeit-Gästen. Hechelnd kam der Mann zurück, mit einem großen Hundebett auf den Armen.

»Ich habe sein Spielzeug und etwas Futter in die Tasche da gesteckt.« Eine riesige Tragetasche baumelte an seinem Arm. »Seine Leine konnte ich nicht finden.«

»Benötigt er irgendwelche Medikamente oder so?« Dass Leute Katzen mit Epilepsie und Hunde mit Diabetes an mich abschoben, hatte ich alles schon hinter mir – unerwartete Rechnungen für Medikamente zehrten so ziemlich den größten Teil meiner Einkünfte auf.

»Nein, er ist gesund wie ein Fisch im Wasser. Und er hat keine Flöhe. Und er ist entwurmt worden.«

Ich überprüfte noch einmal die Kontaktdaten. »Okay, ich werde Sie einmal in der Woche anrufen, um zu hören, wie es aussieht.«

Der Mann ließ das Hundebett und die Tragetasche neben Nigel auf die Türmatte fallen. »Ich bin Ihnen unendlich dankbar. Es wird Dad beruhigen, dass der Hund jetzt in guten Händen ist.«

Er wieselte zu seinem Wagen. Ich führte den gewaltigen Hund durch den Korridor und in die Küche.

»Was zum Teufel ist das denn?« Immi riss vor Entsetzen

die Augen auf. »Ein Hund kann das nicht sein. Das Teil ist ja so groß wie deine schwulen Esel.«

»Pasquale und Miko sind nicht schwul. Esel sind am glücklichsten, wenn sie mit jemandem zusammenleben; und das hier ist Nigel. Er ist ein Irischer Wolfshund.« Ich knüpfte das Stück Wäscheleine von Nigels Halsband. Der Hund sank mit einem lauten Seufzer auf Immis Füße. Ich streichelte ihm über den gewaltigen Schädel und wurde damit belohnt, dass er mir über das Kinn leckte.

»Gehe ich recht in der Annahme, dass das da der Grund für den Anruf heute Nachmittag war?« Immi zog ihre Füße unter Nigels Körper hervor, was bei seinem Gewicht gar nicht so einfach war.

»Ja, es sei denn, du hast noch jemand anderem versprochen, dass ich seinen Hund bei mir aufnehme.« Ich holte Nigels Korb von draußen herein und stellte ihn neben die Küchenheizung. Nachdem ich seinen Ball und seinen Quietscheknochen auch noch dazugelegt hatte, zockelte Nigel mit klackenden Krallen über den Linoleumboden und legte sich auf sein Bettchen.

»Muss ich irgendetwas mit dem machen, wenn du heute Abend mit Jack unterwegs bist?«

»Du könntest eine Runde Gassi mit ihm gehen, bevor du ins Bett gehst.« Ich drehte mich um, während ich meinen Mantel überstreifte, damit sie mein süffisantes Grinsen nicht sehen konnte. Immi hatte meine Tierliebe noch nie geteilt.

»Ha-ha, wie witzig!«

»Ich schaue besser nach, ob die Enten und Gänse alle im Stall sind. In der Nähe ihres Feldes ist ein Fuchs gesichtet worden.« Ich schlüpfte in meine Gummistiefel.

»Nun, sieh zu, dass du das schnell erledigst. Jack wird bald wieder hier sein, um dich abzuholen, und im Moment siehst du noch aus wie eine Mischung aus Joan Collins in *Denver Clan* und Vogelscheuche Worzel Gummidge.«

Ich begnügte mich damit, ihr die Zunge herauszustrecken, und eilte nach draußen, um meinen letzten Pflichten des Tages nachzukommen. Diese Zeit hatte ich am liebsten – den Abend, wenn sie alle nach Hause gegangen waren und ich alles für mich allein hatte. Ich scheuchte das Federvieh in seinen Stall und kontrollierte die Scheune, in der die Kleintiere untergebracht waren, die Kaninchen, die Wüstenrennmäuse und die Meerschweinchen. Mister Sheen, der Ziegenbock, nickte mir durch den geöffneten oberen Teil seiner Stalltür zu; die Esel waren bereits in ihrem Verschlag.

Es war kalt geworden, und es war fast schon dunkel, als ich über den Hof zum Haus zurücklief. Immi hatte die verblichenen, blauweiß karierten Küchenvorhänge zugezogen, und da sie etwas zu klein waren für das Fenster, strömte das Licht an den Seiten in hellgelben Streifen nach draußen.

Der Sensor an der Hintertür registrierte, dass ich mich näherte, und die Sicherheitsleuchte schaltete sich ein und erhellte den Hof. Im selben Moment hätte ich schwören können, dass sich in der im Dunkel liegenden Ecke des Hauses etwas bewegte, irgendetwas – oder irgendjemand.

»Ist da jemand?« Ich schnappte mir die Dose mit dem Enteiser-Spray, die immer noch neben der Hintertür stand. Es rührte sich nichts. Ich erwog, genauer nachzusehen, doch siegte mein gesunder Menschenverstand, und so trippelte ich zurück ins Haus.

6

Nigel blickte kurz aus seinem Korb auf, als ich die Hintertür schloss und den Riegel vorlegte. In der Küche roch es nicht nur nach Hund, sondern auch nach verbranntem Brot, sodass ich annahm, dass Immi sich etwas zum Abendessen gemacht hatte und ins Wohnzimmer gegangen war. Ich hielt es für keine gute Idee, ihr gegenüber zu erwähnen, dass der Herumtreiber möglicherweise immer noch draußen herumlungerte. Im Grunde hatte ich ja auch nicht wirklich etwas gesehen.

Ich lugte ins Wohnzimmer, wo sie mit angezogenen Beinen auf dem Sofa saß, geräuschvoll ein Stück Käsetoast kaute und dabei durch die Gratiszeitung blätterte. Kater Clive lag lang ausgestreckt vor dem Kamin, und Dave war damit beschäftigt, die Hülsen seiner Sonnenblumenkerne aus seinem Käfig auf den Fußboden zu spucken.

Immi blickte auf. »Ach, du bist zurück. Kann ich deinen Computer benutzen? Ich müsste ein paar E-Mails schreiben.«

»Klar. Ich habe aber nur Dial-up, das wird also langsam sein.« Ich fragte mich, womit sie sich die Zeit vertreiben wollte, während ich aus war. Wahrscheinlich würde sie ihren eigenen Namen googlen, die Presseberichte lesen und sich schrecklich aufregen.

»Ich wusste nicht, dass der Stadtrat schon grünes Licht dafür gegeben hat, die Felder unten an der Straße für Bauprojekte zu erschließen.« Sie hielt die Seite hoch, damit ich sah, wo sie das gelesen hatte.

»Doch, das wusstest du, das habe ich dir schon vor Urzeiten erzählt. Das ist aber nicht Jacks Firma. Ein Unternehmen namens Lovett Properties wird da bauen. Zwischen denen und Jacks Firma hat es wegen des Grundstücks offenbar ein ziemliches Gerangel gegeben.« Seit die Sache publik geworden war, hatte ich noch mehr Angebote für den Grund und Boden des Tierasyls erhalten – einige von Bauunternehmen, die landesweit tätig waren. Kein Wunder, dass der Direktor meiner Bank mir immer wieder vorschlug, das Land zu Geld zu machen.

»Du beeilst dich jetzt besser mal. Dein Romeo wird in einer halben Stunde hier sein.« Immi ließ die Zeitung wieder in ihren Schoß sinken.

»Willst du bumsen?«, mischte Dave sich ein.

»Ich gehe jetzt.« Ich ignorierte den Papagei und machte mich auf die Suche nach einem geeigneten Outfit für das Abendessen mit Jack.

Immi hatte mir mein bestes Oberteil und meinen hübschesten Rock wieder zurückgegeben, da sie ja jetzt ihre eigenen Sachen hatte. Meine Garderobe löste keine Begeisterungsstürme aus, doch besaß ich ein paar Kleider, die ich anzog, wenn ich zu Veranstaltungen ging, um Sponsoren anzuwerben. Ich glitt mit den Fingern über den Saum meines kleinen Schwarzen und fragte mich, ob das für ein Abendessen mit Jack nicht vielleicht zu viel des Guten war. Ich wollte nicht, dass er dachte, ich würde mich zu sehr bemühen, doch wollte ich ebenso wenig, dass er dachte, ich hätte mich überhaupt nicht bemüht. Andererseits zog ich aufgrund des Zeitungsartikels über die Pläne hinsichtlich der Felder, die an mein Grundstück grenzten, jetzt wieder in Zweifel, dass es richtig gewesen war, mich auf diesen Abend mit Jack einzulassen.

Immi pochte gegen meine Schlafzimmertür und stieß sie im nächsten Moment auch schon auf. »Möchtest du dir das hier von mir ausleihen?« Sie hielt mir ein hübsches blassgrünes Seidenoberteil entgegen, das rückenfrei und im Nacken zu schließen war. »Das könntest du zu deiner schwarzen Hose tragen.«

»Könnte ich das?« Meine Schwester war immer schon ungemein großzügig mit ihren Sachen gewesen. Selbst in unseren Kinderzeiten, als ihre Mutter und sie gerade bei meinem Vater und mir eingezogen waren, hatte sie sich niemals kleinlich gezeigt, wenn es ums Teilen ging.

Als mein Vater ihre Mutter heiratete, war ich ein dreizehnjähriger Wildfang und Immi eine anmutige neunjährige Prinzessin mit hübschen Kleidern und einem Koffer voller Kuscheltiere. In der Hochzeitsnacht schlich Immi sich in mein Zimmer und steckte ihren Lieblingsteddy unter mein Oberbett. Sie hockte sich auf die Bettkante wie eine kleine blonde Fee, schloss mich fest in ihre Arme und erklärte mir, wie glücklich sie sei, weil sie jetzt eine Schwester habe.

Seither hatten wir ein enges Verhältnis. Sie konnte mich zwar mit einigen Dingen zum Wahnsinn treiben, doch wusste ich, dass sie für mich da war, wenn es wirklich darauf ankam. Und jetzt, da es für Immi darauf ankam, würde ich auch für sie da sein.

»Nun, ich weiß ja, dass deine Garderobe nicht gerade eine große Auswahl bietet.« Kopfschüttelnd schaute sie sich den Inhalt meines Kleiderschrankes an.

»Danke, Im.«

Sie grinste. »Sieh nur zu, dass du deine Unterhosen aussortierst. Denn du willst ja sicher nicht erleben, dass es dir wie Bridget Jones ergeht.«

Zu ihrem Glück zog sie den Kopf ein und huschte aus dem

Zimmer, bevor ich etwas nach ihr werfen konnte. Jack hatte keine Chance, auch nur in die Nähe meiner Unterhosen zu kommen. Nichtsdestotrotz beschloss ich, mein bestes Höschen anzuziehen. Ein Mädel muss sich schließlich souverän fühlen, nicht wahr?

Jack traf ein, als ich noch vollauf damit beschäftigt war, mein Haar mit Immis Glätteisen zu bearbeiten. Ich hörte, wie sie ihn ins Haus ließ und den sonoren Klang seiner Stimme, als er Hallo sagte; im nächsten Moment verbrannte ich mir die Finger, weil ich plötzlich solche Eile verspürte, mit meinen Haaren fertig zu werden. Ich riss den Stecker aus der Wand, blickte kurz in den Spiegel, um sicherzustellen, dass der Lippenstift nicht verschmiert war, und eilte nach unten.

Schmetterlinge flatterten in meinem Bauch umher, als ich Jack erblickte. Er war frisch rasiert und duftete umwerfend, hatte seine Jeans und seinen Pulli gegen ein blütenweißes Hemd und eine schlichte dunkelblaue Hose eingetauscht. Er pfiff anerkennend durch die Zähne, als ich die Treppe hinunterkam, worauf meine Wangen vor Scham zu glühen begannen.

»Immi, bist du sicher, dass du klarkommst? Kannst du Nigel bitte von Clive fernhalten? Ich habe vergessen, den Mann zu fragen, ob Nigel katzenfreundlich ist. Ich werde mit ihm rausgehen, wenn ich zurückkomme. Und bitte unterhalte dich mit Dave, denn er fühlt sich schnell einsam. Du könntest ihm auch das Radio einschalten, damit er ein bisschen Musik hören kann.«

Immi und Jack starrten mich beide mit großen Augen an.

»Clo, es ist alles in bester Ordnung. Hör auf zu labern. Jack, bring sie bitte hier hinaus, und sorg dafür, dass sie sich amüsiert.« Immi versetzte mir einen sachten Stoß in den Rücken.

Jack lächelte, und mein Herz vollführte einen doppelten Salto rückwärts mit halber Schraube. »Ich gelobe bei meiner Ehre, zu tun, was ich kann.« Er hob die Hand wie ein Pfadfinder.

»Seit wann bist du denn plötzlich mal Pfadfinder gewesen?« Ich ging los, um meine Jeansjacke vom Haken der Vorratskammertür zu holen, aber sie hing nicht da.

»Nun verletzt du mich aber zutiefst.« Jack griff sich an die Brust und verzog das Gesicht zu einer gekränkten Miene.

Immi reichte mir ein bezauberndes glitzerndes Schultertuch. Meine Jacke hatte sie offenbar versteckt. »Es ist kühl draußen. Nimm das hier besser mit.«

»Und du wirst auch bestimmt nicht vergessen, dich mit Dave zu unterhalten?«

»Nun geh schon!« Immi schubste mich noch einmal. »Ich verspreche, dass ich mich um deine Menagerie kümmern werde, bis du zurückkommst. Das wird meine Buße dafür sein, Kirk verprügelt zu haben.«

Jack half mir, das geborgte Schultertuch umzulegen, und Immi verriegelte hinter uns die Tür.

»Es sieht ganz so aus, als hätte deine Schwester Tiere nicht so gern wie du.« Er öffnete die Wagentür und hielt sie mir auf.

»Ach, das ist dir aufgefallen? Nun, sie erträgt sie zwar, hat aber sofort die Nase voll, wenn sie die Katze auf ihrem Bett findet oder Dave Kerne auf ihr Lieblingsoberteil spuckt.«

Jack lachte leise vor sich hin und schloss die Wagentür. »Eure Kutsche ist abfahrbereit, holde Maid. Wohin möchtet Ihr denn gern?« Er legte seinen Sicherheitsgurt an und steckte den Zündschlüssel ins Schloss.

Ich versuchte, mich an den Namen des Restaurants zu

erinnern, von dem ich in der Zeitung gelesen hatte. »Es gibt da einen Laden in einer Scheune, nicht weit von hier.«

»The Apple Loft – sehr gute Wahl.« Jack ließ den Motor an. »Ich habe dir noch gar nicht gesagt, wie fantastisch du aussiehst.«

»Besser als in dem Kostüm?«

»Komm, ich mochte dich in dem Kostüm. Du hast tolle Beine.«

Es war so dunkel im Wagen, dass ich sein Gesicht nicht deutlich sehen konnte, doch klangen seine Worte nicht, als habe er lediglich einen Scherz gemacht.

»Danke.« Ich war es nicht gewohnt, Komplimente zu bekommen. Jonathans Komplimente waren stets mit Zusätzen versehen gewesen.

Du siehst schon gut darin aus, Clodagh, nur glaube ich, dass du in einem längeren Rock viel besser aussehen würdest. Oder: Das ist ein sehr hübsches Kleid, nur vielleicht ein wenig auffällig. Dunkelblau steht jeder Frau.

Ich hatte mir Jonathans Kommentare stets zu Herzen genommen. Mit der Zeit hatte ich mein Aussehen völlig verändert, um ihn glücklich zu machen. Ich ließ mir die Haare wachsen, hörte auf, mir Strähnchen färben zu lassen, trug statt Jeans und Miniröcken weitgeschnittene Gewänder mit Blumenmustern und unauffällige Tageskleider in gedeckten Farben. Ich hatte ausgesehen wie eine vierzigjährige Frau, nicht wie ein zwanzigjähriges Mädchen, aber die Liebe hatte mich blind gemacht.

»Bist du schon mal im Apple Loft gewesen?«, fragte Jack, während wir über die dunklen Landstraßen fuhren. Das gelbe Licht der Autoscheinwerfer grub einen Tunnel zwischen die Büsche, die zu beiden Seiten die Straße säumten. Die Atmosphäre im Inneren des Wagens fühlte sich sicher und vertraut an.

»Nein. Ich schaffe es in der Regel immer nur bis zum Lucky Dragon, der chinesischen Imbissstube. Warst du schon mal da?« Es hätte mich überrascht, wenn er noch nicht dort gewesen wäre. Melhampton war keine Großstadt.

»Ein paar Mal schon, allerdings nicht in letzter Zeit. Das Essen war gut.«

Ich fragte mich, mit wem er wohl dort gewesen war. Vielleicht mit denselben Freunden, mit denen er auch in den Pub gekommen war. Ich wollte mir nicht vorstellen, dass er Frauen dorthin ausgeführt hatte.

Es dauerte nicht lange, und Jack fuhr den Wagen schwungvoll auf den kleinen mit Kies geschotterten Parkplatz. The Apple Loft war eine umgebaute Scheune aus rotem Backstein, deren Fassade von hübschen weißen Lämpchen beleuchtet wurde, die unter der Dachrinne installiert waren. Neben dem Eingang drehte sich ein großes Mühlrad aus Stein, das ebenfalls illuminiert war; irgendwo davor rauschte Wasser, als wolle es niemals aufhören. Jack öffnete mir die Wagentür. Er half mir beim Aussteigen, und als unsere Hände sich berührten, kribbelte es in meinen Fingern.

Da es im Innern des Wagens so heimelig gewesen war, empfand ich die Abendluft als kalt; ich fröstelte und wünschte mir, meine Jeansjacke zu tragen und nicht Immis dünnes Schultertuch. Lässig legte Jack mir seinen Arm um die Schultern, und mit knirschenden Schritten liefen wir über einen Kiesweg, der vom Parkplatz bis zum Eingang des Restaurants von Apfelbäumen gesäumt war. Ich wusste nicht, ob es an der Hitze seines Körpers lag oder schlichtweg an der Tatsache, dass es ihm ein Bedürfnis gewesen war, seinen Arm um mich zu legen – in jedem Fall war mir auf einmal sehr viel wärmer.

Das Innere des Apple Loft war aus Holz und äußerst

gediegen. Im Hintergrund waren sanfte Klaviermusik und klassischer Jazz zu hören, und der Raum war erfüllt vom leisen Klang gedämpfter Unterhaltungen und dem Duft frisch gekochter Speisen: Köstliche aber dennoch diskrete Duftschwaden von Pommes frites und brutzelnden Steaks hingen in der Luft. Jack unterhielt sich mit dem Oberkellner, während ich wie ein Bauerntrampel mit offenem Mund auf die Namen der angebotenen Weine starrte, die auf einer schwarzen Tafel hinter der Bar aus frisch poliertem Holz aufgelistet waren.

»Sie haben einen Tisch frei. Würdest du vorher gern an der Bar etwas trinken, oder sollen wir uns gleich hinsetzen?«, raunte Jack mir ins Ohr.

»Das ist mir egal. Wie es dir lieber ist.« Ich fühlte mich dem Ganzen nicht gewachsen; Panik machte sich in mir breit. Meine Handflächen waren auf einmal schweißnass, und die Gesichter der Angestellten hinter der Bar verschwammen mir immer wieder vor den Augen. Ich versuchte mit Gewalt, mich auf die Atemübungen zu konzentrieren, die Immi mir beigebracht hatte, um meine Ängste unter Kontrolle zu bringen, und so hielt ich mich mit einer Hand an dem Messinggeländer fest, das unterhalb der Bar verlief. Das Ganze hier erinnerte mich zu sehr an mein letztes Abendessen mit Jonathan – an das, bei dem er mir eröffnet hatte, dass er beabsichtigte, eine andere Frau zu heiraten.

Zum Glück halfen die Atemübungen, und so folgte ich Jack und dem Kellner von der Bar in den Restaurantbereich. Während die Fassade des Gebäudes aus schlichtem roten Backstein bestand und nur über extrem schmale, nahezu schlitzartige Fenster verfügte, durch die man vom Inneren kaum etwas sehen konnte, war der Essbereich genau entgegengesetzt gestaltet. Eine der Wände war komplett aus Glas, und man blickte hinaus auf ein Märchenland aus Apfelbäumen, die von winzigen weißen Lampen beleuchtet wurden.

Die Tische standen auf zwei Ebenen; über eine Treppe mit schmiedeeisernem Geländer ging es auf eine Galerie aus Holz, von der die Gäste nicht nur einen Ausblick auf die Bäume, sondern auch auf die Kundschaft im unteren Essbereich hatten. Mein Herz donnerte wie die Basstrommel in einem Rockkonzert, als der Kellner meinen Stuhl nach hinten zog und ich mit zitternden Händen die in Pergament gebundene cremefarbene Speisekarte von ihm in Empfang nahm.

Ich hatte Angst, auf die Preise zu sehen. Ich hatte nur die fünfzig Pfund bei mir, die Nigels Besitzer für die Pflege des Hundes zurückgelassen hatte. Meine Kreditkarte zu benutzen, wagte ich nicht, weil ich Sorge hatte, man könne sie mir entreißen und vor aller Augen in kleine Stücke zerschneiden – ein durchaus vorstellbares Szenario, da ich gefährlich nah an meinem Limit war. Ich riskierte einen Blick auf die Preise und suchte nach dem Billigsten, was auf der Karte stand.

Die Sache war die: Ich wusste, dass Jack anbieten würde zu zahlen. So altmodisch war er, denn er hielt ja auch Wagentüren auf und so. Nur wollte ich mich ihm gegenüber nicht verpflichtet fühlen, und ebenso wenig wollte ich, dass er dachte, ich hielte es für selbstverständlich, dass er für mich zahlte. Wenn ich mit Bedacht auswählte, würde mein Geld für eine Vorspeise, einen Hauptgang und ein Getränk reichen – obwohl es sich bei dem Getränk nicht um Wein handeln durfte, falls ich mich nach den Preisen, die ich auf der Tafel hinter der Bar gesehen hatte, richten konnte.

Ich lugte über den Rand meiner Speisekarte und riskierte

einen Blick auf Jack. Er hatte schöne Hände, stellte ich fest: lange, geschickt aussehende Finger mit sauberen und gepflegten Fingernägeln. Plötzlich sah ich vor meinem geistigen Auge, wie diese Hände meine nackte Haut berührten, sie streichelten und liebkosten – das reichte schon, um mich ziemlich aus der Fassung zu bringen.

»Was möchtest du trinken?« Der sonore Klang seiner Stimme riss mich aus meinen Gedanken, und erst jetzt wurde mir bewusst, dass der Kellner neben mir stand, erwartungsvoll und mit dem Schreibblock in der Hand.

Mineralwasser mit Kohlensäure schien mir das Kostengünstigste zu sein, also entschied ich mich dafür, und Jack bestellte Apfelwein.

»Das ist sehr hübsch da draußen.« Ich wedelte mit meiner Speisekarte in Richtung der funkelnden Bäume, während der Kellner davoneilte, um unsere Getränke zu holen.

Jack blickte auf. »Das ist mal was anderes, als immer nur auf Betongruben und Bulldozer zu gucken.« Er lächelte mich an, und sogleich zog sich mein Herz wieder so komisch zusammen.

Derweil knurrte mein Magen leise vor sich hin, und mir fiel auf, dass ich den ganzen Tag nicht viel gegessen hatte. Eine Kellnerin spazierte vorüber und transportierte zwei große weiße Teller, die bis zum Rand mit Steak und Pommes frites gefüllt waren. Meine Nase begann genüsslich zu zucken. Wenn ich auf eine Vorspeise verzichtete, konnte ich mir vielleicht leisten, ein Steak …

»Was möchtest du?« Jack lehnte sich auf seinem Stuhl zurück und legte seine Speisekarte auf den Tisch.

»Ich weiß es noch nicht genau, es sieht alles gut aus. Wofür hast du dich entschieden?«, fragte ich, um erst einmal nicht antworten zu müssen. Wenn er eine Vorspeise haben wollte, konnte ich ihn nicht allein essen lassen. Es brachte alles nichts – ich war ein hoffnungsloser Fall, wenn es darum ging, mit einem Mann auszugehen. Es wäre viel einfacher gewesen, wenn wir nur ins Kino gegangen wären. Da hätte mein Geld nicht nur für mein eigenes Popcorn gereicht, nein, ich hätte Jack auch einladen und die Kinokarten bezahlen können.

»Die gefüllten Potato Skins und das Sirloin-Steak«, antwortete er.

Mistkerl. »Ich glaube, ich werde die Brunnenkresse-Suppe nehmen und hinterher den Chefsalat mit Hähnchenbruststreifen.« Wieder gab mein Magen ein leises Stöhnen von sich, diesmal wegen der Aussicht, selbst auf ein saftiges Steak verzichten, zugleich aber dabei zusehen zu müssen, wie Jack seines verzehrte.

Er sagte nichts zu meiner Entscheidung. Der Kellner servierte unsere Getränke, und wir bestellten das Essen. Mein Herzschlag beruhigte sich ein wenig, und die Anflüge von Panik verflüchtigten sich.

Der Oberkellner hatte uns einen Tisch gegeben, der sich unweit der Glaswand in einer Ecke befand. Der Tisch war rund und wurde von drei Kerzen erhellt, die in einem schlichten Silberleuchter standen und die weiße Leinentischdecke in einen behaglichen Glanz hüllten, während der Rest des Restaurants im Halbdunkel lag – nur das Flackern der Kerzen auf den anderen Tischen erhellte die uns umarmende Dunkelheit. Ich war so aus der Übung mit all diesen Sachen.

Erneut wurden Erinnerungen an das katastrophale letzte Abendessen mit Jonathan in mir wach. Er hatte mich in ein kleines italienisches Restaurant geführt, das weit außerhalb der Stadt lag. Ich hatte geglaubt, er wolle mir eine besondere Freude damit machen, aber wenn ich jetzt zurückblickte, musste ich mir eingestehen, dass er es in Wahrheit wohl nur ausgewählt hatte, weil er befürchtete, es könne uns jemand sehen oder – noch schlimmer – ich würde ihm eine Szene machen, sobald er mir sagte, was er zu sagen hatte. Ich hatte das Kleid getragen, in dem er mich am liebsten mochte, ein züchtiges dunkelblaues Wickelkleid, und mein Haar hatte ich zu einem klassischen Knoten aufgesteckt.

Ein paar Minuten war ich sogar dumm genug gewesen zu glauben, er würde mir jetzt gleich einen Heiratsantrag machen. Wie dämlich war ich eigentlich? An einen Heiratsantrag hatte er gedacht, das schon – nur wollte er den nicht mir machen.

»Fühlst du dich gut, Clodagh? Du bist auf einmal sehr blass.« Jacks Stimme brachte mich mit einem Schlag zurück in die Gegenwart.

»Es geht mir gut, ich habe nur Hunger. Ich hatte heute nicht viel Zeit zum Essen; es war alles ein bisschen hektisch.« Ich zwang mich zu einem Lächeln, obwohl ich innerlich immer noch ganz aufgewühlt war von der Flut trauriger Erinnerungen.

Jack wirkte nicht überzeugt, doch kam der Kellner mit unseren Vorspeisen, sodass seine Aufmerksamkeit unter heftigem Besteckgeklapper meinerseits auf andere Dinge gelenkt wurde. Die Suppe war vorzüglich, und ich hatte sie bis zum letzten Tropfen verzehrt und mein Brötchen gegessen, bevor Jack mit seinen Potato Skins fertig war. Jetzt, da ich etwas im Magen hatte, fühlte ich mich besser.

Jack legte seine Gabel auf den Teller und musterte mich mit fragender Miene. »Warum bist du in meiner Gegenwart immer so nervös, Clo?« Mit festem Blick sah er mich aus seinen dunklen Augen an, und das jagte mir einen Schauer über den Rücken, weil es mich einerseits vor Angst schlottern, andererseits vor Verlangen erbeben ließ.

»Ich wusste gar nicht, dass ich das bin.« Ich wollte mein Wasserglas in die Hand nehmen und verschüttete prompt einen Teil des Inhalts auf das makellose Tischtuch, was meine Behauptung sogleich Lügen strafte.

Ich wollte versuchen, das Wasser mit meiner Serviette aufzuwischen, aber er hinderte mich daran, denn er legte seine Hand auf meine. Als er mich berührte, begann mein Körper vor lauter Hitze fast zu brutzeln, und mein Herz schlug auch gleich wieder schneller.

»Ich beiße nicht.« Seine Stimme klang sanft, und all meine guten Vorsätze waren dahin.

»Ich habe nicht viel Glück mit Männern.« Ich fragte mich, ob meine Stimme in seinen Ohren wohl ebenso belegt klang wie in meinen.

»Vielleicht können wir das ändern«, raunte er, und dann beugte er sich vor und küsste sacht meine Lippen.

Für den Bruchteil einer Sekunde vergaß ich, dass wir in einem Restaurant waren, und ich vergaß Immi, vergaß das Tierasyl – vergaß alles. In diesem einen Moment gab es nur noch Jack und mich.

7

»Wow.« Er hauchte mehr, als dass er sprach, genau das gleiche Wort, das auch ich im Sinn hatte.

Geschäftig eilte der Kellner herbei, um unsere Teller abzuräumen, sodass Jack meine Hand losließ und ich mich schlagartig unsicher und wie beraubt fühlte. Ich hatte Angst davor, ihm ins Gesicht zu blicken, weil ich befürchtete, meine Miene gebe zu viel von dem preis, was ich empfand. Meine Hormone dachten nämlich, Weihnachten finde in diesem Jahr früher statt als sonst, und schmissen mit meiner Libido eine flotte Party.

Ich atmete langsam und tief durch, um mich zu beruhigen, und griff nach meinem Glas, um mich mit einem Schluck Wasser abzukühlen.

»Weißt du eigentlich, dass ich dich schon sehr lange mag?«, sagte Jack, kaum dass der Kellner wieder fort war.

Mein Gesicht fühlte sich an, als stehe es in Flammen. »Ich ...« Ich ließ die Eiswürfel durch mein Wasserglas sausen, während ich versuchte, mein Gehirn zu motivieren, etwas Gescheites zu erwidern.

»Ich mochte dich schon, als wir uns zum ersten Mal getroffen haben, bei dem Benefizessen beim Bürgermeister. Erinnerst du dich?«

Und ob ich mich erinnerte. Das Abendessen beim Bürgermeister war jedes Jahr *das* Ereignis in Melhampton. Es fand im Rathaus statt, und alles, was Rang, Namen und Geld hatte, wurde eingeladen und schmiss sich in Schale, um

Preise zu stiften und Lose zu kaufen. Das Konzept war, dass der Bürgermeister jedes Jahr eine lokale Wohltätigkeitsorganisation auswählte und dieser Einrichtung dann sämtliche Erlöse der Abendveranstaltung zugutekamen.

Als ich Jack zum ersten Mal begegnete, war ich noch ziemlich neu in der Stadt gewesen und hatte erst im Jahr zuvor das Tierasyl übernommen. Ich hatte es für eine gute Idee gehalten, zu dem Abendessen zu gehen, um neue Kontakte zu knüpfen und ein paar Leute kennenzulernen. Außerdem hatte die vage Möglichkeit bestanden, dass der Bürgermeister das Tierasyl zur Wohltätigkeitsorganisation des Jahres wählte. Ich war allein hingegangen – es war ein großer Schritt für mich gewesen, aber so furchterregend war es irgendwie gar nicht, denn ich kannte niemanden, und niemand kannte mich. Immi hatte mir ein Kleid geliehen, das sie nur eine Woche vorher bei einer Premiere auf dem roten Teppich getragen hatte, und ich hatte mir für den Anlass meine Haare und die Fingernägel machen lassen.

Jack war in Begleitung einer atemberaubenden Blondine gewesen. Es waren so viele Menschen im Raum, und ich schüttelte so viele Hände und lächelte dermaßen viele Fremde an, dass ich ihn erst erblickte, als es bereits Zeit war, mit der Verlosung zu beginnen. Er war einer von denen, die Preise gestiftet hatten, und deshalb hatte man ihn gebeten, eines der Lose zu ziehen. Nicht jeder Mann kann einen Smoking tragen, ohne darin auszusehen wie ein Kellner auf einer billigen Hochzeit, aber Jack hatte in seinem eine erstaunlich gute Figur abgegeben.

»Ich habe einen der Tombola-Preise gewonnen«, sagte ich zu Jack und stellte mein Glas zurück auf den Tisch. Normalerweise gewann ich nie etwas, aber ihm war es auf wundersame Weise gelungen, mein Los aus der Trommel zu ziehen.

Ich war mit einer sehr kostspieligen Haarstylingserie von GHD nach Hause gegangen, die ich Immi prompt zu Weihnachten geschenkt hatte.

Die Erinnerungen an den Augenblick, in dem Jack meine Hand geschüttelt hatte, und an die Wärme seines Lächelns blieben mir wesentlich länger erhalten als die Haarstylingprodukte. Als ich jetzt daran zurückdachte, wurde mein Körper ganz warm, und insgeheim rührte es mich ein wenig, dass er sich nach so langer Zeit noch an unsere erste Begegnung erinnerte.

Der Kellner servierte unsere Hauptgerichte, und ich bemühte mich, nicht in meinen armseligen Salat zu sabbern, als mir der Duft von Jacks saftigem Steak in die Nase stieg. Nicht, dass dadurch jetzt ein verkehrter Eindruck entsteht: Ich bin kein großer Fleischesser, aber ich liebe Steak, und es war schon sehr lange her, seit ich mir das letzte Mal eines hatte leisten können.

Jade und Susie finden beide, dass ich Vegetarierin sein müsste. Susie kommt ständig mit der alten Leier von den »armen kleinen Lämmern«, und ich schwöre jeden Eid, dass sie täglich in meinen Papierkörben herumschnüffelt, um sicherzustellen, dass ich ja den Planeten rette. Mir gefällt die Idee, eine Vegetarierin zu werden, aber ich liebe Steak – und Sandwiches mit gebratenem Speck.

»Möchtest du ein paar von meinen Pommes frites haben?«, fragte Jack.

Ich versuchte, mir meinen Heißhunger nicht anmerken zu lassen, als er mir mit seiner Gabel ein paar auf den Rand meines Salattellers schob.

»Wie läuft das Tierasyl?«

Seine Frage traf mich völlig unvorbereitet, und der Hauch von Glückseligkeit, der aus gemeinsamen Erinnerungen und geteilten Pommes frites bestanden hatte, löste sich in Luft auf.

»Mehr Besucher und mehr Sponsoren wären nicht schlecht.« Rein instinktiv schaltete ich sofort auf Alarm. Das war das zweite Mal, dass er mich heute fragte, wie das Tierasyl lief. Jack konnte vielleicht gut küssen – okay, er konnte *hervorragend* küssen –, aber er war auch Geschäftsmann und galt als skrupellos.

Es war gerade mal zwölf Monate her, dass die Lokalzeitungen in epischer Breite darüber berichtet hatten, mit welchen Methoden er die alte Stahlhütte der Stadt erworben hatte. Mehrere hundert Menschen hatten ihre Arbeitsplätze verloren, als die Fabrik dichtmachte. Jetzt entstand auf dem Gelände ein Komplex mit Luxuswohnungen, stieg wie Phönix aus der Asche, und auf der Baustelle prangten auf jedem Sonnenschutz und auf jeder der vielen Flaggen die Worte »Thatcher Developments«.

»Du besitzt da ein ordentliches Stück Land. Wie viel Fläche hat das?« Er fragte das und aß dabei weiter mit einem Gesichtsausdruck, als könne er kein Wässerchen trüben – oder in diesem Fall, keinen Fleischsaft.

»Ich weiß es nicht genau. Ich verpachte einige Felder an einen der hiesigen Bauern. Aber wenn wir mehr große Tiere aufnehmen, müsste ich diese Vereinbarung natürlich noch einmal neu überdenken.« Ich versuchte, locker und gleichmütig zu klingen. Ich wusste präzise, wie viel Land zum Tierasyl gehörte. In den ganz dunklen Augenblicken der letzten paar Wochen hatte ich sogar erwogen, eines der Felder bei einer Auktion zu verkaufen. Von dieser Idee war Mister Curzon schwer begeistert gewesen, als ich meinen unseligen Termin bei der Bank gehabt hatte.

»Läuft das Baugeschäft denn gut?« Damit lobbte ich den

Ball zurück in seine Spielhälfte, obwohl es ziemlich töricht von mir war, das zu fragen, denn ich hatte ja erst am Nachmittag das Schaufenster des Immobilienmaklers gesehen, das voll war von Thatcher Developments.

»Nicht schlecht. Wir sind ständig auf der Suche nach neuem Baugelände. Melhampton befindet sich im Aufbau. Wir waren sehr enttäuscht, als es Lovett gelang, das Land da oben bei dir für ein Siedlungsprojekt zu erwerben. Ich hatte unterschätzt, wie viel sie bereit waren, bei der Auktion zu bieten.«

Ich konnte seine Unverfrorenheit nicht fassen. Zorn brodelte in mir hoch wie Säure, und unser gemeinsamer Abend im Apple Loft, den ich gerade noch so genossen und so schön gefunden hatte, war ruiniert. Wie hatte ich mich bloß dazu hinreißen lassen können, ein derart hinterhältiges Monstrum anziehend zu finden? Ich hatte ihn von Anfang an richtig eingeschätzt, genau wie Susie, die mich immer schon gewarnt hatte, dass Jack ausschließlich an meinem Land interessiert sei, nicht an mir. Das hier war ein Geschäftsessen mit ein bisschen extra Firlefanz – kein Rendezvous.

»Du meinst, Jack, dass ihr ständig auf der Suche nach neuem Baugelände seid, wie es Rainbow Ridge darstellen würde?«

Er wirkte überrascht, als ich mein Messer und meine Gabel elegant auf meinen Teller legte, obwohl ich den Salat kaum angerührt hatte.

»Hast du irgendwas?«

»Warum sollte ich irgendwas haben?« Meine Stimme bebte, aber nur ganz leicht. »Rainbow Ridge ist unverkäuflich.« Ich nahm meine Handtasche vom Fußboden und schob meinen Stuhl nach hinten. »Entschuldige mich für einen

Moment.« Ich ließ ihn mit offenem Mund zurück und steuerte auf die Damentoilette zu, um wieder zu Sinnen zu kommen. Im harten Licht der Lampe, die über dem Spiegel des Waschbeckens hing, sah ich, wie rot mein Gesicht war und wie sehr meine Augen glänzten. Blitzschnell zog ich mein Mobiltelefon aus der Tasche und rief Immi an.

»Das hier ist ein Desaster, und es ist alles deine Schuld!«

Ein paar Sekunden war es still am anderen Ende der Leitung. »Was hat er getan? Hat er sich geweigert, Pudding zu essen, sodass du dir auch keinen bestellen konntest?« Ich hörte, wie sie seufzte – vermutlich aus lauter Frust über meine gesellschaftliche Unfähigkeit. »Wo bist du denn, und warum ist alles so schrecklich?«

Ich drehte meinem Spiegelbild den Rücken zu und lehnte mich gegen das Waschbecken. »Er will mir das Tierasyl abschwatzen. Mich zum Essen auszuführen war einfach nur ein Weg zu kriegen, was er will.«

»Okay, wo ist er jetzt?«

»Isst sein Steak, an dem er hoffentlich erstickt. Ich bin in der Toilette eines Restaurants namens The Apple Loft.« Plötzlich hörte ich an ihrem Ende der Leitung ein lautes und unheimliches Geräusch. »Was ist das für ein Lärm?«

»Den Lärm macht dieses verflixte Riesenvieh von Köter. Der heult ohne Unterbrechung, seit du weg bist. Es ist, als hätte ich den Hund von Baskerville im Haus.« Immi klang nicht gerade glücklich. »Hast du vor, durchs Fenster abzuhauen?«

Ich musste gestehen, dass ich kurzfristig mit diesem Gedanken gespielt hatte, doch befand sich das Apple Loft jenseits von jeglicher Zivilisation, sodass es sich meines Erachtens als schwierig erweisen konnte, ein Fluchtfahrzeug zu finden.

»Nein.«

»Hattest du wohl, habe ich recht? Verdammter Mist. Pass auf, geh zurück, und setz dich wieder an den Tisch, und ich rufe in ein paar Minuten an wegen eines angeblichen Notfalls.«

»Grandiose Idee.« Auf diese Weise blieb mir der Rest des vermeintlichen Rendezvous erspart, ohne dass ich mein Gesicht verlieren würde.

Sie legte auf, und ich ließ mir ein paar Sekunden Zeit, um meinen Lipgloss neu aufzutragen und mich etwas zu beruhigen; dann ging ich zurück zu Jack.

»Ist alles in Ordnung?«, fragte er, als ich mich wieder auf meinen Stuhl setzte.

»Alles bestens. War dein Steak gut?« Ich nahm meine Gabel und stocherte halbherzig in meinem Salat herum. Ich hoffte, dass Immi nicht allzu lange wartete, bis sie anrief. Der Salat schmeckte wie Stroh.

»Es war sehr lecker.«

Unbehaglich rutschte ich auf meinem Stuhl herum. Immi war die Schauspielerin in unserer Familie, nicht ich.

»Clodagh, du weißt, das du immer zu mir kommen kannst, wenn du finanzielle Unterstützung für das Tierasyl brauchst. Ich würde mich freuen, helfen zu können.«

Er sah mich dermaßen eindringlich dabei an, dass ich noch mehr herumrutschte. Als würde ich ihn je um Geld bitten! Wenn ich von Jack Geld nahm, war das der Anfang vom Ende. Stand das Tierasyl erst einmal in seiner Schuld, war es nur noch eine Frage der Zeit, bis es ihm gelang, sich mit seinen finanziellen Mitteln bei uns einzuschmeicheln und letzten Endes alles zu übernehmen. Ha! Ich durchschaute sein Spiel.

Wie aufs Stichwort begann meine Handtasche zu klingeln.

Unter den missbilligenden Blicken der anderen Restaurantgäste tauchte ich nach unten, um mein Mobiltelefon zu retten.

»Hier bin ich nun. Sag ihm, dass du jetzt sofort nach Hause musst, weil der Herumtreiber wieder ums Haus schleicht.« Immis Stimme klang irgendwie außer Atem.

»Der Herumtreiber?«, wiederholte ich so dramatisch, wie ich eben konnte.

Fragend zog Jack eine seiner Augenbrauen hoch.

»Wir werden sofort zurückkommen.« Ich hob leicht meine Stimme.

»Clo, ich mache dir hier nichts vor. Da war tatsächlich ein Geräusch, das sich anhörte, als würde jemand versuchen, hier einzubrechen. Ich glaube, deshalb heult der Hund die ganze Zeit.«

Immi klang sehr überzeugend. Ihr Schauspielunterricht machte sich eindeutig bezahlt.

»Ich habe im Vorgarten auch den Lichtkegel einer Taschenlampe gesehen«, fügte sie hinzu.

Jack verschränkte die Arme vor der Brust und sah mich mit einem Gesichtsausdruck an, wie er ungläubiger gar nicht hätte sein können. Ich versuchte, ihn zu ignorieren.

»Da läuft draußen jemand mit einer Taschenlampe herum?«

»Clo, ich mache hier keine Witze.« Immis Stimme bekam zusehends einen schärferen Ton.

»Okay, wir kommen so schnell wie möglich. Kontrollier noch mal, ob alles zugesperrt ist, und geh nicht nach draußen.« Allmählich dämmerte mir, dass sie ja vielleicht nicht schauspielerte. Bei dem geheimnisvollen Schatten, den ich im Hof gesehen hatte, und dem Eindringling, den Immi am Nachmittag gesichtet hatte, konnte es sich um dieselbe Person handeln, und vielleicht strich er oder sie ja immer noch herum.

Ich beendete das Gespräch und warf das Mobiltelefon zurück in meine Tasche.

»Weißt du, wenn du nach Hause willst, hättest du das einfach nur sagen müssen«, meinte Jack gedehnt.

Ich sah mich nach dem Kellner um. »Immi hat gehört, wie jemand versucht hat, ins Haus zu gelangen, und sie hat im Garten das Licht einer Taschenlampe gesehen.«

Jack hob den Arm, und der Kellner trottete zu uns herüber.

»Könnten wir wohl bitte die Rechnung haben?«

Ich legte mir mein geborgtes Schultertuch um und wühlte dann neuerlich in meiner Handtasche, dieses Mal, um mein Portemonnaie zu suchen. »Ich mache hier keine Witze, Jack. Immi könnte ernsthaft in Schwierigkeiten stecken – das ist keine Ausrede.«

Der Kellner kehrte mit einem Zettel zurück, der elegant auf einem kleinen Teller thronte. Bevor ich nach der Rechnung greifen konnte, hatte Jack sie in der Hand und gab sie dem Kellner gleich wieder zurück, zusammen mit einem Bündel Zehn-Pfund-Noten. Verdammt noch mal, ich hätte Steak essen können!

Der Mann wieselte davon, bevor ich die Chance bekam, mein Portemonnaie auch nur zu öffnen. Ich biss die Zähne zusammen, schnappte mir Jacks Arm und zerrte ihn aus dem Restaurant.

»Nicht so hastig. Wir brauchen nur etwa zehn Minuten bis zu dir nach Hause.«

Ich ließ von seinem Arm ab, und er öffnete die Beifahrertür des Range Rovers. Mein Herz schlug wie wild, zum einen aus Sorge um Immi, zum anderen aus Verdruss, weil ich mich zu diesem Rendezvous hatte nötigen lassen, seltsamerweise aber vor allem vor Verlangen nach dem Mann, der jetzt dicht neben mir im Mondlicht stand.

»Ich werde dir für das, was ich heute Abend gegessen habe, das Geld geben.« Ich öffnete meine Handtasche.

»Das ist doch unwichtig.« Jacks Stimme klang erstaunlich sanft, wenn man bedachte, wie ich mich benommen hatte.

Er verschloss meinen Mund mit seinen Lippen, und irgendwie fanden meine Arme ihren Weg und schlangen sich um seinen Oberkörper. Seine Lippen glitten von meinem Mund zu meinem Ohrläppchen, und das entfachte eine Lust in mir, dass ich mich kaum noch darauf konzentrieren konnte, dass ich ja eigentlich wütend auf ihn war.

»Jack, wir können nicht ... Wir müssen zurückfahren.« Ich murmelte die Worte mehr, als dass ich sie sprach. Was fiel mir denn ein, hier im Glanz der Sterne kostbare Zeit zu vertrödeln, während meine Schwester vielleicht in Gefahr war?

Er hob den Kopf, und wir sahen einander fest in die Augen. »Dann machen wir uns besser auf den Weg.«

Meine Beine zitterten noch, als wir bereits gute fünf Minuten unterwegs waren und schweigend über die verlassenen Landstraßen Richtung Rainbow Ridge fuhren. Ich denke mal, keiner von uns wollte über das reden, was da zwischen uns vorging.

Als wir den Stadtrand erreichten, zwangen mich Gewissensbisse, etwas zu dem Ganzen zu sagen. »Ich hatte Immi vom Klo aus angerufen, aber ich glaube nicht, dass sie das mit dem Herumtreiber einfach nur erfunden hat. Bevor du mich heute Abend abgeholt hast, war mir nämlich, als hätte ich im Hof jemanden gesehen.«

Wir fuhren über eine Ampel, und Jack warf mir einen

flüchtigen Blick von der Seite zu. »Ich verstehe nicht. Was hatte sich denn verändert zwischen unserer Ankunft im Restaurant und dem Moment, da du plötzlich das dringliche Bedürfnis verspürt hast, mir zu entkommen?«

Er fuhr auf den Privatweg, der zum Hof des Tierasyls führte. Das blaue Auto stand wieder in der Haltebucht.

»Das ist schwer zu erklären.« Ich wusste nicht, wie ich es anders sagen sollte. Ich wollte nichts erklären. »Du hast Steak gegessen und mich nicht bezahlen lassen.« Er hatte den Motor noch nicht abgeschaltet, als ich bereits die Wagentür öffnete.

Jack stieg ebenfalls aus dem Wagen und folgte mir. »Warte, Clo. Was meinst du damit, dass ich Steak gegessen und dich nicht habe bezahlen lassen?«

Der Sensor sorgte dafür, dass sich die Leuchte über der Hintertür einschaltete. Immi schien auf uns gewartet zu haben, denn die Tür wurde geöffnet, und Nigel lief nach draußen und bellte sich die Seele aus dem haarigen Leib. Bevor ich ihn zu fassen bekam, rannte er den Weg hinunter, der am Eselsgehege entlangführte.

»Nigel! Bei Fuß!«

Mist. Ich ließ meine Handtasche fallen und rannte los, um dem Hund nachzujagen. Hinter mir hörte ich, wie Jack Immi zurief, sie solle eine Taschenlampe besorgen.

Ich holte den entlaufenen Wolfshund ein, als er gerade unser Silofutter beschnupperte. In der Ferne vernahm ich ein leises Kreischen, das nach Immi klang, und das Fluchen einer männlichen Stimme, von der ich annahm, dass es sich dabei um Jacks handelte. Das hörte sich nicht gut an; Gott allein wusste, was sie gefunden hatten. Meine Fantasie ging mit mir durch, und ich wünschte, ich hätte mein Mobiltelefon bei mir gehabt für den Fall, dass es ernsthafte Schwierigkeiten gab. Es gelang mir, Nigel von dem Silofutter wegzubekommen, und obwohl es meinerseits einiger Überredungskunst bedurfte, machten wir uns schließlich Seite an Seite auf den Rückweg zum Hof.

Als Nigel und ich keuchend den Weg zur Hinterseite des Hauses hinaufliefen, konnte ich nur eines sehen: Jack und Immi, die neben etwas standen, das aussah wie der Körper eines Mannes.

Oder zumindest wie ein Paar Beine.

8

Was ist passiert?«, fragte ich. »Ist das der Herumtreiber?«

Jack und Immi standen vor dem Körper einer seltsamerweise vertrauten Gestalt, die in Designerklamotten gehüllt war: Es war ein Mann, der stöhnend dalag und sich den Kopf hielt. Was wie eine sehr teure Kamera aussah, lag neben ihm auf dem Schotter.

Jack bückte sich, um sie aufzuheben, während Nigel die reglosen Beine des Fremden beschnüffelte.

»Noch schlimmer. Paparazzi.« Er warf dem Opfer einen vernichtenden Blick zu.

»Was ist passiert?«

Immi scharrte mit den Füßen, und mir fiel auf, dass mein Nudelholz nicht weit von ihren Füßen entfernt auf dem Boden lag.

»Ich habe einen Schatten gesehen, der an der Seite des Hauses herumgeschlichen ist«, sagte sie zu ihrer Verteidigung.

»Ist er schwer verletzt?« Ich wusste nicht, ob wir nicht besser einen Krankenwagen holten, statt hier im Hof herumzustehen. Sofort bekam ich Visionen von einem Aufgebot an Polizeibeamten, die unmittelbar nach dem Notarzt hier auftauchten, um Immi in Handschellen abzuführen. Von der Klage wegen Körperverletzung und weiterem Medienrummel gar nicht zu reden. Es sah ganz danach aus, als stecke Immi wirklich und wahrhaftig bis zum Hals in der Scheiße – und das zu einem Zeitpunkt, wo ich geglaubt hatte, schlimmer könne es schon gar nicht mehr werden.

»Er ist in Ordnung. Wir bringen ihn nur besser ins Haus.« Jack schaufelte den Mann förmlich vom Boden, und halb zog er ihn, halb schleifte er ihn ins Haus. Immi und ich folgten den beiden. Diskret hob ich das Nudelholz vom Boden auf und entsorgte es in der Küchenspüle, bevor ich mich zu den anderen ins Wohnzimmer gesellte. Kater Clive warf einen Blick auf Nigel und schoss sofort ins Obergeschoss. Auf der Armlehne des Sessels, in dem Immi gesessen hatte, bevor sie die Tür öffnete, stand gefährlich schief mein Laptop, und der Bildschirmschoner – ein umherflitzender Pandabär – hatte sich eingeschaltet. Papagei Dave saß in seinem abgedeckten Käfig und plapperte erbost vor sich hin, weil man auf so ungewöhnliche Weise seinen Frieden gestört hatte.

Jack bettete Immis Opfer auf das Sofa. Im helleren Licht der Wandleuchten erkannte ich den Mann und erinnerte mich, wo ich ihn schon einmal gesehen hatte. Er war der attraktive Besitzer des blauen Fahrzeugs, das in der Haltebucht gestanden hatte – des Wagens, an dem ich heute Nachmittag auf dem Weg zu meinem Termin mit Mister Curzon vorbeigefahren war. Jetzt hatte er an der rechten Schläfe, an der Stelle, an der Immi ihm das Nudelholz über den Schädel geschlagen hatte, eine Beule, die so groß war wie ein Entenei. Er sah nicht glücklich aus.

»Verdammte Scheiße, was habt ihr mit mir gemacht?« Zornig starrte er in die Runde.

»Verdammte Scheiße!«, erwiderte Dave wie ein Echo. »Du ungezogener Junge, du! Oje, oje, oje!«

»Ich nehme an, dass Sie gestolpert und irgendwo mit dem Kopf aufgeschlagen sind.« Immi sah ihn mit Unschuldsmiene und großen blauen Augen an, den Papagei ignorierte sie. »Erinnern Sie sich? In all dem Durcheinander, als der Hund plötzlich nach draußen rannte. Es ist verständlich, dass Sie verwirrt sind. Ich werde Ihnen eine kalte Kompresse für die üble Beule bringen.« Sie eilte aus dem Zimmer, bevor Jack oder ich irgendetwas von uns geben konnten, das ihre Worte in Zweifel hätte ziehen können.

»Warum sind Sie denn überhaupt auf Clodaghs Hof herumgeschlichen?«, verlangte Jack zu erfahren.

Der Mann stöhnte und unternahm einen kläglichen Versuch, seinen Kopf aus den Kissen zu heben.

Immi kam zurück und knetete in den Händen eine kleine Tüte mit Tiefkühlerbsen, die sie mit einem Geschirrtuch umwickelt hatte. »Ich glaube, die Antwort darauf liegt auf der Hand. Er hat herumspioniert, weil er heimlich fotografieren wollte.« Sie patschte ihm die Erbsen nicht gerade vorsichtig auf den Schädel, sodass er zusammenzuckte. »Vielleicht solltest du die Polizei rufen, Clo. Er könnte ein Spanner sein.«

»Ich bin kein Spanner.« Er klang in etwa so glücklich, wie er aussah. »Ich habe nur meinen Job gemacht.«

»Spanner!« Dave stieß einen dermaßen lauten Pfiff aus, dass ich zusammenfuhr.

»Sie schleichen auf privatem Grund und Boden herum? Bespitzeln schutzlose junge Frauen und fotografieren sie? Das hört sich für mich ganz nach Spanner an.« Jack setzte sich in den Sessel, der gegenüber vom Sofa stand, und starrte den geheimnisvollen Mann unverwandt an. »Wer sind Sie, und für wen arbeiten Sie?«

Immi hockte sich auf die Armlehne von Jacks Sessel und schlug ihre langen, schlanken Beine übereinander, während wir alle darauf warteten, dass der Mann antwortete.

»Mein Name ist Marcus Gilbert. Ich bin freischaffender Fotojournalist.« Er legte sich die provisorische Kompresse richtig auf die Beule. »Und ich kann mich nicht erinnern, über irgendetwas gestolpert zu sein. Mein Kopf fühlt sich eher so an, als habe mir jemand eins übergezogen.«

Immi sah Marcus mit festem Blick an, und ich fragte mich, wer von den beiden als Erster zwinkern würde.

»Genau weiß ich nicht, was passiert ist«, meinte sie. »Ich habe die Hintertür geöffnet, als ich Jacks Wagen hörte, und Nigel, der Hund, ist nach draußen gerannt. Clodagh ist Nigel nachgerannt, und ich habe etwas gesehen, was aussah wie ein Schatten, der sich an der einen Ecke des Hauses bewegte. Ehe ich mich versah, sind Sie auch schon auf dem Hof herumgestolpert, haben sich den Kopf gehalten und geflucht, und dann sind Sie auf dem Schotter zusammengebrochen.« Immi hob beide Hände, die wie auf Kommando bebten, eine Geste, mit der sie völlige Hilflosigkeit signalisieren und deutlich zu machen versuchte, dass sie sich absolut nicht erklären konnte, was passiert war. »Hast du irgendetwas gesehen, Jack?«

Ich musste ziemlich schlucken und wartete, was Jack auf die unverhohlene Schwindelei meiner Schwester zu erwidern hatte.

»Jawohl, genau wie Immi sagt. Sie stand an der Hintertür, und Sie sind aus der Dunkelheit neben dem Haus auf den Schotter gefallen. Sie müssen den Boden unter den Füßen verloren haben und sind sicher mit dem Kopf gegen die Wand geschlagen.« Jacks Stimme klang genauso ausdruckslos, wie es sein Gesichtsausdruck war.

Mein Herz schlug vor Angst wie wild, als Marcus langsam von Immi zu Jack blickte. Es war im Grunde klar, dass Marcus einfach nicht beweisen konnte, wovon er annahm, dass es ihm passiert war. Wenn er versuchte, darauf zu beharren, Immi habe ihn tätlich angegriffen, würde er nicht weit damit kommen, solange Jack weiterhin bezeugte, dass ihre Geschichte der Wahrheit entsprach – obwohl ich sicher war, dass er ebenso gut wusste wie wir, dass Immi durch ihre weiß gebleichten Porzellan-Veneers log, was das Zeug hielt.

»Wo ist meine Kamera?«, fragte Marcus.

Jack hielt sie ihm unter die Nase. »Die ist hier, aber dass Sie hier irgendwelche Fotos von Immi machen, können Sie vergessen. Ich gehe doch richtig in der Annahme, dass Sie wegen ihr auf dem Gelände des Tierasyls herumgestreunt sind, oder etwa nicht?«

»Wer sind Sie? Ihr Bodyguard oder so was in der Art?« Marcus verzog das Gesicht zu einer grimmigen Miene, zuckte im nächsten Moment aber schon wieder winselnd zusammen, weil sein Kopf schmerzte.

»Woher wussten Sie überhaupt, dass ich hier bin?«, fragte Immi.

»Ich habe ein bisschen recherchiert: Ich weiß, dass Ihre Mutter in den Staaten lebt, also habe ich meinen Kumpel beauftragt, den Abflugterminal in Heathrow zu bewachen. Aber ich hatte das Gefühl, als wären Sie immer noch in Großbritannien, also habe ich nachgeschaut, wo Ihre Schwester wohnt.« Er warf mir einen zornigen Blick zu und sah dann wieder Immi an. »Dann hatte ich totales Glück, denn ich bekam mit, wie Ihre Agentin all das pinkfarbene Gepäck aus Ihrer Wohnung holte und in ihren Wagen packte.«

»Sie sind Marty nachgefahren?« Das waren die ersten Worte, die ich sprach.

Marcus drehte sich leicht auf dem Sofa. »Ja. Und da ich jetzt schon mal hier bin, wie wäre es da mit einem Exklusivinterview?«

»Nennen Sie mir einen guten Grund, warum ich Ihnen ein Interview geben sollte«, tönte Immi.

Marcus versuchte, ein Lächeln zustande zu bringen. »Wenn *ich* Sie finden konnte, wird es nicht lange dauern, bis auch andere hier auftauchen. Sobald Sie sich mir gegenüber zu einem Exklusivinterview verpflichtet haben, wird denen nichts anderes übrig bleiben, als wieder abzuziehen. Außerdem könnten Sie damit einen hübschen Batzen Geld verdienen und bekämen Gelegenheit, Ihre Seite des Ganzen darzulegen.«

»Ich denke, das solltest du mit Marty besprechen.« Was er da sagte, machte zwar in gewisser Weise Sinn, doch konnte ich mir nicht vorstellen, dass es wirklich so einfach war.

»Was, wenn ich nein sage?« Voller Abwehr verschränkte Immi die Arme vor der Brust.

Marcus zuckte kaum merklich mit den breiten Schultern. »Dann werden Sie zum Presse-Abschuss freigegeben, und ich nehme an, Ihnen dürfte bereits aufgefallen sein, dass die Medien momentan nicht gerade auf Ihrer Seite sind. Wenn Sie es so machen, wie ich vorgeschlagen habe, bleiben zwar immer noch ein paar Leute, die Fotos machen werden, aber Sie hätten dann die Kontrolle über einige der Bilder und wären zudem in der Lage, die Dinge aus Ihrer Perspektive zu schildern.«

»Ich finde trotzdem, dass du erst mit Marty sprechen solltest.« Im hintersten Kämmerchen meines Hirns läutete dröhnend eine große Messingglocke. Das lag daran, dass Marty irgendetwas über einen Marcus gesagt hatte, als sie Immis Gepäck vorbeigebracht hatte.

»Clodagh hat recht, Immi«, fügte Jack hinzu.

Immi stand auf. »Okay, dann werde ich sie jetzt mal anrufen.«

Marcus griff in die Brusttasche seines ziemlich verdreckten Hemdes. »Hier haben Sie meine Karte. Dann kann sie überprüfen, dass ich akkreditiert bin.«

Er streckte die Hand aus, und Immi zog ihm die Visitenkarte aus den Fingern und ging in die Küche, um ihren Anruf zu erledigen. Der Rest von uns saß da und schaute in peinlicher Stille vom einen zum anderen, während Dave in seinem Käfig herummurrte.

»Was ist das für ein Ding in dem Käfig?«, fragte Marcus.

Ich erklärte, dass Dave in der Vergangenheit Hauspapagei in einem Bordell gewesen war und seither Probleme mit seiner Ausdrucksweise hatte. Als ich endete, grinsten Jack und Marcus beide über das ganze Gesicht.

»Das ist wirklich nicht lustig, absolut nicht.« Ich glaube nicht, dass sie erfassen konnten, wie zermürbend es war, mit einem Vogel zusammenzuleben, der sich einer derart vulgären Sprache bediente.

»Wichser!«, kreischte Dave, und beide Männer brachen in schallendes Gelächter aus.

»Worüber amüsiert ihr euch denn so?« Immi schlenderte ins Zimmer zurück, ihr Mobiltelefon hielt sie in der Hand. »Marty möchte persönlich mit Ihnen sprechen, Marcus.«

Mühsam setzte Marcus sich auf, erhob sich vom Sofa und folgte Immi zurück in die Küche; die angetauten Erbsen ließ er in einer Pfütze auf dem Couchtisch liegen. Seit unserer Rückkehr vom Restaurant waren Jack und ich erstmals wieder allein.

»Schwache Nerven darf man nicht haben, wenn man mit dir ausgeht«, bemerkte Jack und lehnte sich in seinem Sessel zurück.

»Ja, na ja, vielleicht sollte man es deshalb von vornherein lassen.«

Nigel hob seinen großen Kopf von meinen Füßen und stieß einen lauten Seufzer aus, als stimme er da ganz und gar mit mir überein.

»Hat das mit der Steak-Sache zu tun?« Mit gerunzelter Stirn sah Jack mich an. Im nächsten Moment setzte er sich wieder aufrecht hin und ergriff meine Hand, womit er mich völlig überrumpelte. Ein wohliger Schauer kroch mir über den Rücken, als er mich berührte.

»In gewisser Weise – es ist schwer zu erklären.« Das war eine Untertreibung. Mein dummer Körper, dieser elende Verräter, wäre überglücklich gewesen, wenn ich Jack erlaubt hätte, mich auf dem Sofa ins Koma zu bumsen, aber mein Verstand sagte mir, dass es gescheiter war, ihm aus dem Weg zu gehen, bis ich die Finanzen des Tierasyls wieder auf Vordermann gebracht hatte. Mein Hirn erinnerte mich ebenfalls daran, was beim letzten Mal geschehen war, als es um einen Mann ging und ich meinen Hormonen ihren Willen gelassen hatte. Nur Immi kannte die ganze Geschichte von mir und Jonathan, und sie hatte sich mir gegenüber zur Geheimhaltung verpflichtet.

Ich zog meine Hand zurück. »Ich bin einfach noch nicht bereit für eine Beziehung.«

Jack seufzte und fuhr sich mit den Fingern durchs Haar. »Ich verstehe.«

Ich wusste, dass er überhaupt nichts verstand, aber nach den Fragen, die er heute über das Tierasyl gestellt hatte, ging ich nicht davon aus, dass ihm meine Worte das Herz brachen. Mich zum Abendessen auszuführen war ganz offensichtlich nur ein Mittel zum Zweck gewesen, und so erwartete ich, dass jetzt das passieren würde, was ich eigentlich gar nicht wollte, dass er nämlich sehr wahrscheinlich aus meinem Leben verschwinden würde. Es war mein Land, an dem er interessiert war. Mich ins Bett zu kriegen wäre nur ein zusätzlicher Bonus gewesen. Der Gedanke tat ziemlich weh, doch hatte ich bereits auf schmerzliche Weise gelernt, dass es besser war, jetzt ein bisschen zu leiden, als später mit gebrochenem Herzen gänzlich auf der Strecke zu bleiben.

Marcus öffnete die Tür zum Wohnzimmer und ließ sich wieder auf die Couch plumpsen. Von der Anstrengung des Herumlaufens war er jetzt leicht blass um die Nase, und ich versuchte mich zu erinnern, ob ich unter der Spüle noch einen Eimer stehen hatte, den ich im Notfall erübrigen konnte.

Immi schlenderte hinter ihm ins Zimmer. »Es ist alles geregelt. Marty wird die Geschichte verkaufen, und ich habe Kontrolle über das, was veröffentlicht wird. Marcus kriegt seine Schlagzeile, und wir bekommen alle ein bisschen Geld für unsere Mühe.«

»Mir wird schlecht.« Marcus schoss aus dem Raum, und wir vernahmen Würgelaute aus der Küche, gefolgt vom Geräusch fließenden Leitungswassers. Ich konnte nur hoffen, dass er das Nudelholz vorher aus der Spüle genommen hatte.

»Ich glaube, er hat eine Gehirnerschütterung. Vielleicht sollten wir ihn ins Krankenhaus bringen?« Er hätte ja auch einen Schädelbruch haben können, je nachdem, wie fest Immi zugeschlagen hatte.

»Der kommt schon wieder in Ordnung. Es war ja nur ein sachter Schlag auf den Hinterkopf.« Immi klang nicht übermäßig besorgt.

»Nur weil du in *Holby City*, dieser Krankenhausserie, eine Minirolle gespielt hast, bist du noch lange keine Expertin in Sachen Medizin.«

Sie streckte mir die Zunge raus. »Das ist mir klar, aber als ich letztes Jahr nichts zu tun hatte, musste ich einen Erste-Hilfe-Kurs absolvieren, als ich diesen Job in der Druckerei hatte, erinnerst du dich?«

Bevor sie die Rolle in der Fernsehserie an Land zog, hatte Immi im vergangenen Sommer eine Durststrecke durchlebt, in der sie keine Jobs bekommen hatte, sodass sie gezwungen gewesen war, vorübergehend in einer Druckerei zu arbeiten, um Geld zu verdienen. Selbstverständlich hatte sie jedem erzählt, es handele sich bei dem Job lediglich um Recherche für eine Rolle.

Marcus stolperte wieder ins Wohnzimmer. »Tut mir leid. Gott, das hämmert vielleicht in meinem Schädel.«

»Ich hole Ihnen ein paar Paracetamol.« Immi ging in die Küche und begann dort, Schränke und Schubladen zu öffnen und wieder zu schließen, und Marcus zuckte bei jedem Knallen und Klappern neuerlich zusammen. Sie kam zurück mit ein paar Tabletten und einem Glas Wasser.

»Wo übernachten Sie?«, wollte Jack wissen.

Marcus verzog das Gesicht, als er die Tabletten schluckte. »Nirgendwo. Wenn ich jemanden observiere, penne ich normalerweise im Wagen.«

»Nun, in Ihrem Wagen können Sie heute Nacht nicht bleiben.« Ich fühlte mich bereits schuldig genug, weil meine Schwester ihm auf den Schädel geschlagen hatte. Was, wenn er jetzt auch noch in seinem Auto schlief und morgen früh nicht mehr aufwachte?

»Sie könnten bei mir übernachten«, bot Jack an.

Marcus nippte an seinem Wasser. »Danke, aber wenn ich arbeite, habe ich mein Zielobjekt gern in Sichtweite. Sie würden nicht glauben, wie viele Stars einen Deal machen und sich, kaum dass Sie ihnen den Rücken zukehren, aus dem Staub machen oder die Geschichte an die Konkurrenz verkaufen.«

Immis Gesichtsausdruck nahm entrüstete Züge an, obwohl sie sich meines Erachtens wirklich nicht darüber beschweren durfte, dass Marcus ihre Integrität infrage stellte. »Dann können Sie ja ebenso gut hierbleiben. Ich bin sicher, dass es Clodagh nichts ausmacht, wenn Sie auf dem Sofa schlafen.«

Es behagte mir absolut nicht, dass ein Mitglied der Paparazzi-Garde in meinem Wohnzimmer campierte, aber ebenso wenig hätte es mir behagt, wenn er in seinem Auto aufgrund einer unbehandelten Schädelverletzung verendete. »Sie können gern hierbleiben, wenn Sie möchten.«

Danach zu urteilen, wie Jack plötzlich den Kiefer vorschob, war er nicht sonderlich glücklich über dieses Arrangement. »Ich gehe dann wohl besser.« Er stand auf, und ich begleitete ihn zur Hintertür, sodass Marcus nunmehr Immis zärtlich-liebender Fürsorge überlassen war.

Ich fühlte mich unbehaglich angesichts der kurzen Unterhaltung, die wir geführt hatten, bevor Immi und Marcus wieder aus der Küche gekommen waren. Jack wartete, bis ich die Hintertür geöffnet hatte, um ihn nach draußen in die frische Abendluft zu entlassen.

»Bist du sicher, dass das für Immi und dich in Ordnung ist, wenn Marcus hierbleibt?«

Es war schwierig, in dem schwachen Licht in seinem Gesicht zu lesen. Ich hatte mir nicht die Mühe gemacht, das Licht in der Küche einzuschalten, und der Außensensor hatte noch nicht reagiert, sodass der Hof ins kühle, silbrige Mondlicht getaucht war.

»Das geht schon in Ordnung so. Es ist ja nur für heute Nacht. Morgen früh kommt Marty, um das Interview und den Fototermin zu überwachen.« Ein Teil von mir konnte nicht umhin zu hoffen, dass sich das Blatt für Immi damit zum Guten wandte. Meine Schwester konnte wieder ihr Leben leben, und ich konnte mich ganz auf das Tierasyl konzentrieren. Vielleicht half die Publicity sogar, ein wenig Geld für die Tiere zu sammeln.

»Falls er euch irgendwelche Schwierigkeiten bereiten sollte, könnte sie ihm ja auch jederzeit noch eins überziehen, nicht wahr?«

Wir standen im Türrahmen und unterhielten uns nur im Flüsterton, damit Immi und Marcus uns nicht hören konnten, und mein Körper schien sich mit jeder Faser auf Jacks Körper einzustimmen. Wir standen dicht beieinander, es knisterte förmlich zwischen uns, und ich wusste, wenn er mich jetzt wieder küsste, war es um all meine guten Vorsätze geschehen.

»Ja, ich denke, das könnte sie tun.« Es fiel mir ungemein schwer, eine halbwegs folgerichtige Antwort über die Lippen zu bringen.

Wir tauschten die Nummern unserer Handys aus, und dann schien die Zeit auf einmal stillzustehen; wir standen einfach nur da, dicht an dicht, sodass beinahe kein Blatt mehr zwischen uns gepasst hätte, und keiner von uns sprach ein Wort.

»Ich sollte gehen«, brach Jack als Erster das Schweigen.

»Ja.« Das war verrückt. Wie kann ein Mensch etwas wollen und dasselbe zur selben Zeit nicht wollen?

»Ich bin dann jetzt weg.« Er rührte sich nicht von der Stelle.

»Ja.« Ich rührte mich auch nicht.

»Gute Nacht, Clodagh.« Abrupt drehte er sich um und lief mit großen Schritten über den Hof. Die Sicherheitsbeleuchtung schaltete sich ein, überflutete den Hof mit ihrem kalten Licht, und der Zauber war dahin. Ich schloss die Tür und verriegelte sie mit zitternden Fingern; dann setzte ich den Wasserkessel auf, um mir einen Tee zu machen.

9

Schon früh am nächsten Morgen schlich ich auf Zehenspitzen durch den Korridor und lugte durch die einen Spalt offenstehende Wohnzimmertür auf Marcus' ruhende Gestalt. Seinem Schnarchen nach zu urteilen weilte er noch unter den Lebenden, was mich irgendwie erleichterte. Immi war am Vorabend noch eine ganze Weile unten geblieben und hatte sich mit ihm unterhalten, während ich mir eine Tasse Tee gemacht hatte, nachdem Jack fort war, und nach oben und ins Bett gegangen war. Im Grunde hatte ich recht gut geschlafen, wenn man berücksichtigte, was sich gestern alles zugetragen hatte.

Ich zog die Küchenvorhänge auf, und draußen tat sich ein strahlender Septembermorgen auf. Der Himmel spannte sein blaues Zelt über die Weiden, und der Morgentau glitzerte schwer auf den Spinnweben zwischen den Leisten der Einzäunung.

Ich brühte mir einen Kaffee und toastete mir eine Scheibe Brot, bevor ich mich auf den Weg machte, die Hühner zu füttern. Wenn ich Glück hatte, konnte ich all meine Morgenpflichten erledigen, bevor Susie auftauchte. Jade neigte dazu, samstags später zu kommen. Ich glaube, sie und ihr Freund gingen freitagabends gern aus; das hatte ich zumindest dem Wenigen entnommen, das Jade von sich gegeben hatte, als Susie wissen wollte, was sie in ihrer Freizeit mache. Susie nutzte ihre Freizeit vornehmlich dazu, Dinge zu kreieren: Grußkarten, Strickpullover, in jüngster Zeit hausgemachte Seife. Sie war so etwas wie ein Einfrau-Heimarbeitsunternehmen.

Ich ließ die Gänse und Hühner nach draußen in ihr Freigehege und füllte die Futter- und Wassertröge auf. Als Nächstes kamen die Meerschweinchen an die Reihe, die Hamster, die Wüstenrennmäuse, Mäuse und Kaninchen. Als sie mit Wasser und Futter versorgt waren, wandte ich mich den Eseln zu, den Schafen, Ziegenbock Mister Sheen und Schwein Rosie.

Im Allgemeinen nahm ich das Ausfegen und Reinigen der Ställe erst nach meiner zweiten Tasse Kaffee in Angriff. Bis dahin war Susie meist schon da, und wenn ich Glück hatte, bekam ich von ihr ein bisschen Hilfe, bevor die ersten Besucher eintrudelten. Sie übernahm in der Regel die Aufgaben, die ich für den ewigen Kleinkram hielt, wie die Seifenspender an den Handwaschstationen neu aufzufüllen oder das Tierfutter in Tüten abzupacken, die dann am Eingang zum Verkauf angeboten wurden. Seltsamerweise war sie nie besonders begeistert, wenn es galt, den Schweinestall auszumisten.

Die Morgenluft war kühl, doch verhieß der klare Himmel, dass es ein wundervoller Septembertag werden würde. Ich zupfte hie und da ein wenig Unkraut aus den Blumenbeeten, und mir fiel auf, dass entweder Marcus oder Immi während der Vorkommnisse der vergangenen Nacht einen Zweig von einem meiner derzeit blühenden Sträucher halb entblütet hatte. An meinem besonderen Strauch hatte sich eine späte Rose geöffnet, und ihre blassrosafarbene Blüte war so schwer, dass sie den Kopf hängen ließ. Ich streichelte mit den Fingerspitzen über die weichen, samtigen Blütenblätter, sog den schweren Duft auf und erinnerte mich an meine Vergangenheit; dann lief ich über den schmalen Pfad in den Vorgarten.

Als ich das kleine Tor öffnete, das mit dem Wort »Privat« gekennzeichnet war, bemerkte ich, wie viele Fußspuren in dem Lehmboden am Rand des Pfades waren. Einige davon stammten eindeutig von Marcus, denn die Abdrücke waren groß und maskulin. Da waren aber auch noch andere, die kleiner wirkten – eher feminin. Im ersten Moment dachte ich, sie müssten von Immi stammen, doch sagte mir der gesunde Menschenverstand, dass meine Schwester niemals mit ihren Designerschuhen in meinen Blumenbeeten herumstapfen würde. Sie hätte auch überhaupt keinen Grund gehabt, zum Tor zu gehen. Wir gingen nur selten hier vorn herum, es sei denn, wir verrichteten Gartenarbeit, und Immi hielt nicht viel davon, sich die Hände schmutzig zu machen.

Ein ungutes Gefühl machte sich in mir breit. Ein paar Minuten später begab ich mich auf den Rückweg in die Küche. Nigel lief an meiner Seite. Er war ein sehr lieber Hund, und ich hatte bereits angefangen, ihn ins Herz zu schließen. Nachdem ich gestern Abend wieder nach Hause gekommen war, hatte er glücklicherweise aufgehört zu heulen und zu jaulen und die Nacht friedlich schlafend in seinem Korb in der Küche verbracht.

Clive begegnete dem neuen Hausgenossen indes mit unvermindertem Argwohn. Er hatte die ganze Nacht auf meinem Bett verbracht, was Immi nicht erfahren durfte, weil sie sich sonst fürchterlich aufgeregt hätte. Sie glaubt fest daran, dass man Tiere im Schlafzimmer nicht dulden dürfe, weil sie angeblich unhygienisch sind oder so was in der Art. Es war einer der vielen Streitpunkte, bei denen Immi und ich hatten einsehen müssen, dass wir einfach unterschiedlich dachten.

Als ich ins Haus zurückkehrte, hörte ich Geräusche, die aus dem Wohnzimmer kamen. Ich nahm an, dass Marcus aufgewacht war, also machte ich ihm eine Tasse Tee und brachte sie ihm. Die Beule an seinem Kopf hatte sich über Nacht recht unschön grün verfärbt, aber zumindest hatte er ansonsten wieder eine normale Gesichtsfarbe.

»Wie spät ist es?« Er blinzelte auf seine Armbanduhr, als ich seinen Tee auf den Sofatisch stellte.

»Zehn vor acht.«

Er stöhnte und ließ sich zurück auf die Couch fallen. Nigel leckte ihm mitleidig das Ohr, während ich die Vorhänge aufzog, um etwas mehr Licht in den Raum zu lassen.

»Wie geht es dem Kopf?« Ich deckte Daves Käfig ab und sah nach, ob sein Futternapf aufgefüllt werden musste.

»Tut immer noch weh.« Marcus griff nach seinem Tee und nahm vorsichtig einen kleinen Schluck.

»Leck mich doch!«, befand Dave und spuckte einen Sonnenblumenkern auf meinen Gast.

»Ich bringe Ihnen noch mal ein paar Schmerztabletten.«

Er hockte auf der Sofakante, als ich zurückkam, und es war schon leicht skurril, wie er dasaß mit seiner nackten Brust, die Schultern umhüllt mit einer rosafarbenen Blumendecke, während Dave auf der oberen Sitzstange seines Käfigs thronte und zornig auf ihn niederblickte. Dafür, dass er ein Paparazzo war oder »die Ausgeburt des Bösen« (wie Immi diese Leute nennt), sah er ausgesprochen gut aus, wenn man von der dicken Beule an seiner Schläfe absah.

»Danke.« Er steckte die Tabletten in den Mund und nahm seinen Teebecher in die Hand. »Das Ganze hier ist ein ziemliches Kontrastprogramm für Ihre Schwester, nicht wahr?« Er ließ seinen Blick durch mein Wohnzimmer schweifen.

Ich tat es ihm gleich und sah mein Zuhause plötzlich mit den Augen, mit denen er und Immi es sicher sahen. Nigel lag lang ausgestreckt auf dem verschlissenen Kaminvorleger. Daves Käfig nahm eine große Ecke des Raums in Anspruch, und darunter lagen überall die Hülsen seiner Sonnenblumenkerne verstreut. Die frühe Morgensonne schimmerte auf den rötlich braunen Katzenhaaren, die den altmodischen Sessel zierten, auf dem Clive tagsüber so gern lag. Auf dem Kaminsims lagen nebeneinander stapelweise alte Kataloge und Zeitungsausschnitte über Tierpflege.

In Immis Wohnung war ich nur ein paar Mal gewesen. Sie war das, was Immobilienmakler gern als Kompakt-Apartment oder Studio bezeichnen, aber sie befand sich in einer guten Gegend – was, wie Immi mir versicherte, äußerst wichtig war. Was die Ausstattung betraf, hatte die Wohnung einen modern-minimalistischen Stil mit polierten Parkettfußböden, Chrom und vanillefarben gestrichenen Wänden. Ganz plötzlich fühlte ich mich alt, altbacken und arm.

»Immi hat meine Arbeit hier immer sehr unterstützt.« Ich fühlte mich moralisch verpflichtet, meine Schwester zu verteidigen – und den Zustand meines Umfelds. Es entsprach aber auch der Wahrheit. Immi hatte vielleicht ebenso wenig Verständnis dafür, dass ich das Tierasyl betrieb, wie ich Verständnis dafür hatte, dass sie das Bedürfnis verspürte, berühmt zu sein, aber zumindest wollte sie, dass ich glücklich war.

»Dann sollte ich ein paar hübsche Aufnahmen von ihr machen, wenn sie bei Ihren Tieren ausmistet«, befand Marcus. Ich nahm an, dass er das sarkastisch meinte. Er ahnte wahrscheinlich, dass Immi in etwa so versessen darauf war, aktiv im Tierasyl Hand anzulegen, wie Susie versessen darauf war, die Ställe der großen Tiere zu säubern.

»Immi ist ein sehr netter Mensch.«

»Sie hat sich nicht gerade von ihrer netten Seite gezeigt, als sie Kirk Drummond an die Kehle ging.« Marcus nahm einen großen Schluck Tee.

»Kirk ist ein Ekelpaket. Wenn ich in dieser Show gewesen wäre, hätte ich ihn wahrscheinlich auch verprügelt.« Ich versuchte, ruhig und gelassen zu klingen.

Marcus sah mich überrascht an. »Dass sie ein paar zu viel getrunken hatte, war auch nicht gerade von Vorteil.«

»Sie war aufgeregt. Was da mit Kirk gelaufen ist, macht sie nicht gleich zu einer Säuferin.« Insgeheim machte ich mir selbst Sorgen über Immis Trinkerei, doch war ich nicht bereit, das zuzugeben, und Marcus gegenüber schon gar nicht. Immis Probleme mit Alkohol waren häufig ein Thema in den Gesprächen, die ich mit Gloria führte, wenn sie mich aus Kalifornien anrief.

Es pochte heftig an der Hintertür, und im nächsten Moment vernahm ich Susies allmorgendliches »Huhu«, dem das Klappern und Klirren von Tassen folgte.

»Ich muss zurück an die Arbeit. Das Badezimmer ist oben, und in der Küche ist Brot, das Sie sich toasten können.« Ich eilte zur Tür.

»Verpiss dich!«, schimpfte Dave auf seiner Sitzstange.

Als ich in die Küche kam, hatte Susie sich bereits Tee aufgebrüht. Ganz aufgeregt blitzten mich ihre Augen durch ihre Brillengläser an.

»Du hast mir nie erzählt, dass deine Stiefschwester diese Schauspielerin ist, die in der Fernsehserie mitspielt – die, die sich vorgestern Abend in der Talkshow so betrunken hat!«

Mit Mühe widerstand ich dem inneren Drang, ihr ihre Wollmütze mit Wucht über die schnabelförmige Nase zu ziehen. »Du wusstest, dass ich eine Schwester habe, Susie.«

»Ich wusste aber nicht, dass das die ist. Erst als ich gestern nach Hause kam und das Foto von ihr auf der Titelseite der

Zeitung sah, habe ich sie wiedererkannt und mich erinnert, dass das die Frau ist, die letztes Jahr Weihnachten hier war, als Jade die Grippe hatte. Ich dachte, sie hätte nur in kleinen Theaterstücken mitgespielt oder in irgendeiner Revue. Die suchen alle nach ihr. Der arme Mann, den sie in der Sendung angegriffen hat, ist heute auf der Titelseite. Er sagt, sie würde Hilfe brauchen.«

Ich war versucht, es à la Immi zu handhaben und Susie eine mit dem Nudelholz überzuziehen, nur hatte die Frau einen derart dicken Schädel, dass ich bezweifelte, sie würde auch nur mit der Wimper zucken. »Du solltest nicht alles glauben, was du liest. Kirk hat sich Immi gegenüber ganz mies benommen, und er ist kein netter Mensch.«

Susie schlürfte ihren Tee. »Na ja, trotzdem hat sie ja wohl Gewissensbisse. Warum würde sie sich sonst verstecken? Hat sie sich bei dir auch nicht gemeldet?«

Ihre Knopfaugen funkelten vor lauter Neugier, und ich wusste, dass sie keine Sekunde zögern würde, Immi anzuschwärzen, wenn sie herausfand, dass sie hier war.

»Fakt ist, Susie, *dass* Immi sich bei mir gemeldet hat.«

Vor lauter Erregung verschüttete Susie fast ihren Tee. »Was hat sie gesagt? Wo ist sie denn?«

»Sie hält sich nicht weit von hier auf, und es geht ihr gut.« Nun, das war nicht einmal eine Lüge. Susie brauchte nicht zu wissen, dass »nicht weit von hier« der Code für »im oberen Stockwerk« war.

Knarrend öffnete sich die Küchentür, und Marcus kam herein. Immer noch eingehüllt in die Bettdecke mit den Blumenmotiven, lehnte er sich gegen den Türpfosten und schwenkte seinen leeren Becher.

»Entschuldigung für die Störung, Clodagh, aber könnte ich noch eine Tasse Tee bekommen?«

Susie fiel derart die Kinnlade herunter, dass ich befürchtete, mich gleich auf dem Linoleumboden wiederzufinden, um ihre Zunge einzurollen und sie zurück in ihren Mund zu stecken.

»Klar.« Ich nahm seinen Becher und setzte neues Teewasser auf. Dabei versuchte ich, den Eindruck zu erwecken, als stünden ständig attraktive halbnackte Männer in meiner Küche, während Susie auf einmal sprachlos zu sein schien, was äußerst ungewöhnlich für sie war. Insgeheim konnte ich nicht umhin, mir zu wünschen, es wäre Jack, der da mit nackter Brust stand und mich um Tee bat.

Nachdem ich Marcus' Becher frisch aufgefüllt hatte, verschwand er wieder im Wohnzimmer.

»Wer war das denn?« Susie war dermaßen aufgeregt, dass sie meinen Arm umklammerte.

»Marcus.« Ich stellte das schmutzige Geschirr in die Spüle.

»Wo ist der hergekommen?«

Ich machte mich auf den Weg zum Hof. »Weiß ich nicht genau. Ich habe ihn letzte Nacht aufgelesen.« Mit einem leichten Lächeln auf den Lippen beschleunigte ich meinen Schritt und trippelte in Richtung Eselstall, bevor Susie mich noch etwas fragen konnte.

Die nächste Stunde verbrachte ich weitgehend damit, Susie aus dem Weg zu gehen. Zu meinem Glück wurde sie von einem inzwischen völlig bekleideten Marcus abgelenkt, der das Haus verließ, um seinen Wagen aus der Haltebucht zu holen. Als er zurückkehrte, folgte Marty ihm in ihrem kleinen Sportwagen.

Nachdem ich die beiden ins Haus gelassen hatte, schlug ich Susie die Hintertür vor der Nase zu. Ihrem Gesichtsausdruck nach zu urteilen, war die Wahrscheinlichkeit hoch, dass sie an Neugier starb, bevor der Tag sich neigte. Immi war wach und angezogen und sah schlichtweg bezaubernd aus, als ich meine merkwürdigen Gäste ins Wohnzimmer führte. Marcus entschuldigte sich gleich wieder, weil er erst noch duschen und sich umziehen wollte, bevor sie mit dem Interview begannen. Mir fiel auf, dass Immi ihn von Kopf bis Fuß taxierte, als er das Zimmer verließ. Marty zündete sich eine neue Zigarette an.

»Eigentlich ist es scheiße, dass Marcus dich aufgespürt hat. Trotzdem, könnte sich auch vorteilhaft auswirken, vorausgesetzt, er schreibt einen positiven Artikel.« Marty sah prächtig aus, vom Scheitel bis zur Sohle in leuchtendes Pink gehüllt. Ihre Absätze waren ebenso schwindelerregend hoch wie am Vortag, und ich fragte mich, wie um alles in der Welt sie es hinbekam, damit Auto zu fahren.

»Nach dem, was er gestern Abend so erzählt hat, glaube ich, dass das alles gut ausgehen wird. Wir haben noch ein wenig geplaudert, nachdem Clodagh zu Bett gegangen war.« Ein zufriedenes Lächeln spielte auf Immis Lippen, und sie warf sich schwungvoll das Haar über die Schulter.

»Das ist alles ein bisschen unkonventionell. Ist nicht das, was ich getan hätte. Weil man diesen Sauhunden einfach nicht trauen kann.« Marty wirkte nicht überzeugt.

»Hat er gesagt, welche Art von Reportage ihm vorschwebt?« Die ganze Sache war mir irgendwie unbehaglich. Ich meine, Marcus hätte alles behaupten und sich hinterher auf seine Gehirnerschütterung berufen können.

»Wir werden das aus der Perspektive *Sie hilft den Tieren* angehen. Könnte dir gelegen kommen, Clodagh. Bringt dir vielleicht mehr Besucher. Von einer der großen Illustrierten und von einer der Boulevardzeitungen habe ich Zusagen, dass sie das Exklusivinterview nehmen werden. Zu viel darf ich aber noch nicht verraten. Vertraulichkeitsvereinbarung.«

Marty schnippte ihre Zigarettenasche durch das offen stehende Fenster auf meine Kapuzinerkresse.

Ich gehe mal davon aus, dass jede dunkle Wolke einen Silberstreif hat, aber da es sich bei meinen Besuchern weitgehend um Muttis mit Kleinkindern handelte, war ich mir nicht unbedingt sicher, dass es die an einen Ort zog, der mit Immi assoziiert wurde. Wenn sie Susies Ansicht teilten, würden sie das Tierasyl vielleicht sogar boykottieren.

Während Immi und Marty über mögliche Strategien diskutierten, ging ich mit Nigel auf eine kleine Runde nach draußen. Es war fast schon Öffnungszeit, und es sah so aus, als sei Susie zum Besuchereingang gegangen, um dort alles in die Wege zu leiten. Die Sonne schien mir warm auf den Rücken, als ich neben Nigel den Weg hinunterlief und die Einzäunungen überprüfte, um sicherzustellen, dass alles in Ordnung war. Zumindest hatte es über Nacht keinen weiteren Vandalismus gegeben.

Ein kleiner Strom von Leuten bahnte sich bereits seinen Weg über die Gehwege und nach unten zu den Eseln. So viele Besucher hatte ich schon lange nicht mehr gesehen, und keiner von ihnen gehörte zur Brigade der Latte-Macchiato-Muttis. Das sah nicht gut aus. Nigel kläffte beglückt, als ich meinen Schritt beschleunigte, um vor der Meute zum Haus zurückzugelangen. Diese »Besucher« waren die gefürchteten Paparazzi.

Bis ich wieder an der Hintertür war, waren mir bereits an die zwanzig, dreißig Mann auf den Fersen. Ich ignorierte ihre Rufe und das Klicken ihrer Kameraauslöser und sah zu, dass ich sicher ins Haus kam und die Tür hinter mir verriegelte. Es sah ganz so aus, als hätte die Presse Immi gefunden. Ich hoffte, dass Susie nicht vergessen hatte, sie alle Eintritt zahlen zu lassen.

Der Medienrummel, der binnen kürzester Zeit ums Haus herum herrschte, schien Marty, Marcus und Immi nicht im Geringsten zu beeindrucken. Marcus führte sein Interview mit Immi und zeichnete es auf Band auf, und Marty erhob zwischendurch bei manchen Fragen mit bellendem Ton Einspruch. Sie hatten die Vorhänge wieder zugezogen, sodass die Paparazzi keinen Blick ins Wohnzimmer erhaschen und auch keine Fotos schießen konnten. Das hätte offenbar die Exklusivvereinbarung zunichtegemacht, die Marty und Marcus mit der Illustrierten mit dem großen Namen ausgehandelt hatten. Dave war nicht beglückt darüber, dass man seine Alltagsroutine störte, und so kreischte er während des gesamten Interviews Obszönitäten.

Ich überließ sie ihrem Tun und ging zurück in die Küche. Irgendjemand hatte den Telefonhörer von der Gabel genommen. Warum, fand ich schnell heraus, als ich versuchte, ihn wieder aufzulegen – und es sofort anfing, ohne Unterlass zu läuten, weil irgendwelche Journalisten mit meiner Schwester sprechen wollten. Es schien sinnvoll, ihn wieder von der Gabel zu nehmen, und so tat ich das.

Ein flüchtiger Blick durchs Fenster zeigte mir, dass es auf dem Hof jetzt nur so wimmelte von Leuten, und die meisten waren mit Kameras bewaffnet. Als ein Filmteam von unserem lokalen Fernsehsender vorfuhr, zog ich die Küchenvorhänge zu. Ich konnte hören, wie sie brüllten, dass Immi nach draußen kommen solle, und einige Leute hämmerten gegen die Vorder- und die Hintertür. Nigel hatte angefangen, zum allgemeinen Lärmpegel beizutragen, indem er heulte und jaulte wie ein Werwolf. Ich machte mir Sorgen, inwieweit der Tumult die Tiere beeinträchtigen würde.

Ihre erste Schachtel Zigaretten hatte Marty bereits weggequalmt, und mein Wohnzimmer glich einem verrauchten

Höllenschlund, als ich wieder hineinging, um anzufragen, wie lange das Interview noch dauern würde. Als ich die Tür öffnete, schoss Marcus gerade ein Foto von Immi, die einen unwilligen Clive in den Armen hielt. Der arme Dave schmollte und tat so, als habe er plötzlich schlimmen Husten.

»Noch ein paar Minuten«, blaffte Marty mich an und schlug mir die Tür vor der Nase zu.

Ich hätte in diesem Moment gern darauf hingewiesen, dass das hier mein Haus war, aber mein Mobiltelefon fing an zu läuten.

»Clodagh, ist alles in Ordnung? Auf der Straße zum Tierasyl herrscht massiver Stau, und dein Festnetzanschluss funktioniert nicht.« Jacks Stimme vibrierte in meinem Ohr.

»Die Presse hat herausgefunden, dass Immi hier ist. Es ist lächerlich.« Mir war zum Heulen zumute. Marty, Marcus und Immi kamen vielleicht damit zurecht, von der Presse belagert zu werden, ich aber nicht. Meine geliebten Tiere wurden gestört, und ich konnte spüren, wie die alte, vertraute Woge der Panik mich zu erfassen drohte.

»Bleib, wo du bist. Ich komme und hole dich da raus.«

Ich klappte mein Handy zu und sank in der Diele auf die unterste Treppenstufe. Durch die Milchglasscheibe der Haustür konnte ich sehen, wie Leute durch meinen Garten stapften, und ich konnte hören, wie sie mit den Fäusten auf das Gebälk schlugen. Ich konnte mir nicht vorstellen, wie Jack es fertigbringen wollte, auch nur in die Nähe des Hauses zu gelangen, geschweige denn, mich hier herauszuschaffen. Nigel kuschelte sich an mich und blickte mich voller Vertrauen aus seinen großen braunen Augen an, als er seinen struppigen Kopf auf meine Knie legte.

»Ich bin kein Star – holt mich hier raus«, stammelte ich, schlang meine Arme um den Hund und wartete auf meinen fahrenden Ritter, auf dass er in seinem Range Rover hier anrollte und mir zu Hilfe kam. Die Tränen rannen mir über die Wangen und tropften auf Nigels Fell.

Gestern Abend war Jack noch der Feind gewesen. Jetzt war er meine einzige Hoffnung.

10

Ich weiß nicht mehr, wie lange ich – Nigel fest umschlungen – in der Diele kauerte, aber es kam mir vor wie eine Ewigkeit. Ich hatte kalte Füße und Krämpfe in den Beinen von dem starren Sitzen. Immi war immer noch im Wohnzimmer und gab Marcus in Martys Gegenwart ihr streng geheimes Interview. Ich hatte keine Ahnung, wie die drei Fotos von Immi mit den Tieren machen wollten oder wie sie gedachten, den Mob auseinanderzutreiben, der mein Haus umzingelte. Ich wusste gar nichts mehr und war vollends damit beschäftigt, mich auf meine Atmung zu konzentrieren und auf meine Mantras, die verhindern sollten, dass ich wieder Panikattacken bekam. Der Psychologe, bei dem ich nach meiner Trennung von Jonathan in Behandlung gewesen war, hatte mir beigebracht, dass Ruhigbleiben das A und O war, um nicht die Kontrolle zu verlieren.

In der Ferne hörte ich das Heulen von Sirenen, und ich fragte mich, ob die zu einem Polizei- oder einem Krankenwagen gehörten. Ich hoffte, dass es nicht zu einem Verkehrsunfall gekommen war wegen des Desasters, das die Presse angerichtet hatte; Jack hatte gesagt, die Straße sei verstopft. Je lauter die Sirene wurde, desto lauter winselte Nigel mir ins Ohr. Ich hoffte, dass es die Polizei war und dass sie die Paparazzi wegjagte, damit hier wieder Normalität einkehrte.

Mein Mobiltelefon gab unentwegt pingende Laute von sich, weil ich eine SMS nach der anderen erhielt. Die meisten

Nachrichten waren von Susie, die mir mitteilte, dass sie in ihrem Kiosk am Eingang festsaß und kein Wechselgeld mehr hatte. Zumindest hatte sie Eintritt verlangt, sodass wenigstens etwas Gutes bei dem Ganzen herauskam. Jade hatte mir auch eine SMS geschickt – sie saß im Bus auf der Hauptstraße im Stau. Ich konnte mir nicht vorstellen, wie Jack zu mir vordringen wollte, es sei denn, er hatte einen Hubschrauber gechartert.

Das Gehämmere gegen die Türen hörte auf, und die Stimmen schienen sich zunehmend zu entfernen. Mir war, als hörte ich eine Stimme, die den Massen im Befehlston auftrug, sich vom Haus weg und zurück auf das öffentliche Gelände des Tierasyls zu begeben. Nigel rieb seine Schnauze gegen meine Wange, und ich wartete gebannt, was wohl als Nächstes passieren würde.

»Clodagh? Ich bin's, Jack!« Es schepperte an meinem Türbriefkasten.

Auf allen vieren kroch ich über die viktorianischen Fußbodenfliesen, hob die Innenklappe, und im nächsten Moment blickten mir Jacks Augen durch den schmalen Schlitz entgegen.

»Die Polizei hat die Presse weiter nach hinten gedrängt. Es ist alles okay, du kannst mich hereinlassen.«

Ich öffnete die Tür, ließ die Kette aber noch vorgelegt, und meine Finger fühlten sich vor lauter Angst ganz ungelenk und steif an, als ich das Schloss entriegelte. Ich war so erleichtert, als ich Jack sah, der groß und breitschultrig vor meiner Haustür stand. Einige Meter hinter ihm erblickte ich Officer Holmes, unseren örtlichen Streifenpolizisten, der seine Signalweste trug, mit den Armen wedelte und die Pressemeute nach hinten auf den öffentlichen Parkplatz dirigierte.

Als Nächstes muss ich wohl die Kette heruntergenommen haben, denn ehe ich mich versah, sank ich in Jacks Arme, während Nigel neben mir begeistert zu bellen begann, um ihn gebührend zu begrüßen.

»Wie hast du es geschafft herzukommen? Es ist entsetzlich. Ich habe solche Angst gehabt.« Die Worte sprudelten aus mir heraus. Ich war noch nie in meinem Leben so froh gewesen, ein anderes menschliches Wesen zu sehen. Wie meine Schwester in ihrem täglichen Leben mit dieser Art von Druck fertig werden kann, werde ich nie begreifen.

»Die Polizei war schon unterwegs zu dir, um den Stau auf der Straße aufzulösen, also habe ich Officer Holmes gefragt, ob er mich mitnehmen würde. Die Agentin deiner Schwester hat die Polizei offenbar auch angerufen.« Jack hielt mich weiterhin fest in seinen Armen. Ich konnte den Duft seiner Haut riechen, der sich mit dem seines Rasierwassers vermischte. »Ich habe mir Sorgen um dich gemacht.« Sanft strich er mir das Haar aus dem Gesicht.

Mir wurde bewusst, dass ich mit meinen vom Weinen rot geränderten Augen und meiner fleckigen Haut sicher keinen hübschen Anblick bot. Die Wohnzimmertür wurde geöffnet, und Immi streckte den Kopf nach draußen.

»Hallo Jack. Wir geben jetzt eine kurze Presseerklärung ab und schießen dann ein paar Fotos.« Sie führte sich auf, als sei das Ganze die normalste Sache der Welt, als habe sie es ständig mit dieser Art von Medienrummel zu tun. Und sie schien auch überhaupt nicht überrascht zu sein, weder darüber, dass Jack im Haus war, noch darüber, dass ich in seinen Armen lag. »Clodagh, wir werden ein paar Fotos von mir mit den Eseln machen, weil Marcus meint, die wären am fotogensten. Ist das in Ordnung?« Sie wartete nicht auf meine Antwort, sondern marschierte gleich mit Marcus Richtung

Küche, und Marty folgte den beiden auf dem Fuße. Clive wagte sich ebenfalls nach draußen, machte aber gleich einen Buckel und fauchte vor Empörung, als er Nigel zu meinen Füßen liegen sah.

Ich fühlte mich, als seien die Knochen in meinen Beinen auf einmal aus Gummi. Wenn Jack mich nicht gehalten hätte, wäre ich wahrscheinlich hingefallen. Ich hörte, wie die Hintertür geöffnet wurde und fremde Stimmen Immis Namen riefen.

»Sie müssen nach draußen gegangen sein.« Jack ließ mich los. Schwankend lehnte ich mich gegen die Wand, während er durch den Korridor lief. Nigel leckte meine Hand, und ich zwang meine Beine, mir zu gehorchen, und folgte Jack. Aus dem Wohnzimmer hörte ich Dave kreischen – vor lauter Freude, weil die Eindringlinge endlich wieder fort waren.

Jack hatte die Hintertür geschlossen, und gemeinsam lugten er und ich durch das Küchenfenster, um meine Schwester in Action zu erleben. Immi war im Eselsgehege und posierte zwischen den beiden geduldigen und sanften Tieren für Fotos. Mir fiel auf, dass sie sich meine Gummistiefel ausgeliehen hatte und meine Jeansjacke, die sie über ihren Designerjeans und einem enganliegenden T-Shirt trug.

Jack drehte sich zu mir um. »Geht es dir gut?«

Ich nickte. Jetzt, da die Meute sich nicht mehr vor dem Haus aufhielt, hatten meine Angstgefühle etwas nachgelassen. Trotzdem raste mein Puls, doch hatte das, wie ich mutmaßte, weniger mit meiner Furcht vor den Paparazzi zu tun, sondern eher damit, dass Jack mich so ansah.

Er fuhr sich mit den Fingern durch sein dunkles Haar und sah aus, als wisse er nicht so recht, was er jetzt tun sollte. »Meinst du, die Sache wird sich jetzt beruhigen?« Mit fragendem Gesichtsausdruck bewegte er seinen Kopf Richtung Fenster.

»Ich weiß es nicht. Immi erregt immer Aufsehen, egal, wo sie auftaucht. Normalerweise stattet sie mir nur Blitzbesuche ab, deshalb habe ich es bisher immer geschafft, mich selbst aus dem Rampenlicht herauszuhalten.« Ich sank auf einen der Küchenstühle, da mir plötzlich klar wurde, dass ich von nun an für jeden in der Stadt Immis Schwester sein würde. Die herrliche Anonymität, in der ich das Mädchen hatte sein dürfen, dem das Tierasyl gehörte, war für alle Zeiten dahin. Ab jetzt war ich Imogen Martins unberühmte und unelegante Schwester.

»Stört es dich, dass sich das jetzt geändert hat? Mir ist klar, dass das, was da gerade passiert ist, überwältigend für dich war, aber das Gute daran ist, dass das Tierasyl dadurch vielleicht mehr Publicity bekommt.« Er zog den Stuhl vor, der gegenüber von meinem stand, und setzte sich darauf.

»Es ist schwer zu erklären, aber ich glaube, ich will, dass die Leute herkommen, weil die Tiere ihnen etwas bedeuten, und nicht, weil sie einen Blick auf meine Schwester erhaschen wollen. Du denkst vielleicht, das Ganze würde helfen, an mehr Geld zu kommen, aber darauf wird es im Endeffekt wahrscheinlich nicht hinauslaufen. Die Leute werden vielmehr davon ausgehen, dass Immi erfolgreich ist und ich das dann ja wohl auch sein muss. Sie werden denken, dass ich ihre Unterstützung nicht brauche oder dass ich das Tierasyl nur als Hobby betreibe.« Ich fuhr mit dem Finger über die alte Kerbe in der Tischplatte und zog die Stirn kraus, während ich versuchte, mir meine Ängste vernunftsmäßig zu erklären. »Kurzfristig werden die Besucherzahlen zwar hochgehen, nur werden nicht die Leute kommen, die ich wirklich hierhaben will: die Muttis mit den kleinen Kindern oder die

Schulgruppen. Stattdessen werden hier prominentengeile Groupies rumlaufen, die sich den Kopf nach Immi verrenken und nebenbei zum Spaß meine armen Tiere piesacken.«

Ich fragte mich, ob ich vielleicht undankbar war; in Anbetracht der katastrophalen finanziellen Situation des Tierasyls hätte ich jede Form von Geldfluss, der in meine Richtung strömte, begrüßen müssen. Im Moment empfand ich es allerdings so, als sei der Preis, den ich zahlen musste, um das Tierasyl zu retten, ziemlich hoch.

Jack legte seine Hand auf meine, sodass ich aufhörte, nervös mit dem Finger über die Kerbe in der Tischplatte zu streichen. »Clodagh, ich habe das gestern Abend ernst gemeint, als ich dir anbot, dir finanziell zu helfen.« Seine Hand fühlte sich warm an, und seine langen Finger pressten sich sanft gegen meine Haut.

»Ich weiß.« Ich brachte es nicht über mich, ihm ins Gesicht zu sehen. Allein schon seine Berührung raubte mir nahezu die Sinne.

»Warum willst du meine Hilfe dann nicht annehmen, Clo? Ich habe Augen im Kopf; ich kann sehen, dass das Tierasyl Probleme hat. Einige der Freigehege müssen neu eingezäunt werden, und der Vandalismus, über den in der Zeitung berichtet wurde, muss dir schwer zugesetzt haben.«

Ich zog meine Hand unter seiner hervor und legte sie in meinen Schoß. »Jack, ich kann nicht.« Zaghaft riskierte ich einen Blick in sein Gesicht.

»Warum nicht.«

Ich zögerte, weil ich versuchen wollte, das Ganze wie ein erwachsener Mensch zu handhaben, also höflich abzulehnen, ohne mich in Gefühlsduselei zu ergehen. Eine verzwickte Aufgabe, da das nur ein Teil von mir wollte; der andere Teil wollte in Tränen ausbrechen und neuerlich in seine Arme sinken. »Ich glaube, das würde zu einem Interessenkonflikt führen. Dein Unternehmen ist spezialisiert auf Grundstückserschließungen, und ich weiß, dass das Land, das zum Tierasyl gehört, einen ziemlich hohen Wert hat. Ich muss mir genau überlegen, von wem ich Geld annehme. Die Leute von Lovett haben mich bereits angesprochen, weil sie den Boden von mir kaufen wollen.«

»Du vertraust mir nicht. Du glaubst, ich wäre hinter deinem Land her.« Jacks Stimme hatte auf einmal einen scharfen Unterton.

»Das habe ich nicht gesagt.« Ich hatte es allerdings gedacht, und er wusste, dass ich es gedacht hatte.

Er sprang so schnell auf die Füße, dass Nigel verwundert loskläffte. »Das brauchst du auch nicht zu sagen. Das ist es, was dir gestern Abend durch den Kopf gegangen ist, als wir aus waren, nicht wahr? Deshalb hast du dich in die Damentoilette verzogen.« Sein Blick war eisig, und er presste die Zähne fest zusammen, um seine Gefühle zu unterdrücken.

Ich spürte, dass mein Gesicht ganz heiß wurde, weil er mich so anstarrte, und obwohl ich instinktiv den Mund öffnete, um seine Anschuldigung zu leugnen, erstarben mir die Worte ungesagt auf den Lippen.

»Das dachte ich mir.« Die Tür knallte, und er war weg.

Ich eilte zum Fenster und musste mitansehen, wie Jack davonmarschierte, mitten durch die Menschenmenge hindurch, die Immi am Eselsgehege umzingelte.

Seine heftige Reaktion verblüffte mich. Ich konnte verstehen, dass er verärgert war, weil ich sein Angebot ausschlug, mir zu helfen, aber dass ihn meine Worte dermaßen getroffen hatten, war ungwöhnlich. Wenn er den Grund und Boden des Tierasyls wollte, hätte ich erwartet, dass er mir seinen Standpunkt darlegt. Es war, als hätte ich da irgendwie einen empfindlichen Nerv getroffen. Wie auch immer, ich fühlte mich jetzt nicht gerade gut.

Auf einmal blickte ich in das kesse Gesicht von Jade. Sie wies mit dem Finger auf die Tür und bedeutete mir, ich solle sie doch bitte hereinlassen.

»Wow, da draußen ist ja die Hölle los. Susie befindet sich in ihrem Kiosk am Eingang in einem absoluten Belagerungszustand, und die Polizei hat den Verkehr auf der Hauptstraße gerade erst wieder ins Rollen gebracht.« Sie hielt ihre Segeltuchtasche fest umklammert vor der Brust und eilte in die Küche. »Ach, was für ein hübscher Hund.« Sie tätschelte Nigels Kopf.

»Möchtest du etwas trinken? Du musst durstig sein nach der langen Zeit im Bus.« Automatisch bewegte ich mich auf den Wasserkessel zu, während ich mit meinen Gedanken noch bei Jack war.

»Nein, vielen Dank. Ich hatte Glück und eine Flasche Wasser und mein Mittagessen dabei.« Sie klopfte auf ihre Tasche und spähte über meine Schulter hinweg aus dem Fenster.

Immi und ihr Gefolge waren inzwischen in Mister Sheens Gehege. Ich hoffte, dass der nicht versuchte, etwas zu fressen, was allzu kostspielig war, wie beispielsweise eine Kameralinse. Immi schien den Nachrichtenteams gerade ein kurzes Interview zu geben. Ihr Gesichtsausdruck spiegelte perfekt ultimative Sorge und Anteilnahme wider, als sie neben der Ziege posierte. Wer es nicht besser wusste, konnte glauben, dass ihr gesamtes Sinnen und Trachten dem Wohl von Tieren galt.

»He, Jack Thatcher ist an mir vorbeigelaufen, als ich kam. Er hat mich fast über den Haufen gerannt. Der sah aus, als hätte ihn irgendjemand oder irgendetwas total verärgert.«

Ich stöhnte, und Jade widmete ihre Aufmerksamkeit nicht länger Immi, sondern mir. »Was ist passiert?« Sie drehte ihre Wasserflasche auf und nahm einen großen Schluck.

»Das ist eine lange Geschichte, aber im Prinzip ist es so, dass Jack mir angeboten hat, das Tierasyl finanziell zu unterstützen, und ich abgelehnt habe. Er hat gemeint, das hätte ich getan, weil ich ihm nicht vertrauen würde.« Ich ließ die Schultern hängen, als ich mich erinnerte, wie verletzt er gewirkt hatte.

»Oh.« Jade biss sich auf die Unterlippe, und ich konnte an ihrem Gesichtsausdruck erkennen, dass sie überlegte, ob sie dazu etwas sagen sollte.

»Was?«

»Jack kann schon mal leicht empfindlich reagieren, wenn es darum geht, ob Leute ihm vertrauen.« Sie zuckte mit den Achseln. »So etwas habe ich zumindest mal gehört. Weißt du von der Sache mit seinem Vater?«

»Seinem Vater?« Ich hatte geglaubt, sein Vater sei tot.

Jade legte ihre Tasche auf den Tisch. »Es gab da vor einigen Jahren, als du noch nicht hier gewohnt hast, einen Riesenskandal. Damals gehörte die Firma Jacks Vater. Worum es im Einzelnen ging, weiß ich nicht mehr, aber es hatte mit Unterschlagung zu tun und mit irgendwelchen zwielichtigen Geschäften. Die Firma wäre beinahe bankrottgegangen.«

Ich musste mich an der Rückenlehne meines Stuhles festhalten, um nicht das Gleichgewicht zu verlieren. »Was ist passiert?«

»Jacks Vater ist raus aus der Firma, und Jack hat sie übernommen. Ich weiß nicht, ob die Sache vor Gericht ging, aber die Firma hat massenhaft Geschäfte eingebüßt. Lovett hat viele von Jacks Projekten bekommen. Ich glaube, dass Jack deshalb so sauer war, als er bei der Versteigerung von Long

Meadow Lovett gegenüber den Kürzeren gezogen hat.« Wieder zuckte Jade entschuldigend mit den Schultern.

»Und jetzt glaubt Jack, ich hielte ihn für unehrlich.«

»Kommt mir so vor. Jacks Vater hat sich von dem Skandal nie wieder richtig erholt. Er ist zwölf Monate, nachdem Jack die Firma übernommen hatte, an einem Schlaganfall gestorben. Tut mir leid, Clo.« Ungeschickt tätschelte sie meinen Arm.

»Das ist schon okay. Du hast mir sehr geholfen, einiges besser zu verstehen. Ich glaube, ich schulde Jack eine Entschuldigung.« Der arme Mann hatte sich so ins Zeug gelegt und durch die Menschenmassen gekämpft, um herzukommen und mich zu retten. Und ich hatte ihm lediglich die kalte Schulter gezeigt. Was noch schlimmer war: Er dachte wahrscheinlich, dass ich alles über seine Vergangenheit wusste und deshalb glaubte, er würde versuchen, mich irgendwie zu betrügen und über den Tisch zu ziehen.

Meine Schuldgefühle waren bereits massiv gewesen, bevor ich hörte, was Jade mir gerade erzählt hatte, aber jetzt fühlte ich mich grässlich, wie der schlechteste Mensch auf der Welt. Ich hatte mich dazu hinreißen lassen, mir von den traurigen Erfahrungen, die ich mit Jonathan gemacht hatte, den Blick auf jeden Mann trüben zu lassen, der in meine Nähe kam.

»Na ja, ich würde ihm ein wenig Zeit lassen, damit er sich beruhigen kann. Er sah nicht gerade glücklich aus, als er an mir vorüberstürzte«, meinte Jade.

Damit hatte sie nicht ganz unrecht, und ich musste mir auch erst einmal ein paar Gedanken darüber machen, was ich sagen sollte. Worte waren nicht unbedingt mein Ding. Wenn Immi endlich mit der Journalistenmeute fertig war, konnte sie mir vielleicht einen guten Rat geben. So viele Fehler meine Schwester auch begangen hatte, so hatte sie doch erheblich mehr Erfahrung mit Männern als ich. Vielleicht konnte sie mir helfen, einen Weg zu finden, wie ich mit Jack reden konnte.

Jade nahm ihre Tasche vom Tisch. »Ich gehe jetzt und löse Susie ab. Es sieht aus, als würde der Pulk sich langsam auflösen, und die Einnahmen wirst du zur Bank bringen müssen.« Sie nickte in Richtung Fenster.

Tatsächlich machten die Paparazzi sichtlich Anstalten zusammenzupacken. Das Filmteam war weg, und Immi und Marcus kamen aufs Haus zu. Marty konnte ich nirgendwo sehen. Als die Menschenmenge immer kleiner wurde, sah ich, dass Martys Wagen nicht mehr auf seinem Platz stand, und das Gleiche galt für den Streifenwagen der Polizei.

»Danke, Jade.«

Sie ging, als Immi und Marcus zur Tür hereinkamen. Immi machte ein erleichtertes Gesicht, als sie meine Gummistiefel abstreifte und ihre Beine durchstreckte. Marcus war damit beschäftigt, seine Kamera zu überprüfen.

»Puh. Bin ich froh, dass das vorbei ist. Ich könnte jetzt etwas zu trinken vertragen.« Anmutig ließ sie sich auf einem Stuhl nieder und massierte einen ihrer soeben erst befreiten Füße. »Ich wäre gern eine Fliege an der Wand, wenn Kirk die Presse liest.«

»Nun, dann ist hier ja wenigstens einer glücklich.« Ich stellte den Wasserkessel auf, obwohl ich wusste, dass Immi auf etwas Stärkeres angespielt hatte als auf eine Tasse Tee, nur war ein Foto von ihr mit einem alkoholischen Getränk in der Hand so ziemlich das Letzte, was wir jetzt noch brauchten. Nicht nachdem sie sich den Tag über so geplagt hatte mit all den sorgsam gestellten Fotos und den mitleiderregenden Interviews.

»Ich brauche etwas aus meiner Tasche«, murmelte Marcus. Er spazierte aus der Küche in Richtung Wohnzimmer, was dazu führte, dass Dave zur Begrüßung eine Flut wilder Flüche auf ihn niedergehen ließ.

Die Becher klirrten, als ich sie mit Wucht auf den Küchentisch knallte. Ich wusste, dass es kleinmütig von mir war, meine Frustration und meine Verärgerung am Geschirr auszulassen, aber ich konnte nicht dagegen an.

»Clodagh?« Immi schielte zu mir herüber.

»Willst du Tee oder Kaffee?«, fragte ich noch, dann brach ich in Tränen aus.

11

Im Nu war Immi auf den Füßen. Sie stapfte quer durch die Küche und schloss mich reuevoll in die Arme.

»Ach, Clo, entschuldige. Ich habe mich so in das Ganze hier hineinziehen lassen, dass ich mir gar keine Gedanken gemacht habe.« Mit Gewalt zerrte sie mir die Becher aus den Händen, die ich immer noch fest umklammerte, und stellte sie auf die Arbeitsplatte; dann führte sie mich zu einem der Stühle. »Mit etwas Glück bist du mich bald los, und der Irrsinn legt sich.«

»Es geht nicht nur darum. Es ist einfach alles.« Ich nahm mir ein Taschentuch und schnäuzte mir die Nase.

»Jack?«

Ich nickte, und sogleich wurde ich neuerlich umarmt, stürmisch und leidenschaftlich. »Ist denn schon wieder was passiert? Ich dachte, was immer da gestern Abend zwischen euch beiden nicht stimmte, hättet ihr geklärt, als er heute Morgen hier war.«

Ich erzählte ihr, was vorgefallen war und was Jade über Jacks Dad gesagt hatte.

»Ich glaube, du musst mit ihm sprechen.« Sie tätschelte meine Schulter.

Ihr Mobiltelefon, das auf der Arbeitsplatte lag, begann zu vibrieren und fing zugleich an, eine Art von Tänzchen zu vollführen, bis sie es in die Hand nahm und die SMS las, die sie offenbar soeben erhalten hatte.

»Ich muss kurz einen Anruf erledigen. Wir reden später

weiter.« Sie drückte wie wild ein paar Tasten und düste nach draußen in den Korridor.

Marcus spazierte herein, bepackt mit seiner Reisetasche und seiner Fotoausrüstung. »Nur noch ein paar Minuten, Clodagh, und ich bin weg. Ich kann mir vorstellen, dass es stressig für Sie war, die Presse auf der Türschwelle campieren zu haben.«

»Ein Zuckerschlecken war es sicher nicht.« Ich zog ein neues Taschentuch aus der Kleenex-Dose, wischte mir die Nase trocken und hoffte, dass mein Gesicht vom Weinen nicht vollends geschwollen und fleckig war.

»Das kann ich mir denken.« Er nahm auf dem Stuhl Platz, auf dem Immi bis eben gesessen hatte. »Geben Sie dem Ganzen ein paar Tage, und die Welt wird sich an einem neuen Skandal festbeißen.« Mit entschuldigender Miene lächelte er mich an.

»Ich nehme an, Sie suchen sich auch schon die nächste große Story?« Es war unvorstellbar für mich, dass jemand seine Brötchen als Paparazzo verdiente. Ich fand es unfassbar, dass jemand Freude an einem Beruf haben konnte, der das Elend anderer ausschlachtete. Doch den Unmengen von Büchern nach zu urteilen, die ich überall in den Geschäften sah, die von Menschen geschrieben worden waren, die eine grauenhafte Kindheit hinter sich hatten, schienen die Leute es zu genießen, über das Unglück anderer zu lesen.

»Ja, in London scheint sich gerade eine aufzutun. Irgendeinen Politiker haben sie beim Fremdgehen erwischt.«

»Also wieder das gleiche alte Lied.« Ich fragte mich, ob er hier saß und mit mir plauderte, weil er auf eine Gelegenheit wartete, um sich von Immi verabschieden zu können. Es sah eindeutig so aus, als interessiere er sich für sie, und dass sie ihn im Laufe des Tages mehr als einmal genauestens beäugt hatte, war mir auch nicht entgangen.

»Ja. Ich muss querfeldein fahren, um ein paar Fotos von seiner Ehefrau zu machen.«

Mit tänzelnden Schritten trat Immi in die Küche und strahlte dabei über das ganze Gesicht. »Das war Marty.« Sie quietschte vor lauter Aufregung.

»Frohe Botschaften?«, fragte Marcus.

»Sie könnten gar nicht besser sein.« Sie lächelte, und dabei legte sich eine zarte Röte auf ihr Gesicht.

Marcus stand auf und hievte sich sein Gepäck über die Schulter. »Ich muss los. Es hat Spaß gemacht, mit Ihnen zu arbeiten; rufen Sie mich einfach an, wenn Sie ...« Er brachte den Satz nicht zu Ende.

Ich ging davon aus, dass er meinte, wenn sie irgendeinen Knüller für ihn hatte, aber andererseits ...

»Ich hoffe, dass es Ihrem Kopf bald wieder gut geht.« Immi lächelte ihn an und streckte ihm die Hand entgegen.

»Es geht ihm schon besser.« Er schüttelte ihre Hand und drehte sich dann zu mir. »Auf Wiedersehen, Clodagh – und danke, dass ich gestern Nacht hierbleiben durfte. Dass es so viel Aufregung war, tut mir leid.«

Ich tat es Immi gleich und schüttelte ihm ebenfalls die Hand. »Viel Glück mit der Gattin des Herrn Politikers.«

Immi ließ ihn nach draußen und schloss die Tür. Dann beobachtete sie vom Fenster aus, wie er über den Hof zu seinem Wagen ging. »Dafür, dass er ein Paparazzo ist, war er ausgesprochen nett. Und attraktiv ist er auch«, meinte sie.

»Wie es scheint, seid ihr ja gut miteinander zurechtgekommen, obwohl du ihm gestern Abend mit dem Nudelholz eins übergezogen und ihn fast umgebracht hast.«

Immi drehte sich zu mir und sah mich an, und in ihren

blauen Augen funkelte der Schalk. »Nun, *das* bewahren wir zwei als unser kleines Geheimnis.«

Ich beschloss, so zu tun, als habe sie damit nicht zugegeben, Marcus um Haaresbreite getötet zu haben. »Was sind denn die großen Neuigkeiten?«

Wieder quietschte sie vor lauter Aufregung. »Ich muss am Montagmorgen um halb sechs im Fernsehstudio sein. Für ein Interview im Frühstücksfernsehen. Sie schicken einen Wagen, der mich abholen wird. Was sagst du dazu?«

»Sehr schön.« Wenn man an derartigen Dingen Freude hatte.

Sie war ohne Frage entzückt.

»Ich bekomme eine Chance, das Ganze aus meiner Perspektive zu erzählen. Marty hat mir kurz gesagt, was ich sagen soll und wie ich mit den Fragen umgehen muss. Es sollte so ähnlich laufen wie heute.« Sie schwenkte die Hüfte vor lauter Freude.

»Toll.« Wenn es das war, was sie wollte, freute ich mich für sie. Es klang ausgesprochen positiv, und das Risiko, dass sie wegen Alkohols alles in den Sand setzte, war minimal bis nicht vorhanden, da es sich um ein Interview zu früher Morgenstunde handelte.

»Und weißt du, was das Tollste ist? Marty sagt, dass sie dich auch in der Sendung haben wollen.« Vor lauter Verzückung klatschte sie in die Hände. »Ist das nicht das Allertollste?«

Ich starrte sie nur an, während sie begann, vor der Küchenspüle ein Freudentänzchen aufzuführen.

»Warum sollten sie mich denn im Fernsehen haben wollen?« Sie musste falsch verstanden haben, was Marty gesagt hatte. Ich brauchte mir das Ganze bloß im Ansatz vorzustellen und bekam schon feuchte Handflächen und Herzrasen.

»Weil du meine Schwester bist und über die Tiere reden kannst und darüber, wie mein Leben aussieht, wenn ich dich hier besuche.« Sie tanzte weiter vor sich hin, inzwischen im klassischen Boogie-Woogie-Stil.

»Würdest du wohl bitte stehen bleiben? Ich kann mich nicht konzentrieren, wenn du so rumhampelst.«

»Sag mir jetzt bloß nicht, dass du es nicht machen willst!« Immi hörte auf zu tanzen.

»Ich weiß nicht. Ich muss darüber nachdenken.« Ich sprang von meinem Stuhl auf und rannte nach draußen. Die frische Luft würde mir helfen, einen klaren Kopf zu bekommen, und da es fast Zeit war, das Tierasyl für heute zu schließen, musste ich zu Susie, um die Tageseinnahmen abzuholen.

Die meisten Besucher waren bereits fort. Jade war damit beschäftigt, die letzten Nachzügler in Richtung Ausgang zu geleiten. Es herrschte wieder Ruhe und Frieden. Am Zaun des Eselgeheges blieb ich kurz stehen und wartete, bis meine Tiere zu mir herüberschlenderten, um neugierig an meinen Händen zu schnuppern. Ich streichelte ihre pelzigen Schnauzen und fütterte sie mit ein paar Leckerli, die ich stets in meinen Jeanstaschen mit mir herumtrug.

»Was meint ihr, Jungs? Soll ich mich vor eine Fernsehkamera setzen?« Ich erwartete keine Antwort von ihnen, aber die Frage laut zu stellen, machte die Möglichkeit, vor Millionen Menschen auf dem Bildschirm zu erscheinen, während sie ihr Müsli aßen, irgendwie greifbarer.

Mit Immi in einem Fernsehstudio zu hocken und Fragen zu beantworten, schien mir ungefähr so verlockend, wie mir die Zähne einzeln ziehen zu lassen. Vor allem, weil ich wusste, dass sie von mir erwartete, es mit der Wahrheit über ihre Besuche im Tierasyl nicht so genau zu nehmen, um ihr auf diese Weise zu helfen, ihr Bild in der Öffentlichkeit zu korrigieren. Normalerweise hätte ich das überhaupt nicht in Erwägung gezogen, doch war die Publicity, die meine Tiere dadurch bekamen, zu gut, als dass ich das Ganze einfach so abtun konnte. Ich bekam hier möglicherweise *die* Gelegenheit schlechthin, beträchtliche Spendengelder einzunehmen, und damit auch die Chance, meinen Lebenstraum weiterzuträumen.

Pasquale schnaubte und rieb seine Schnauze an meinem Ohr. Ich tätschelte ihn ein letztes Mal und lief dann den kleinen Hang hinauf zu der Holzbude am Eingang, in der wir die Eintrittskarten und Tierfutter sowie Eiscreme und Getränke verkauften. Jade und Susie standen vor unserer altersschwachen Kühltruhe, beugten sich über den geschlossenen Deckel und häuften sorgfältig Münzen auf einzelne Stapel.

»Neun, zehn Pfund. Wir haben überhaupt kein Eis mehr, und Cola und Limonade sind auch nicht mehr da«, verkündete Susie und kritzelte ein paar Zahlen auf die Rückseite einer braunen Papiertüte, auf der unordentlich untereinander schon ein paar standen. Ihr Gesicht war gerötet, und ihr Haar sah aus, als habe Russell Brand es frisiert.

»Die Einnahmen sind fantastisch.« Jade schüttete die Münzstapel in Geldtüten aus Plastik, die so zur Bank gehen konnten. »Ich glaube, das ist der bisherige Rekord. So hohe Tageseinnahmen hatten wir noch nie.«

Wir verlangten nicht viel für den Eintritt, da wir wollten, dass unsere Besucher häufig wiederkamen. Es war von jeher meine Theorie, dass es die Leute ermutigen würde, regelmäßig herzukommen, wenn wir nur ein Pfund pro Erwachsenem und fünfzig Pennies pro Kind verlangten und Kinder unter fünf Jahren sogar kostenlos mitkommen konnten. Bei meinem von Anfang an unter einem schlechten Stern stehenden Gespräch bei der Bank hatte Mister Curzon diese Strategie heftig kritisiert.

»Wie viel ist es denn?« Der Stoffsack von der Bank wölbte sich, als Jade die letzten Münzen hineinfallen ließ.

»Fünfhundertdreiundvierzig Pfund.« Susie hatte ihre Zahlen gerade alle addiert.

»Bist du sicher?« Ich konnte das nicht glauben. Es gab Monate, in denen unsere Wocheneinnahmen niedriger waren.

Sie schob die Papiertüte zu mir herüber, und ich kontrollierte ihre Rechenkünste. »Wow!« Wir hatten genug Geld eingenommen, dass ich die offene Rechnung des Futter-Großhändlers begleichen und für die Medikamente der Tiere zahlen konnte. Alles deckte es auf keinen Fall, aber den Gerichtsvollzieher würde es mir für eine Weile vom Hals halten.

»Möchtest du, dass wir das für dich in den Nachttresor der Bank werfen?«, bot Jade mir an. »Susie ist so nett und fährt mich mit dem Wagen nach Hause – da müssen wir eh durch die Stadt.« Sie zog einen Einzahlungsbeleg aus der Geldkassette, die wir als Ladenkasse benutzten, und kritzelte die Summe darauf.

»Das wäre wunderbar. Vielen Dank.« Ich nahm ihr Angebot nur zu gern an. Nach den tumultartigen Ereignissen der letzten zwei Tage brauchte ich ein wenig Zeit für mich selbst, um den aufgestauten Stress wieder abzubauen. Obwohl ich nicht glaubte, da groß etwas abbauen zu können, wenn Immi weiterhin darauf bestand, durchs Haus zu hopsen wie ein ekstatisches Känguru.

Wir zogen die Rollläden herunter und sperrten zu. Susie erbot sich, am Morgen auf der Fahrt zum Tierasyl neue Vorräte an Eiscreme und Limonade zu besorgen. Dankbar nahm ich ihr Angebot an. Ich ging mit ihnen zum Ausgang und winkte ihnen nach, dann verschloss ich hinter ihnen das Tor.

Immi und ihre Probleme verdrängte ich in den hintersten Winkel meines Hirns und konzentrierte mich voll darauf, meine kranken Tiere mit ihren Medikamenten zu versorgen und all die anderen Arbeiten zu erledigen, die am frühen Abend immer anstanden. Nigel lief beschwingten Schrittes neben mir her und erkundete die schmalen Wege zwischen den Einzäunungen, und dabei spiegelte sein haariges Gesicht ultimatives Hundeglück wider. Ich ließ mir absichtlich viel Zeit, um mich um Rosie, das Schwein, und die restlichen großen Tiere zu kümmern.

Jetzt, da meine Hände mit Aufgaben beschäftigt waren, die zu meiner täglichen Routine gehörten, konnte mein Verstand sich frei entfalten und mein anderes Problem wälzen – Jack. Ich hätte Susie nie erlauben dürfen, mir mit ihren Schilderungen über seine möglichen Hintergedanken meinen eigenen Blick zu trüben. Vielleicht hatte er ja wirklich nur nach dem Tierasyl gefragt, weil er versuchen wollte, mir zu helfen. Heute, als sich mein Haus im Presse-Belagerungszustand befunden hatte, war er mir sofort zu Hilfe geeilt; nichts als Anteilnahme und Sorge hatte er mir gegenüber gezeigt.

Ich setzte mich im Kaninchenstall auf einen umgestülpten Eimer, und sofort kam eines der Zwergkaninchen mit den Hängeohren zu mir und schnupperte voller Interesse mit zuckender Nase an meinen Schuhspitzen. Früher war ich nicht jedem gegenüber so misstrauisch und argwöhnisch gewesen. Die Ellbogengesellschaft der Prominenten, in der Immi lebte und in der jeder jedem in den Rücken fiel, hätte *sie* eigentlich zu einem Menschen machen müssen, der schlecht vertrauen konnte und weniger offen war. Stattdessen war sie diejenige, die mich immerzu drängte, anderen Menschen eine Chance zu geben.

Nigel winselte draußen vor dem Stall und kratzte mit den Pfoten am Maschendraht, um mich zu zwingen weiterzumachen. Ich erledigte die letzten Handgriffe, und damit waren die Kleintiere versorgt, sodass ich den Stall verschließen konnte, in dem sie lebten.

»Los, Nigel, wir gehen Gassi.« Ich befestigte die Leine an seinem Halsband, und gemeinsam marschierten wir über den Weg, der aus dem Tierasyl herausführte. Die Luft fühlte sich plötzlich kühler an, was verriet, dass das Ende des Sommers nahte. Wo die Mähdrescher bereits zum Einsatz gekommen waren, standen die Felder um uns her voller gelber Stoppeln. Mauersegler schossen vor uns aus den Hecken und tauchten sogleich wieder zwischen ihnen ein, als Nigel und ich über den Feldweg trotteten. Auf der Hauptstraße in der Ferne brummte der Verkehr, und das Geräusch vermischte sich mit dem heftigen Summen der Bienen, die rechts und links von uns umherflogen.

Ich empfand es als ungemein beruhigend, mit einem Hund an meiner Seite ohne Ziel dahinzuspazieren. Ich war versucht, immer weiter zu laufen und nie mehr zurückzublicken, doch wusste ich, dass Immi sich Sorgen machen würde. Außerdem sank die Sonne mehr und mehr, sodass sich durch die Abendbrise plötzlich eine Gänsehaut auf meinen Oberarmen bildete, und so machte ich schließlich widerwillig kehrt.

Immi war in der Küche, als ich zurückkam. Vor der Hintertür standen zwei große schwarze Müllsäcke voller Abfall, und sie hatte sich mit einem Paar gelber Gummihandschuhe und einem äußerst entschlossenen Gesichtsausdruck gerüstet.

»Was treibst du da?« In meiner Küche sah es aus, als habe dort ein Raubzug stattgefunden. Hundertprozentig sauber und ordentlich war sie zwar auch in den besten Zeiten nicht, doch wirkte sie jetzt, als sei ein Wirbelsturm hindurchgefegt.

»Es ist mir unbegreiflich, dass du so leben kannst. Deine Besteckschublade ist voller Mist, in deinem Kühlschrank sieht es aus wie im Labor eines verrückten Wissenschaftlers in irgendeiner Filmkulisse, und in deiner Bratpfanne hab ich vertrocknetes Hundefutter gefunden.« Immi wedelte mit den Armen.

»Die Tüte ist geplatzt. Ich musste irgendwohin damit.« Zugegeben, ich war in letzter Zeit mit allem ein wenig überfordert gewesen, aber so schlimm war es nun auch wieder nicht. Ich hasste es, wenn Immi sich auf eine ihrer sanitären Missionen begab. Als wir jünger waren, hatte sie häufiger Anfälle dieser Art gehabt. Ihr Schlafzimmer war stets ein makelloses Paradies in Rosa, während meines vollgestopft gewesen war mit alten Ausgaben des *Smash-Hits*-Magazins und dreckigen Socken.

»Die einzige essbare Nahrung in den Schränken ist Tierfutter.« Lautstark stellte sie eine Dose Pedigree Chum auf die Arbeitsplatte, um damit zu unterstreichen, dass sie die Wahrheit sprach.

»Ich war noch nicht einkaufen.«

Sie verdrehte die Augen. »Das sagst du jedes Mal, wenn ich zu Besuch komme, aber in so einem üblen Zustand wie dieses Mal war das Haus noch nie.«

Damit hatte sie nicht ganz unrecht. Das Haus war in einem Zustand, dass es langsam sogar mich selbst deprimierte, was ein weiterer Grund dafür war, dass ich seit Kurzem mehr Zeit im Frog and Ferret verbrachte. Es hatte mich dermaßen überfordert, mir ständig Sorgen um meine Finanzen machen zu müssen, dass ich meiner grundsätzlich schon schlampigen Haushaltsführung erlaubt hatte, sich von unsauber zu schlichtweg ekellerregend zu wandeln. »Kann schon sein, dass mal ausgerümpelt werden müsste.«

»Kann schon sein? Clodagh, wenn es eine Hygiene-Polizei gäbe, würde man dich verhaften und für zehn Jahre ins Gefängnis sperren.«

»Jetzt übertreibst du.« Ich bereute, nicht länger spazieren gegangen zu sein.

Nigel schlürfte etwas Wasser aus seiner Schüssel und sank alsdann in seinen Korb, als sei er nur noch ratlos ob des Benehmens der verrückten Menschen.

Immi durchwühlte die Schublade der Kommode. »Tue ich das?« Sie arbeitete sich durch den Inhalt, dass es schepperte, bis sie eine Dose Thunfisch zutage förderte. »Das Verfallsdatum liegt drei Jahre zurück.« Sie begann neuerlich zu graben. »Drei einzelne Ohrringe, jeweils ohne Stecker, ein Briefbeschwerer aus halb zersplittertem Glas, eine Kneifzange und ein Päckchen mit ehemals hauchdünnen Schokoladenplättchen, die inzwischen zu einem Klumpen zusammengeschmolzen sind.« Während sie die Gegenstände auflistete, ließ sie jeden einzeln mit einem lauten Knall auf die Anrichte fallen.

»Okay, ich bin also unordentlich.« Nach der Kneifzange hatte ich vor ein paar Tagen gesucht.

Immi stemmte die Hände in die Hüfte. »Unordentlich bist du immer schon gewesen, Clo, aber das hier ist beängstigend. Ich weiß, dass ich eine selbstsüchtige Ziege bin, die immer hier hereinplatzt, wenn sie irgendwelche Probleme hat, und sich hinterher wieder verpisst, aber ich hab dich lieb.«

Ich spürte, dass mir die Tränen kamen. Ich wusste, dass sie

mich lieb hatte. Egal, was ich hin und wieder über Immi dachte und sagte, ich verdankte ihr unendlich viel. Als Jonathan mich fallen ließ wie eine heiße Kartoffel, war es Immi, die sofort zu mir kam, und es war Immi, die mich tröstete in den schrecklichen dunklen Wochen, die folgten. In diesen Wochen, über die wir selbst heute noch kein Wort verloren.

Das war der wahre Grund dafür, dass ich die Fernsehsendung mit ihr machen würde. Nicht für das Tierheim, obwohl ich es auch für die Tiere tun musste, sondern für meine Schwester. Um ihr einen Teil meiner Schuld zurückzuzahlen für all die Dinge, die sie für mich getan hatte.

12

Immi und ich blieben noch lange auf, misteten die Küche aus und putzten das Wohnzimmer. Dave behagte es ganz und gar nicht, dass wir in seinem Reich herumwuselten und aufräumten. Er schmollte immer noch, weil seine Intimsphäre am Morgen von einer Invasion fremder Leute verletzt worden war. In seinen Bordell-Zeiten hatte man ihn in einem kleinen Zimmer gehalten, das die Puffmutter dazu nutzte, um Termine mit Kunden zu vereinbaren und auf mehreren Leitungen gleichzeitig Telefonsex-Dienstleistungen zu erbringen.

Seit die Puffmutter im Gefängnis saß, hatte Dave bereits fünfmal einen neuen Besitzer gefunden, doch kehrte er immer wieder zu mir zurück – wie ein Bumerang. Ich versuchte, ihn umzuerziehen, indem ich ihn in einem ruhigen Umfeld hielt und in seiner Gegenwart keine unflätigen Ausdrücke benutzte. Den saftigen Kommentaren nach zu urteilen, die er von sich gab, als wir seinen Käfig umstellten, um sauberzumachen, schien das nur leider überhaupt nichts zu bringen.

»Noch ein Wort und ich mache einen Staubwedel aus dir«, drohte Immi.

»Leck mich am Arsch, blödes Flittchen!« Wütend stapfte Dave über seine Sitzstange und beäugte sie mit heimtückischem Blick, bevor er ihr mit Wucht ein frisches Apfelstückchen an den Kopf spuckte.

Wir unterhielten uns beim Putzen und legten zwischendurch eine kurze Pause ein, um Gloria anzurufen und zu fragen, ob bei ihr alles in Ordnung sei. Ich hatte Sorge gehabt, dass die Presse sie drängte, irgendeinen Kommentar abzugeben, oder dass man gar Druck auf sie ausübte, damit sie verriet, wo Immi sich aufhielt. Zum Glück ging es ihr aber gut, und was Immis Probleme anging, wirkte sie recht gelassen.

»Pass ein bisschen auf sie auf, Clodagh, versprichst du mir das? Sie hat mir versprochen, nicht zu trinken, aber du weißt ja, wie sie ist. Sie hat zwar immer die besten Absichten, aber einen ebenso schwachen Willen wie ihr Vater.«

Ich versprach es ihr. Gloria sprach nur selten über Immis leiblichen Vater. Sie hatten sich scheiden lassen, als Immi noch ein Baby gewesen war, und ich weiß, dass er kurz, nachdem Gloria und mein Vater geheiratet hatten, an einer Alkoholvergiftung gestorben war.

Eine von Glorias größten Ängsten war, dass Immi die Trinkleidenschaft ihres Vaters geerbt hatte. Immi stritt immer ab, dass sie ein Problem hatte, und meistens ging es ihr auch gut, aber dann ging sie plötzlich los und schaute zu tief ins Glas, wie sie es bei dieser Talkshow getan hatte, und prompt ging alles schief. Ich hoffte, dass das derzeitige Fiasko ein Weckruf für sie war.

Ich hätte am nächsten Morgen verschlafen, wenn Tom nicht mit den Fäusten gegen die Hintertür getrommelt hätte, weil er den Schlüssel zum Geräteschuppen benötigte. Tom war schon halb im Ruhestand und kam jeden Sonntag, um das Gras zu mähen, kleinere Reparaturen vorzunehmen und darüber hinaus all die Tätigkeiten in Angriff zu nehmen, für die man ein bisschen Muskelkraft benötigte. Seine Ehefrau Val half auch mit aus, am Eingang, mit den Besuchern, oder wo es sonst gerade erforderlich war.

Verschlafen stolperte ich die Treppe hinunter, öffnete die Tür und brummelte eine Entschuldigung.

»Deine Schwester ist also noch da? Ich habe gehört, dass hier gestern ein ziemlicher Aufstand war. Wir haben mit dem Seniorenclub einen Tagesausflug nach Weston gemacht und den ganzen Rummel verpasst.« Tom schielte in alle Ecken, als er mir ins Haus folgte, als erwarte er, dass Immi jeden Moment auf ihn zuschwebte. Ich brachte es nicht übers Herz, ihm zu sagen, dass meine Schwester in der Regel kein Morgenmensch war.

»Ja. Sie schläft noch.«

»Ich werd verrückt! Hast du etwa aufgeräumt?« Beim Anblick meiner frisch geputzten Küche legte sich Erstaunen auf sein runzeliges Gesicht. »Sieht ja richtig anständig hier aus.«

»Na ja, wurde ja auch langsam Zeit.« Ich hüllte mich fester in meinen Bademantel. Die Morgenluft strich kalt um meine Beine, die nur in einem Schlafanzug steckten.

»So ganz nebenbei: Ich habe gesehen, dass sich schon wieder jemand an dem Schild auf der Hauptstraße vergangen hat. Hat es mit Sprühfarbe beschmiert.«

Mir wurde ganz elend. Die braunen Straßenschilder, die den Touristen den Weg zum Tierasyl wiesen, hatten mich bereits ein kleines Vermögen gekostet. Ich hatte in ein weiteres Schild investiert, das ebenso kostspielig gewesen war. Es stand auf der Hauptstraße und zeigte ein Foto der Esel, unter dem unsere Öffnungszeiten aufgeführt waren. Was wir gestern eingenommen hatten, ging jetzt wahrscheinlich alles dafür drauf, das Schild zu reparieren. Doch der erste Eindruck war immer wichtig, und deshalb musste es getan werden.

»Na klasse. Manche Leute sind solche Idioten.«

Ich versprach Tom, ihm eine Tasse Tee zu bringen, sobald ich angezogen war, und er nahm sich die Schlüssel zum Geräteschuppen und schlenderte davon. Etwa zwei Stunden später, als alle Routinearbeiten erledigt waren und Tom frohgemut die Liegewiese mähte, kehrte ich zurück in meine strahlend saubere Küche, um mir dort irgendetwas zu suchen, was ich frühstücken konnte.

Zu meinem größten Erstaunen war meine Schwester nicht nur wach, sondern saß auch angezogen am Tisch und nippte an einer Tasse Tee.

»Bist du aber früh auf.« Normalerweise kam Immi spät aus den Federn und ging auch spät schlafen, während ich in der Regel früh aufstand, und wenn ich keine Schicht im Frog and Ferret schieben musste, bereits um acht Uhr abends todmüde ins Bett fiel.

»Wir haben heute eine Menge zu erledigen.«

»Wir?« Was hatte das »Wir« denn zu bedeuten? Gestern Abend, als wir das Haus geschrubbt hatten, als gelte es, der griechischen Göttin Hygeía ein Opfer zu bringen, hatte sie kein Wort davon gesagt.

»Du brauchst Lebensmittel, eine neue Garderobe und, falls der Friseur im Einkaufszentrum geöffnet hat, auch einen neuen Haarschnitt.« Sie ließ ihre Finger nacheinander in die Höhe schnellen, während sie die Dinge aufzählte.

»Und wovon soll ich das alles bezahlen, du Schlauberger? Und wer soll sich um die Tiere kümmern, während ich weg bin?« In meiner Magengrube machte sich Unmut breit. Die warmen Gefühle der Dankbarkeit, die ich Immi gegenüber gestern empfunden hatte, fingen an, sich zu verflüchtigen.

»Marty hat mir gestern, bevor sie ging, ein bisschen Bargeld dagelassen, und kommt diese nervige Frau mit der Strickmütze heute nicht?«

Ich nahm an, dass sie Susie meinte. Jade hatte sonntags frei. Gewöhnlich waren Susie und Val da, saßen am Eingang und behielten alles im Auge.

»Ich denke schon, dass sie kommt. Aber was soll das Ganze? Was stimmt nicht mit meiner Garderobe?« Im selben Moment, in dem die Worte meine Lippen verlassen hatten, bereute ich sie schon. Ich wusste ganz genau, was mit meiner Garderobe nicht stimmte.

Gut, ein paar schöne Sachen hatte ich zwar, aber das Kostüm, das ich bei meinem Bankgespräch getragen hatte, war ein typisches Beispiel. Als ich es anzog, hatte Immi erklärt, ich sähe darin aus wie Melanie Griffith in *Die Waffen der Frauen*. Und obwohl Jack behauptet hatte, es habe ihm gefallen, schätzte ich, dass er geflunkert hatte. Wie durch Zauberei wurde die Erinnerung an seinen warmen Blick, mit dem er meine Beine bewundert hatte, in mir heraufbeschworen, und mir wurde ganz heiß. Nein, er hatte die Wahrheit gesagt.

»Wenn du mich das ernsthaft fragen musst, geht es dir noch sehr viel schlechter, als ich dachte.« Immi leerte ihre Teetasse. »Außerdem wirst du morgen in einer Fernsehsendung auftreten, die landesweit ausgestrahlt wird, und die Leute werden erfahren, dass du meine Schwester bist.« Sie stand auf und stellte ihre leere Tasse mit Wucht auf die blitzeblanke Spüle aus Edelstahl.«

»Was soll das denn heißen?«

Sie blieb im Türrahmen stehen, drehte sich zu mir um und sah mich an. »Das soll heißen, dass ich will, dass du gut aussiehst. Du hast so ein hübsches Gesicht, und unter diesen grauenvollen Jeans stecken Beine, für die andere Frauen töten würden. In diesem Interview geht es ja auch um das Tierasyl – und du willst doch mehr Sponsoren, oder etwa nicht?«

Bevor ich darauf etwas erwidern konnte, segelte sie bereits durch den Korridor.

»Du solltest dich übrigens ein wenig beeilen und dich umziehen, wenn wir einkaufen gehen wollen.«

Ich erhaschte einen Blick auf ihre blonde Haarmähne, als sie sich über das Treppengeländer beugte, um ihre Anweisungen nach unten zu brüllen. Nigel, der in seinem Korb unter der Arbeitsplatte lag, gab ein leises Winseln von sich, als habe er verstanden, dass ich ihn für ein paar Stunden verlassen würde. Ich konnte ihm das nachfühlen. Ich hätte auch gern gewinselt und mich unter einer Arbeitsplatte versteckt, nur war ich ziemlich sicher, dass meine Schwester mich nicht lassen würde.

Mit Wut im Bauch stapfte ich nach oben, tauschte meine Arbeitsjeans gegen ein Paar saubere und zog statt meiner karierten Holzfällerbluse ein enganliegendes rosafarbenes T-Shirt an. Dass ich aufhörte, mich für irgendetwas zu interessieren, was mit Garderobe zu tun hatte, fing an, als Jonathan mich abservierte. Er hatte mir so lange Vorschriften gemacht, was ich anzuziehen hatte, dass ich keine eigenen Entscheidungen mehr treffen konnte. Alles, was ich besaß, hatte er ausgesucht oder zumindest beeinflusst, sodass Immi eine Zeremonie daraus gemacht und meine Garderobe auf einer Art Scheiterhaufen verbrannt hatte. Seither verspürte ich nicht mehr das Verlangen, hübsch auszusehen – ich wollte einfach nur unsichtbar sein.

Tom erklärte sich bereit, mit Nigel Gassi zu gehen, während ich fort war, und Val versprach, sich um den Eingang zu kümmern. Ich wusste, das sie das alles hinbekommen würden, aber ich fühlte mich trotzdem nicht wohl bei dem Gedanken zu gehen. Susie war noch nicht da mit den neuen Vorräten an Eiscreme, aber Immi zerrte mich bereits zu meinem Wagen und drückte mich in den Fahrersitz.

Als wir uns auf den Weg zum Einkaufszentrum machten, sahen wir, dass am Eingang des Tierasyls ein paar Paparazzi herumlungerten. Immi war vollends darauf vorbereitetet mit ihrer obligatorischen VIP-Sonnenbrille. Ich erinnerte derweil sehr wahrscheinlich an eine Person mit akuten Schilddrüsenproblemen, denn mir quollen fast die Augen aus dem Kopf.

»Warum benutzen die denn am helllichten Tag Blitzlicht?«, fragte ich, als ich auf die Hauptstraße einbog.

»Im Inneren des Wagens könnte es so dunkel sein, dass die Fotos nicht gut rüberkämen, Dummerchen. Sie schießen ein paar Bilder mit Blitzlicht und ein paar ohne, um zu sehen, was am besten aussieht.« Immi setzte sich ihre Sonnenbrille noch etwas fester auf den Nasenrücken.

»Oh.« Ich bitte vielmals um Entschuldigung, gefragt zu haben.

Auf dem Parkplatz des Einkaufszentrums ging es noch ziemlich ruhig zu, denn die Geschäfte hatten gerade erst geöffnet, als wir ankamen. Ich ergatterte ganz in der Nähe des Eingangs eine Parklücke und schaltete den Motor ab. »Was machen wir denn, wenn dich jemand erkennt?« Dank des Gedöns wegen der Talkshow war Immi ja jetzt ziemlich berühmt. Vor meinem geistigen Auge sah ich uns bereits umringt von Fans in der Unterwäsche-Abteilung von Marks and Sparks. Schon die Aussicht darauf ließ mich Ausschlag bekommen.

»Dann werde ich lächeln, Autogramme geben und weitergehen.« Sie überprüfte ihren Lippenstift im Spiegel der Sonnenblende.

»Na, dann gehen wir am besten gleich los. Ich möchte so bald wie möglich wieder zu Hause sein für den Fall, dass es Val und Tom zu viel wird.« Ich fragte mich, wie groß wohl meine Chancen waren, in weniger als einer Stunde wieder aus den Geschäften fliehen zu können.

Immi schwang ihre langen Beine vom Beifahrersitz. »Das Tierasyl wird nicht zusammenstürzen, nur weil du dir mal ein bisschen frei nimmst.«

Sie stolzierte durch den Eingang, und ich eilte ihr nach. Die Geschäfte lagen praktisch wie verlassen da, und Immi düste los; dass der eine oder andere Passant sie nach dem ersten Blick genauer in Augenschein nahm, schien ihr gar nicht aufzufallen. Vor dem Friseursalon blieb sie stehen und wartete, bis ich sie eingeholt hatte.

Unbehagen kroch in meine Eingeweide. Ich ging normalerweise in einen kleinen altmodischen Salon am Stadtrand. Nicht, dass ich mir die Haare oft hätte schneiden lassen, denn ich versuchte ja, Geld zu sparen, wo ich konnte, und kümmerte mich deshalb zumeist selbst um meine Frisur mithilfe der Küchenschere. Dieser Salon hier sah nach Glanz und Glamour, Furcht erregend, modern und teuer aus.

Meine Schwester forderte die Dienste eines ziemlich gelangweilt dreinblickenden Mädels mit hochmodernem Haarschnitt an, das am Empfang saß. Ehe ich mich versah, war ich in einen karamellfarbenen Nylonkittel gehüllt, und man wusch mir die Haare, während meine Schwester mit dem »künstlerischen Direktor« Schnitte diskutierte.

Sodann machte sie es sich mit einer Promi-Illusrierten auf einem der weichen vanillefarbenen Ledersofas bequem, während mir der Stylist massenhaft Volumen aus dem Haar herausschnitt. Als sie mit allem fertig waren, musste ich allerdings zugeben, dass es ganz gut aussah. Wie ich es anstellen sollte, dass es in Zukunft immer so aussah, wusste ich allerdings nicht, obgleich der Stylist mir versicherte, wenn ich gewisse Spezialprodukte benutzte, klappe das schon. Eine besorgniserregend große Anzahl von Fläschchen und Tuben wurde in eine Tragetasche gestopft. Immi zog eine vergleichbar große Anzahl von Geldscheinen von einer Rolle, die in ihrer Handtasche steckte, und wir verließen den Salon.

»Jetzt müssen wir dir etwas zum Anziehen besorgen«, verkündete Immi.

Inzwischen wanderten sehr viel mehr Leute vor den Geschäften herum. Als wir auf das Kaufhaus zusteuerten, das sich am äußersten Ende der Einkaufsarkade befand, erregte meine Schwester einiges Aufsehen. Ich fühlte mich ziemlich unsicher, während ich neben ihr hertrottete. Immi hingegen schien gar nicht zu bemerken, dass die Leute sich gegenseitig anschubsten, miteinander flüsterten und sich die Hälse verrenkten, als wir die Damenabteilung betraten.

»Können wir nicht nach Hause fahren? Ich bin überzeugt, dass ich irgendetwas besitze, was ich morgen anziehen kann.« Ich bekam immer Platzangst im Einkaufszentrum. Normalerweise ging ich in einer eher schlechten Gegend der Stadt, unweit des Straßenmarktes, einkaufen. Dort waren die Preise niedriger, und alles befand sich im Freien. Hier klebte uns ein kleiner Pulk von Menschen an den Fersen, und ich konnte spüren, wie mir ganz mulmig wurde.

»Was du im Moment anhast, sind bereits die besten Sachen, die du besitzt.« Immi begann, mit den Kleiderbügeln zu klappern, auf denen an einer glänzenden Stange Oberteile hingen.

»Das stimmt nicht.« Inzwischen ging sie mir ernsthaft auf die Nerven.

»Gut, dann übertreibe ich eben, aber du musst etwas Hübsches für die Sendung finden.« Sie ließ ab von den Designer-Tops und wandte sich einem Regal mit Jeans zu. Ich blinzelte auf die Preisschilder. Von dem Geld, das ein Paar dieser Jeans kostete, hätte ich Nigel für den Rest seines irdischen Daseins mit Hundefutter versorgen können. Meine Auffassung von einem Designerlabel kam »Florence and Fred« gleich und war bei Tesco erhältlich.

»Könnte das Fernsehstudio mir nicht irgendetwas aus dem Fundus zur Verfügung stellen?«, regte ich an.

»In den ausrangierten Kleidern der Wetteransagerin kannst du dich nun wirklich nicht sehen lassen«, schnaubte sie.

Ein paar junge Frauen sprachen Immi an, und ich beobachtete aus sicherer Entfernung – hinter einem Kleiderständer mit Röcken –, wie sie Autogramme gab und mit ihnen plauderte.

»Wir brauchen eine persönliche Verkäuferin«, sagte sie, als die Mädchen wieder fort waren und aufgeregt kicherten, weil sie sich gerade die Schnappschüsse ansahen, für die Immi vor ihren gezückten Mobiltelefonen posiert hatte.

Wie durch Zauberhand erschien eine Assistentin, und wir wurden in einen Bereich des Warenhauses geführt, von dem ich bis dahin überhaupt nicht gewusst hatte, dass es ihn gab. Man brachte uns in einem kleinen privaten Raum unter, in dem es von Kleiderstangen bis zu kostenlosem Kaffee und Keksen alles gab. Immi erteilte einer sehr netten Dame im Kostüm Anweisungen, während ich an einem Butterkeks knabberte und mich fragte, ob ich vielleicht irgendeinen irren Traum hatte.

Ich machte einen letzten Versuch. »Immi, ich weiß wirklich nicht, ob das hier nötig ist. Ich hätte zu Primark gehen und mir da irgendetwas aussuchen können.«

Gleichgültig warf sie sich das Haar über die Schulter. »Du

bist so ein Spielverderber. Entspann dich doch mal, und hab ein bisschen Spaß! Du brauchst etwas Neues zum Anziehen, und ich muss mir auch etwas kaufen. Es kann gut sein, dass mir der Fototermin gestern den Arsch gerettet hat und die Krise zu Ende ist, also tu mir den Gefallen und genieß das hier. Und, ach ja, ich kaufe prinzipiell nicht bei Primark.«

Als ich die entschlossene Haltung ihres Kinns sah und den stählernen Glanz in ihren Augen, wusste ich aus Erfahrung, dass weiterer Widerstand zwecklos war. Ich war verdammt, diesen Morgen damit zu verbringen, mich zu entspannen, zu genießen und Spaß zu haben – à la Immi.

Die Verkäuferin stolperte in den Raum. Sie schleppte dermaßen viele Sachen, dass sie kaum sehen konnte, wohin sie trat. Sie hängte die Kleidungsstücke an eine Stange und sortierte sie dabei gleich nach Größen und Farben.

»Werfen Sie vielleicht schon mal einen Blick auf das, was ich da ausgesucht habe; ich hole inzwischen die anderen Sachen.« Sie schenkte Immi ein strahlendes Lächeln und mir ein leicht skeptisches, denn ich hatte mir gerade Kaffee aufs T-Shirt gekleckert.

»Sie bringt uns noch mehr?«, fauchte ich Immi an, als die Tür hinter der Dame im Kostüm ins Schloss fiel. Es konnten ja gar nicht mehr allzu viele Sachen im Geschäft sein.

Immi beachtete mich überhaupt nicht und fing an auszusortieren, was an der Kleiderstange hing – das heißt, sie warf freudig erregt und völlig hemmungslos ein Kleidungsstück nach dem anderen auf einen leeren Sessel, der mitten im Raum stand.

»Zu hell, zu eng, zu langweilig ... mein Gott, was hat sich diese Frau dabei gedacht? Zu billig, hasse die Knöpfe ...«

Bis die Verkäuferin zurückkam – und erneut einen Riesenstapel Kleidung schleppte –, hatte Immi bereits zwei Drittel der ersten Fuhre aussortiert. Ich wartete, während sie konferierten; dann ging die Dame im Kostüm, um die verschmähten Kleidungsstücke wieder in den öffentlichen Geschäftsbereich zu bringen.

»Also, ein paar Oberteile habe ich für dich gefunden und ein paar Jeans und lange Hosen. Geh los und probier das mal an.« Immi warf mir einen Haufen Kleidungsstücke in die Arme und dirigierte mich in Richtung einer Umkleidekabine am anderen Ende des Raums.

Als ich den Vorhang hinter mir zugezogen hatte und allein in der Mitte der verspiegelten Kabine stand, erinnerte ich mich daran, warum ich nicht gern Klamotten kaufen ging. Immi lugte um den Vorhang herum.

»Wofür brauchst du denn so lange?« Mit kritischer Miene nahm sie mich in Augenschein. »Das ist total hässlich. Probier die indigofarbenen Jeans und das blassblaue Oberteil.«

Sie zog den Vorhang wieder zu, und ich schnitt eine Grimasse in den Spiegel. Ich musste allerdings gestehen, dass sie ein Auge für Kleidung hatte. Ich besaß keinerlei Selbstvertrauen, wenn es darum ging, was ich anziehen sollte; deshalb meine zusammengewürfelte Garderobe. Ich fand, da ich mit Tieren arbeitete, spielte es auch keine große Rolle. Außerdem wollte ich wirklich nicht, dass ich irgendjemandem auffiel.

Etwa eine Stunde und soundsoviel Tragetaschen später traten wir wieder aus dem Kaufhaus heraus. Jetzt fingen wir endgültig an, Aufsehen zu erregen. Diverse Leute fotografierten Immi mit ihren Mobiltelefonen, und – was noch viel besorgniserregender war – andere begannen, in kleinen Gruppen hinter uns herzupilgern. Trotz der grausigen Musikberieselung des Einkaufszentrums konnte ich das aufgeregte Stimmengewirr deutlich hören.

»Höchste Zeit, dass wir hier wegkommen.« Immi beschleunigte ihren Schritt, bis wir wieder draußen vor dem Eingang waren und sicher in meinem kleinen Wagen saßen.

»Gib Gas, bevor diese Schwachsinnigen versuchen, uns den Weg zu versperren«, instruierte sie mich. Sie quetschte sich ihre Tüten auf den Schoß und setzte sich wieder die Sonnenbrille auf, brachte es sogar fertig, majestätisch zu winken, als ich rückwärts aus der Parklücke rollte. Glücklicherweise fuhr ich niemanden an, und wir hatten unsere Freiheit wieder.

»Das war ja alles halb so schlimm«, meinte sie. »Was machen wir denn als Nächstes?«

13

Wir fahren nach Hause.« Ich hatte genug von Immis Medienrummel. Meine Hände waren schweißnass, und ich war vor lauter Angst um mindestens zehn Jahre gealtert.

»Wir brauchen Lebensmittel. Oder sollen wir, weil Sonntag ist, irgendwo draußen was zu Mittag essen?«

»Marty hat gesagt, dass du dich nirgendwo sehen lassen sollst, wo Alkohol ausgeschenkt wird, erinnerst du dich?« Wenn wir zum Mittagessen in den hiesigen Pub einkehrten, würde ohne jeden Zweifel irgendjemand zur Presse rennen. Selbst wenn Immi es bei Limonade bewenden ließ – wovon nicht auszugehen war, so wie ich Immi kannte –, würde man daraus schließen, dass sie ohne einen Drink nicht auskommen konnte. »Warum bringe ich dich nicht eben nach Hause und fahre danach noch mal rasch zum Supermarkt?«, schlug ich vor.

Sie verzog das Gesicht. »Ich würde dich lieber begleiten. Das geht doch ganz schnell; wir müssen doch nur einmal mit dem Einkaufswagen da durch.«

Ich zögerte. Ich hätte es vorgezogen, sie zu Hause abzuliefern und anschließend allein loszufahren, um zu verhindern, dass wir die gleiche Aufmerksamkeit auf uns zogen, die wir im Einkaufszentrum hatten erdulden müssen.

»Es liegt doch auf unserem Heimweg«, beschwatzte sie mich. »Wir gehen kurz rein und gleich wieder raus, das dauert keine zwei Minuten.«

»Okay. Zwei Minuten.«

Ich hätte es besser wissen müssen. Immi schob den Einkaufswagen in den Laden, während ich Tom von meinem Mobiltelefon aus anrief, um zu hören, ob im Tierasyl alles in Ordnung war. Wie ich erfuhr, hatte Susie unsere Vorräte an Eiscreme und Getränken wieder aufgestockt, und am Eingang herrschte reger Betrieb.

»Val hatte zwischendurch kaum Zeit, die Bündchen an meinen neuen Pullover zu stricken wegen der ganzen Verkauferei von Tierfutter und Limonade«, ließ Tom mich wissen.

Normalerweise ging es am Eingang so ruhig zu, dass Val während einer Schicht einen ganzen Pullover im Norwegermuster stricken konnte, ohne einen einzigen Schweißtropfen zu vergießen. Das klang also alles positiv. Eventuell nahmen wir sogar genug Geld ein, um die vielen Einkäufe bezahlen zu können, die Immi aller Wahrscheinlichkeit nach einpackte.

»Ich bin bald zurück.« Ich ließ mein Telefon in meine Handtasche fallen und sauste los, um meine Schwester zu suchen.

Immi kaufte nicht ein wie ein normaler Mensch. Normale Menschen gehen in einen Supermarkt, schlendern durch die einzelnen Gänge und beladen dabei ihre Einkaufswagen. Wenn sie ganz besonders organisiert sind, haben sie Listen. Diese Menschen sind noch nicht mit Immi einkaufen gegangen.

Wenn man es nicht mit eigenen Augen erlebt hat, kann man sich kaum vorstellen, was Immi tut. Sie läuft im Zickzack durch das Geschäft, denn jedes Schildchen lenkt sie neuerlich ab, sodass sie immer wieder in eine andere Richtung schießt. Ihren Einkaufswagen lässt sie dabei häufig irgendwo stehen, rennt einfach los, um etwas vom anderen Ende des

Ladens zu holen, und anschließend verbringt sie dann an die zwanzig Minuten damit, ihren Einkaufswagen wiederzufinden. Um es kurz zu machen: Es ist ein Albtraum.

Erwartungsgemäß war sie während meines Telefonats mit Tom wie vom Erdboden verschwunden. Während ich leise vor mich hin schimpfte, durchquerte ich die Obst- und Gemüseabteilung, um nach ihr zu suchen. Ich erhaschte einen Blick auf sie, als sie gerade auf die Backwaren zusteuerte, und legte einen Schritt zu.

»Hoppla.« In meiner Hast, sie einzuholen, hatte ich nicht richtig aufgepasst, wohin ich trat.

»Clodagh!«

Oh, oh. Ich war just mit dem einen Menschen kollidiert, dem ich im Moment nicht begegnen wollte – Jack. Seit er aus meinem Haus gestürmt war, hatte ich mir verschiedene Szenarien ausgemalt und überlegt, was ich sagen würde, um das Eis zwischen uns wieder zu brechen. Bei den meisten hatte ich mir vorgestellt, dass ich ihm einen kurzen Brief schrieb oder eine Nachricht auf seinem Anrufbeantworter hinterließ. Keines hatte vorgesehen, dass ich bei Tesco vor dem Melonenstand mit ihm zusammenprallte.

Seine Hand hielt immer noch meinen Arm, damit ich das Gleichgewicht nicht verlor. »Ich, ... äh, ... suche Immi.«

Er ließ meinen Arm los, als sei er selbst überrascht darüber, dass er mich immer noch festhielt. Meine Haut prickelte von dem sanften Druck seiner Finger. »Ja, natürlich.« Er runzelte die Stirn. »Du siehst irgendwie anders aus.«

»Ich habe mir die Haare schneiden lassen.« Peinliche Unterhaltungen hatte ich auch schon in der Vergangenheit mit Jack geführt, aber diese hier bereitete mir körperliche Schmerzen. Um uns herum trotteten überall Leute mit Einkaufswagen und Körben, oder sie beugten sich vor, um Obst von den Regalen hinter uns zu nehmen. »Ich, ... äh ... wollte mich für gestern entschuldigen.« Eine ältere Frau rammte mir ihren Einkaufswagen gegen den Fußknöchel, und im nächsten Moment humpelte ich alles andere als elegant auf eine Auslage mit Tomaten zu.

Die Falte auf seiner Stirn wurde tiefer, und wieder griff er nach meinem Arm und führte mich an einen etwas sichereren Ort, ein ruhiges Eckchen neben den Pilzen.

»Ich hatte den Eindruck, dass du deine Meinung gestern ganz klar geäußert hast.« Seine Stimme klang kühl.

»Ich glaube nicht, dass ich das getan habe.«

Er trat einen Schritt zurück, um einem Mann mit Schiebermütze zu ermöglichen, ein Körbchen Pilze vom Regal zu nehmen.«

»Brauchen wir Fruchtsaft, Clo?« Die Räder von Immis Einkaufswagen drehten fast durch, als sie ihn unmittelbar neben mir zum Stehen brachte. »Hallo Jack. Hat Clo dir erzählt, dass wir morgen im Frühstücksfernsehen sind?« Aus den Einkäufen, die sich in ihrem Wagen häuften, ragte ein französisches Baguette, und sie brach ein Ende davon ab und knabberte an der Kruste. »Gott, ich sterbe vor Hunger.«

»Wir könnten etwas Orangensaft gebrauchen – und eigentlich solltest du nichts essen, was wir noch nicht bezahlt haben.« Ich wünschte, sie würde sich verziehen. Es war schwierig genug, mit Jack zu reden, während die ganze Zeit irgendwelche Leute um uns herum nach irgendetwas griffen; da brauchte Immi nicht auch noch in unsere Unterhaltung hineinzuplatzen.

»Orangensaft, wird sofort erledigt!« Sie schwirrte den Gang hinunter und entschwand.

Ich atmete tief durch und versuchte es noch einmal. »Ich wollte mich entschuldigen.«

Einer der Angestellten, der damit beauftragt war, die Regale neu zu bestücken, schob ein Metallgestell neben Jack, das vollgepackt war mit Paletten voll Gemüse, und fing an, die Regale frisch aufzufüllen.

»Das ist lächerlich. Könnten wir vielleicht für einen Moment irgendwohin gehen, wo wir uns unterhalten können, ohne ständig unterbrochen zu werden?« Ich wartete auf Jacks Antwort. Wenn er immer noch böse auf mich war, würde er nein sagen. Ich hoffte verzweifelt darauf, dass er ja sagen und mir zumindest eine Chance geben würde, meinen Fehler wieder gutzumachen.

»Ich denke mal, wir könnten in die Cafeteria gehen.«

Ich war so erleichtert, dass mein Herz einen verrückten kleinen Hüpfer vollführte. Zumindest gab er mir Gelegenheit, alles zu erklären und richtigzustellen.

Die Cafeteria war Bestandteil des Supermarkts und befand sich gleich neben dem Eingang, sodass wir es nicht weit hatten, und zu unserem Glück schienen auch jede Menge Tische frei zu sein. Wir setzten uns gleich an den ersten, ohne uns vorher die Mühe zu machen, loszugehen und etwas zu kaufen. Ich konnte nicht abschätzen, was in Jack vorging. Das Lächeln, das er sonst immer parat hatte, war verschwunden – den Mann mit dem düsteren Gesichtsausdruck mir gegenüber kannte ich nicht.

»Okay, spuck es aus.« Er lehnte sich auf dem schmalen Plastikstuhl zurück und hielt die Augen halb geschlossen, als sei er nicht wirklich interessiert an dem, was ich ihm jetzt vielleicht zu sagen hatte.

»Es war nicht meine Absicht, dich aus der Fassung zu bringen oder anzudeuten, dass ich dir nicht trauen würde, als du angeboten hast, das Tierasyl finanziell zu unterstützen. Es ist wahr, dass ich nicht sicher war, warum du mir würdest helfen wollen, aber das heißt nicht, dass ich dachte, du seiest unehrlich.«

Er öffnete die Augen. »Sprich weiter.«

»Es fällt mir schwer, Menschen zu vertrauen. Ich hätte dich fragen sollen, warum du dich für das Tierasyl interessierst, statt voreilig irgendwelche Schlüsse zu ziehen. Wie ich schon sagte, es tut mir leid, ich ... Ich wusste nichts über deinen Vater, bis mir jemand davon erzählt hat.« Ich wartete auf seine Reaktion.

Seine Kiefermuskeln spannten sich leicht. »Ich verstehe, die Leute tratschen also immer noch.« Sein Ton war eisig, so ganz und gar nicht der Ton des warmherzigen Mannes, der gern Späße machte und den ich gerade erst ein bisschen besser kennengelernt hatte.

»Es war kein Getratsche. Ich konnte nicht verstehen, warum du dich so aufgeregt hast. Ich weiß nichts weiter von dem, was da passiert ist, kenne die Details nicht und habe auch nicht versucht, sie in Erfahrung zu bringen. Das geht mich nichts an.« Lovett erwähnte ich nicht und ebenso wenig die anderen Informationen, die Jade mir gegeben hatte.

Die ganze Zeit blickte er mir geradewegs ins Gesicht. »Das hier ist nicht der richtige Zeitpunkt und auch nicht der rechte Ort, um dir über meinen Vater zu erzählen.«

»Du brauchst mir überhaupt nichts zu erzählen.« Sobald Menschen ein Geheimnis mit einem teilten, erwarteten sie erfahrungsgemäß, dass derjenige, mit dem sie es geteilt hatten, ihnen nun seinerseits etwas anvertraute. Ich wusste nicht, ob ich schon so weit war – oder ob ich jemals in der Lage sein würde, irgendeinem anderen Menschen mein Geheimnis zu erzählen.

»Nein, ich glaube, dass wir noch nicht genug geredet haben – nicht über die Dinge, die wirklich wichtig sind«, meinte Jack.

»Das kann sein. Das Rendezvous im Apple Loft war nicht unbedingt gelungen.« Was das anging, hatte er nicht so ganz unrecht.

Erstmals, seit ich in der Gemüseabteilung mit ihm kollidiert war, verzog er seinen Mund zu einem schwachen Lächeln. »Es hat aber einen gewissen Erinnerungswert.«

Verlangen schoss wie ein wilder Strom durch meinen Körper.

»Dies ist eine Durchsage der Kundendienstabteilung. Clodagh Martin wird gebeten, sich zum Schalter des Kundendienstes zu begeben. Wir rufen Clodagh Martin. Vielen Dank.«

Das geschäftsinterne Lautsprechersystem dröhnte lauter als die Musik und die Werbedurchsagen, die im Hintergrund liefen.

»Das wird wegen Immi sein. O lieber Gott, lass nicht zu, dass sie eine Szene gemacht oder irgendeine Dummheit begangen hat, wegen der man sie jetzt verhaften muss.« Ich sprang auf die Füße. In meinem Kopf überschlugen sich die Visionen von potenziell gesetzeswidrigen und irrwitzigen misslichen Lagen, in die meine Schwester möglicherweise geraten war, während ich mich mit Jack unterhalten hatte. Vielleicht hatte sie eine Flasche Alkopop leergetrunken oder Weintrauben gegessen, bevor sie dafür gezahlt hatte. Wie ich meine Schwester kannte, war alles möglich. Schon sah ich vor meinem geistigen Auge, wie man sie in Handschellen unter einer Wolldecke verhüllt aus dem Geschäft führte, damit die Fotografen sie nicht »abschossen«.

»Warte, Clo, ich komme mit.« Jack umfasste meine Hand,

und ich fühlte mich auf der Stelle bestärkt. Mein Puls legte aber sofort einen Zahn zu, weil mir das hier bewies, dass er immer noch etwas für mich zu empfinden schien.

Vor dem Schalter der Kundendienstabteilung drängten sich jede Menge Menschen. Ein völlig irritierter Sicherheitsbeamter schien den Pulk auseinandertreiben zu wollen, indem er versuchte, die Leute wegzudirigieren.

»Deine Schwester hat wirklich die Gabe, Aufsehen zu erregen«, murmelte Jack, als wir uns durch die Menschenmenge Richtung Schalter schoben.

Immi befand sich natürlich im Zentrum des Tumults. Sie posierte für Fotos und gab Autogramme, indem sie ihren Namenszug auf die Rückseite diverser Dosen und Päckchen schrieb, die Leute aus ihren Einkaufswagen klaubten. Gottlob sah es nicht danach aus, als habe man sie mit Handschellen an einen Ladendetektiv gekettet. Sie erspähte uns, als wir uns unseren Weg durch die Menge bahnten, und wackelte zur Begrüßung mit den Fingern.

»Ich werde sie umbringen.« Binnen kürzester Zeit war es meiner Schwester gelungen, einen Menschenauflauf zu verursachen und den Supermarkt ins Chaos zu stürzen. Wie ich sie und unsere Lebensmittel je hier herausbekommen sollte, war mir schleierhaft.

Der Frau vom Kundendienst schien ebenfalls der Sinn danach zu stehen, Immi umzubringen, zumindest war das aus ihrem mordlüsternem Gesichtsausdruck zu schließen. Sie griff nach dem Mikrofon und versuchte es mit einem weiteren Appell.

»Dies ist eine Durchsage der Kundendienstabteilung«, donnerte sie. »Die Damen und Herren vor dem Schalter der Kundendienstabteilung werden gebeten zurückzutreten. Im Falle eines Notfalls blockieren Sie den Ausgang. Das ist ein

Verstoß gegen die Gesundheits- und Sicherheitsvorschriften.«

Überall standen Leute mit Einkaufskörben und Einkaufswagen. Einige versuchten, sich Immi zu nähern, andere standen einfach nur da, um in Erfahrung zu bringen, was die ganze Aufregung auslöste. Egal, was der Grund war, es verschärfte das Chaos nur noch mehr.

»Du gehst besser sofort los und schnappst sie dir.« Jack konnte beim Anblick des Desasters nur noch den Kopf schütteln.

Ich kämpfte mich zu Immi durch, und prompt stieß mir eine übergewichtige Frau mit Wucht ein Drahtkörbchen voller Salatköpfe in die Rippen. »Was treibst du da? Hast du nicht behauptet, wir wären innerhalb von zwei Minuten wieder draußen?«

»Das ist nicht meine Schuld. Im Joghurt-Gang hat mich jemand erkannt, und ehe ich mich versah, war ich umzingelt. Der Mann vom Sicherheitsdienst hat mich hierher geschafft, und dann haben sie die Durchsage gemacht.« Sie kritzelte ihren Namen auf ein Paket Cornflakes. »Jeder ist sehr nett zu mir, aber es ist alles ein bisschen irre.« Sie lächelte für einen Jungen im Teenageralter, der mit seinem Handy ein Foto von ihr machen wollte.

»Was ist aus den Einkäufen geworden?«

»Oh, der Mann vom Sicherheitsdienst hat das Zeug mitgenommen, damit es durch die Kasse laufen konnte, sodass alles schon eingepackt und bezahlt ist. Du musst es nur noch ins Auto bringen, und dann können wir gehen.«

»Und wie sollen wir an den Leuten vorbeikommen?«

Sie lächelte ihr süßestes Lächeln, und es wurde ein weiteres Foto gemacht. »Bring die Lebensmittel in den Wagen, und komm dann noch mal zurück. Der Mann vom Sicherheitsdienst sagt, er hätte da ein paar Typen, die im Lager arbeiten, und die könnten die Leute zurückhalten, wenn wir gehen. Und Jack kann ja auch mithelfen. Er ist ja ziemlich muskulös.«

Durch die Augenwinkel sah ich Jack, der sich mühsam seinen Weg in unsere Richtung bahnte. Ganz offensichtlich fiel es ihm schwer, nicht zu grinsen angesichts der blasierten Anweisungen, die Immi gab. Vielleicht hatte er aber auch nur gehört, wie sie ihn beschrieben hatte. Ich biss die Zähne fest zusammen und quälte mich die paar Meter zum Schalter vor, wo eine der Angestellten der Kundendienstabteilung auf einen Haufen Einkaufstüten wies, die in einem Einkaufswagen hinter dem Schalter standen.

Jack übernahm den Einkaufswagen und schlug sich damit eine Schneise aus dem Supermarkt heraus auf den Parkplatz. Ich zockelte hinter ihm her und führte mir vor Augen, dass Dorothy sich ganz genauso gefühlt haben musste, nachdem der Tornado sie gepackt und nach Oz verfrachtet hatte.

»Warum erlaube ich ihr immer wieder, mich zu solchen Dingen zu überreden? Ich wusste, ich hätte sie zum Tierasyl zurückbringen und allein herkommen sollen.« Ich hievte den Deckel des Kofferraums hoch und begann die Tragetaschen hineinzuwerfen.

Susie würde einen Anfall bekommen, wenn sie die Plastiktüten sah. Als Weihnachtsgeschenk hatte ich von ihr vier wiederbenutzbare, umweltfreundliche Taschen aus unbehandelter Baumwolle bekommen. Wie es meine Art war, vergaß ich natürlich ständig, sie zu benutzen, und musste hinterher dann jedes Mal zusehen, wo ich die Tüten des Supermarkts versteckte. Jade indes hatte mir einen sehr hübschen und überraschend kostspieligen Lipgloss geschenkt, der sich als weit nützlicher erwiesen hatte. Und Val hatte mir eine Wollmütze und passende Handschuhe gestrickt.

Jack reichte mir eine Tüte, die aussah, als sei sie bis zum Rand mit Vollkornriegeln gefüllt. »Ich weiß nicht. Das ist eines der Dinge, die ich so rätselhaft an dir finde. In der einen Minute bist du selbstbewusst, geschäftsmäßig und hast das Tierasyl und die Richtung, in der es sich weiterentwickeln soll, fest im Griff, und im nächsten Moment hast du überhaupt kein Selbstbewusstsein mehr.«

Ich konnte spüren, wie meine Wangen zu glühen begannen, als ich ihm die Tüte aus der Hand nahm und in den Wagen packte. »Ich habe dir doch gesagt, dass es mir schwerfällt, Menschen zu vertrauen.«

Er reichte mir die letzte Tüte. »Erfahre ich, warum?«

Ich schloss den Kofferraum und schnappte mir den Einkaufswagen, um ihn zu den anderen in den dafür vorgesehenen Abstellbereich zu rollen.

Jack stellte sich mir in den Weg. »Erfahre ich es?«

»Ich weiß nicht.«

»Ich dachte, wir wären in der Cafeteria übereingekommen, dass wir etwas mehr Zeit darauf verwenden müssen, miteinander zu reden.«

Er war mir so nah, dass ich die Hitze spüren konnte, die sein Körper verströmte, und sie jagte Schauer der Erregung in meinen. »Ich denke, das sind wir.«

»Morgen Abend?«

Mist. Aus der Sache kam ich jetzt nicht mehr raus. »Okay.«

»Großartig. Und jetzt lass uns gehen und deine Schwester retten.« Mit der Süße eines Schwurs berührten seine Lippen meine Stirn, und mir drehte sich der Magen um vor Begierde.

Für einen kurzen Moment war ich versucht, es Immi

selbst zu überlassen, sich zu retten, damit ich meinem inneren Verlangen nachgeben konnte, Jack auf den Rücksitz meines Fiats zu zerren und mich ihm zu Willen zu machen. Doch stattdessen trottete ich pflichtbewusst zurück in den Laden, um meine Schwester aus den Klauen ihrer Fans zu befreien.

14

Bis man Immi sicher zu meinem Wagen eskortiert hatte, war Jack verschwunden. In all dem Trubel hatte ich nicht einmal mitbekommen, dass er gegangen war, und fühlte mich deshalb irgendwie niedergeschlagen und verunsichert. Einerseits war ich froh, dass wir geredet hatten, andererseits war ich jetzt aber auch nervös, weil ich zugestimmt hatte, mich mit ihm auf ein längeres, intimeres Gespräch zu treffen.

Als wir wieder zu Hause waren, verschwand Immi, um ein paar Telefonate zu führen und E-Mails zu schreiben, und überließ das Auspacken der Einkaufstüten mir. Die Hälfte der Dinge, die sie gekauft hatte, sah ich zum ersten Mal in meinem Leben. Meine Ernährung bestand in der Regel aus Cornflakes, Grundnahrungsmitteln der supermarkteigenen Produktkette und hin und wieder einer Mahlzeit im Frog and Ferret, die mich nichts kostete, wenn ich dort eine Schicht übernahm. Jetzt hatte ich den ganzen Kühlschrank voll mit Sushi, was für meine Augen leicht seltsam aussah. Ich kann nicht behaupten, dass ich je Lust darauf verspürte, rohen Fisch und Seetang zu verzehren, obwohl meine Schwester mir immer wieder beteuerte, wie gesund das sei. Für meine Begriffe hörte sich das Zeug immer nach etwas an, was Seehunde essen – da waren mir tiefgekühlte Fischstäbchen tausendmal lieber.

Mit einem hatte meine Schwester aber recht gehabt. Das Tierasyl hatte meine Abwesenheit unbeschadet überstanden, und Tom und Val waren gern bereit, sich am nächsten Morgen um die Tiere zu kümmern, während ich mit Immi im

Fernsehstudio war, sodass es eine Sache weniger gab, um die ich mich sorgen musste.

Nigel begrüßte mich mit fröhlichem Gekläffe, als ich mit Einkaufstüten beladen ins Haus wankte. Clive ignorierte mich, wie Katzen das gern tun, wenn sie pikiert sind. Dave ließ mich indes deutlich spüren, was er empfand, als ich ihm frische Apfelstückchen brachte.

»Wird aber auch Zeit, dämliches Flittchen!«

Ich trug meine neue Garderobe nach oben in mein Zimmer und hängte die Bügel sorgsam an die Kleiderschranktür, damit die Sachen keine Knitter bekamen. Durch die Schlafzimmerwand konnte ich Immi am Telefon säuseln und lachen hören. Ich zog meine »Wir-gehen-shoppen-Klamotten« aus und meine Arbeitsjeans an, um mit Nigel einen langen Spaziergang zu machen, bevor ich meine Abendroutine in Angriff nahm, um danach dann das Abendessen zuzubereiten. Fetzen der Unterhaltung, die meine Schwester nebenan führte, drangen in mein Zimmer, und ich fragte mich, mit wem sie da wohl sprach. Ich fand es heraus, als ich meine Schlafzimmertür öffnete und mitbekam, wie sie sagte: »Ich melde mich später noch mal, Marcus. Einen Knutscher zurück. Vermisse dich.«

Ich schlich nach unten und befestigte die Leine an Nigels Halsband. Damit hatte ich nicht gerechnet – Immi und Marcus. Ich wusste, dass er ihr gefiel, und er schien von ihr auch recht angetan zu sein, nur war ich davon ausgegangen, dass er sich bereits auf die nächste Story gestürzt hatte und wieder voll damit beschäftigt war, die Fehltritte der Reichen und Berühmten zu enthüllen. Aber was das anging, hatte ich mich offenbar geirrt.

Bevor sie nach Hause gegangen waren, hatten Val und Tom den Besuchereingang zugesperrt und die täglich anfallenden Routinearbeiten erledigt: die Seifenspender neben den Wasserhähnen neu aufgefüllt, die Abfalleimer geleert, herumliegenden Unrat aufgehoben. Ich beschloss, eine große Runde mit Nigel zu drehen und bis zur Weidekoppel auf der anderen Seite des Geländes zu laufen, bevor ich mich meinen Routinepflichten widmete.

Tom hatte von irgendeinem Schaden an der Einzäunung erzählt, der ihm aufgefallen war, als er das Gras gemäht hatte. Ich hoffte, dass es sich dabei nicht um irgendetwas Dramatisches oder Kostspieliges handelte. Im Moment benutzte ich das Gelände als Liegewiese für Picknicks, auf der Kinder mit dem Ball spielen konnten, ohne die Tiere zu stören. Wenn der Zaun kaputt war, würde ich die Wiese abriegeln lassen müssen, da sie neben der Hauptstraße lag – ich konnte nicht riskieren, dass irgendjemand verletzt wurde.

Nigel sprang neben mir her und schnupperte selig an den späten Butterblumen. Ich würde ihn vermissen, wenn sein Besitzer wieder gesund war und ihn nach Hause holte. Ich hatte schon lange keinen Hund mehr gehabt, zu lange. Tom hatte die Koppel in breiten Streifen gemäht und das geschnittene Gras zum Trocknen auf dem Rasen liegen lassen. Der Duft des Grüns durchflutete die Luft, und im Schatten der großen Eiche tanzte eine Wolke aus winzigen Stechmücken.

Ein Wildkaninchenpaar beobachtete uns argwöhnisch aus dem hohen Gras, das den Rand der Koppel säumte. Nigel fing an, schneller zu laufen, und die drei verzogen sich ins Dickicht. Schon bald entdeckte ich den Schaden, vor dem Tom mich gewarnt hatte. Es sah so aus, als hätten die Phantom-Vandalen neuerlich zugeschlagen; sie hatten einige der Latten aufgestemmt und kaputtgemacht, sodass dort jetzt zwei Löcher klafften.

Glücklicherweise hatten wir noch stabiles Drahtnetz im Schuppen, mit dem Tom den Schaden provisorisch reparieren konnte, doch war es trotzdem ärgerlich, dass sich jemand absichtlich an meinem Tierasyl verging. Ich stapfte durch das hohe Gras, das an die gemähte Fläche angrenzte, um das Dilemma aus der Nähe in Augenschein zu nehmen. Den Splittern und den ausgezackten Rändern nach zu urteilen, war das Holz mit einem Hammer oder mit einem großen Stein zerschmettert worden.

Nigel beschnupperte das Loch, und ich zog ihn zurück, damit er sich an dem Holz nicht verletzte. Etwas Violettes stach mir ins Auge, und ich stellte fest, dass sich an einem der Holzsplitter Wollfäden verhakt hatten. Ich zog sie heraus, um sie mir genauer anzusehen. Die Wolle hatte einen seltsamen, grünlich malvenfarbigen Ton, und ich war absolut sicher, dass ich unlängst jemanden gesehen hatte, den ich gut kannte, der etwas in dieser Farbe getragen hatte.

Ich steckte die Wollreste in meine Jackentasche und lief weiter um die Einzäunung der Koppel herum, um den restlichen Zaun zu überprüfen. Als ich mich vergewissert hatte, dass es keine weiteren Schäden gab, machte ich mich beruhigt auf den Weg von der Wiese zurück auf den Pfad, der zu meinem Privatweg führte. Mister Curzon, der Direktor meiner Bank, hatte durchblicken lassen, dass dieser Privatweg ein wertvolles Kapital darstellen würde, wenn ich mich entschied, mein Land zu verkaufen, da er eine zusätzliche Zufahrtsmöglichkeit zu den neuen Bauprojekten eröffnete.

Es existierte ein großes, aus fünf schweren Metallstangen bestehendes Tor, das ich abends eigentlich zusperren sollte, damit in der Nacht niemand auf den Hinterhof fahren konnte. In letzter Zeit war ich manchmal nachlässig gewesen und hatte vergessen, abends zu überprüfen, ob das Tor ge-

und verschlossen war, aber wegen der Sprühfarbe auf dem Schild und des Schadens am Zaun beschloss ich, von jetzt an sicherheitsbewusster zu sein.

Ich schlang Nigels Leine um den Pfosten, zog das schwere Tor über den Weg und sicherte es mit einem Kettenschloss, sodass man es ohne den Schlüssel nicht öffnen konnte. Ich durfte nicht vergessen, Immi zu sagen, dass uns der Wagen, den das Fernsehstudio schickte, am Morgen an der Vordertür des Hauses in Empfang nehmen musste. Nigel saß da und beobachtete, wie ich die Schlüssel an den Ring klemmte, der am Hosenbund meiner Jeans hing, und klopfte dabei mit seinem haarigen Schwanz ein Muster in den Staub. Ich freute mich nicht darauf, Immi ins Studio zu begleiten. Im Gegensatz zu meiner extrovertierten Schwester hatte ich Probleme damit, im Scheinwerferlicht zu stehen. Selbst vor meiner Zeit mit Jonathan war ich das Mauerblümchen gewesen, Immi das Partygirl. Sie war in der Schule der Star der Theatergruppe; mein Job hatte darin bestanden, die Kulissen zu streichen.

Ich zupfte einen langen Grashalm aus dem Boden neben dem Tor und knabberte daran, während ich mit Nigel über die Spazierwege zwischen den Gehegen lief. Seit Jonathan hielt ich mich wie versteckt und war zufrieden damit, in meiner eigenen kleinen Welt zu leben. Jetzt hatten Immi und Jack sich zusammengerottet und zwangen mich heraus aus meinem gemütlichen sicheren Eckchen. Ich wusste nicht, ob ich dazu schon in der Lage war.

Seit über drei Jahren ging ich Bindungen gezielt aus dem Weg. Wenn ich mal ausging, was selten genug vorkam, handelte es sich um zwanglose Anlässe, bei denen ich Teil einer Gruppe war. Durch Jack erinnerte ich mich jetzt plötzlich an Dinge, die ich vergessen hatte, und das wühlte alte Erinnerungen und Gefühle auf. Einige von denen, nein, eines von denen war sehr tief vergraben. Der einzige Mensch, der das ultimative Geheimnis meines Lebens kannte, war Immi. Jetzt musste ich entscheiden, ob die Zeit gekommen war, dieses Geheimnis mit Jack zu teilen.

Als ich mich dem Haus näherte, hörte ich den Rauchalarm piepsen und wusste, dass Immi entweder Toast hatte verkokeln lassen oder versuchte, ein Abendessen zu kochen. Ein blauweiß kariertes Geschirrtuch schwenkte den Rauch aus der Hintertür heraus.

»Dieser dämliche Herd. Die hintere Flamme ist wie ein Flammenwerfer. Warum du keinen normalen Herd hast wie andere Leute, werde ich nie begreifen.« Sie hustete, um das Ganze dramatisch zu untermalen, und setzte sich auf die Türschwelle.

»Was hast du angestellt?«

In der Luft hing der beißende Gestank von geschmolzenem Plastik. Als ich mich ins Haus wagte, sah ich, dass es ihr gelungen war, den Griff eines meiner Messer zum Schmelzen zu bringen, weil sie es zu nah neben die Gasflamme gelegt hatte.

»Ich habe nur Reis gekocht. Ich habe nicht gesehen, dass das Messer neben der Flamme lag.« Glücklicherweise hatte sich der Rauch durch das Öffnen der Haustür bereits verzogen. Dave machte mächtig Rabatz, war also durch Immis kulinarisches Desaster nicht zu Schaden gekommen.

»Ich war abgelenkt. Ich brauchte schließlich nur den blöden Reis zu kochen, denn der Fisch ist ja schon fertig.«

Ich brachte es nicht übers Herz zu sagen, dass Clives Kitekat appetitlicher aussah als das Sushi.

»Was hat dich denn abgelenkt?«

Immi errötete. »Ich habe telefoniert.«

»Ach ja?« Ich begann, dem geschmolzenen Plastik mit einem metallenen Pfannenwender zu Leibe zu rücken in der Hoffnung, dass ich die Sauerei damit wegbekam, bevor sie hart wurde.

Immi schaufelte derweil den Reis aus dem Topf und arrangierte ihn in dekorativen Häufchen auf den Tellern. »Mit Marcus.«

Es gelang mir, auch die unterste Schicht des klebrigen Zeugs vom Herd zu schaben, und ich warf es in den Mülleimer. »Wirklich?« Ich war ziemlich stolz darauf, dass es mir gelang, meiner Stimme auf Anhieb einen desinteressierten Ton zu verleihen.

Immi errötete, als fühle sie sich ertappt. »Ich habe mich echt gut mit ihm verstanden, als er hier war. Na ja, in erster Linie hatte ich Schuldgefühle, weil ich ihm eins über den Schädel gezogen hatte, und musste deshalb nett zu ihm sein. Wie auch immer, wir verstehen uns gut, und er trifft sich morgen nach dem Dreh mit uns im Studio.« Den zweiten Teil des Satzes sprach sie wesentlich schneller als den Rest.

»Wie schön. Weiß Marty davon?« Ich wusch mir fürs Abendessen die Hände. Ich hatte keine Ahnung, ob es wirklich schön war, dass er kam, nicht einmal, ob es eine gute Idee war.

Immi stellte die Platte mit dem Sushi mitten auf den Tisch. »Sie weiß, dass wir uns auf Anhieb gut verstanden haben.«

Nach meinem Empfinden klang das irgendwie ausweichend. Ich meinte, mich erinnern zu können, dass Marty uns deutlich ermahnt hatte, uns vor Marcus in acht zu nehmen. Er war zwar durchaus liebenswürdig gewesen, aber er war nichtsdestotrotz von der Presse. Wir kannten ihn nicht, und es war durchaus möglich, dass er nur an Immi heranwollte, weil er insgeheim eigene Ziele verfolgte.

»Sei vorsichtig. Vergiss nie, dass er Fotojournalist ist! Einer, der sein tägliches Brot damit verdient, berühmten Leuten nachzustellen.« Ich setzte mich meiner Schwester gegenüber an den Tisch.

Sie streckte ihre Gabel vor und harpunierte ein paar Stücke Sushi. »Ich bin ja nicht blöd. Er ist nicht wie der Typ, mit dem Britney Spears zusammen war, als sie ihren Nervenzusammenbruch hatte.« Stur und trotzig saß sie da, mit vorgeschobenem Kinn und fest zusammengepressten Lippen. Das war der Ausdruck, der immer auf ihrem Gesicht erschien, als sie noch ein Teenager war, wenn Dad ihr verboten hatte, etwas zu tun, wonach sie sich verzehrte. Wie damals, als sie vierzehn war und sich heimlich aus dem Haus geschlichen hatte, um zu einer Party in einen Nachtclub zu gehen, und die Polizei sie um drei Uhr morgens heimbringen musste, nachdem in dem Club eine Razzia stattgefunden hatte.

»Ich habe nicht behauptet, dass du blöd bist. Marcus ist ein attraktiver Mann.« Ich wählte meine Worte mit Bedacht. Ich wusste, dass es nichts brachte, mit ihr zu streiten, wenn sie in kampflustiger Stimmung war.

»Das ist wahr.« Ihre Gesichtszüge wurden weicher, und ihre Augen bekamen einen verklärten Glanz. »Das Gleiche gilt für deinen Jack«, fügte sie hinzu.

»Er ist nicht mein Jack.« Ich schielte auf das Sushi und versuchte, das kleinste Stück zu finden, das am wenigsten bedrohlich aussah.

Immi schluckte ihr Essen hinunter. »Er könnte dein Jack werden. Was hast du ihm denn wegen der Sache neulich gesagt, als er hier so weggestürmt ist?«

»Ich habe ihm gesagt, dass ich überstürzt reagiert hätte. Wir gehen morgen Abend aus. Er meint, wir müssten reden und ehrlicher und offener miteinander umgehen.« Ich schob den Fisch auf meinem Teller hin und her und zuckte dabei mit den Achseln, um zu bekunden, dass mich das Ganze nicht weiter tangierte. Sie würde mir das zwar nicht abnehmen, doch mir selbst einzubilden, dass es die Wahrheit war, sorgte dafür, dass ich mich etwas besser fühlte.

Ihre Augen weiteten sich. »Wirst du ihm von Jonathan erzählen?«

»Das weiß ich noch nicht. Vielleicht erzähle ich ihm ein bisschen.« Mir drehte sich der Magen um bei der Vorstellung, diese Erinnerungen noch einmal durchleben zu müssen. Möglicherweise war aber auch nur das Sushi schuld.

Mit lautem Klappern ließ Immi ihr Besteck auf den Teller fallen, sprang auf und schloss mich in die Arme. »Das wird alles gutgehen. Ich bin überzeugt, dass Jack es verstehen wird.« Sie setzte sich wieder auf ihren Stuhl.

Ich hoffte, dass sie recht behielt.

Die Maskenbildnerin, die mein Gesicht für sein Fernsehdebüt präparierte, hatte ihre liebe Not mit den dunklen Schatten unter meinen Augen. Ich hatte kaum geschlafen, als die Limousine vorfuhr, um uns abzuholen. Immi hatte mich genauestens angewiesen, was ich während des Interviews zu tun und zu sagen hätte.

Der recht nervös aussehende junge Mann, der uns am Empfang begrüßte, hatte uns informiert, dass unser Auftritt drei Minuten dauern und unmittelbar nach dem neuesten Klatsch aus dem Showgeschäft und vor einem Bericht über die königliche Familie gesendet würde. Dann hatte man uns durch ein Labyrinth von Korridoren geführt, uns Tee angeboten und der Gnade der Maskenbildnerin überlassen.

Immi war bereits fertig angezogen, sodass der Mann vom Ton sie verkabeln konnte. Ich war noch in einen voluminösen Umhang gehüllt, und unter meinem Kinn klemmten jede Menge Kleenextücher. Die Maskenbildnerin drückte noch eine weitere Schicht Kleister auf mein Gesicht, erklärte sich dann aber endlich zufrieden. Eine Außerirdische blickte mir aus dem Spiegel entgegen. Ich beschloss, nicht zu lächeln, denn ich durfte auf keinen Fall riskieren, dass meine Maske Risse bekam und herunterbröckelte.

Der nervöse junge Mann erschien im Make-up-Raum und schickte mich zum Ankleiden. Das Oberteil, das ich hatte tragen wollen, verursachte angeblich »Lichtgeflacker«. Ich wusste überhaupt nicht, was das zu bedeuten hatte, bis der Mann vom Licht mir erklärte, dass es bei anfälligen Zuschauern wegen des Lichteffekts auf dem Stoff zu Migräneanfällen und Übelkeit kommen könne. So viel zu dem Versuch meiner Schwester, mich schick anzuziehen. Am Ende lief es wohl doch darauf hinaus, dass ich die abgelegten Sachen der Wetteransagerin tragen musste.

Zwei Minuten vor unserem Auftritt wurde ich in ein geborgtes Oberteil gesteckt und mit Kabeln verschnürt, die unter meinen BH und in meinen Hosenbund gestopft wurden. Der Typ, der mich darüber in Kenntnis setzte, er sei hier »das Mädchen für alles«, geleitete uns dann durch einen schmalen Korridor in das eigentliche Studio. Zu diesem Zeitpunkt machte ich bereits eifrig meine Anti-Panik-Atemübungen, und zwar mit solcher Intensität, dass ich mich anhörte wie einer dieser Anrufer, die Obszönitäten ins Telefon hecheln.

Das Studio sah ganz anders aus, als ich es mir vorgestellt hatte. Das Sofa, auf dem die Moderatoren saßen, stand in einem kleinen, hellerleuchteten Bereich, hinter dem eine Kulisse aufgebaut war. In einem weiteren Bereich befand sich ein Bildschirm, vor dem die Wetteransagerin ihre Vorhersagen machte. Der Rest des Raums lag in völliger Dunkelheit. Vorsichtig bahnten wir uns unseren Weg über die überall herumliegenden Kabel und warteten hinter den Kameras, bis die Moderatoren mit ihrem Übergang fertig waren.

Die Kameras schwenkten auf die Wetteransagerin. Im selben Moment wurden Immi und ich zum Sofa geführt, auf dem wir neben dem Reporter für Showbizz-Angelegenheiten unsere Plätze einnahmen. Menschen umschwärmten uns wie Motten das Licht, puderten hier ein Hautfältchen ab, kämmten da zwei Härchen glatt, richteten die Kabel aus, die aus uns herausragten. Mein Puls raste noch schneller, und meine Handflächen waren schweißnass. Die Hitze der Scheinwerfer tat das ihre dazu.

Immi machte einen kühlen, ruhigen und gefassten Eindruck, was vermutlich in krassem Gegensatz zu der Verfassung stand, in der sie bei ihrem letzten, zum Scheitern verurteilten Fernsehauftritt gewesen war. Die Wetteransagerin beendete ihre Vorhersage, und die Kameras schwenkten auf uns. Damit war es so weit – wir waren live auf Sendung.

15

Zu Anfang des Interviews wurden die Fragen allesamt an Immi gerichtet. Ich fand, dass sie gute Antworten gab, vor allem, als sie erklärte, an dem verhängnisvollen Abend gezwungen gewesen zu sein, gewisse Medikamente zu nehmen, die sich mit dem Alkohol nicht vertragen hätten. Die Mär von den Medikamenten war mir zwar neu, doch ging ich davon aus, dass Marty sich das Sprüchlein ausgedacht hatte, um Immis Benehmen zu entschuldigen. Für die Fernsehleute war es das Stichwort, eine Aufzeichnung des Vorfalls zu zeigen.

Ich gab mir große Mühe, nicht schockiert zu wirken, nur sah ich das Ganze zum ersten Mal und wäre beinahe zusammengezuckt. Immi errötete mit formvollendeter Anmut, bat den Moderator der Talkshow um Verzeihung, Kirk indes nicht. Ich fragte mich, ob es wohl Einfluss auf ihre Trinkgewohnheiten haben würde, ihr schlechtes Benehmen auf dem Bildschirm zu sehen. Es war wahrscheinlich das erste Mal, dass sie ihr Verhalten aus der Perspektive sah, aus der andere es sahen.

Die Moderatoren gingen im Hinblick auf die Art von Fragen, die sie an sie richteten, und wie sie diese formulierten, recht nett mit ihr um und hinterfragten nur die Hälfte von dem, was sie hätten hinterfragen können. Marty musste Immi ein paar klare Verhaltensregeln gegeben haben, denn sie stellte sich jedweder Kritik an ihrer Person und hinterließ den Eindruck, dass sie den leidigen Vorfall zutiefst bedauerte.

»Und als die Wogen über ihr zusammenschlugen, hat Ihre Schwester sich an Sie gewandt?« Die Moderatorin wandte ihre Aufmerksamkeit plötzlich mir zu.

»Ja. Immi und ich hatten immer schon ein sehr enges Verhältnis zueinander«, antwortete ich mit piepsiger Stimme.

»Ein Vögelchen hat uns verraten, dass Sie ein Tierasyl besitzen. Stimmt das?«

»Ja, Rainbow Ridge. Wir nehmen Tiere auf, die keiner haben will.« Bei dieser zweiten Antwort gelang es mir, etwas normaler zu klingen. Obwohl ... ich meine ... Selbstverständlich nimmt ein Tierasyl Tiere auf, die keiner haben will – was sonst? Mir hätte Marty auch ein paar Verhaltensregeln geben sollen.

»Clodagh leistet da ganz großartige Arbeit«, ergriff Immi das Wort. »Sie nimmt all die Tiere bei sich auf, die sonst niemand haben will, und wenn sie kein neues Zuhause für sie finden kann, haben sie für den Rest ihres Lebens im Tierasyl eine Heimat. Rainbow Ridge ist allen zugänglich und angewiesen auf Besucher und Mäzene, damit es weiterbestehen kann.«

»Und Imogen hilft Ihnen im Tierasyl schon mal aus?« In der Stimme der Moderatorin schwang ein Hauch von Zweifel.

»Immi hat mir schon immer jede Menge Unterstützung zuteilwerden lassen. Das Wohl von Tieren liegt ihr sehr am Herzen.« Ich war zufrieden mit meiner Antwort. Ich hatte nicht gelogen, denn Immi hatte tatsächlich ein weiches Herz, wenn es um Tiere ging. Sosehr sie auch immer über meine Tiere meckerte, hätte sie doch niemals einem ein Haar gekrümmt.

»Wie schade, dass Sie nicht ein oder zwei Ihrer kleineren Tiere mit ins Studio gebracht haben«, warf der männliche Moderator ein.

Ich versuchte, mir Dave vor laufenden Kameras vorzustellen, und quittierte den Einwurf mit einem schwachen Lächeln.

»Ich würde gern sehr viel mehr tun, bin aber durch meine Arbeit stark eingespannt. Clodagh plant aber in naher Zukunft einen Tag der offenen Tür, um Gelder einzuwerben, die sie dringend für ihre Tiere braucht, und es ist natürlich klar, dass ich ihr helfen werde, das alles zu organisieren.« Immi strahlte von einem Ohr zum anderen in die Kamera.

»Oh, das klingt ja ganz wunderbar! Möchten Sie unseren Zuschauern vielleicht schon mal das Datum verraten? Ich bin sicher, dass es jede Menge Leute gibt, die liebend gern kommen würden, um Sie zu unterstützen.« Die weibliche Moderatorin hatte wieder das Wort ergriffen; vermutlich spürte sie, dass ich als Interviewpartner ein schlichtweg hoffnungsloser Fall war. Entweder das oder sie wollte Immi ein wenig zügeln.

Was? Wir hatten doch gar kein Datum für einen Tag der offenen Tür festgelegt. Wir hatten nur ganz kurz darüber gesprochen, als Immi mir half, diesen Geschäftsplan für mein gescheitertes Treffen mit dem Direktor der Bank aufzustellen. Da war noch nichts endgültig.

»Er wird am letzten Samstag dieses Monats stattfinden. Und wir würden uns über jeden freuen, der bereit wäre, etwas zu spenden oder Verkaufsbuden zur Verfügung zu stellen; nicht wahr, Clodagh?« Jetzt strahlte Immi mich an.

»Oh ja.« Ich versuchte, selbstbewusst und locker zu wirken, aber mein Hirn rotierte wegen dem, was meine Schwester da gerade angerichtet hatte. Wie wollten wir denn innerhalb von weniger als zwei Wochen einen Tag der offenen Tür planen mit Verkaufsbuden und Erfrischungen und dem ganzen Drum und Dran, das so etwas mit sich brachte? Oder besser gesagt: Wie sollte *ich* das planen? Bis dahin war Immi zweifellos wieder voll rehabilitiert und frönte ihrem VIP-Lebensstil.

»Das klingt wunderbar; da müssen wir unbedingt ein Kamerateam vorbeischicken. Ich glaube, jeder würde die Tiere gern sehen – und Sie natürlich auch, Imogen.«

Mist. Na vielen herzlichen Dank, Immi.

»Die Telefonnummer und die Internet-Adresse des Rainbow-Ridge-Tierasyls wird gerade am unteren Bildschirmrand eingeblendet. Bleibt uns nur noch, Ihnen beiden allen nur denkbaren Erfolg mit Ihrem Tag der offenen Tür zu wünschen, und wir bedanken uns herzlich dafür, dass Sie heute vorbeikommen sind.« Die Moderatorin gönnte uns einen weiteren Blick auf ihre Porzellanveneers und leitete dann flugs zum nächsten Filmbeitrag über.

Immi und ich wurden sofort über die Kabel hinweg hinter die Kameras zurückgeführt, wo die Techniker unserer harrten und uns von den Mikrofonen befreiten, die an unserer Kleidung klemmten.

»Prima hat das geklappt, findest du nicht?« Immi zwitscherte fröhlich vor sich hin, während sie das Kabelende aus ihrem Hosenbund herausfingerte und es dem Mann vom Ton überreichte.

Ich antwortete nicht. Was ich Immi mitzuteilen hatte, sagte ich besser, wenn es keine Zeugen gab. Meine Glieder zitterten wie Wackelpudding von der Strapaze des Fernsehauftritts, und da zusätzlich noch die Bombe mit dem Tag der offenen Tür hochgegangen war, konnte ich vor lauter Panik gar nicht mehr denken.

Als man uns eine weitere Tasse Tee anbot, lehnten wir dankend ab und erfuhren, dass der Wagen, der uns wieder nach Hause bringen sollte, in einer halben Stunde kommen würde. Dann parkte man uns am Empfang und überließ uns unserem Schicksal. Ich ließ mich auf einen Stuhl plumpsen, der unter einer Reihe von Schwarzweiß-Fotografien stand, die Stars von gestern und heute zeigten. Zornig blitzte ich Immi an.

»Oh, schau nur, da ist Marcus!«

Marcus marschierte auf uns zu. So gut, wie er aussah, zog er die aufmerksamen Blicke der glamourösen Mädels auf sich, die hinter dem Schreibtisch am Empfang saßen.

»Hallo Clodagh.« Ihm blieb kaum Zeit, mich zu begrüßen, denn Immi sprang sofort auf ihn zu und warf sich ihm in die Arme.

»Marcus, Liebling.« Sie begrüßte ihn, als habe sie ihn seit Monaten nicht gesehen.

»Wie lange haben wir, bis die Limousine kommt?« Er küsste sie auf den Mund.

Zumindest schien er keine Kamera bei sich zu haben, und – Ehre, wem Ehre gebührt – er schien ebenso glücklich zu sein, sie zu sehen, wie sie ihn.

»Höchstens eine halbe Stunde.« Nun küsste sie ihn auf den Mund. Ich blieb auf meinem Stuhl aus Leder und Chrom sitzen und bemühte mich, nicht wie das fünfte Rad am Wagen auszusehen.

Dicht an dicht kuschelten sie sich in die Ecke des Sofas, das gegenüber von meinem Stuhl stand, hielten Händchen und flüsterten. Die beiden durchgestylten Mädels hinter dem auf Hochglanz polierten Empfangstisch warfen uns weiterhin neugierige Blicke zu, und derweil huschten immer neue Menschen ins Gebäude herein und wieder hinaus. Ich hoffte, irgendeine Berühmtheit zu erspähen, hatte aber kein Glück.

Also begann ich, durch die Wände aus Rauchglas nach

draußen zu starren, und betete, der Wagen möge endlich kommen. Wenn ich nicht bald nach Hause kam, bestanden gute Aussichten, dass mein Anrufbeantworter wegen der vielen Nachrichten explodierte, jetzt, da die Telefonnummer des Tierasyls auf dem Bildschirm eingeblendet gewesen war. Außerdem musste ich meinen treuen und hart arbeitenden Freiwilligen erklären, warum ich ihnen nicht erzählt hatte, dass ich einen Tag der offenen Tür plante, bevor es landesweit im Fernsehen verkündet wurde.

Irgendwann erschien ein Mann am Empfang, und eines der schicken Mädels beorderte uns zu unserem Wagen. Marcus gab Immi einen langen Abschiedskuss, und wir machten uns auf den Rückweg nach Melhampton.

»Der arme Marcus muss so schwer schuften. Es war schön, ihn zu sehen, auch wenn es nur für so kurze Zeit war. Er hat heute Morgen einen wichtigen Termin mit den Studiobossen.« Immi seufzte und kuschelte sich mit einem glückseligen Lächeln auf den Lippen in ihren Sitz.

»Schön, dass du dich gut amüsiert hast.«

Sie setzte sich aufrecht hin und rückte ihren Sicherheitsgurt zurecht. »Was soll das denn heißen?«

»Immi, du hast soeben verkündet, dass wir in weniger als zwei Wochen im Tierasyl einen Tag der offenen Tür veranstalten. Hast du die geringste Vorstellung, wie viel Arbeit das mit sich bringen wird? Meine Telefonnummer und meine Internet-Adresse sind landesweit im Fernsehen gezeigt worden! Meine Mailbox und mein Anrufbeantworter platzen wahrscheinlich schon aus allen Nähten.« Die Entrüstung, die bislang in mir gebrodelt hatte, kochte über.

»Na, entschuldige vielmals, dass ich versucht habe, dir zu helfen. Warst du nicht diejenige, die mir erklärt hat, sie sei pleite? Warst du nicht diejenige, die mich gebeten hat, einen

Rettungsplan zu konzipieren?« Sie verschränkte die Arme vor der Brust. »Es ist mir sogar gelungen, dir einen Fernsehauftritt zu verschaffen. Hast du eine Vorstellung davon, wie viele Leute einen Mord begehen würden, um eine solche Chance zu bekommen?«

»Du könntest so etwas vorher mit mir absprechen.« Dabei hätte ich es wissen müssen. Meine Schwester hatte es von jeher meisterhaft verstanden, mir das Gefühl zu vermitteln, an etwas schuld zu sein, selbst wenn sie diejenige war, die den Fehler begangen hatte. Das war heute immer noch so wie in unseren Teenagerzeiten. Sie war aus dem Haus geschlichen, um sich mit Jungs zu treffen und in Nachtclubs zu gehen, aber ich hatte mich schuldig gefühlt, weil ich wusste, was sie trieb.

»Dazu bot sich nicht gerade die Gelegenheit, oder siehst du das etwa anders? Und wir *haben* uns darüber unterhalten. Als du deinen Plan zur Bank gebracht hast.«

»Und wie soll ich das Ganze jetzt allein bewältigen, mit ein paar ehrenamtlichen Mitarbeitern?« Es war typisch für Immi, sich kopfüber in etwas hineinzustürzen, ohne über die Konsequenzen nachzudenken.

»Wie undankbar du bist! Es kann doch nicht so schwierig sein, ein paar Telefonate zu führen, ein paar Plakate aufzuhängen und ein paar Zeitungsanzeigen zu schalten.« Sie blitzte mich wütend an. »Du hast solche Panik, irgendein Risiko einzugehen oder irgendetwas Neues zu versuchen, dass es schon nicht mehr wahr sein darf.«

»Du denkst nichts zu Ende.« Ich war dermaßen zornig, dass ich spüren konnte, wie die Tasse Tee, die ich am frühen Morgen getrunken hatte, in meinem Bauch frisch aufgebrüht wurde.

»Ach ja? Inwiefern?«

»Glaubst du wirklich, dass es eine gute Idee ist, dich mit Marcus einzulassen? Er ist ein Paparazzo.« Ich mochte Marcus, das schon, nur konnte ich nicht nachvollziehen, wie es Immi möglich war, einem Mann zu vertrauen, der seinen Lebensunterhalt damit verdiente, Prominente zu fotografieren und ihre intimsten Geheimnisse an den Meistbietenden zu verkaufen.

»Weißt du, was dein Problem ist? Du traust überhaupt niemandem. Kein Wunder, dass Jack davongelaufen ist. Was wirst du heute Abend tun, wenn du dich mit ihm triffst? Ich wette, du wirst ihm wieder nichts von Jonathan erzählen und von dem, was dir passiert ist.«

Ich starrte sie an. Ihre Worte trafen mich bis ins Mark, vornehmlich, weil ich tief in meinem Herzen wusste, dass sie recht hatte.

Sie seufzte. »Clo, es tut mir leid. Was du durchgemacht hast, war entsetzlich und schrecklich, und ich hätte das nicht sagen dürfen.« Sie biss sich auf die Unterlippe, und ihre hellen blauen Augen flehten mich stumm an, ihr zu verzeihen.

»Vergiss es.« Ich drehte mich von ihr weg. Im Moment war ich zu verärgert, um ihr zu vergeben. Seit sie ein kleines Mädchen war, verzieh ich ihr ihre Schnitzer und entspannte damit immer wieder die Lage, die durch ihre Impulsivität entstand. Auch wenn das, was sie gesagt hatte, die Wahrheit war, tat es mir zu sehr weh, um einfach darüber hinwegzugehen – dieses Mal nicht.

Schweigend legten wir den Rest unserer Heimfahrt zurück. Ich hoffte, dass der Fahrer unsere Unterhaltung nicht mitbekommen hatte; zu unserem Glück verfügte der Wagen über eine dieser Trennwände aus Glas. Andernfalls hätte er seine Geschichte jetzt an einen von Marcus' Kollegen verkaufen können, und Immi hätte all ihre Image-Poliererei mit einem einzigen wütenden Aufstand wieder zunichtegemacht.

Als wir nach Hause kamen, klemmte an der Hintertür ein Zettel von Tom. Ich nahm ihn ab und schloss die Haustür auf. Nigel sprang nach draußen und begrüßte mich, als sei ich Jahre und nicht nur einen Morgen fort gewesen. Das Lämpchen des Anrufbeantworters blinkte grimmig, während ich Toms Nachricht las.

Telefon hat verrücktgespielt, habe dir Notizen gemacht, die du durchsehen musst. Habe auf der Fahrt hierher ein Schwein gefunden, das einer ans Straßenschild gebunden hatte. Habe es in das leere Gehege gepackt. Tierarzt wird später vorbeikommen und es untersuchen. T.

Ich legte den Zettel auf den Küchentisch und machte mich auf den Weg zu dem kleinen Gehege, das an Mister Sheens Koppel grenzte. Wir benutzten es für Tiere, die in Quarantäne waren, und für Neuzugänge, über deren medizinische Vorgeschichte wir noch nichts wussten. Im Gras schlief tief und fest ein entzückendes kleines vietnamesisches Hängebauchschwein. Ohne jeden Zweifel hatte sich das irgendjemand als Haustier angeschafft und dann das Interesse verloren. Es sah einigermaßen gesund aus, sodass ich mit etwas Glück nur für den Tierarztbesuch aufkommen musste und nicht noch für größere Sachen wie kostspielige Behandlungen oder Medikamente.

Ich verließ das dösende Schweinchen und kehrte zurück zu meinem Anrufbeantworter und all den darauf hinterlassenen Nachrichten. Von Immi fehlte jede Spur. Den knarrenden Fußbodendielen über mir nach zu urteilen, war sie wohl geradewegs in ihr Zimmer gegangen. Sie packte wahrscheinlich die Koffer. Bewaffnet mit einem riesigen Becher Tee, einem Paket Butterkeksen und einem Schreibblock begann ich, die Nachrichten abzuhören.

Zwei Stunden später hatte ich die perversen Anrufe alle gelöscht und einen Clown gebucht, des Weiteren einen Künstler, der sich auf Gesichtsmalerei verstand, zwei aufblasbare Schlösser, einen Haarflechter, einen Puppenspieler und mehrere Imbisswagen. Überdies hatte ich mir von einem halben Dutzend möglicher Sponsoren sämtliche Details durchgeben lassen. Es gab noch diverse weitere Nachrichten von Leuten, die wissen wollten, wie sie Tiere adoptieren und wann sie das Tierasyl besuchen könnten. Diese Telefonnummern schrieb ich mir separat auf, damit Susie dort anrief und die Anschriften in Erfahrung brachte, damit wir unser Informationsmaterial verschicken konnten.

Aus Immis Zimmer drangen die Stimmen einer Girlband nach unten. Es hörte sich so an, als plane sie jetzt doch zu bleiben. Im Wohnzimmer kreischte Dave, und so lief ich zu ihm, um mit ihm zu reden.

Er hockte auf seiner obersten Sitzstange und beäugte mich mit boshaftem Blick. »Du Saustück, du!«

»Ja, ich finde es auch schön, dich zu sehen.« Ich zog die Reste des halb verrotteten Obstes zwischen den Stangen heraus. Es zahlte sich immer aus, das schnell zu erledigen, denn war ich zu langsam, hackte er gern mal zu.

»Zeig uns deine Titten!« Er gackerte entzückt, als ich mich an den Tisch setzte und den Computer einschaltete.

Der war kaum hochgefahren, als der Tierarzt gegen die Vordertür klopfte, um sich meinen jüngsten Neuzugang anzusehen. Es stellte sich heraus, dass das Schweinchen bester Gesundheit war, und der Tierarzt teilte meine Meinung, dass es sich bei dem Tier sehr wahrscheinlich um eine Anschaffung handelte, die irgendwann nicht mehr neu und deshalb wohl auch nicht mehr interessant genug gewesen war. Ich beschloss, das Kleine vorerst noch eine Weile in der Quarantäne-Einzäunung zu lassen, bevor ich es mit Rosie bekanntmachte, meinem anderen Hängebauchschwein.

Als der Tierarzt wieder fort war, fiel mir auf, dass es Zeit für meine abendlichen Routinepflichten war. Mit Rekordgeschwindigkeit sauste ich herum, um alles abzuschließen, nach den Tieren zu sehen und sicherzustellen, dass alles in Ordnung war. Ich musste meine E-Mails lesen und wenigstens ein paar beantworten, bevor Jack kam. Die Versuchung, ihn anzurufen und abzusagen, war groß, nur konnte ich mir bildhaft vorstellen, wie Immi süffisant grinste und befand: »Ich wusste, dass dir dazu der Mut fehlt«, und das hielt mich davon ab.

Als ich ins Haus zurückkehrte, empfing mich dort der köstliche Duft von Hühnersuppe. Der Tisch war für zwei gedeckt, und Immi stand am Herd und rührte in einem großen Topf.

»Ich weiß, dass du ausgehst, aber ich dachte, du würdest vorher vielleicht gern etwas zu Abend essen«, meinte sie. Ich nahm an, dass die Suppe eine Art Friedensangebot war.

»Danke.« Mein Magen knurrte freudig erregt, und ich hastete nach oben, um mich zu waschen und umzuziehen.

Jack hatte nicht gesagt, ob wir nur auf einen Drink oder zum Essen ausgingen, sodass es keine schlechte Idee war, ein wenig Suppe zu mir zu nehmen. Immi war ungewöhnlich kleinlaut, und erste Schuldgefühle nagten an meinem Gewissen. Vielleicht war ich ja gemein gewesen. Wenn das mit dem Tag der offenen Tür klappte, würde es kräftig in meiner Kasse klingeln. Mir war rätselhaft, warum ich nicht schon früher erwogen hatte, so etwas zu veranstalten. Das Sponsoring, das man mir aufgrund unseres morgendlichen Fernsehauftritts bereits zugesichert hatte, half schon enorm, ausstehende Rechnungen zu bezahlen.

»Wenn du magst, kümmere ich mich um die E-Mails, während du mit Jack unterwegs bist«, bot Immi an, als sie sich zum Essen an den Tisch setzte.

»Damit wäre mir sehr geholfen. Danke.« Ich konnte ihr nicht länger böse sein. »Es tut mir leid, Imms. Ich hätte dich nicht so anfahren dürfen. Ich weiß, dass du versucht hast zu helfen.«

Sie zuckte mit den Achseln und stocherte mit ihrem Löffel in der Suppe.

»Nein, du hattest recht. Ich sollte etwas mehr nachdenken, bevor ich mich in Dinge stürze. Alles vergeben und vergessen?«

»Alles vergeben und vergessen.« Diese Worte, die wir als Kinder immer benutzt hatten, wenn wir uns nach einem Streit wieder vertrugen, brachten uns beide zum Lächeln. »Ich habe eine Liste gemacht, auf der aufgeführt ist, wer uns was versprochen hat, und die liegt neben dem Computer zusammen mit einer Notiz über Spenden und Sponsorenangebote.«

»Ich setze mich daran, sobald ich abgeräumt habe. Geh du einfach aus, und bring das mit Jack wieder in Ordnung. Er ist ein toller Typ, und er mag dich wirklich.«

Ich mochte Jack auch, aber ich war mir immer noch nicht sicher, ob ich schon bereit war für den heutigen Abend. Es war lange her, dass ich jemandem erlaubt hatte, mir nahezukommen, so lange, dass ich Angst hatte. Nein, ich empfand mehr als Angst – ich war in Panik. Solange ich geglaubt hatte, dass er der Feind war, hatte ich mich instinktiv gegen ihn verteidigt und damit mein Herz davor bewahrt, gebrochen zu werden; jetzt, da ich ihn besser kennengelernt hatte, funktionierten diese Verteidigungsmechanismen nicht mehr.

Wir hatten noch nicht ganz fertig gegessen, als es an der Haustür klingelte.

Jack stand da und sah umwerfend attraktiv aus in seinen dunklen Jeans und dem frischen Baumwollhemd. »Das Tor zum Privatweg war zugesperrt.«

»Das hätte ich dir vorher sagen müssen, entschuldige.« Mein Herz machte diesen komischen flickflackartigen Hüpfer, den es immer vollführte, wenn ich ihn sah.

»Bist du so weit?« Sein Gesichtsausdruck war finster; kein Lächeln huschte wie sonst über seine Züge.

»Ich gehe nur schnell und hole meine Jacke.« Ich schoss durch den Korridor, um mir meine Jacke und meine Handtasche zu schnappen. Im Hinausrennen verabschiedete ich mich lautstark von Immi, dann schlug ich die Vordertür hinter mir zu. Mein Herz raste, als ich neben ihm zum Wagen lief. Wenn ich mich hätte drücken können, ohne Immi gegenüber das Gesicht zu verlieren, hätte ich es getan. An diesem Abend stand ich kurz davor, etwas zu tun, was ich seit Jahren nicht mehr getan hatte.

Jemandem zu vertrauen.

16

Du hast mir noch gar nicht gesagt, wo wir heute Abend hinfahren.« Ich ließ mich auf den Beifahrersitz des Range Rovers gleiten.

»Nein?« Jack zog die Augenbrauen hoch und ließ den Motor an.

Oje, was hatte er sich denn jetzt ausgedacht? »Nein.«

»Dann lass dich überraschen.« Endlich lächelte er, und auf seiner Wange bildete sich das Grübchen, sodass mir prompt die Luft wegblieb und mir ganz schwindlig wurde.

Mein Magen drehte und wendete sich vor lauter Aufregung, und mir fiel keine seichte Unterhaltung ein, um das Eis zu brechen.

»Wie war das Fernsehinterview?«, fragte Jack.

»Wie es aussieht, habe ich in weniger als zwei Wochen einen Tag der offenen Tür.« Ich versuchte, damit aufzuhören, an dem Talisman herumzufummeln, der am Tragegurt meiner Handtasche baumelte.

»Immi?« Er sah mich flüchtig von der Seite an und verzog die Lippen zu einem kaum merklichen Grinsen.

»Ließ sich das so leicht erraten?«

Er nahm die Straße, die aus der Stadt herausführte. »Ich wollte mir das Interview ansehen, aber arbeitsmäßig ist etwas Dringendes dazwischengekommen.«

»Du hast nicht viel versäumt.«

»Überhaupt nichts, ich habe es aufgezeichnet.« Sein Grinsen wurde noch breiter, als er mein entsetztes Gesicht sah.

Harmonisch schweigend fuhren wir ein paar Kilometer über die stillen Landstraßen, bis er in einen schmalen Privatweg einbog, den auf einer Seite eine Hecke säumte, auf der anderen eine graue Steinwand. Ich fragte mich, wo wir waren, als der Wagen vor einem schmiedeeisernen Tor hielt, das zu beiden Seiten von Steinsäulen begrenzt wurde.

Wie durch Zauberei öffnete sich das Tor, und wir fuhren hindurch und parkten vor einem großen Haus aus rotem Backstein, dessen Eingangsterasse ein steinernes Dach schmückte. Zu beiden Seiten der Tür hießen uns Messinglaternen mit glänzendem goldenen Licht willkommen. Wilder Wein verlieh der Backsteinfassade ein liebliches Aussehen. Die Blätter hatten bereits begonnen, sich zu verfärben; sie waren nicht mehr sommergrün, sondern entfalteten ihre strahlende herbstliche Pracht.

Jack schaltete den Motor ab. »Da sind wir.«

Das Gefühl der Übelkeit in meiner Magengegend verstärkte sich. »Und wo ist ›da‹?«

»Bei mir zu Hause.« Er öffnete die Wagentür und stieg aus.

Ich saß einen Augenblick da und starrte auf das Haus. Diese Villa gehörte ihm? Jetzt wurde mir wirklich übel, denn ich musste an seine Besuche in meinem unordentlichen Wohnklo denken.

Er öffnete mir die Wagentür. »Du darfst hereinkommen, verstehst du?«

Ich befreite mich von meinem Sicherheitsgurt und stellte mich neben Jack. »Seit wann wohnst du hier?«

»Seit etwa einem Jahr.«

Es knirschte unter uns, als wir über den breiten Kiesweg auf die große Eichentür zuliefen.

»Es ist sehr schön.« Mein Herz raste, und ich hoffte, dass ich jetzt nicht gleich eine neue Panikattacke bekam.

»Der Schein trügt aber. Zum einen sah es längst nicht so aus, als ich es gekauft habe, und zum anderen ist immer noch jede Menge zu tun.« Er schloss die Haustür auf und trat zurück, damit ich vor ihm eintreten konnte.

Ehe ich mich versah, stand ich in einer großen Diele, die von einer einzelnen Messingleuchte erhellt wurde. Sie stand am Fuß einer Treppe auf etwas, das aussah wie eine geschnitzte Eichentruhe. Die Wände waren in einem tiefen Dunkelrot gehalten, und auf dem versiegelten Parkettfußboden lagen türkische Teppiche.

»Das ist sehr hübsch.« Hinter meiner Haustür häuften sich die dreckigen Schuhe, und es stank nach Hund.

»Komm durch ins Wohnzimmer. Hier unten ist fast alles fertig, aber im Obergeschoss muss ich noch viel machen.« Er drückte eine Holztür auf, die in einen großen luftigen Raum führte, in dem zwei große, weiche karamellfarbene Sofas und ein imposanter offener Kamin standen. Hinter einem aufwendig gearbeiteten Feuerschutz aus Metall knisterte ein kleines Feuer. Er schaltete eine der großen Lampen mit den vanillefarbenen Lampenschirmen ein, die überall im Raum standen, dann zog er den Feuerschutz zur Seite.

»Setz dich.« Er deutete auf das Sofa, das am nächsten stand. »Kann ich dir etwas zu trinken anbieten?«

Vorsichtig setzte ich mich zwischen die vielen Zierkissen, die kunstvoll auf der gesamten Sitzfläche arrangiert worden waren. »Das wäre sehr nett, danke.« Wenn ich die nächsten Stunden überstehen wollte, musste ich mir Mut antrinken.

»Sherry, Wein, Bier, Kaffee?«

»Wein wäre schön.«

»Weißwein oder Rotwein?«, bohrte er weiter.

»Rotwein. Nein, Weißwein.« Ich dachte mir, Weißwein aufs Sofa zu verschütten sei kein ganz so großes Drama wie

Rotwein. Nicht, dass ich damit rechnete, meinen Drink zu verkleckern, aber angesichts der Tatsache, dass ich nervös und von Natur aus tollpatschig war, schien es mir sinnvoll, das Risiko auf ein Minimum zu reduzieren.

Er verließ das Zimmer, um die Getränke zu holen, sodass ich die Gelegenheit nutzte, meine Atemübungen zu machen und mich dabei etwas umzusehen. Ein niedriger polierter Holztisch stand zwischen den beiden Sofas. Am äußeren Ende des Raums boten von lindgrünen Seidenvorhängen umrahmte Fenstertüren einen Ausblick auf einen ummauerten Garten unter einem immer dunkler werdenden Himmel. Alles wirkte so neu und so wunderschön. Ich fragte mich, ob Jack die Einrichtung selbst ausgesucht oder ob er einen Designer damit beauftragt hatte.

»Hier ist dein Wein.«

Ich war so sehr in Gedanken versunken, dass ich nicht bemerkt hatte, dass Jack zurückgekommen war. Er reichte mir ein Glas und setzte sich ans Ende des Sofas.

»Was denkst du?« Er nippte an seinem Wein und wartete auf meine Antwort.

»Es ist wunderschön. Hast du die Einrichtung des Raums selbst ausgesucht?« Ganz fest umklammerte ich den Kristallfuß meines Glases. Meine Handflächen waren feucht, und meine Schultern verkrampften sich vor lauter Anspannung, Smalltalk zu machen.

»Ich hatte eine genaue Vorstellung, wie es aussehen sollte, und ich habe einen tollen Designer, der in der Firma für mich arbeitet, und der hat mir dabei geholfen, alles so zusammenzustellen.« Jack lehnte sich zurück in die Kissen. Seinen Arm legte er auf die Sofalehne, seine langen Beine streckte er nach vorn aus.

Im Gegensatz dazu hockte ich mit zusammengepressten

Knien auf der äußersten Kante des Sofas und umklammerte mein Weinglas wie einen Rettungsring.

»Ich wünschte, du würdest dich entspannen, Clodagh. Ich werde dich nicht beißen. Ich dachte, du würdest dich hier wohler fühlen als in einem geschäftigen Pub oder Restaurant.«

Sofort erfassten mich Schuldgefühle. »Tut mir leid. Ich werde schnell nervös. Ich habe keine Erfahrung mehr mit ... du weißt schon, mit Rendezvous und diesen Sachen.« Ich wand mich so lange auf meinem Sitz, bis ich endlich spürte, dass ich das Sofakissen im Rücken hatte.

»Ist es wirklich so schwer, sich in meiner Gegenwart zu entspannen?« Er stellte sein Glas auf den Tisch.

»Für mich ist es immer schwer, mich in Gegenwart eines anderen Menschen zu entspannen«, murmelte ich und wusste, dass es nun nicht mehr lange dauern würde, bis der Augenblick kam, da ich mich nicht mehr drücken konnte.

»Bist du bereit, mir zu erzählen, was dir passiert ist?« Seine dunklen Augen bohrten sich in meine.

Ich musste schlucken. Es war so weit.

»Als ich noch an der Universität war, hatte ich eine Beziehung mit einem meiner Dozenten. Er war meine erste – meine einzige – richtige Beziehung. Ich dachte, es wäre etwas Ernstes, aber er hat es nicht so gesehen.« Ich nahm einen Riesenschluck Wein, um mich zu stärken.

Jack murmelte etwas Ermutigendes, und ich sprang neuerlich ins kalte Wasser.

»Erst als wir uns getrennt hatten, wurde mir bewusst, wie sehr er mich kontrolliert und beherrscht hat. Jonathan pflegte mir zu sagen, wie ich mich anzuziehen, wo ich hinzugehen, was ich zu essen hätte ... Als wir auseinandergingen, hatte ich gar keine eigene Identität mehr.«

Jack beugte sich vor und fluchte leise vor sich hin.

»Das ist noch nicht alles.« Meine Hand zitterte, als ich mein Glas auf den Tisch stellte. Jack endlich zu erzählen, was mir passiert war, fühlte sich auf eigentümliche Weise befreiend an.

»Clo, du brauchst mir das nicht zu erzählen, wenn du es mir nicht erzählen möchtest. Ich weiß, ich habe gesagt, dass wir uns mal richtig unterhalten müssen, aber ich sehe, wie schwer dir das fällt.« Die liebevolle Fürsorge, die in seiner Stimme mitschwang, passte zu dem Ausdruck auf seinem Gesicht.

»Nein. Ich habe sehr viel darüber nachgedacht, seit Immi hier ist. Manchmal bringt meine Schwester mich dazu, das Offensichtliche zu erkennen.« Ich war glücklich in meiner kleinen Luftblase herumgeschwommen und überzeugt gewesen, dass alles in Ordnung war, dass ich verkraftet und verarbeitet hatte, was mir passiert war. Sie hatte mir jetzt zu der Erkenntnis verholfen, dass alles immer noch da und lediglich unter der Oberfläche vergraben war.

»Wenn du sicher bist, dass es das Richtige ist.« Er beugte sich leicht zurück und sah mir dabei weiterhin fest ins Gesicht.

»Als Jonathan mich abservierte, hat es mich fast zerrissen. Ich hatte eine Art Nervenzusammenbruch, und Immi kam, um sich um mich zu kümmern. Ich fühlte mich zu dem Zeitpunkt schon eine ganze Weile nicht wohl, aber dann habe ich einen Test gemacht. Einen Schwangerschaftstest. Er war positiv.« Ich stockte, um meine Fassung zurückzugewinnen, und wischte mir meine schweißnassen Handflächen an den Beinen meiner Jeans trocken. »Ich wusste nicht, was ich tun sollte. Eine Sekunde hatte ich Todesangst, dann war ich ganz glücklich und aufgeregt, dann in heller Panik. Ich dachte, ich müsste es Jonathan mitteilen. Ich nehme an, ich hoffte, er würde mir sagen, er habe einen schweren Fehler begangen und dass er seine Meinung geändert habe und mich heiraten wolle.«

Einer der Holzscheite bewegte sich und ließ eine Flut winziger roter Funken in die Luft über der Feuerstelle stieben.

»Verkehrter hätte ich gar nicht liegen können. Er ließ mich nicht einmal in seine Wohnung und erklärte, er wolle nichts mehr mit mir zu tun haben. Er ließ mich vor seinem Apartment auf der Türschwelle stehen wie eine Fremde. Er tönte, seine Verlobte käme in wenigen Wochen aus den Staaten zurück und dass sie dann heiraten würden und was für ein dummes Ding ich wäre.« Da, es war heraus. Die Erinnerungen an diese entsetzliche dunkle Zeit meines Lebens stürzten auf mich nieder.

»Was hast du gemacht?« Jacks Stimme klang sanft.

»Er bot mir Geld an, um die Schwangerschaft zu beenden. Das konnte ich nicht tun – das würde ich niemals tun. Es war nicht die Schuld des Babys, dass sein Vater nichts von uns wissen wollte. Ich war in einem Zustand, dass ich einfach nur weggelaufen und immer weitergelaufen bin. Die arme Immi ist vor Angst fast gestorben, weil ich so lange wegblieb. Kilometerweit bin ich gelaufen, einfach in der Stadt herumgeirrt. Ich bin so weit gelaufen, dass ich Blasen an den Füßen hatte und meine Schuhe innen voller Blut waren, als ich nach Hause kam.«

»Ach Clodagh.« Jack legte seine Hand auf meine. »Was ist mit dem Baby passiert?«

»Ich hatte ein paar Tage später eine Fehlgeburt, und das war's.« Mir brach die Stimme, als die Erinnerung an diese albtraumartige Erfahrung auf mich einstürzte. Ich musste daran denken, wie ich im Badezimmer gesessen und den Verlust dieses armen kleinen Menschenlebens beweint hatte. Wie sehr ich es gewollt hatte, wurde mir erst bewusst, als es mir entglitten war. Ich erinnerte mich an die Kälte der Fliesen auf meinen Wangen und an die seelische Pein der Leere und Einsamkeit, die sogar noch mehr geschmerzt hatte, als die körperliche Qual, mein Kind zu verlieren.

Jack legte beide Arme um mich und drückte mich fest an sich. Als mein Gesicht an seiner Brust lag, hörte ich das dumpfe Schlagen seines Herzens und roch diesen so angenehmen, beruhigenden Duft nach Mann und Weichspüler. Seine Lippen küssten meine Stirn, während er zwischendurch immer wieder sanfte Zärtlichkeiten von sich gab.

»Ich hatte versucht, irgendeine Erklärung dafür zu finden, warum du immer wieder Rückzieher gemacht hast, wenn ich mich dir näherte. Ich kann dir gar nicht sagen, welche verschiedenen Szenarien ich mir ausgemalt habe.«

Ich hatte keine Ahnung gehabt, wie Jack reagieren würde. Der einzige Mensch, der von meiner Schwangerschaft und der Fehlgeburt wusste, war Immi. Meine Stiefmutter Gloria hatte nur gewusst, dass ich krank war, denn das Ganze geschah zu der Zeit, als mein Vater an Krebs erkrankte, sodass es in ihrem Leben bereits genug Dinge gab, um die sie sich sorgen musste. Ich hatte Immi angefleht, ihr nichts zu sagen.

»Immi war die ganze Zeit an meiner Seite, bei allem – dem Baby, Jonathan, meinem Examen. Bei allem.« Ich dachte immer noch an ein Baby, wenn ich an meine Schwangerschaft dachte. Mir einen Haufen Zellen vorzustellen, wie mir ein wenig einfühlsamer Therapeut geraten hatte, half nicht. Eines der ersten Dinge, die ich tat, als ich nach Rainbow Ridge zog, war, im Garten zur Erinnerung an mein Baby einen Rosenbusch zu pflanzen. Das war Immis Idee gewesen. Sie hatte geglaubt, es würde mir vielleicht helfen zu verarbeiten, was mir passiert war. Sie hatte recht gehabt: Ein bisschen hatte es geholfen, aber wenn sich der Tag meiner Fehlgeburt jährte und der Tag kam, an dem mein Baby Geburtstag hätte, tat es mir trotzdem jedes Mal wieder weh.

Jack strich mir sanft mit der Handfläche über die Wange, dann beugte er sich leicht zurück. Er drehte sich, um mir ins Gesicht sehen zu können.

»Ich verstehe, warum du mir nicht vertrauen wolltest.«

»Es war nicht nur wegen meiner Vergangenheit.« Mein großes Geheimnis hatte ich ihm verraten. Jetzt musste ich ihm auch über das Tierasyl berichten. Im Verlauf unserer Unterhaltung war es um uns her dunkler geworden. Die Lampen mit den großen Schirmen warfen weiche Lachen aus Licht in den Raum und seltsame Schatten an die strukturierten, hell gestrichenen Wände. In der gedämpften Stille flackerten im Kamin die Flammen mit gelben Zungen über dem immer kleiner werdenden Stapel aus Holzscheiten. »In den nächsten paar Monaten wird sich alles für mich entscheiden. Rainbow Ridge ist pleite.« Ich hielt den Atem an und wartete auf seine Reaktion.

»Deshalb warst du also bei der Bank.«

Ich konnte seine Miene nicht erkennen – das Lampenlicht warf dunkle Schatten auf sein Gesicht und machte es mir unmöglich zu erahnen, was er dachte.

»Ich habe versucht, ein weiteres Darlehen zu bekommen.«

Er setzte sich wieder in seine Sofaecke und ließ mich gestrandet auf dem Kissen daneben zurück in einer Haltung, als hätte ich einen Stock verschluckt.

»Ich wusste, dass du finanzielle Probleme hast, hatte aber keine Ahnung, dass es so schlimm ist. Warum hast du dich geweigert, Hilfe von mir anzunehmen? Und dieses Mal die

Wahrheit – lass nichts weg und schmück nichts aus.« Sein Gesicht lag ganz im Dunkeln, und sein Ton gab mir keinerlei Hinweis darauf, was er empfand.

»Das Tierasyl ist alles, was ich habe. Es ist sowohl mein Zuhause als auch mein Arbeitsplatz, und meine Tiere sind meine Familie. Wer würde Dave oder Miko und Pasquale wollen, wenn ich bankrott ginge? Das einzige Kapital des Tierasyls ist das Land.« Ich konnte Jacks Gesicht nach wie vor nicht sehen. Ich wusste aber auch so, dass er bereits weitergedacht hatte.

»Du hast geglaubt, ich würde versuchen, dir das Land abzuschwatzen, um darauf zu bauen? Du hast dich geweigert, meine Hilfe anzunehmen, weil ich dann Einfluss auf dich gehabt hätte, und wegen der Auktion, in der ich gegen Lovett geboten habe?« Seine Stimme klang ausdruckslos.

»Ich hatte Angst, und es fällt mir eben nicht leicht, Menschen zu vertrauen. Es kursieren massenhaft Geschichten darüber, was für ein skrupelloser Geschäftsmann du bist. Susie hat beispielsweise gesagt ...«

»Susie? Die verrückte Stadtstreicherin, die bei dir aushilft?« Er beugte sich vor und stützte seinen Kopf auf die Hände, als versuche er, mein Geständnis in ganzer Tragweite zu erfassen.

»Ja. Sie hat gesagt, du würdest Wohnhäuser auf dem Land errichten. Und Jade hat mir vor Urzeiten mal erzählt, dass du auf dem ehemaligen Fußballfeld der Stadt das Industrie- und Gewerbegebiet hochgezogen hast.«

Er schüttelte den Kopf, und ich kam stockend zum Ende. Jetzt, da ich es laut ausgesprochen hatte, musste ich gestehen, dass das Ganze armselig klang.

»Ich weiß nicht, wer von uns beiden verkorkster ist. Du, weil du lieber einer Öko-Terroristin vertraust? Oder ich, weil ich trotz allem, was du gerade gesagt hast, immer noch verrückt nach dir bin?«

Jack war verrückt nach mir. Ich hatte ihm meine Vergangenheit anvertraut, und die Erde drehte sich immer noch um ihre Achse, und Jack war verrückt – nach *mir*.

Die glühenden Holzscheite im Kamin stießen einen klagenden Seufzer aus und zerfielen zu einem Häufchen Asche. Jack stand auf und lief hinüber zu den Fenstertüren. Seine Hände steckten tief in den Hosentaschen, seine Schultern waren nach vorn gebeugt, und so blickte er hinaus in den dunklen Garten. Mein Mund wurde ganz trocken, als ich das sah; Angst trat an die Stelle der Euphorie, die ich gerade noch verspürt hatte, als er mir seine Gefühle gestand. Er hob den Kopf, und ich sah, wie sein Adamsapfel beim Schlucken auf und nieder ging.

Wie zum Selbstschutz verschränkte ich die Arme vor der Brust. Die Luft im Raum war merklich kühler geworden, seit das Feuer verglüht war. »Ich wollte, dass du alles weißt. Du hast gesagt, wir sollten offener miteinander sein. Es tut mir leid, wenn ich dich verletzt habe.« Meine düsteren Vorahnungen wurden bei jedem Ticken der Uhr, die auf dem Kaminsims stand, nur noch düsterer, und ich wartete auf eine Antwort von ihm.

Er drehte sich um und sah mich an, eine schwarze Silhouette vor den Fensterrahmen. »Du hast recht. Das habe ich gesagt. Deshalb sollte ich jetzt auch ehrlich zu dir sein.«

17

Als Jack das sagte, lief mir ein kalter Schauer über den Rücken, und auf meinen Armen bildete sich eine Gänsehaut.

»Du frierst ja.« Er lief von den Fenstern zum Kamin und schaltete auf dem Weg quer durch den Raum noch ein paar Lampen ein, sodass das Zimmer jetzt von warmem Licht durchflutet wurde. Innerhalb weniger Minuten hatte er weiteres Holz aufs Feuer gelegt und die Flammen verlockt, aus der fast schon verglühten Asche emporzusteigen und gierig an den Holzscheiten zu lecken.

Ich konnte sehen, wie seine Rückenmuskeln bei jeder Bewegung unter seinem Hemd arbeiteten, und fragte mich, was er wohl gleich sagen würde. Im Moment erhob er sich wieder aus seiner gebückten Haltung und stellte den Schürhaken zurück in die dafür vorgesehene Haltevorrichtung.

»Du wolltest mir etwas erzählen?« Mein Mund wurde mit jedem Moment trockener.

Jack drehte sich um und lief auf dem orientalischen Teppich auf und ab, der vor der Feuerstelle lag.

»Das Ganze auszusprechen wird nicht einfach sein, und gleichgültig, wie ich es formuliere, wirst du eine schlechte Meinung von mir haben.« Er hörte auf umherzutigern und stellte sich so, dass er mir geradewegs ins Gesicht sehen konnte. Die dunkle Vorahnung, die mir gerade noch wie ein Rinnsal durch die Adern geflossen war, schwoll an zu einer Sturzflut. Mit bohrendem Blick sah er mich an, und ich konnte spüren, welche Mühe es ihm bereitete, die richtigen Worte zu finden. »Ich mochte dich auf Anhieb, als ich dir beim Abendessen des Bürgermeisters zum ersten Mal begegnet bin.«

Ein verheißungsvoller Auftakt war das meines Erachtens nicht. Es war dieses klassische Ding – sag etwas Nettes, und versetz ihr dann den Tiefschlag.

»Du bist mir gegenüber ehrlich gewesen.«

Ich bereitete mich auf den Hieb vor, hielt den Atem an und spannte meinen Körper, um für den Schlag gewappnet zu sein.

»Und wenn ich dir gegenüber auch ehrlich sein will, muss ich zugeben, dass ich mir Gedanken gemacht habe über die potenziellen Nutzungsmöglichkeiten eines Teils des Landes, das zu deinem Tierasyl gehört.«

Ich wagte auszuatmen. Körperlich war ich immer noch ein Ganzes, nur das von Übelkeit kündende, traurige Gefühl in meinem Bauch verriet mir, dass der Schlag stattgefunden hatte.

»Susie hatte also recht.« Meine Stimme klang tonlos.

»Ja und nein. Es ist mein Job, mir Grundstücke und Gebäude daraufhin anzusehen, wie man sie nutzen kann. Das mache ich automatisch. Es bedeutet nicht, dass ich versuchen würde, eine Beziehung mit dir auszunutzen, um das Land des Tierasyls in die Hände zu bekommen und da überall Wohnhäuser hinzubauen. Die Rivalität zwischen Lovett und mir ist reines Geschäft. Was ich für dich empfinde, ist etwas anderes.« Ungeduldig fuhr er sich mit der Hand durchs Haar. »Ich erzähle dir das, weil ich will, dass du die Wahrheit kennst, damit keine weiteren Zweifel und Verdächtigungen zwischen uns aufkommen.« Er stopfte die Hände in die Taschen seiner Jeans.

So unheimlich ich es auch fand, dass sich meine Befürchtungen hinsichtlich Jacks Interesse an meinem Besitz bestätigt hatten, so hörte sich der Teil über die Gefühle, die er für mich hegte, doch äußerst vielversprechend an. Mein Verstand musste ganz genau verstehen, was er gesagt hatte. »Du willst mein Land also haben?«

Er seufzte. »Wenn dein Grund und Boden auf dem freien Markt zum Verkauf angeboten würde, ja; dann würde ich zusehen, das Land zu erschließen. Der Punkt ist, dass es nicht auf dem Markt ist, und ich würde niemals – wirklich niemals – versuchen, es dir wegzunehmen. Schon gar nicht, um irgendeinen imaginären Sieg über Lovett zu erringen. Ich weiß, wie viel dir das Tierasyl bedeutet und wie hart du arbeitest.«

Seine Worte hingen zwischen uns in der Luft, und ich dachte über sie nach. Ich wollte glauben, dass er aufrichtig war.

»Ich will, dass du mir vertraust, Clodagh. Ich weiß, wie das ist, wenn einem nicht vertraut wird.«

Ich hatte einen dicken Kloß im Hals, den ich gern heruntergeschluckt hätte. Jack lief die paar Meter, die zwischen uns lagen, hockte sich zu meinen Füßen auf den Boden und nahm meine Hand.

»Mein Vater war das Opfer bösartiger Lügen, die man über ihn verbreitete. Wir ahnten, wer dahintersteckte, konnten es aber nicht beweisen. Man bezichtigte ihn betrügerischer Geschäftspraktiken. Die Polizei ermittelte und fand nichts, aber es war schon zu spät.«

Mein Herz schlug wild gegen meine Rippen, als ich den Schmerz in seinen Augen sah. »Hat dadurch der Kleinkrieg mit Lovett angefangen?«

Er nickte. »Wie willst du gegen Gerüchte angehen? Die

Leute werden immer sagen, dass da, wo Rauch ist, auch Feuer sein muss.«

»Was ist passiert?«

»Geschäftspartner und Menschen, die mein Vater jahrelang für Freunde gehalten hatte, distanzierten sich von ihm. George Lovett war darauf aus, ihn zu vernichten, und alles nur wegen eines dummen Auftrags, den wir auf ehrliche und anständige Weise bekommen hatten.« Jack versagte die Stimme, und er schüttelte den Kopf, als sei er immer noch nicht in der Lage zu glauben, was seinem Vater zugestoßen war. »Nun, Lovett hat es geschafft. Dads Gesundheitszustand verschlechterte sich, und er überschrieb mir die Firma. Ein Jahr später ist er gestorben.«

Ich streckte meine freie Hand aus und strich ihm übers Haar. Ich wusste, wie es schmerzte, den Vater zu verlieren, denn das hatte ich ja selbst erlebt. Es tat mir sogar heute noch weh, sieben Jahre später. Jack hob meine andere Hand an seine Lippen und küsste meine Finger.

»Es tut mir so leid.« Sein seelischer Schmerz tat mir körperlich weh.

Er ging aus der Hocke auf die Knie, wiegte mein Gesicht in seinen Händen, dann küsste er mich. Zunächst waren unsere Küsse zaghaft und zärtlich. Die Achterbahnfahrt der Gefühle, die wir hinter uns hatten, forderte ihren Tribut, doch nicht lange, und es entzündete sich die Leidenschaft, die wir füreinander empfanden.

Meine Hände bewegten sich ebenso flink wie Jacks, als wir uns von der Enge unserer Kleidung befreiten. Zusammen zu sein und auf Jacks Sofa ein Fest der Liebe zu feiern fühlte sich an, als solle es so sein. Erst hinterher, als sein Kopf auf meiner Brust lag und unsere Beine miteinander verschlungen waren, erst da wurde mir klar, dass keiner von uns das L-Wort in den

Mund genommen hatte. Seltsamerweise störte mich das nicht. Was zählte, war einzig und allein, dass wir ehrlich zueinander waren – eine unechte Liebeserklärung, ob nun von ihm oder von mir, wäre falsch gewesen.

Ich legte mir eines der blassgrünen Kissen etwas bequemer unter den Kopf und bewunderte Jacks Körper im Licht der Lampen.

»Geht es dir gut?« Er blickte auf und sah mich an.

»Oh ja.« Ich drehte mich ein bisschen, um mich anders hinzulegen, und genoss, wie seine Haut dabei sacht gegen meine rieb.

»Du bist wunderschön, Clodagh.« Er senkte den Kopf, saugte an einer meiner Brustwarzen, und mit jedem sachten Ziehen seiner Lippen stieg mehr und mehr das Verlangen in mir auf.

Sein Mund arbeitete sich über meinen Körper nach unten in die empfindlicheren, geheimen Regionen meiner Weiblichkeit, bis ich vor lauter Wonne über seine Erkundungsreise die Augen schloss und meine Fingernägel in die Kissen grub. Ich gab mich dem Augenblick hin und erbebte vor Lust, als er mich zum Höhepunkt brachte.

»Verdammt, bist du gut!« Ich wartete, dass er sich wieder neben mich legte, und kam nur langsam wieder zu Atem. Mein ganzer Körper prickelte und fühlte sich auf eine Weise lebendig an, wie er es jahrelang nicht mehr gewesen war.

Er lächelte, als er meine Worte vernahm, und prompt bildete sich das Grübchen auf seiner Wange. Ich konnte nicht widerstehen, glitt mit meiner Hand über seinen straffen, schweißbedeckten Unterleib und umfasste sein Glied fest mit den Händen. Ich konnte spüren, wie es zwischen meinen lockenden Fingern wuchs, und seine Pupillen weiteten sich. Sein Gesichtsausdruck wirkte wie ernüchtert, als ich meine

Brüste gegen seine Brust rieb und mich so hinlegte, dass ich meine Beine um seinen Körper spreizen konnte, bevor wir noch eines der Kondome, die in seiner Brieftasche steckten, nutzbringend zur Anwendung brachten.

»Ich muss nach Hause.« Ich löste mich aus Jacks Umarmung und hob meinen BH vom Boden auf. Wieder war das Feuer im Kamin erloschen, und die Uhr auf dem Sims verriet mir, dass es schon weit nach Mitternacht war.

»Du könntest über Nacht bleiben.« Jack stützte sich auf einen Ellbogen und strich mit einem seiner Finger über meine Wirbelsäule.

»Immi würde sich Sorgen machen, und die Tiere brauchen mich.« Ich schloss die Schließe meines BHs, suchte nach meinem Oberteil, das ich von mir geworfen hatte, und versuchte dabei, die Berührungen seiner Hände zu ignorieren. Müdigkeit machte sich in meinen Gliedern breit, nicht nur, weil ich am Morgen so früh aufgestanden war, auch wegen des gerade erst absolvierten Fitnessprogramms. Ich sehnte mich danach, in meinem Bett zu liegen und zu schlafen.

Jack stand auf und klaubte seine Jeans vom Boden, die zusammengekrumpelt neben meinem Unterhöschen lag. »Okay, dann fahre ich dich jetzt heim.« Er reichte mir meine Sachen, und in seltsam peinlicher Stille zogen wir uns rasch an.

»Fertig?« Jack strich sich mit der Hand das Haar glatt.

»Klar.« Ich nahm meine Handtasche und legte mir den Tragegurt über die Schulter.

Es war merkwürdig. Solange ich nackt in seinen Armen gelegen hatte, war ich weder schüchtern gewesen, noch hatte ich mich geschämt, aber jetzt, da ich komplett angezogen neben ihm im Wagen saß, fühlte ich mich unbehaglich.

Wir sprachen kein Wort, während wir über die dunklen und verlassenen Straßen zurück zum Tierasyl fuhren. Als ich auf seine kräftigen, geschickten Finger blickte, die das Steuerrad umfassten, wurde ich ganz rot, denn ich erinnerte mich an die Magie, die sie an meinem nackten Körper gewirkt hatten.

Der Wagen verursachte knirschende Geräusche, als er auf dem öffentlichen Parkplatz des Tierasyls zum Stehen kam. Jack schaltete den Motor und die Scheinwerfer ab. Immi hatte die Haustürleuchte eingeschaltet gelassen, und durch einen Spalt in ihren Schlafzimmervorhängen konnte ich sehen, dass bei ihr noch Licht brannte.

»Ich denke, ich sage besser gute Nacht.« Meine Hand lag zwar schon auf dem Griff der Autotür, doch war ich bereit, erst noch Abbitte für meinen übereilten Aufbruch zu leisten.

»Ich rufe dich an.« Jack beugte sich zu mir herüber und küsste meine Lippen. Als er leicht den Kopf bewegte und ich die Augen öffnete, sah ich plötzlich etwas Helles zwischen den Bäumen, die vor unserem Kiosk am Eingang standen.

»Was ist das?« Ich löste meinen Sicherheitsgurt und kletterte aus dem Wagen.

Jack sprang ebenfalls heraus und stellte sich neben mich. »Scheiße, da brennt was!«

Er zog sein Mobiltelefon aus der Hosentasche und rief den Notruf an, während wir über die Straße auf den Eingang zurannten. Der Kiosk stand in Brand, die roten Funken schossen förmlich in die Luft, so gierig leckten die Flammen an dem alten Holz.

»Was lagert ihr in dem Schuppen?« Jack hielt meinen Arm so fest, dass er mich damit hinderte, mich dem Brand noch weiter zu nähern.

»Da steht unsere Kühltruhe mit den Getränken und der Eiscreme … ein paar Stühle, das ist alles.« Ich suchte nach dem Schlauch, mit dem wir normalerweise die Wassertröge füllten.

»Die Feuerwehr ist auf dem Weg.« Jack nahm mir den Gummischlauch aus der Hand. »Geh und dreh das Wasser an, und halt dich fern von dem Schuppen für den Fall, dass etwas explodiert.«

Daran hatte ich gar nicht gedacht. »Sei vorsichtig!«

Ich rannte zum Wasserhahn und drehte ihn so weit auf, wie es eben möglich war. Jack hielt den Wasserstrahl auf den Flammenherd. In der Ferne hörte ich das Heulen der Sirenen. Je näher der Feuerwehrwagen kam, desto lauter wurden sie. Der Rauch wurde immer dichter, und meine Augen begannen zu tränen. Aus dem Herzen der Feuersbrunst ertönte eine Reihe von poppenden, knallenden Lauten. Jack ging näher mit dem Schlauch heran.

»Komm zurück!« Das Herz schlug mir bis zum Halse, als der Kiosk plötzlich ominöse knackende Geräusche von sich gab. Und im nächsten Moment brach das Dach ohne jede Vorwarnung zusammen.

Halb taumelte Jack, halb sprang er den brennenden Holzteilen, die in unsere Richtung fielen, aus dem Weg.

»Jack!«

»Ich bin okay.« Wie ich hustete er wegen des Rauchs.

Der Lärm der Sirenen erreichte seinen Höhepunkt, als der Feuerwehrwagen mit quietschenden Reifen mitten auf dem Weg zum Stehen kam und sechs Feuerwehrmänner heraussprangen, die alle gelbe Helme auf dem Kopf trugen. Jack und ich standen an der Seite, während sie den Brand schnell und effizient löschten.

Ein Polizeiauto kam neben dem Feuerwehrwagen zum

Stehen. Ich erkannte unseren örtlichen Streifenbeamten, als dieser auf uns zukam.

»Was ist hier vorgefallen?« Er zog seinen Notizblock heraus.

Jack erklärte, dass der Kiosk bei unserer Ankunft plötzlich in Flammen gestanden habe.

»Ist einem von Ihnen irgendetwas Ungewöhnliches aufgefallen, als Sie sich dem Brandherd näherten?« Der Chef der Feuerbrigade gesellte sich zu uns, und dicht zusammengedrängt standen wir im Blaulichtkegel des Feuerwehrwagens.

»Da war ein Geruch, wie von Benzin.« Ich hasste die Vorstellung, es könnte sich um Brandstiftung gehandelt haben, aber angesichts des ganzen Vandalismus, unter dem wir in letzter Zeit gelitten hatten, konnte ich das nicht einfach für mich behalten. Zumal wir ja bereits ein Feuer auf dem Gelände gehabt hatten, bei dem das Futtermittellager abgebrannt war.

»Und Sie waren heute Abend nicht hier?«, fragte mich der Feuerwehrmann.

Jack drückte meine Hand. »Sie war den ganzen Abend mit mir zusammen. Ich hatte sie gerade nach Hause gebracht, als wir die Flammen sahen.«

»Hat einer von Ihnen irgendetwas oder irgendjemanden gesehen, als Sie auf das Gelände fuhren?«, wollte der Polizist von uns wissen.

»Nein.« Ich war viel zu sehr damit beschäftigt gewesen, Jack zu küssen, als dass ich nach Brandstiftern hätte Ausschau halten können.

»Ist denn sonst irgendjemand im Haus?« Der Polizist wies mit seinem Kopf Richtung Haustür.

Das war seltsam. Trotz all des Lärms, trotz des blinkenden

Blaulichts und des Rauches hatte Immi sich noch nicht blicken lassen. »Meine Schwester ist im Haus.«

Jack zog die Augenbrauen hoch und ließ damit erkennen, dass es ihn ebenfalls überraschte, dass Immi noch nicht aufgetaucht war. Wir liefen die paar hundert Meter zurück zu meinem Gartentor. Ich suchte in meiner Handtasche nach dem Hausschlüssel und führte mein seltsames Trüppchen alsdann in die Diele. Nigel trippelte aus der Küche, dass seine Krallen auf dem Boden klickten, und dann untersuchte er die nächtlichen Besucher erst einmal und wedelte dabei vorsichtig zum Gruße mit dem Schwanz.

In der Küche und im Wohnzimmer war es stockdunkel. Sogar Dave war still, sein Käfig mit einem Tuch abgedeckt. Ich ließ die anderen unten an der Treppe stehen und rannte nach oben in Immis Zimmer. Es machte Sinn, dass sie zu Anfang von dem Feuer nichts gehört und nichts gesehen hatte, denn von ihrem Zimmer blickte man auf den Vorgarten und auf den Weg, während der Kiosk außer Sichtweite an der Seite des Hauses lag. Und dennoch: Wie war es möglich, dass sie das ganze Chaos verschlafen hatte, dass sie nicht aufgewacht war, als der Feuerwehrwagen kam und die Feuerwehrmänner anfingen, einander Anweisungen zuzubrüllen?

Ihre Schlafzimmertür stand einen Spalt weit offen, und ihre Nachttischlampe war eingeschaltet. Ich lugte in den Raum und sah sie in ihrem seidenen Schlafanzug auf dem Bett liegen. In ihren Ohren steckten die Stöpsel ihres iPods, und ihre Augen waren von ihrer pinkfarbenen seidenen Schlafmaske bedeckt. Mit absoluter Sicherheit hätte ich es zwar nicht sagen können, doch kam es mir so vor, als rieche ihr Atem mehr nach Alkohol als nach Zahnpasta, und so nahm ich an, dass sie meine Abwesenheit dazu genutzt hatte, sich einen zu genehmigen. Das Haus hätte abbrennen können, nicht nur der Kiosk, und sie hätte weder etwas gehört noch etwas gesehen.

»Immi!« Ich zog ihr einen der Stöpsel aus dem Ohr.

Sofort setzte sie sich senkrecht auf und schob sich die Augenmaske auf die Stirn, dann blinzelte sie mich in dem hellen Licht ärgerlich an. »Wo bist du gewesen? Gott, du stinkst ja nach Lagerfeuer.«

»So stinke ich, weil jemand den Kiosk niedergebrannt hat. Draußen steht ein Feuerwehrwagen, und in der Diele wartet ein Polizist.«

»Ein ganzer Feuerwehrwagen voller Feuerwehrmänner, und das ist mir entgangen? Du kannst so selbstsüchtig sein.« Sie grabschte sich ihren Bademantel und ließ ihre Füße in flauschige Pantöffelchen mit winzigen Absätzen gleiten.

Erst in der Diele holte ich sie ein, aber da machte sie dem Polizisten bereits schöne Augen und klimperte mit den Wimpern. Er schien sich geschmeichelt zu fühlen, weil sie ihm ihre Aufmerksamkeit schenkte, sodass ich losmarschierte, um Jack zu suchen. Ich fand ihn in der Küche, er kochte Tee.

»Die Feuerbrigade ist zu einem anderen Brand gerufen worden. Sie scheinen sicher zu sein, dass ein Beschleuniger benutzt wurde. Wahrscheinlich Benzin. Sie werden sich mit dir in Verbindung setzen, damit du der Versicherung den Schaden melden kannst.« Er goss kochendes Wasser in einen Becher und warf einen Teebeutel hinein. »Wo war Immi?«

»Im Bett. Mit Augenmaske und iPod.« Ich sank auf einen der Küchenstühle. Mir wurde plötzlich bewusst, dass ich inzwischen seit fast vierundzwanzig Stunden auf den Beinen war, und ich war erschöpft.

Jack reichte mir einen der Teebecher. Schmutzschlieren zierten seine Wangen, und seine Kleidung war vom Feuerlöschen ganz verdreckt. »Gehe ich recht in der Annahme, dass sie nichts gesehen und nichts gehört hat?«

»Jawohl.«

Ich hörte, wie die Haustür ins Schloss fiel, und im nächsten Moment schwebte Immi in die Küche. »Pah, ihr beiden stinkt ja schlimmer als diese Frettchen, die Clodagh letztes Jahr in Pflege hatte. Der Polizist sagt, dass er morgen noch mal vorbeikommt, um unsere Aussagen zu überprüfen.«

»Ich brauche jetzt dringend eine Dusche und mein Bett.« Ich wusste, dass ich nicht viel Schlaf bekommen würde, bis ich wieder aufstehen musste, um die Tiere zu versorgen. Um mich mit Immi zu befassen, fehlte mir eindeutig die Kraft. Mit ihr über das Feuer und ihre Trinkerei zu sprechen würde warten müssen.

»Ich sollte auch gehen.« Jack stellte den Wasserkessel zurück auf den Herd. »Ich rufe dich in der Mittagspause an.« Er beugte sich vor, küsste meine Wange und ging; ich blieb mit meiner Schwester in der Küche sitzen.

18

Das sieht mir ja ganz so aus, als sei das im Grunde eine äußerst positive Nacht gewesen«, tönte Immi und hockte sich dabei auf den Stuhl, der gegenüber von meinem stand. Dank ihres Nickerchens war sie putzmunter.

Ich war zu müde, um mich noch unterhalten zu können. »Ich bin am Ende meiner Kräfte, Imms. Es ist zwei Uhr morgens, und ich muss in vier Stunden schon wieder auf den Beinen sein. Ich gehe duschen.«

»Ich bin aber jetzt total wach«, protestierte sie, als ich mich von meinem Stuhl erhob.

»Dann geh nach nebenan, und unterhalte dich mit Dave.«

Ich stolperte nach oben ins Bad, duschte so schnell wie noch nie in meinem Leben und fiel danach sofort ins Bett, ich trocknete mir nicht einmal die Haare.

Folglich war es, als der Wecker klingelte, kein Wunder, dass sich meine Augen anfühlten, als habe das Sandmännchen echten Sand benutzt, und dass mein Haar aussah, als habe Amy Winehouse es frisiert – im Dunkeln, mit einem Schneidbrenner. Ich kletterte in die Kleidungsstücke, die mir als Erste in die Hand fielen, und quälte mich nach unten.

In der Küche roch es immer noch nach Rauch und verkohltem Holz. Nigel blinzelte mich verschlafen an, als ich mir eine Tasse Kaffee aufbrühte und meine Füße in meine Stiefel zwängte, um mich auf meine morgendliche Arbeitsrunde zu begeben. Meine Glieder waren bleischwer, und ich schlurfte wie ferngesteuert nach draußen.

Nebel stieg aus den Feldern, als ich zu den Koppeln stapfte, und als ich die Gänse fütterte, umhüllte mich der Dunst wie ein Vorhang aus Gaze. Die Luft stank nach verbranntem Holz, und auf dem Dach des Hühnerhauses lagen Aschehäufchen. So vertraut mir meine tägliche Routine auch war, vermochte sie mich nicht zu beruhigen. Dieser jüngste Anschlag war viel bedeutsamer als ein Loch im Zaun oder das Geschmiere auf irgendeinem Schild. Er war sogar noch schlimmer als der Brand im Futtermittellager, denn da war das Feuer kleiner gewesen und hatte sich viel weiter vom Haus entfernt ereignet.

Nachdem ich die Tiere versorgt hatte, lief ich quer über das Gelände zum Eingang, um den Brandschaden bei Tageslicht in Augenschein zu nehmen. Überreste des Kiosks schwammen in Wasserpfützen. Inmitten der Trümmer stand einsam und verlassen die Kühltruhe, und ihre einstmals weiße Verkleidung war von der Hitze schwarz geworden und warf Blasen. Die Verwüstung dermaßen klar vor mir zu sehen, tat mir so sehr in der Seele weh, dass ich gar nicht erst versuchte zu errechnen, wie hoch der entstandene finanzielle Schaden war.

Ich musste irgendwie versuchen, das Chaos zu beseitigen, bevor wir öffneten. Außerdem galt es eine provisorische Bretterbude zu bauen, in der wir künftig unseren Eintritt kassieren konnten. Die Papiertüten, die das Futter enthielten, das wir normalerweise verkauften, sowie sämtliche Vorräte an Erfrischungen, waren völlig verkokelt. Mir wurde angst und bange, als ich an das Telefonat dachte, das ich mit der Versicherungsgesellschaft würde führen müssen, um einen weiteren Schaden zu melden.

Bisher hatte ich mich in Augenblicken, in denen mich Anflüge von Wahnsinn ereilten, häufiger schon mal gefragt, ob Jack vielleicht hinter diesen Überfällen steckte, um den finanziellen Zusammenbruch des Tierasyls zu beschleunigen. Wenn ich keine Versicherung bekommen konnte und Bankrott anmelden musste, würde das Land zur Versteigerung ausgeschrieben und sehr wahrscheinlich zu einem Schleuderpreis verkauft werden. Nachdem Jack mir nun gestern so viel Vertrauen geschenkt hatte, schämte ich mich dafür, jemals etwas in dieser Art gedacht zu haben.

Vor lauter Scham wurde mir ganz heiß bei dem Gedanken an ihn. Für die vergangene Nacht hatte er das perfekte Alibi, denn wir waren sehr beschäftigt damit gewesen, einander zu lieben, als der Brandstifter zuschlug. Und dank Jack hatte ich selbst wohl auch ein Alibi. Der Feuerwehrmann hatte gestern Abend klar durchblicken lassen, dass er es durchaus für möglich hielt, dass ich den Kiosk selbst niedergebrannt hatte. Und die Versicherungsgesellschaft würde wahrscheinlich dasselbe denken, wenn ich genug Energie aufbrachte, um dort anzurufen und von der jüngsten Katastrophe zu berichten.

Ich spazierte zur Lagerscheune hinüber, um mir eine Schubkarre und dicke Arbeitshandschuhe zu holen, und zerbrach mir dabei das Hirn, welchen Grund dieser ganze Vandalismus haben mochte. Vereinzelt hatte es immer schon mal Probleme gegeben, aber das war nicht weiter erstaunlich. In jedem Geschäft wurde mal eine Fensterscheibe eingeworfen, eine Wand mit Graffiti beschmiert oder etwas gestohlen. Seit sechs Monaten schien es aber, als befinde sich das Tierasyl im Belagerungszustand. Praktisch jede Woche hatte es neue Vorfälle gegeben. Zuerst waren es kleinere gewesen – Sprühfarbe auf den Schildern, Schäden an den Zäunen –, aber dann war es zu dem ersten Brand gekommen.

Nachdem ich mir die Arbeitshandschuhe übergezogen

hatte, fing ich an, die verkohlten Holzstücke in die Schubkarre zu werfen. Rückblickend betrachtet stellte es sich so dar, als ob die Probleme mit dem Vandalismus verstärkt auftraten, seit das angrenzende Land an Lovett verkauft worden war. Im Frog and Ferret kursierte das Gerücht, dass Lovett ein nicht in der Stadt ansässiger Mischkonzern sei. Was ihre Bauprojekte anging, hatten sie den zweifelhaften Ruf, schlechte Qualität zu hohen Preisen zu liefern. Die Stammkunden des Pubs munkelten häufig über Bestechungsgelder an den Stadtrat. Alles, was ich im Pub gehört hatte, schien zu bestätigen, was Jack mir erzählt hatte.

Ich schob meine volle Schubkarre quer über den Hof, um den Brandabfall sicher aus dem Blick der Besucher und weg von den Tiergehegen zu schaffen. Es musste Zufall sein, dass es zwischen dem Vandalismus und Lovetts geplantem Bauprojekt irgendeinen Zusammenhang zu geben schien. Oder etwa nicht?

Ich schob meinen Schubkarren zurück, räumte weiter das Chaos auf, und während ich den Schutt zu einem großen Haufen zusammenschaufelte, rotierte es wild in meinem Hirn. Vor einem Jahr hätte der Grund und Boden des Tierasyls lediglich den Wert einer landwirtschaftlichen Nutzfläche gehabt. Da man inzwischen aber grünes Licht gegeben hatte, in meiner unmittelbaren Nähe zu bauen, war mein Land jetzt sicher sehr viel mehr wert, als ich dachte. Wenigstens eines lastete nicht mehr auf meiner Seele: Jetzt, da ich Jack besser kannte, konnte ich mir nicht mehr vorstellen, dass er sich dafür hergeben würde, hinterrücks irgendetwas anzuzetteln, um mich zum Verkauf zu überreden.

»Huhu, Clodagh!«

Ich blickte auf und sah Susie, die am Eingang stand und

mit den Armen wedelte. Ich ließ meine halbvolle Schubkarre stehen und lief zu ihr, um sie hereinzulassen.

»Was ist passiert? Wo ist der Kiosk?« Beim Anblick des Schadens fielen ihr fast die Augen aus dem Kopf.

»Irgendjemand hat ihn gestern Nacht niedergebrannt.«

»Aber hast du denn nichts gehört? Nichts gesehen?« Sie rückte ihre Brille zurecht und starrte die Überreste unserer Kühltruhe an, als erwarte sie von denen eine detaillierte Zeugenaussage.

»Ich war nicht zu Hause, und als ich zurückkam, stand bereits alles in Flammen. Immi war im Bett und hatte Ohrstöpsel im Ohr und eine Schlafmaske auf den Augen. Sie hat gar nichts mitbekommen.« Ich fuhr mit der Spitze meines Stiefels durch eines der Aschehäufchen. Außerdem war da diese Sache mit Immis Trinkerei. Ganz unten in der Mülltonne, gut versteckt, hatte ich eine leere Ginflasche gefunden. Das erwähnte ich Susie gegenüber nicht – mit Immi hatte ich auch noch nicht darüber gesprochen, beabsichtigte aber, es zu tun.

»Ich denke mal, das könnte ein Kabelbrand gewesen sein.« Susie beugte sich über die Kühltruhe und begutachtete mit zusammengekniffenen Augen einen geschmolzenen Klumpen Plastik, der wohl einstmals ein Stecker gewesen war.

»Nein, es war Brandstiftung. Ich habe Benzin gerochen.« Ich sah, wie sie sich aufrichtete und mich mit verstörtem Gesichtsausdruck anstarrte.

»Das macht aber überhaupt keinen Sinn.« Kopfschüttelnd blinzelte sie mit den Augen.

Ich beschloss, für mich zu behalten, warum ich uns für eine Zielscheibe hielt. Im Moment wusste ich selbst nicht genau, was ich denken sollte und wem ich vertrauen konnte. »Komm, wir gehen und genehmigen uns eine Tasse Tee, bevor wir dieses Chaos weiter beseitigen.« Ich zog meine Handschuhe aus und legte sie auf die Schubkarre, dann ging ich mit Susie zum Haus.

Als ich die Hintertür öffnete, saß Immi am Frühstückstisch und mampfte eine Schale Cornflakes.

»Igitt. Du stinkst ja schon wieder wie ein Lagerfeuer.« Sie zog die Nase kraus, als wir die Küche betraten.

»Ich muss das Chaos beseitigen und eine provisorische Bude zusammenbasteln, bevor wir öffnen.« Ich wusch mir die Hände, während Susie den Wasserkessel aufsetzte.

»Das Ganze ist entsetzlich! Ich kann nicht glauben, dass jemand so etwas mit Absicht tun würde.« Susie fischte einen Teelöffel aus der Besteckschublade und schlug sie dann lautstark mit ihrer Hüfte wieder zu.

Immi runzelte die Stirn. »Es ist schon seltsam. Ich meine, zu Fuß ist es ziemlich weit bis zu den nächsten Häusern, obwohl sich das ja ändern wird, wenn sie das Land unten an der Straße bebauen. Jemand müsste also mit der Absicht hier herausgefahren sein, den Kiosk niederzubrennen.«

Susie sank auf den Stuhl, der gegenüber dem Immis stand. »Aber warum würde ein Mensch einem Tierasyl so etwas antun wollen? Clodagh hat doch keine Feinde, und wer würde diesen armen, entzückenden kleinen Kreaturen Schaden zufügen wollen?« Sie beugte sich vor und streichelte Clive, der gerade mit in die Luft gerecktem Näschen an ihr vorüberstolzierte. Er bedachte sie mit einem Blick, wie nur Katzen ihn einem schenken können. Dann platzierte er sich so, dass er nur Millimeter außerhalb ihrer Reichweite saß, und begann, seine Pfötchen zu putzen, indem er sie sorgsam mit seiner Zunge bearbeitete.

Immi und ich tauschten einen vielsagenden Blick aus, während Susie von Clive abgelenkt wurde. Ich wusste, dass meine Schwester meine Vermutung teilte, warum wir hier zur Zielscheibe geworden waren.

Gerade hatte ich uns dreien etwas zu trinken aufgebrüht, als es an der Tür pochte und Jade hereinkam.

»Was ist denn mit dem Kiosk passiert?« Sie nahm ihre Leinentasche von der Schulter und ließ sie neben Immis Cornflakes-Schüsselchen auf den Küchentisch fallen.

»Brandanschlag.« Ich nahm einen weiteren Becher vom Regal, um auch ihr einen Tee zu machen.

»Brandstiftung? Es könnten die Kabel gewesen sein. Die Kühltruhe war ja schon ziemlich alt.«

»Clodagh sagt, es hätte stark nach Benzin gerochen«, ließ Susie sie wissen und nippte an ihrem Tee.

»Im Ernst? Ich habe nichts gerochen, als ich gekommen bin.« Jade runzelte die Stirn.

»Gestern Nacht war der Gestank ziemlich intensiv.« Ich reichte ihr einen Becher mit Tee.

»Ach du liebe Güte.« Sie nahm die Tasse entgegen und kleckerte dabei Tee auf ihren Pullover. Der ungewöhnliche Farbton der Wolle fiel mir auf, und in den Hinterstübchen meines Hirns läutete irgendein Glöckchen.

»Das ist ein sehr hübscher Pulli, Jade.« Ich reichte ihr ein paar Küchentücher, damit sie den Pullover trockenreiben konnte.

Sie blickte an sich hinunter, als sei sie überrascht. »Den hat mir meine Tante geschenkt, die in Kanada lebt. Sie ist eine große Strickerin.«

Bei dem Wort Stricken erhellten sich Susies Gesichtszüge. »Hat sie vielleicht ein paar gute Strickmuster? Ich will nämlich bald ein neues Projekt anfangen.«

»Um mal vom Stricken wegzukommen, meine Damen – wir müssen das Chaos da draußen beseitigen, bevor wir öffnen, und wir müssen etwas zusammenbauen, das wir vorübergehend als Kiosk benutzen können.« Ich hatte keine Ahnung, wie wir das anstellen sollten. Ich wollte im Grunde nur wieder zurück in mein Bett und noch etwas schlafen.

Draußen ertönte eine Hupe, deren Dröhnen vom Rattern eines schweren Motors untermalt wurde. Ich schob mich an Jade vorbei, die immer noch damit beschäftigt war, Susie die Bündchen ihres Pullovers zu zeigen, und öffnete die Hintertür. Vor dem öffentlichen Eingang des Tierasyls standen ein gelber Bagger von JCB und ein Lastwagen, auf dessen Seite »Thatcher Developments« geschrieben stand. Ich rannte über den Hof.

Ein großer schwerer Mann mit einem Bauhelm auf dem Kopf beugte sich aus der Führerkabine des Baggers. »Der Boss schickt uns, damit wir den Brandabfall wegschaffen.«

»Cool!« Immi stand plötzlich dicht neben mir und schenkte dem Mann ihr strahlendstes Lächeln der Marke Fernsehstar.

»Auf dem LKW ist auch ein neuer Kiosk. Wenn Sie so nett wären, das Tor zu öffnen, machen wir uns sofort an die Arbeit.«

»Was für ein großzügiger Mann Jack doch ist.« Immi half mir, das schwere Metalltor zu öffnen, damit die Fahrzeuge durchfahren konnten.

»Hmmm. Wahrscheinlich hat er ein schlechtes Gewissen«, brummelte Susie. Sie und Jade waren uns nach draußen gefolgt.

»Was meinst du damit?« Dabei konnte ich mir gut vorstellen, was sie damit meinte. Vor noch gar nicht allzu langer Zeit hatte ich schließlich dasselbe über Jack gedacht.

»Na ja, du musst zugeben, dass die Probleme mit dem Vandalismus zugenommen haben, seit Lovett die Baugenehmigung für Long Meadow bekommen hat«, meinte Susie. »Ich bin sicher, dass es Jack nicht gefallen würde, wenn sie ihm noch mehr ins Gehege kämen. Der schnüffelt doch schon seit ewigen Zeiten hier herum, weil es nach Profit riecht.«

Jade nickte zustimmend. »Du weißt ja, dass er George Lovett nicht ausstehen kann.«

»Ich war gestern Abend mit Jack zusammen. Es ist also ausgeschlossen, dass er mit dem hier irgendetwas zu tun hat. Vielleicht steckt Lovett dahinter. Vielleicht ist das Ganze eine Verschwörung.« Ich beobachtete, wie der Baggerführer die Ladeschaufel senkte, um die ausgebrannten Überreste der Kühltruhe hochzuheben.

Susie und Jade schwiegen. Dem Ausdruck ihrer Gesichter nach zu urteilen, hatte sie mein Gefühlsausbruch davon überzeugt, dass ich der Belastung nicht gewachsen war und nun ernsthaften Schaden genommen hatte. Immi war losmarschiert und plauderte mit den beiden Männern, die gerade die Holzverkleidung des neuen Kiosks von ihrem Lastwagen luden. Ganz unten in meiner Jackentasche summte mein Handy. Ich fingerte es heraus und fand eine SMS von Jack.

Dachte, ich könnte helfen. Melde mich später bei dir.

Ich schrieb ihm eine kurze SMS zurück, bedankte mich und schickte einen Kuss mit, dann ließ ich das Mobiltelefon wieder zurück in meine Jackentasche gleiten. Der Bagger machte kurzen Prozess mit dem Chaos, und schon bald waren die Arbeiter damit beschäftigt, den neuen Kiosk aufzubauen. Jade und Susie waren davongetrottet, um den Eselstall auszumisten und, wie ich befürchtete, über Jack und mich zu tratschen.

Immi gesellte sich wieder zu mir. »Die Männer haben gesagt, sie würden Jacks Elektriker holen, damit der in dem

Kiosk den Strom wieder anstellt, sobald er steht. Ein Tässchen Tee habe ich ihnen auch versprochen.«

»Danke.«

»Du, warum gehst du nicht und legst dich noch mal ein bisschen aufs Ohr? Die Punkerin und die Stadtstreicherin können sich um die Menagerie kümmern, und ich beaufsichtige die Arbeiterschaft.« Aufmunternd winkte sie den Arbeitern zu, als wir zurück ins Haus gingen.

»Das würde ich gern tun, nur muss ich die Versicherungsgesellschaft anrufen, und es sind tausend Sachen für den Tag der offenen Tür vorzubereiten.« Ich konnte meine Augäpfel nicht nur spüren, ich war so müde, dass sie schmerzten.

»Geh ins Bett. Das kann alles warten. Ich habe mir deine Listen angesehen; einige Anrufe kann ich dir abnehmen.« Sanft schob sie mich in Richtung Treppe. »Ich glaube, Jack hat dich völlig erschöpft.«

Eine verräterische Hitze schoss mir in die Wangen, und meine Schwester brach in schallendes Gelächter aus.

»Bei dir dreht sich alles immer nur um Sex.«

»Den hattest du bitter nötig«, erwiderte sie mit einem Grinsen.

»Ich mache jetzt ein Nickerchen.« Ich erklomm die Treppe mit der letzten Würde, die ich noch aufzubringen vermochte. Als ich den Treppenabsatz erreichte, hörte ich Dave im Wohnzimmer kreischen: »Schlampe!«

Ich glaube, ich verlor in dem Moment das Bewusstsein, da mein Kopf das Kissen berührte, denn das Nächste, woran ich mich später erinnern konnte, war, dass Immi mich wachrüttelte.

»Wie spät?« Der Stoff des Kopfkissenbezuges presste sich feucht gegen meine Wange. Ich hatte offenbar mit offenem Mund geschlafen.

»Vierzehn Uhr. Ich habe dir einen Kaffee gemacht.« Sie stellte den Becher auf meinen Nachttisch und hockte sich ans Fußende meines Bettes.

»Das Tierasyl.« Ich setzte mich auf und rieb mir den Schlaf aus den Augen.

»Läuft prima. Susie hat in dem neuen Kiosk am Eingang Stellung bezogen, und die Besucher strömen herein, und alles ist okay.«

Ich stopfte mir mein durchgeweichtes Kopfkissen in den Rücken und ließ mich wieder zurückfallen. »Puh.«

»Also erzähl endlich. Gehe ich recht in der Annahme, dass du und Jack es gestern Abend endlich miteinander getrieben habt.« Ein schelmisches Funkeln lag in ihren Augen.

»Du bist unmöglich.«

»Ach komm, Clo. Der Mann ist der Hammer, und ich bin überglücklich, dass er dir endlich die Dämonen deiner Studentenzeit austreibt.«

Ich griff nach meiner Tasse und sog das Aroma des Kaffees in mich auf. »Jaaa, na ja.« Ich konnte spüren, dass ich gleich wieder errötete, als ich daran dachte, wie ich mit Jack geschlafen hatte. Teile meines Körpers schmerzten an Stellen, die sehr, sehr lange brachgelegen hatten, und meine Haut kribbelte vor Wonne, als ich an die Berührung seiner Hände dachte.

»Da wir gerade von Männern reden, die hammermäßig sind: Marcus kommt nachher vorbei.« Lässig streckte Immi die Arme über den Kopf.

Durch den Dampf, der über den Rand meines Kaffeebechers emporstieg, behielt ich sie fest im Blick. »Ach ja?«

Immi griff nach einer imaginären Fluse auf meinem Oberbett. »Er ist wirklich süß, Clo.« Ihr Gesicht zierte plötzlich ein zarter rosafarbener Ton.

»Er scheint in Ordnung zu sein, aber er ist ein Paparazzo.« Es störte mich, dass Marcus sein Geld damit verdiente, sich am Unglück anderer zu weiden. Es hatte zahllose Geschichten in der Presse über sogenannte Fotojournalisten gegeben, die sich an Berühmtheiten herangemacht und vorgegeben hatten, sich in sie verliebt zu haben, nur um ein paar Wochen später »auszupacken«. Ich wollte nicht, dass meiner Schwester das passierte.

»Das ist es ja. Er hat gekündigt.« Immi strahlte mich an.

Ich setzte mich mit meinem Kissen im Rücken auf. »Gekündigt?«

»Er hat einen neuen Job. Man hat ihm angeboten, eine Fernsehsendung zu moderieren. Eine von diesen Verbrauchersendungen, in denen sie fragwürdige Bauunternehmer und so bloßstellen, weißt du? Erinnerst du dich, dass ich dir erzählt habe, dass er einen Termin mit den Studiobossen hat? Es war schon eine ganze Weile im Gespräch, aber es sollte niemand etwas davon wissen.« Sie war dermaßen verzückt, dass sie sich selbst umarmte.

»Wow.« Ich wusste nicht, was ich sagen sollte. Ich hatte immer noch ein wenig Sorge, dass Marcus den Ruhm meiner Schwester in irgendeiner Form ausbeuten wollte. Es sah so aus, als müsste ich mich noch sehr viel angestrengter bemühen, wieder zu lernen, den Menschen zu vertrauen.

»Die Kamera liebt sein Gesicht, und er ist gescheit. Fernsehen wird perfekt für ihn sein.«

Damit hatte sie nicht unrecht. »Wenn es das ist, was er will, ist das großartig.«

Immi fuhr mit einem Finger über das verblasste Gänseblümchen-Muster meines Oberbetts. »Ich hab mal darüber nachgedacht, was du heute Morgen gesagt hast: dass das mit dem Vandalismus angefangen hat, als das Land, das an deines grenzt, verkauft wurde. Abgesehen von der Bank und den Freiwilligen, die hier arbeiten … wer könnte noch wissen, dass du finanzielle Probleme hast?«

Ich wusste nicht, worauf sie hinauswollte. »Im Grunde niemand. Die Mitarbeiter können ahnen, dass etwas nicht stimmt wegen der schlechten Besucherzahlen und weil nirgendwo investiert wird. Ich habe aber versucht, das Ausmaß meiner Probleme geheim zu halten.«

»Das dachte ich mir.« Immis hübsches Gesicht bekam einen nüchternen Ausdruck.

»Warum?«

»Ach, nichts. Ich habe nur so nachgedacht.«

Ich ließ es dabei bewenden. Ich musste sie immer noch auf den Alkohol ansprechen, den ich in ihrem Atem gerochen hatte, als ich sie gestern Abend weckte. Es war wichtig, dass ich dafür den richtigen Moment abpasste, denn andernfalls würde sie einfach alles abstreiten und mich zum Teufel jagen.

»Wäre es in Ordnung, wenn Marcus ein paar Tage hierbliebe?«, wechselte sie das Thema.

»Klar.« Ich nahm einen großen Schluck Kaffee. Ich hoffte, dass ich das Richtige tat, indem ich zustimmte. Vielleicht war dieses Lernen, wieder zu vertrauen, ja wie ein Dreistufen-Rehabilitationsprogramm. »Du findest nicht, dass das mit Marcus alles ein bisschen zu schnell geht?« Ihrer beider Beziehung schien sich wirklich sehr schnell weiterzuentwickeln.

Die Röte auf ihren Wangen vertiefte sich. »Vielleicht, aber ich habe ihn wirklich gern, und er hat mich gern. Mich, wie ich wirklich bin, nicht die Schauspielerin oder die Kunstperson, sondern mich – und das ist irgendwie schön, verstehst du?«

Ich umarmte sie. Was hätte ich auch sagen sollen?

Schritt Nummer eins: Erwisch den richtigen Augenblick, um mit ihr über den verantwortungsvollen Konsum von Alkohol zu sprechen.

Schritt Nummer zwei: Erlaube deiner Schwester, das Gästebett mit ihrem Freund zu teilen, der ein Fotojournalist ist.

Schritt Nummer drei: Hör auf, diese Großmutter-Mentalität an den Tag zu legen, und fang endlich wieder an zu leben.

Mir standen harte Zeiten bevor.

19

Immi verzog sich nach unten, um nach ihren E-Mails zu sehen, und Kater Clive schlüpfte in mein Bett und kuschelte sich an mich. Wenn ich richtig verstand, was Immi gerade geäußert hatte, schien sie die Befürchtung zu haben, dass einer meiner freiwilligen Mitarbeiter in die Anschläge auf das Tierasyl verwickelt war.

Ich trank noch einen großen Schluck Kaffee und hoffte, dass sich das Koffein positiv auf meine Denkfähigkeit auswirkte. Susie und Jade waren meine Freundinnen, und dass einer meiner anderen Mitarbeiter, wie beispielsweise Val oder Tom, der Übeltäter war, konnte ich mir auch nicht vorstellen. Sie waren auch viel zu selten hier, um zu wissen, was los war.

Susie und Jade waren mit absoluter Sicherheit keine Verbündeten. Sie schienen einander nicht einmal sonderlich zu mögen. Immi musste sich da täuschen. Selbst wenn es tatsächlich eine Verbindung zwischen dem Vandalismus und dem Verkauf von Long Meadow gab, bedeutete das nicht, dass einer meiner Freiwilligen in die Sache verwickelt war. Allerdings kam mir die Idee, Lovett könnte hinter meinen Problemen stecken, ebenso verrückt vor.

Ich leerte meinen Kaffeebecher und zermarterte mir weiter das Hirn. Zu meiner Schande musste ich gestehen, dass ich nur allzu geneigt gewesen war zu glauben, Jack sei fähig, mit faulen Tricks zu versuchen, an das Tierasyl zu kommen. Warum war es dann so schwer, in Betracht zu ziehen, dass eine andere Firma – eine, die ich nicht einmal persönlich kannte – skrupellos genug war, was das betraf? Vor allem nach dem, was George Lovett Jacks Vater angetan hatte.

Clive presste sein weiches Köpfchen gegen meine Hand und äußerte damit sein Verlangen, gestreichelt zu werden. Vandalismus und sonstige Schikanen machten mich eventuell so mürbe, dass ich einem Verkauf nicht mehr ganz so abgeneigt gegenüberstand, aber das allein würde nicht ausreichen. Mithin würde niemand ein solches Risiko eingehen, es sei denn, er hatte genauere Kenntnis über das Ausmaß meiner finanziellen Nöte. Ich kraulte das weiße Lätzchen unter Clives Kinn, während mein Verstand das Problem wälzte.

Vandalismus konnte ein schwächelndes Unternehmen an den Abgrund bringen, wenn die Versicherungsprämien dadurch so stark anstiegen, dass die finanziellen Mittel des Eigentümers nicht mehr ausreichten. Das sowie der Sachschaden an Dingen wie Ställen oder Futter, die nur mit viel Geld zu ersetzen waren, konnte in Anbetracht meiner brenzligen finanziellen Lage genug sein, um mich zur Schließung zu zwingen. Da Lovett die Baugenehmigung für Long Meadow bereits erhalten hatten, würde man ihnen das Vorkaufsrecht einräumen, sodass sie als Erste ein Angebot unterbreiten konnten.

Ich konzentrierte meine Gedanken wieder auf meine freiwilligen Mitarbeiter, denn Mister Curzon, den Direktor meiner Bank, sah ich nun wirklich nicht in der Rolle des Bösewichts vom Dienst. Susie versuchte ständig herumzuspionieren, aber Jade hatte den gleichen Zugang zum Haus. Sie wusste, dass ich knapp bei Kasse war, denn sie war es gewesen, die mir vor ein paar Monaten im Zuge einer Unterhaltung vorgeschlagen hatte, im Pub auszuhelfen. Mir schwirrte der Kopf von der möglichen Tragweite meiner Schlussfolgerungen. Die ganze Zeit hatte ich Jack verdächtigt, dabei hätte ich vielleicht besser daran getan, mir mein engstes Umfeld genauer anzusehen.

Schon lange bevor die Baugenehmigung für das angrenzende Land erteilt worden war, hatte ich Briefe von Lovett erhalten, in denen man mich aufforderte, Kontakt zu ihrem Anwalt aufzunehmen, falls ich interessiert sei, den Grund und Boden des Tierasyls an sie zu veräußern. Natürlich hatte ich die Briefe sofort zerrissen und in den Altpapier-Container geworfen – in dem Susie immerzu herumschnüffelte. Aber Immi *musste* sich täuschen. Warum sollten Jade oder Susie Lovett helfen wollen?

So viel zu dem Thema, dass ich wieder lernen musste, den Menschen zu vertrauen. Ich war äußerst verwirrt. In meinem Kopf herrschte ein einziges Durcheinander. Ich stupste Clive von meinem Oberbett und lief nach unten, um Immi zu suchen. Ich musste das Ganze unbedingt mit jemandem besprechen.

Im Wohnzimmer war niemand, wenn man von Nigel absah, der selig schlummernd auf dem Kaminvorleger lag.

»Leck mich am Arsch!«, kreischte Dave und schoss mit der Hülse eines Sonnenblumenkerns nach mir.

In geduckter Haltung verließ ich den Raum und lief in die Küche, nur um festzustellen, dass dort auch niemand war. Wir schienen allerdings jede Menge Besucher zu haben, die über die Gehwege liefen und sich die Tiere ansahen. Mister Sheen mampfte nach Herzenslust vor sich hin – dank der Großzügigkeit einer Gruppe von Vorschulkindern, die ihm zahllose kleine Hände mit Futter entgegenstreckten. Ich nahm an, dass Susie oder Jade von den Futternotbeständen in der Lagerscheune ein paar frische Tüten mit Tierfutter abgefüllt hatten, um die zu ersetzen, die wir bei dem Brand verloren hatten.

Ein vertrautes kleines blitzblaues Gefährt parkte neben meinem schrottreifen Fiat auf dem Hof. Offenbar war Marcus eingetroffen. Ich ließ mich am Küchentisch auf einen der Stühle plumpsen und fragte mich, wohin Immi entschwunden war. Der Notizblock, der neben dem Telefon lag, war mit ihrem nahezu unleserlichen Gekritzel vollgeschmiert. Ich nahm ihn in die Hand und blätterte: weitere Bestätigungen von Budenbesitzern, die sich an unserem Tag der offenen Tür beteiligen wollten, sowie neue Anfragen von Leuten, die genauer wissen wollten, wie sie das Tierasyl finanziell unterstützen konnten. Etwas Gutes hatte Immis Talkshow-Drama am Ende also doch noch bewirkt.

Ich nahm den Kugelschreiber in die Hand und ließ mir in aller Ruhe jeden einzelnen Akt von Vandalismus durch den Kopf gehen. Als Nächstes listete ich die Schäden auf und die ungefähren Daten, an denen sie entstanden waren. Als ich damit fertig war, starrte ich mindestens eine Minute darauf. Ich zog mein Mobiltelefon aus der Tasche und fand Jacks Telefonnummer in meinem Adressbuch. Ich holte tief Luft und drückte schnell die erforderlichen Tasten, bevor ich meine Meinung wieder ändern würde. Ich musste mit ihm reden.

»Clodagh, ist alles in Ordnung?« Er nahm den Anruf gleich nach dem ersten Läuten entgegen, und es gelang ihm, seiner Stimme einen Ton zu verleihen, der in gleichem Maße überrascht wie erfreut klang.

»Alles ist prima. Ich danke dir für den Kiosk. Ich weiß die Hilfe sehr zu schätzen. Als ich das Chaos heute Morgen sah, hatte ich keine Ahnung, wie wir öffnen sollten.«

»Kein Problem.« Es wurde still in der Leitung.

»Ich wollte dich wegen etwas um Rat fragen.« Mein Magen fühlte sich an, als übten sich Elefanten darin in der Kunst des Radschlagens.

»Okay.«

»Kannst du nach der Arbeit kurz vorbeikommen?« Ich hielt den Atem an.

»Klar.«

Langsam atmete ich aus. »Danke.«

»Bis dann.«

Ich konnte spüren, dass er lächelte, und mir wurde ganz warm ums Herz. Meine Hände zitterten, als ich das Gespräch beendete und das Handy wieder in meine Tasche steckte. Ich hatte Jack um Hilfe gebeten. Es war überhaupt nicht meine Art, einen anderen Menschen um Hilfe zu bitten. Seit Jonathan hatte ich mich bemüht, so autark wie möglich zu sein. Ich bat zwar schon mal Immi oder Gloria um Rat, aber sonst niemanden – mit dem Direktor der Bank sprechen zu müssen, war schon eine Qual für mich gewesen.

Die Hintertür wurde geöffnet, und Immi und Marcus kamen in die Küche. Immis Wangen waren gerötet und rosig, und Marcus hielt ihre Hand. Sie sahen aus wie zwei Teenager nach ihrem ersten Rendezvous. Ich hoffte, dass das Tête-à-tête nicht den Konsum alkoholischer Getränke eingeschlossen hatte.

»Ich habe Marcus gerade den kaputten Zaun unten an der großen Koppel gezeigt.« Immi wurde noch röter und kicherte leise.

Als sie zum Spülbecken lief, fiel mir auf, dass am Hinterteil ihrer Jeans ein paar Grashalme klebten. Wenn sie nicht achtgab, fanden sich bald neue Fotos von ihr in den Zeitungen. Dieses Mal würden sie zeigen, wie sie sich in aller

Öffentlichkeit mit Marcus auf dem Boden wälzte, und das würde mir nicht helfen, meine Besucherzahlen zu erhöhen. Die Mutti-Brigade würde sich hüten, ihre kleinen Kinder Immis Blödsinn auszusetzen.

»Immi hat mir alles über die Brände und die Sachbeschädigungen erzählt.« Marcus fuhr sich mit der Hand durch sein dichtes schwarzes Haar, und mir fiel auf, dass er zwar mit mir sprach, aber meine Schwester ansah. Außerdem schien seine Designerjeans einen kleinen grünen Grasfleck abbekommen zu haben.

»Marcus teilt meine Meinung. Er denkt auch, dass da irgendetwas faul ist, weil du diese Probleme erst hast, seit Lovett Long Meadow gekauft haben.« Immi drehte sich um und sah mich mit großen besorgten blauen Augen an.

Ich lehnte mich gegen die Stuhllehne und stieß einen Seufzer aus. »Ich weiß. Ich habe mir durch den Kopf gehen lassen, was du heute Mittag gesagt hast, und ich habe Jack gebeten, auf dem Heimweg kurz vorbeizukommen.«

Immi runzelte die Stirn. »Denkst du etwa *immer noch*, dass er hinter dem Ganzen steckt?«

»Nein. Ich brauche seinen Rat.«

Mit offenem Mund starrte sie mich an. »Du hast Jack um Rat gebeten? Wow.«

Marcus wirkte verwirrt. Immi lächelte ihn an und gab ihm einen Kuss auf die Wange. »Es ist schwer zu erklären.«

Jack kam, als das Tierasyl bereits geschlossen hatte. Sein Wagen fuhr auf den leeren öffentlichen Parkplatz, als ich gerade von meiner Runde mit Nigel zurückkam. Der Hund hieß ihn mit lautem Gebell willkommen, und ich lief ihm entgegen, um ihn zu begrüßen.

»Hallo.« Jack beugte seinen Kopf nach unten, küsste meine Lippen, und ein wohliger Schauer durchlief meinen Körper.

»Lass uns ins Haus gehen. Wir haben im Wohnzimmer eine kleine Versammlung.« Ich kam mir hölzern und unbeholfen vor. Erinnerungen an seinen Körper, der nackt neben meinem lag, sandten Hitzewellen in meine Wangen, und meine Stimme klang ganz rauchig. Er hob die Brauen, als er meine Worte vernahm, folgte mir aber mit seiner Aktentasche in der Hand über den Weg, der zur Haustür führte.

»Marcus ist auch da.« Ich hielt es für richtig zu erwähnen, dass Marcus da war, bevor wir ins Haus gingen.

»Ich dachte, der sei nach London zurückgefahren?« Jack zog die Stirn kraus, und ich nahm an, dass er sich sicher schon gewundert hatte, warum ich ihn gebeten hatte vorbeizukommen.

»Immi und er fahren ein bisschen aufeinander ab. Er hat einen neuen Job, und Immi hat ihn gefragt, ob er die paar Tage hierbleiben möchte, bis er da anfängt.«

»Ach ja?«

»Er arbeitet jetzt fürs Fernsehen in einer Sendung, die auf Enthüllungsjournalismus ausgerichtet ist.« Ich öffnete die Haustür und nahm Nigel die Leine ab, während ich mich meiner Schuhe entledigte.

»Hm.« Das war Jacks einziger Kommentar zu dieser letzten Information, die er von mir erhielt, und wir betraten das Wohnzimmer.

Marcus und Immi hockten aneinandergekuschelt auf dem Sofa und schlürften Tee. Clive reckte und streckte sich genüsslich auf seinem Lieblingsplatz auf der Sessellehne, bevor er mit hocherhobenem Schwanz an uns vorüber in die Diele stolzierte. Dave marschierte auf seiner Sitzstange auf und ab und schwenkte dabei wild das Köpfchen – ob aus Verachtung oder aus Entrüstung über die Verletzung seiner Intimsphäre ließ sich nicht sagen.

»Verpiss dich!« Er rollte seine Knopfaugen in meine Richtung, als ich mich in den Sessel setzte, dessen Armlehne Clive gerade geräumt hatte.

Jack nickte Marcus zur Begrüßung kurz zu und setzte sich in den Sessel, der meinem gegenüberstand. »Dann erzähl mal, was los ist!«

»Ich wollte dich etwas fragen. Der Vandalismus im Tierasyl ist sehr viel schlimmer geworden, seit Lovett Long Meadow gekauft haben.« Ich reichte ihm die Liste mit den entstandenen Schäden und den ungefähren Daten, die ich angefertigt hatte, während Immi sich mit Marcus im Gras gewälzt hatte.

Jack studierte die Liste, und seine Lippen wurden ganz schmal. »Das sind ja eine Menge Übergriffe.« Er blickte auf und sah mir geradewegs in die Augen.

»Immi meint, es gebe da eine Verbindung.« Ich schluckte und wartete darauf, seine Meinung zu hören.

»Das ist möglich, aber es könnte auch alles nur Zufall sein.« Er legte meine Liste auf den Tisch. »Wenn du meinst, dass jemand diese Art von Aktivitäten organisiert, um dich dazu zu zwingen, dichtzumachen, äußerst du damit eine sehr ernste Anschuldigung. Ich dachte, das hätten wir bereits ausdiskutiert.«

Ein eisiger Schauer lief mir über den Rücken, als ich seinen starren Gesichtsausdruck sah. Das lief hier alles ganz entsetzlich schief. Jack hatte meine Frage missverstanden. Er dachte, dieses Zusammentreffen sei eine Art von Falle. Er dachte, ich würde ihm immer noch nicht trauen, obwohl wir einander erst vor wenigen Stunden so nah gekommen waren. Ich spürte, wie mir die Tränen in die Augen schossen.

»Wir dachten, es könnte jemand sein, der genau über meine Finanzen Bescheid weiß.« Ich hatte diese Worte noch nicht ganz ausgesprochen, als ich bereits wusste, dass ich damit alles nur noch schlimmer machte.

»Wenn das alles ist, Clodagh, sollte ich jetzt gehen. Ich habe heute Abend noch eine Menge Arbeit zu erledigen.« Er hob seine Aktentasche vom Boden auf.

»Du meinst also, der ganze Vandalismus ist willkürlich?«, fragte Immi. Ihre Stimme klang verstört wegen Jacks Reaktion auf meine Liste.

Marcus sagte kein Wort, saß einfach nur da und beobachtete Jack aus zusammengekniffenen Augen.

Jack stand auf. »Ich habe keine Ahnung. Wenn ihr meint, es handele sich eher um eine organisierte Sache, kann ich nur vorschlagen, dass ihr euch damit an die Polizei wendet.« Seine Stimme war so eisig wie der Ausdruck auf seinem Gesicht. »Wenn ihr mich jetzt entschuldigen würdet.« Mit großen Schritten verließ er das Zimmer, und ich hörte die Haustür zuschlagen, bevor ich meine sieben Sinne wieder beisammen hatte.

»Geh ihm nach«, drängte Immi. Ihre Augen weiteten sich, als bei ihr der Groschen fiel und sie die Verbindung erkannte, die zwischen Jacks Reaktion bestand und dem, was ich ihr über seinen Vater erzählt hatte.

Hastig sprang ich auf und flog förmlich aus dem Haus, um Jack einzuholen. Spitze Schottersteinchen bohrten sich durch die Socken in meine Füße, aber das scherte mich jetzt nicht. Ich musste ihn aufhalten und ihm erklären, dass er ganz falsch verstanden hatte, was ich herauszufinden versuchte.

»Jack!«

Er hielt für eine Sekunde inne, als er die Tür seines Range Rovers öffnete.

»Jack!« Ich hatte ihn fast eingeholt.

Er setzte sich hinter das Steuer, blickte starr nach vorn und ignorierte mich völlig. Ich rannte die letzten paar Meter und fiel fast über meine eigenen Beine, so eilig hatte ich es, die Beifahrertür aufzuziehen, bevor er den Motor anlassen und wegfahren würde.

»Warte!« Keuchend hangelte ich mich ins Wageninnere und auf den Beifahrersitz.

Ich sah, wie seine Kieferknochen mahlten, als ich mich drehte und wand, um mich aufrecht hinzusetzen, doch sagte er nichts.

»Jack, du verstehst das falsch. Ich habe nicht unterstellen wollen, dass du etwas mit der Sache zu tun hast.« Ich schnappte dermaßen nach Luft, dass meine Worte nur so aus mir herauspurzelten. Ich wollte ihn berühren, meine Hand auf seinen Arm legen, ihn zwingen, mich anzuhören, aber er wandte nicht einmal den Kopf, um mich anzusehen.

»Ich bin doch nicht blöd, Clodagh. Du bestellst mich her und behauptest, du willst einen Rat. Ich komme hier an, und du legst mir eine Liste vor, auf der kriminelle Aktivitäten aufgeführt sind, komplett mit Daten, hast einen Fotografen auf dem Sofa sitzen, der als Enthüllungsjournalist arbeitet, und dann fragst du mich, ob ich vielleicht auch der Ansicht sei, dass es irgendeine Verbindung gebe zwischen dem Vandalismus und der Erschließung von Long Meadow. Du hast mich schon einmal beschuldigt, hinterrücks zu versuchen, deinen Grund und Boden zu erwerben.« Von der Seite wirkte sein Gesichtsausdruck düster, und er starrte weiterhin auf eine Baumgruppe in der Ferne.

»Jack, ich dachte, das hätten wir alles aus der Welt geschafft. Ich habe dich heute Abend nicht hergebeten, um dich wegen irgendetwas zu beschuldigen.« Die Panik machte sich mit scharfen Klauen in meinen Eingeweiden breit. Ich musste erreichen, dass er mir glaubte.

Er wandte den Kopf und sah mich an, aber mein Herz krampfte sich zusammen, als ich in seinen Augen sah, wie verletzt er war. »Ich dachte, was gestern Nacht zwischen uns passiert ist, sei etwas Besonderes ge…«

»Es war etwas Besonderes!«, fiel ich ihm ins Wort, verzweifelt darauf bedacht, dass er mir zuhörte.

Er schüttelte den Kopf. »Nein, ich habe mich geirrt.«

»Nein, Jack.« Ich musste ihn zurückhalten, ihm die Wahrheit irgendwie begreiflich machen.

»Ich glaube, es ist besser, wenn du jetzt aussteigst, Clodagh.« Seine Stimme klang fest und hart.

Einen Moment starrte ich ihn an. Ich konnte nicht glauben, was hier passierte. Vor ein paar Stunden hatte ich nackt in seinen Armen gelegen. Wir hatten Geheimnisse miteinander geteilt, einander geliebt und waren ehrlich zueinander gewesen auf eine Weise, die ich nach der Erfahrung mit Jonathan gar nicht mehr für möglich gehalten hatte. Jetzt war das alles dahin, hatte sich aufgelöst wie Morgendunst. Er glaubte nicht, dass ich ihm vertraute, und weil er das nicht glaubte, wollte oder konnte er mir nicht vertrauen. Wir waren beide Opfer unserer Altlasten.

Ich ließ mich vom Wagensitz gleiten und schloss ohne ein Wort hinter mir die Tür. Was hätte ich auch noch sagen sollen? Ich trat einen Schritt zurück, und er setzte den Wagen leicht zurück, bevor er vom Parkplatz donnerte, ohne auch nur noch einmal in den Rückspiegel zu schauen.

Ich stand in Socken auf dem Parkplatz, und die Tränen rollten mir über die Wangen, denn mein Herz war soeben in tausend kleine Stücke zerbrochen.

20

Langsamen Schrittes ging ich zum Haus zurück, ohne zu bemerken, wie sich die spitzen Steinchen in meine Fußsohlen bohrten, denn der krampfartige, zerreißende Schmerz in meinem Herzen war so viel schlimmer. Immi erwartete mich an der Haustür und sah mich mit sorgenvoll gerunzelter Stirn an.

»Was ist passiert? Wo ist Jack?« Sie trat nach draußen und kam mir entgegen, legte tröstend ihren Arm um meine Schultern.

»Er wollte nicht zuhören. Er meint, ich hätte ihn hereinlegen wollen. Dass ich glauben würde, er stecke hinter dem ganzen Vandalismus, und dass ich ihn nur gebeten habe vorbeizukommen, um ihn in eine Art Falle zu locken.« Mir versagte die Stimme unter der Last all der vielen zwiespältigen Gefühle, die in mir tosten.

»Was? Wieso? Das ist doch verrückt.« Sacht führte Immi mich zurück ins Haus.

Ich schüttelte den Kopf. »Du verstehst das nicht. Als ich bei ihm zu Hause war, haben wir uns über das Tierasyl und das Land unterhalten, und jetzt gerade habe ich ihm erzählt, dass Marcus als Enthüllungsjournalist arbeitet. Mir ist gar nicht in den Sinn gekommen, dass er denken könnte, ich würde ihm immer noch nicht trauen.« Mir lief die Nase, und ich suchte in meiner Hosentasche nach einem Taschentuch. »Er hat mir alles über seinen Vater erzählt, und wie sehr er unter dem gelitten hat, was seinem Vater passiert ist. Ach

Imms, wie konnte ich nur so dumm sein? Ich hätte ihm das Ganze erklären müssen, bevor er herkam.«

Immi reichte mir ein Taschentuch, da ich bislang immer noch nicht in der Lage gewesen war, in meiner Hosentasche eines zu finden. »Du konntest ja nicht ahnen, dass er die falschen Schlüsse ziehen würde. Wenn er Gelegenheit hatte, sich abzuregen und alles noch einmal zu überdenken, wird ihm auffallen, dass er einen Fehler gemacht hat.«

Ich rieb mir die Augen und schnäuzte mir die Nase. »Ich wünschte, ich könnte das glauben.«

»Möchtest du, dass ich mit ihm spreche?« Sie presste mich schwesterlich an sich.

Es gelang mir, ein mattes Lächeln zustandezubringen, als ich mir Immi in der Rolle der Stimme der Vernunft vorstellte. »Ich glaube nicht, dass das gut wäre. Vielleicht hast du recht – vielleicht braucht er nur Zeit, um sich abzuregen, und ich kann hinterher versuchen, ihm alles zu erklären.«

Sie versah mich mit einer weiteren schwesterlichen Umarmung.

»Wo ist Marcus?«

Immis Gesicht begann zu strahlen, als sein Name fiel. »Er telefoniert mit einigen seiner Kontaktleute. Er will mehr über Lovett erfahren. Das könnte eine Story werden.«

»Weiß er irgendetwas über die Hintergründe dieser Fehde, die zwischen Jacks Vater und George Lovett bestand?«

Immi zuckte mit den Achseln. »Wie sollte er darüber etwas wissen? Ich weiß ja auch nicht viel, nur das bisschen, das Jade und Susie von sich gegeben haben. Meinst du, er sollte da mal recherchieren?«

»Es könnte wichtig sein. Zumindest würde ich dann etwas mehr darüber erfahren, warum Jack und George Lovett einander so sehr hassen und was den ursprünglichen Knall mit

Jacks Vater ausgelöst hat.« Ich schleppte mich ins Wohnzimmer und nahm auf dem Sofa Platz.

Dave begrüßte mich von seiner Sitzstange. »Zieh dein Höschen aus!«

»Ach, sei still«, murmelte Immi und setzte sich neben mich.

»Hör mal, da Marcus gerade nicht da ist, würde ich gern mit dir über gestern Abend sprechen.« Ich dachte mir, dass mein Tag gar nicht mehr schlechter werden konnte, also bot es sich an, Immi gleich noch die leere Ginflasche vorzuhalten, solange Marcus nicht in der Nähe war und das mitbekam.

»Ach ja?« Mit leerem Blick sah Immi mich an.

»Ich habe ganz unten im Mülleimer eine Flasche gefunden.«

Sie sank in die Sofakissen. »Oh.«

»Imms, ich mache mir Sorgen um dich.«

Sie beugte sich wieder vor und vergrub ihr Gesicht in den Händen.

»Ich glaube, du brauchst Hilfe.«

»Es war aber doch nur ein Gläschen Gin, Clo. Ich hatte die Flasche beim Putzen gefunden. Gott allein weiß, wie lange die da schon herumstand. Ich habe das Pfützchen, das noch drinnen war, mit etwas Orangensaft gemixt, der im Kühlschrank war. Ein Drink macht mich doch nicht gleich zur Alkoholikerin.« Ihre Stimme klang matt, als sei sie dieser Unterhaltung überdrüssig.

»Der Fernsehausschnitt, den sie gezeigt haben, als wir im Studio waren, in dem zu sehen war, wie du Kirk angegriffen hast ... Immi, der hat mir Angst gemacht. Gut, du sagst also, du hast nur einen Gin getrunken, aber warum hattest du nur den einen? Weil mehr nicht da war? Wärest du in der Lage gewesen, es bei dem einen Glas bewenden zu lassen, wenn die Flasche halbvoll gewesen wäre?« Ich wartete darauf, dass sie mir antwortete.

Doch zu meinem Erstaunen begannen ihre Schultern plötzlich zu beben, und sie stieß würgende Schluchzlaute aus.

»Immi?« Ich schlang meine Arme um meine gescheite, schicke Schwester, den Fernseh-Serienstar, und prompt warf sie sich schluchzend an meine Brust.

»Ich weiß es nicht«, gab sie hicksend von sich.

»Pass auf, warum vereinbare ich nicht einfach bei meiner Ärztin einen Termin für dich? Damit du Hilfe bekommst.« Ich wusste nicht, was ich sonst hätte vorschlagen sollen. Wenn ich Marty anrief, endete Immi in irgendeiner Entzugsklinik wie dem Priory, und die Presse lachte sich ins Fäustchen.

»Ich weiß nicht, Clo. Ich habe ja kein Delirium tremens oder so. Manchmal trinke ich wochenlang keinen einzigen Tropfen, ehrlich«, murmelte sie in mein T-Shirt.

»Ich weiß. Aber wenn du erst mal anfängst, kannst du nicht mehr aufhören, und das macht mir Angst. Lass mich mit meiner praktischen Ärztin sprechen, und dann hören wir mal, was die meint.«

Sie setzte sich auf, zog ein Taschentuch aus ihrer Hosentasche und tupfte sich die Haut unter den Augen trocken. »Okay, aber sei dabei um Gottes willen diskret.«

Ich nahm sie noch einmal fest in die Arme, und dann entschwand sie nach oben in ihr Zimmer, um ihr Gesicht zu restaurieren, bevor Marcus sah, dass sie geweint hatte, und unbequeme Fragen stellte.

»Zeig deine Titten!«, verlangte Dave von mir und stolzierte dabei über seine Sitzstange.

»Benimm dich!«, rügte ich ihn. Daraufhin setzte er sich endlich ruhig hin, plusterte aber sogleich seine Federn auf, denn jetzt war er beleidigt.

Ich rief meine Ärztin an und verschaffte Immi für den nächsten Nachmittag einen Termin bei ihr. Es bedurfte zwar einiger Überredungskunst, um die Sprechstundenhilfe abzuwimmeln und direkt mit meiner Ärztin zu sprechen, doch fand ich, je weniger Menschen von dem Termin wussten, desto besser.

Als wir beim Abendessen saßen und mein Mobiltelefon läutete, dachte ich sofort, das sei vielleicht Jack. Stattdessen war es Frank, der Wirt vom Frog and Ferret.

»Hallo Clo. Sag mal, könntest du mir eventuell einen großen Gefallen tun und herkommen und heute Abend ein paar Bierchen zapfen? Oder hast du zu viel anderes zu tun, weil du ja jetzt ein berühmter Fernsehstar bist und so? Ich renn mir hier nur langsam die Hacken wund. Das Darts-Team vom Rose and Crown ist heute für ein Turnier hier. Die bestellen so viel Kuchen und Pommes, dass ich gar nicht mehr nachkomme.«

Ich warf einen kurzen Blick auf Immi und Marcus, die unter dem Tisch eifrig füßelten, während sie ihre Spaghetti aßen. Ich gelangte zu dem Schluss, dass ich lieber im Pub hinter der Theke stand, als in meinem eigenen Haus das fünfte Rad am Wagen zu sein.

»Das geht in Ordnung. Ich bin in ein paar Minuten da.«

»Du bist klasse.«

Ich stellte meinen leeren Spaghettiteller ins Spülbecken und eilte nach oben, um mich umzuziehen. Ich beschloss, das Oberteil zu tragen, das Immi für meinen Fernsehauftritt ausgesucht hatte – das, von dem die Techniker behauptet hatten, es löse bei prädisponierten Zuschauern Migräneanfälle aus. Es gefiel mir, und ich hätte es für eine Schande gehalten, es nicht aus- und vorzuführen.

Als ich im Pub ankam, steckte Frank bis zum Hals in Kunden und Biergläsern. Ich kletterte hinter die Theke und stellte mich neben ihn. Der dumpf dröhnende Lärm der Darts-Spieler vermischte sich mit dem Krach, der aus dem Fernseher dröhnte, und der Geräuschkulisse, die durch die Unterhaltungen der Leute in der Gaststube entstand.

»Mensch, bin ich froh, dass du da bist, Mädel. Kannst du weiterzapfen, während ich in den Keller hinunterspringe und ein neues Fass hole? Das Halbdunkle ist alle.« Schweiß tropfte von seinem runden rosigen Gesicht, sodass er aussah wie ein kräftemäßig angeschlagener kleiner Cherub.

Ich nahm weitere Bestellungen auf. Die meisten Gäste waren Stammkunden, und so wurden meine fünfzehn Minuten Fernsehruhm mit einer Salve freundlicher Sticheleien bedacht. Bis Frank wieder aus dem Keller kam, hatte ich zig Bierchen gezapft und ein halbes Dutzend Essenbestellungen weitergeleitet an Jenny, seine Ehefrau, die für die Küche verantwortlich war.

Frank gesellte sich wieder zu mir hinter die Bar. »Danke, dass du gekommen bist, Schätzchen. Der kleine Tony hat sich krankgemeldet, und dieses verflixte Turnier hatte ich total vergessen. Das Team vom Rose and Crown bringt immer massenhaft Fans mit.«

»Das ist schon alles in Ordnung. Ich hatte sowieso nichts vor.« Vermutlich tat es mir sogar gut, ein wenig unter Leute zu kommen. Wenn ich zu Hause geblieben wäre, hätte ich mich am Ende doch nur mit Dave unterhalten und mir über Jack das Hirn zermartert. Hier war ich wenigstens beschäftigt und hatte keine Zeit, mich zu grämen.

»Na ja, ich bin dir sehr dankbar.« Frank hastete an mir vorüber, um Wein in ein Glas zu schenken.

Die nächsten paar Stunden vergingen wie im Flug. Den ganzen Abend hoffte ich insgeheim, Jack würde kommen, damit ich Gelegenheit bekam, mit ihm zu sprechen. Doch er tauchte nicht auf. Die einzigen Leute, die ich zu Gesicht bekam, waren die Spieler des Darts-Teams und ihre Ehefrauen, die sich mit hellem Bier volllaufen ließen und paketeweise gesalzene Nüsse in sich hineinstopften.

Es war schon fast Sperrstunde, als die Menschenmenge kleiner und es ruhiger wurde, sodass ich anfangen konnte aufzuräumen. Ich kletterte in die Gaststube und begann die leeren Gläser einzusammeln und sie auf der Theke zu stapeln, damit sie als Nächstes in den Geschirrspüler gepackt werden konnten. Eine große und fröhliche Kundenschar wünschte im Hinausgehen eine gute Nacht, und durch die altmodische, nur in der oberen Hälfte verglaste Tür wehte eine Bö eisiger Luft in den Pub.

»Du hast heute Abend ganz schön viel zu tun gehabt«, bemerkte ein älterer Mann, der bei uns im Ort wohnte, von seinem Stuhl in der Ecke.

»Das Team vom Rose and Crown hatte ein Darts-Turnier.« Ich kannte den alten Herrn, denn er kam jeden Abend nach dem Rundgang mit seinem Hund auf ein Glas Leichtbier vorbei. Und deshalb lag seine drahtige Hündin, ein Greyhound-Mischling, natürlich auch jetzt geduldig unter dem Stuhl und wartete, dass ihr Herrchen sein Glas leerte. Eigentlich ließen wir Hunde nicht in den Pub, weil wir auch Speisen servierten, aber da es nach einundzwanzig Uhr dreißig keine warmen Mahlzeiten mehr gab, machte es Frank nichts aus, für einen Stammkunden eine Ausnahme zu machen.

»Da kommen immer viele Leute. Ich schätze aber, dass sich das ändern wird, wenn Lovett neben Ihrem Tierasyl protzige Häuser verkaufen. Dann werdet ihr den Laden wahrscheinlich aufmotzen müssen. Darts wird man hier dann sicher nicht mehr oft spielen.« Sein ohnehin schon faltiges Gesicht wurde vor lauter Missfallen noch faltiger.

»Ich weiß nicht. Ich glaube nicht, dass etwaige neue Anwohner überhaupt den Fuß hier reinsetzen würden. Wäre denen sicher nicht schick genug.« Ich lächelte ihn an. Ich konnte mir nicht vorstellen, dass jemand, der ein Haus mit fünf Schlafzimmern besaß, auf ein Gläschen ins Frog and Ferret ging.

»Heißt das, dass Sie nicht verkaufen werden? Ich schätze, dass die Ihren Laden gern übernommen hätten. George Lovett ist nicht die Art von Mensch, dem man so mir nichts, dir nichts eine Absage erteilt.« Der alte Mann trank von seinem Bier.

»Kennen Sie Mister Lovett?« Ich blieb stehen, beide Hände voller leerer Biergläser.

»Ja. Habe früher von Zeit zu Zeit Aufträge von ihm bekommen. Ich war bis zu meiner Pensionierung Elektriker. Allerdings habe ich nicht viel für ihn gemacht. Mochte seine Baumethoden nicht. Ich habe lieber für Joe Thatcher gearbeitet – der war ein anständiger Mann, ein Herr. Was zwischen ihm und Lovett gelaufen ist, war eine Schande.«

»Was *ist* denn zwischen ihnen gelaufen?« Vorsichtig stellte ich die Gläser auf die Theke.

Der alte Mann ließ seinen Blick durch den leeren Raum schweifen, als befürchte er, es lauere jemand hinter dem Zigarettenautomaten, um zu lauschen. »Lovett konnte Joe nie ausstehen. Er wollte ihn aus dem Geschäft drängen. Wollte nicht, dass er ihm in die Quere kommt. Es gab da einen Riesenkrach wegen eines Auftrags für den Bau eines neuen Krankenhauses. Joe bekam ihn, und Lovett zeterte, da wären illegale Sachen gelaufen. Joe hatte überhaupt nichts falsch gemacht, aber sie haben seinen Namen so lange durch den Dreck gezogen, dass er am Ende ein gebrochener Mann war. Kurze Zeit später ist er gestorben. Jetzt führt sein Sohn das Geschäft. Ist ganz der Vater, der junge Jack.«

»Das ist ja schrecklich.«

Was der alte Mann berichtet hatte, stimmte genau mit dem überein, was Jack mir erzählt hatte. Kein Wunder, dass er so wütend gewesen war, besonders, nachdem er mir anvertraut hatte, was seinem Vater widerfahren war.

»Ich kann Ihnen nur einen guten Rat geben, junge Frau. Wenn George Lovett kommt und Ihnen das große Geld anbietet und Ihnen tolle Versprechungen macht: Lassen Sie sich auf nichts ein.«

»Machen Sie sich da mal keine Sorgen. Ich habe nicht die geringste Absicht zu verkaufen. Dazu sind mir meine Tiere viel zu wichtig.« Ich trocknete meine Hände mit einem Geschirrtuch.

Der alte Mann leerte sein Glas und nahm seinen Hut von dem Stuhl, der neben ihm stand. »Freut mich zu hören. Komm, Sadie.« Sacht zog er an der Hundeleine. »Wir müssen los; Frauchen wird schon warten.« Er schlurfte hinaus in die Nacht, und ich konnte die letzten leeren Gläser einsammeln.

»Clodagh, Schätzchen, Jenny und ich können den Rest machen, wenn du nach Hause möchtest!«, rief Frank mir fröhlich vom Durchgang zur Küche zu.

»Danke.« Ich stellte die letzten leeren Gläser auf die Theke und holte meine Jacke.

»Ich geb dir einen Zehner extra. Hast uns aus echter Not

gerettet, wirklich.« Er zog etwas Geld aus seiner Hosentasche.

»Jederzeit.« Ich arbeitete gern an der Bar, und Frank und Jenny waren nette Leute, die zeit ihres Lebens in Melhampton gewohnt hatten. »Sag mal, Frank ... weißt du Genaueres über George Lovett?«

Frank fuhr sich über seine lichter werdenden Locken, sodass hinterher über seinem Ohr eine lose Strähne in die Luft ragte wie ein Büschel Distelwolle. »Ein bisschen was weiß ich über ihn – allerdings nichts Gutes. Wieso, ist er hinter deinem Laden her?«

»Neulich bekam ich einen Brief von ihm. Ich bin aber nicht daran interessiert zu verkaufen«, fügte ich hastig hinzu, falls sich herumsprechen sollte, dass ich nach Lovett gefragt hatte.

»Es kursiert das Gerücht, dass er ein ganz niederträchtiger Kerl ist.« Jenny kam aus der Küche und gesellte sich zu ihrem Mann. »Ich dachte, ich hätte dich hier letztlich mal mit Jack Thatcher gesehen. Weißt du, dass es zwischen ihm und Lovett böses Blut gibt? Der junge Jack schien an dem Abend hier ausgesprochen reizend zu dir zu sein. Er war regelrecht versessen darauf, dir deine Jacke zum Tierasyl zu bringen, als du sie hier vergessen hattest.« Sie grinste mich an.

»Jack ist nur ein Bekannter.« Ich steckte meinen Lohn ein und sehnte mich danach, Jennys prüfenden Blicken zu entrinnen. Das Frog and Ferret war eine Brutstätte für Tratsch und Gerüchte jedweder Art. Dass Jack mir an dem Abend, an dem Immis unselige Talkshow lief und ich hinter der Theke arbeitete, so viel Aufmerksamkeit geschenkt hatte, war eindeutig aufgefallen.

»Ein Bekannter ist er? Dass man das jetzt so nennt, wusste ich ja gar nicht.«

Sie und Frank sahen einander mit wissender Miene an. Mir war das Ganze dermaßen peinlich, dass mir ganz heiß wurde, und so murmelte ich meinen Abschiedsgruß und floh nach draußen in die kühle Nacht.

21

Es war schon fast Mittag, als Immi und Marcus sich endlich bequemten, aus dem Gästezimmer zu kommen. Ich gelangte zu dem Schluss, dass meine Trennung von Jack vermutlich der Grund dafür war, dass es mir endgültig die Stimmung vermieste, als sie Hand in Hand in meiner Küche erschienen, um sich Sandwiches zu machen.

»Vergiss nicht, dass wir heute Nachmittag in die Stadt müssen.« Mit bedeutungsvollem Blick sah ich Immi an. Ich wollte nicht, dass sie irgendwie versuchte, unserem Termin zu entkommen. Meine Ärztin hatte sich bereiterklärt, eine halbe Stunde vor Beginn der Nachmittagssprechstunde zu öffnen, damit Immi sich unbemerkt hinein- und wieder herausschleichen konnte, bevor die anderen Patienten kamen.

»Ich weiß.« Sie zog einen Schmollmund und füllte zwei Gläser mit Orangensaft.

Marcus leerte seines mit wenigen Riesenschlucken. »Wir sehen uns, Mädels.« Er verschwand durch die Hintertür, und Nigel kläffte erstaunt, weil Marcus so schnell weg war.

»Er ist spät dran. Er hat ein paar Termine.« Immi lehnte sich mit dem Rücken gegen das Spülbecken und wiegte mit verträumten Augen ihr Glas in der Hand. »Er ist so dynamisch.«

Ich tat so, als müsse ich würgen.

»Sei nicht so kindisch.« Sie drosch mit einem Topflappen auf meinen Hinterkopf ein, sodass Nigel zu knurren begann.

»Alles in Ordnung«, beruhigte ich ihn und kraulte ihm den gewaltigen Schädel. »Imogen hat nur Spaß gemacht.«

Er bedachte Immi mit einem zweifelnden Blick und ließ sich dann mit einem lauten Seufzer zurück in seinen Korb fallen.

»Wann wird er eigentlich wieder abgeholt?«, fragte Immi.

»Ich weiß es nicht genau. Sein Besitzer ist immer noch sehr krank. Sie haben gestern angerufen und gefragt, ob ich ihn noch etwas länger behalten könnte.« Ich wünschte Nigels Herrchen zwar nichts Böses, doch hätte ich nichts dagegen gehabt, den Irischen Wolfshund zu behalten. In der kurzen Zeit, die er jetzt in Rainbow Ridge war, hatte ich mich bereits sehr an ihn gewöhnt und ihn liebgewonnen. Abschied von meinen Tieren zu nehmen, wenn sie ein neues Zuhause gefunden hatten, war einer der schwierigsten Aspekte meiner Arbeit.

Immi bosselte in der Küche herum, bereitete das Mittagessen zu und redete dabei unablässig über Marcus, während ich Bankunterlagen sortierte. Seit unserem Fernsehauftritt waren erste Schecks und Spenden eingegangen. Das Geld reichte nicht nur, um die dringendsten offenen Rechnungen zu begleichen, es blieb sogar noch etwas übrig, um einen Teil der Kosten zu decken, die entstanden waren, weil ich mein Konto so gnadenlos überzogen hatte. Es würde Mister Curzon sehr glücklich machen, wenn ich dieses ganze Geld in seine Kasse einzahlte.

Normalerweise tat ich das nicht, aber in diesem Fall zog ich mich um, bevor wir uns auf den Weg in die Stadt machten. Ich wusste, dass das albern war, doch wollte ich hübsch aussehen für den Fall, dass ich Jack zufällig über den Weg lief. Immi legte die Stirn in Falten, als ich wieder nach unten kam in meiner neuen Jeans und einem hübschen Oberteil, aber da ich sie sofort böse anblitzte, verkniff sie sich jedweden Kommentar.

»Also, wie ist denn diese Frau Doktor Ramirez?« Immi setzte sich ihre Sonnenbrille auf die Nase und rückte ihr Baseballcap zurecht.

»Nett. Sie ist gut. Jeder mag sie.« Ich winkte Jade zu, als ich den Wagen mit knirschenden Reifen über den Hof und unseren Privatweg Richtung Straße lenkte.

»Und du hast ihr eingeschärft, dass mein Besuch bei ihr absolut vertraulich ist?«

»Natürlich. Deshalb kannst du ja jetzt schon kommen, bevor die Sprechstunde offiziell anfängt. Wir sollen zum Personaleingang kommen, und da nimmt sie uns in Empfang, damit uns der Spießrutenlauf vor den Angestellten erspart bleibt.«

Immi machte es sich auf dem Beifahrersitz bequem und atmete laut und tief durch.

»Es wird alles gut, Imms.« Ich hoffte, dass es das wurde. Es hatte meine Schwester viel Mut gekostet, sich dazu zu bekennen, dass sie ein Problem hatte.

Der kleine Parkplatz neben der Praxis war leer, wenn man von einem silberfarbenen Mitsubishi Shogun absah, von dem ich wusste, dass er Doktor Ramirez gehörte. Das moderne Gebäude aus rotem Backstein lag am Stadtrand, und außer dem ein oder anderen Kunden, der kurz etwas in der Apotheke nebenan zu besorgen hatte, war um diese Uhrzeit normalerweise niemand in dieser Gegend. Ich parkte direkt neben dem Personaleingang und begleitete Immi die paar Schritte, um die beiden Frauen miteinander bekanntzumachen.

»Kommen Sie mit durch in mein Sprechzimmer.« Meine Ärztin hielt uns die Tür auf, damit wir eintreten konnten.

Maria Ramirez war eine hübsche mollige Frau Mitte vierzig. Sie liebte Tiere, und auf ihrem Schreibtisch stand ein gerahmtes Foto, das ihre beiden jüngsten Töchter mit ihrem Labrador-Rüden zeigte. Sie war sehr nett zu mir gewesen, als ich zum ersten Mal als Patientin in ihre Praxis gekommen war. Sie schien absolutes Verständnis für mich zu haben, als ich ihr über meine Panikattacken und all die anderen Probleme erzählte, die mich plagten.

Wir setzten uns auf die beiden Stühle, die vor Doktor Ramirez' Schreibtisch standen, und Immi nahm ihr Baseballcap vom Kopf.

»Was kann ich für Sie tun?« Doktor Ramirez sah uns an und wartete, dass eine von uns anhob, etwas zu sagen. Die Sonnenbrille meiner Schwester schien sie nicht im Geringsten zu stören.

»Clodagh meint, ich hätte ein Alkoholproblem«, platzte Immi heraus.

»Ich verstehe. Und was meinen Sie? Meinen Sie, dass sie recht hat, dass Sie ein Problem mit dem Trinken haben?« Ihre Stimme klang sanft.

Immi nickte, senkte den Kopf und schob die Finger unter den Rand ihrer Sonnenbrille, um sich die Tränen abzuwischen.

Ich entspannte mich etwas auf meinem Stuhl. Ich hatte Sorge gehabt, dass Immi sich vor diesem Termin drücken oder aber versuchen würde zu leugnen, dass sie ein Problem hatte, wenn man sie damit konfrontierte, an dem Problem etwas zu ändern. Ich war stolz auf sie, denn endlich stellte sie sich ihren Dämonen, etwas, was ich selbst auch gerade erst anfing zu tun.

»Vielleicht sollten Sie mir davon erzählen«, schlug Frau Doktor Ramirez vor.

Etwa vierzig Minuten später gingen wir wieder, und Doktor Ramirez versprach, Immi einen Therapeuten zu besorgen, der sie unterstützen und ihr helfen konnte. Wir schlichen aus dem Personaleingang hinaus und hinein in den Wagen.

»Geht es dir gut?«

Immi verbarg ihr blondes Haar, das sozusagen ihr Markenzeichen war, wieder unter dem Baseballcap. »Ja. Das ist besser gelaufen, als ich erwartet hatte.«

Ich fuhr kurz zur Hauptstraße, damit ich schnell noch in die Bank schwirren konnte, bevor die schloss. Immi wollte Schokolade kaufen, also lief sie in die andere Richtung zum Zeitungsladen. Ich hoffte immer noch, Jack zu treffen, was aber völlig verrückt war, denn auf Erden gab es keinen triftigen Grund, warum ich ihm zu dieser Tageszeit mitten in der Stadt über den Weg laufen sollte.

Als ich die diversen Schecks einzahlte, taute der eisige Drachen hinter dem Bankschalter nicht nur ausreichend auf, um mir ein Lächeln schenken zu können, sondern ging danach so weit aus sich heraus, dass sie sich nach Immis Befinden erkundigte. Ich war versucht zu fragen, ob sie Jack vielleicht gesehen habe, befand aber, dass ich es damit sicher zu weit treiben würde.

Immi saß nicht im Wagen, als ich zu unserem Parkplatz zurückkehrte. Ich hoffte inständig, dass sie nicht schon wieder irgendwo einen Menschenauflauf verursacht hatte. In Melhampton war man nicht daran gewöhnt, eine Berühmtheit in seiner Mitte zu haben, erst recht keine, die der Mittelpunkt eines Skandals war. Der Zeitschriftenverkäufer wurde schon nervös, wenn man sich seine Illustrierten zu lange ansah, sodass er sehr wahrscheinlich einen Schlaganfall erlitt, wenn in seinem Laden ein solches Chaos ausbrach, wie das im Dunstkreis meiner Schwester gewöhnlich der Fall war.

Es war heiß im Wagen, und so öffnete ich die Fenster, während ich wartete, und schaltete das Radio ein. Ich beschloss, ihr noch zehn Minuten zu geben, bevor ich mich auf die Suche nach ihr machte. Dreieinhalb Songs und einen Nachrichtenblock später spazierte Immi auf den Wagen zu. Unter ihrem Arm klemmte ein Stapel Hochglanzmagazine.

»Du hast lange gebraucht«, bemerkte ich.

Sie sank auf den Beifahrersitz und fischte ihre Tasche ins Wageninnere, dann warf sie mir einen Schokoladenriegel zu.

»Ich musste mich nachrichtentechnisch auf den neuesten Stand bringen und mir etwas zum Lesen aussuchen.«

Die ganze Wahrheit war das nicht, das konnte ich an ihrem Ton hören. Ich konnte nur hoffen, dass das, was sie mir nicht sagte, nichts mit Alkohol zu tun hatte. Etwa zehn Meter neben dem Zeitungsladen war nämlich eine kleine Wein- und Spirituosenhandlung.

Susie hatte fast schon überall zugesperrt und aufgeräumt, als wir zum Tierasyl zurückkehrten. Mir blieb kaum Zeit, den Motor abzuschalten, als sie bereits auf uns zueilte. Ihre Nasenflügel bebten vor Erregung.

»George Lovett war hier. Persönlich. Hat nach dir gefragt.« Sie warf mir eine Visitenkarte zu.

Immi kletterte aus dem Wagen und stellte sich neben mich. Gemeinsam schielten wir auf die Karte.

»Hat er gesagt, was er wollte?« Ich gab Immi die Karte. Ich mochte das Ding nicht einmal anfassen.

»Er würde sich gern mit dir treffen. Ihr wart kaum weg, als er kam. Sein Chauffeur hat den dicken Jaguar einfach neben dem Gehweg geparkt und da auf ihn gewartet«, tönte Susie mit missbilligendem, finsterem Blick.

»Was hast du gesagt?«

»Ich habe gesagt, du wärest nicht hier und dass du das Tierasyl sehr wahrscheinlich auch nicht verkaufen wirst, sodass er nur seine Zeit verschwende, falls er deshalb hergekommen sei.« Susie strotzte vor Entrüstung.

»Ich wette, er war sehr erfreut, das zu hören«, murmelte Immi.

»Was hat er darauf geantwortet?« Ich hoffte, sie würde mir nun sagen, dass er seine Meinung daraufhin geändert hatte und sich nun nicht mehr mit mir treffen wollte.

»Er gab mir seine Karte und sagte etwas ganz Komisches.«

»Etwas Komisches? Inwiefern?«, nahm Immi mir die Frage aus dem Mund.

»Er sagte, er sei sicher, du würdest zur Vernunft kommen und einen guten Handel erkennen, wenn er sich dir böte. Er will, dass du ihn anrufst.«

Susies Vorstellung von etwas »Komischem« unterschied sich offenbar sehr stark von meiner. »Okay. Danke, Susie.«

Selbstgefällig zuckte sie mit den Schultern. »Das habe ich sehr gern für dich getan, Clodagh. Ich tue alles für dich und diese entzückenden Wesen.« Sie stieß einen sentimentalen Seufzer aus und starrte dabei an mir vorbei auf Mister Sheen. »Mit Jade hat er sich auch unterhalten, ganz lange sogar, aber sie musste danach sofort weg, um ihren Bus zu erwischen, sodass ich nicht mehr herausfinden konnte, was er zu ihr gesagt hat. Sie schienen nicht zu wollen, dass ich mithöre, worüber sie sich unterhalten.«

Ich spürte, dass es das war, was sie ärgerte. Susie hasste es, nicht immer in alles eingeweiht zu sein. Nachdem sie ihre Informationen nun weitergegeben hatte, schlenderte sie davon, um nach Hause zu fahren.

»Ich frage mich, was er zu Jade gesagt hat«, sinnierte Immi.

Ich schloss das Tor, durch das man auf den Privatweg gelangte; den Haupteingang hatte Susie bereits hinter sich zugesperrt, als sie ging.

»Keine Ahnung. Wahrscheinlich nichts anderes als das, was er zu Susie gesagt hat. Susie hat halt einen Hang zum Drama.«

»Vielleicht.« Immi klang nicht überzeugt.

»Was? Denkst du immer noch, dass möglicherweise einer meiner Freiwilligen für Lovett arbeitet?« Eine kühle Brise blies über meinen Arm und ließ mich frösteln.

»Ich weiß es nicht. Aber irgendetwas stimmt da nicht. Für solche Sachen habe ich einen Riecher.«

Immi hatte für alle möglichen Sachen einen Riecher – das behauptete sie zumindest. Der Haken war, dass sie sich dabei sehr oft verschätzte, obwohl sie immer schnell dabei war, es sich als Verdienst anrechnen zu lassen, wenn sie mal etwas richtig prophezeit hatte, so selten das auch vorkam.

Marcus war im Wohnzimmer, als wir ins Haus kamen. Wir wussten, dass er da war, weil wir bei unserer Ankunft seinen kleinen blauen Wagen auf dem Hof hatten stehen sehen. Zum Glück hatte Immi ihm ihren Schlüssel geliehen, denn andernfalls hätte er bis zu unserer Rückkehr vor der Hintertür auf uns warten müssen. Kaum dass wir den Fuß in die Küche setzten, hörte ich, wie Dave ihn nebenan mit Unflätigkeiten bombardierte.

»Ich sterbe vor Hunger.« Immi öffnete den Kühlschrank und sah sich an, was der noch zu bieten hatte. »Wir müssen neue Lebensmittel einkaufen.«

»Du willst sicher sagen, dass *ich* neue Lebensmittel einkaufen muss. Ich denke mal, du hast Hausverbot nach deinem letzten Besuch.«

Sie zog einen Becher Joghurt heraus und überprüfte das Verfallsdatum. »Es ist nicht meine Schuld, dass die Leute sich für mich interessieren.« Sie zog einen Löffel aus der Besteckschublade und eilte ins Wohnzimmer. Sekunden später hörte ich Dave schreien »Verhau mir den Hintern, verhau mir den Po!«, und dann fiel die Wohnzimmertür zu.

Ich öffnete den Kühlschrank, um mir selbst ein Bild zu machen. Immi hatte recht – er war ziemlich leer, abgesehen von etwas, das im Salatfach lag und leicht als wissenschaftliches Experiment hätte durchgehen können.

»Ich fahre zum Supermarkt!«, rief ich aus dem Korridor und schnappte mir neuerlich meine Autoschlüssel. Ich wollte mich ganz schnell aus dem Staub machen, bevor Immi beschließen konnte, mich zu begleiten. Noch so ein verrückter Aufstand wie der, den wir am Sonntag verursacht hatten, und mir wurde vielleicht dauerhaftes Hausverbot erteilt.

Als ich das Tierasyl verließ, platschten ein paar vereinzelte Regentropfen auf meine Windschutzscheibe. Der Himmel hatte sich zugezogen, während wir in der Stadt gewesen waren, und als ich jetzt den Hügel hinunterdüste, stellte ich fest, dass ich in eine tiefliegende Wolke und Nieselregen hineinfuhr.

Auf dem Weg, den ich normalerweise nahm, um zum Supermarkt zu gelangen, war eine Baustelle, sodass ich den gelben Umleitungsschildern folgen musste, die mich über unvertraute Straßen führten. Inzwischen prasselte der Regen auf die Kühlerhaube des Wagens, und die Scheibenwischer hatten Mühe, mit der Sintflut fertig zu werden.

Ich hatte mich bereits gute fünf Minuten durch den Regen gekämpft, als mir auffiel, dass ich offenbar eines der Umleitungsschilder übersehen hatte, denn ich fuhr plötzlich aufs offene Land hinaus. Es war nicht das erste Mal, dass ich mir wünschte, ein Navigationssystem im Wagen zu haben. Der strömende Regen und das Wasser, das die Lastwagen verspritzten, die mir aus der anderen Richtung entgegenkamen, verbesserten meine Sicht nicht unbedingt. Ich bog bei der ersten Gelegenheit ab und fuhr über eine schmalere Straße, die aussah, als offeriere sie einen vielversprechenden Rückweg in die Stadt. Zumindest musste ich hier nicht mit dem Regen und dem Spritzwasser des Verkehrs kämpfen.

Ich erblickte ein weißes Straßenschild, das Richtung Melhampton wies, und folgte ihm. Die Straße wurde noch schmaler, war inzwischen nur mehr ein Weg, und als der Regen endlich nachließ, konnte ich sehen, dass zu beiden Seiten der Straße Felder waren. Weiter geradeaus verschwanden die Felder auf der einen Seite plötzlich hinter einer grauen Steinmauer, die zusehends höher wurde, und mich beschlich das prickelnde, unheimliche Gefühl, als sei das hier ein Déjà-vu-Erlebnis.

Außer meinem Fiat war kein Wagen auf dem Weg, sodass ich den Fuß vom Gaspedal nahm und das Auto nur noch rollen ließ. Ich irrte mich nicht. Vor mir erhoben sich drohend zwei nur zu vertraute Steinsäulen. Irgendwie war ich vor Jacks Haus gelandet.

Ich hielt gegenüber des Tores in einer Haltebucht und reckte den Hals, um zu sehen, ob sein Range Rover auf der Auffahrt stand. Was ich tun sollte, falls dem so war, wusste ich nicht. Der Mut, auf den Klingelknopf zu drücken, der in eine der Säulen eingebaut war, und um Einlass zu bitten, fehlte mir. Erinnerungen an meinen letzten Besuch wurden wach und brachten meinen gesamten Körper zum Kribbeln. Ich setzte ein wenig zurück und erblickte Jacks Wagen, der vor seinem Haus geparkt war, doch stand er dort nicht allein. Durch die Ritzen zwischen den schmiedeeisernen Stäben des

Tores konnte ich einen silberfarbenen Jaguar erkennen, den ein persönliches Nummernschild zierte. Ich brauchte kein Genie zu sein, um von den Hinweisen, die es gab, auf die Identität des Besitzers zu schließen. Das GEO zu Anfang des Kennzeichens war bereits ein ziemlich guter Anhaltspunkt. Mir wollte allerdings nicht einleuchten, warum Jack sich George Lovett ins Haus geholt hatte, einen Mann, den er nicht ausstehen konnte.

22

Ich saß eine Weile in meinem Wagen, starrte durch das regennasse Fenster auf die beiden Fahrzeuge, die nebeneinander auf Jacks Auffahrt standen, und versuchte, mir einen Reim auf das Ganze zu machen. Irgendwann zwang ich mich, die Handbremse zu lösen und weiterzufahren. Ich wollte nicht, dass sie plötzlich aus dem Haus kamen und ich dasaß wie eine verrückte Stalkerin.

Ich fuhr zum Supermarkt und wanderte wie benommen durch die Gänge. Was hatte George Lovett bei Jack zu suchen? Es machte keinen Sinn. War er darauf aus, irgendeine Art von Deal zu machen? Das erschien mir unwahrscheinlich, da ich wusste, wie die Dinge zwischen ihnen standen.

Ich warf einen Beutel Tiefkühlerbsen in meinen Einkaufswagen, denn die Erbsen, die wir noch gehabt hatten, waren auf Marcus' Kopf geendet, nachdem Immi ihm an dem Abend eins übergebrezelt hatte. Ich konnte nicht glauben, dass Jack mit George Lovett gemeinsame Sache machte, nicht nach all dem, was in der Vergangenheit zwischen ihnen vorgefallen war. Ich *wusste*, dass das, was er mir in der Nacht erzählt hatte, als wir miteinander geschlafen hatten, die Wahrheit war. Es war eine Nacht der Ehrlichkeit gewesen, eine Nacht, in der wir einander Geheimnisse anvertraut hatten. Er konnte mich nicht belogen haben. Frank vom Frog and Ferret hatte bestätigt, was Jack gesagt hatte; warum traf Jack sich also mit einem Mann, den er hasste?

Ich fuhr über die vom Regen aufgeweichten Straßen nach Hause, und in meinem Kopf herrschte nach wie vor ein einziges Durcheinander. Als ich auf den Hof fuhr, sah ich, wie Marcus eines von Immis pinkfarbenen Reisetäschchen in den Kofferraum seines Wagens lud.

»Wo bist du denn gewesen?« Auf hochhackigen Riemchensandalen stakste Immi aus dem Haus, reichte Marcus ihren pinkfarbenen Kosmetikkoffer und zog sich dann die Kapuze ihres glitzernden Silberjäckchens über den Kopf, um ihr Haar vor den Unbilden des Wetters zu schützen. »Marty hat angerufen. Ich muss zurück nach London. Sie hat mir eine ganze Reihe von Interviews und Fototerminen besorgt.«

»Oh.« Ich hatte mich daran gewöhnt, Immi im Haus zu haben, und gerade im Moment hätte ich eigentlich jemanden gebraucht, mit dem ich mich unterhalten konnte.

»Mach dir keine Sorgen, für deinen Tag der offenen Tür werde ich rechtzeitig zurück sein!«, rief sie mir über die Schulter zu. Dann stolzierte sie wieder ins Haus, um weiteres Gepäck zu holen.

Marcus tauchte aus dem Kofferraum seines Wagens auf. »Es tut mir leid, dass wir so einfach davonschwirren, Clodagh. Ich bin immer noch dabei, dir weitere Informationen über Lovetts Firma zu beschaffen. Falls ich dabei auf irgendetwas Interessantes stoße, melde ich mich sofort.«

»Danke.« Mehr wusste ich nicht dazu zu sagen. Nachdem ich Lovetts Wagen vor Jacks Haus hatte stehen sehen, hatte ich überhaupt keine Vorstellung mehr davon, welche Überraschungen Marcus aufdecken würde, und ich wusste auch nicht mehr, ob ich überhaupt davon erfahren wollte.

Immi tauchte wieder auf, und dieses Mal trug sie trotz des Nieselregens ihr Markenzeichen, die Sonnenbrille. An ihrem

Arm hing ihre Lieblingstasche, ein übergroßes Teil von Chloe. »Ich hatte dir einen Zettel geschrieben für den Fall, dass wir uns verpasst hätten, den kannst du also einfach ignorieren.« Sie umarmte mich heftig auf ihre typische übertriebene Immi-Art. »Ich ruf dich an.«

Ich drückte sie ebenfalls, und dabei war mir absurderweise ganz weinerlich zumute. »Pass bitte gut auf dich auf.«

»Das werde ich tun. Ich verspreche es.« Sie sprang in Marcus' Wagen und winkte noch einmal aus dem Fenster heraus, dann waren sie verschwunden.

Ich schloss hinter ihnen das Tor, legte das Vorhängeschloss vor und trug meine Lebensmittel ins Haus.

»Sieht so aus, als wären wir zwei unter uns, Nigel.« Aus dem Wohnzimmer erklang ein entrüstetes Kreischen. »Ach ja, er ist natürlich auch noch da.« Nigel leckte meine Hand, als verstehe er jedes Wort.

Ich nahm Immis Notiz vom Tisch und warf sie in die Kiste mit dem Altpapier. Ich erwog, mir ein Sandwich zu machen, doch schien das zu viel Mühe zu bereiten, da ich ja jetzt allein war und mir im Grunde der Appetit vergangen war, seit ich George Lovetts Wagen vor Jacks Haus hatte stehen sehen.

Ich hörte den Anrufbeantworter ab, nicht, weil ich erwartete, wohl aber, weil ich hoffte, dass Jack vielleicht versucht hatte, mich zu erreichen. Der Sohn von Nigels Besitzer hatte mir eine Nachricht hinterlassen und versprach, in Kürze vorbeizukommen, um mir weiteres Geld zu bringen, und außerdem hatte Gloria angerufen, meine Stiefmutter; sie wollte wissen, ob es Immi und mir gut ginge. Sonst war nichts.

Draußen regnete es wieder, dieses Mal wie aus Eimern, und die dicken Tropfen prasselten gegen die Fensterscheiben. Der Nebel hatte sich gesenkt und verhüllte das Haus unter einer zartgrauen Decke, sodass ich nur noch das Ende des Hofs und den Zaun des Eselsgeheges sehen konnte. Ich zog die Vorhänge zu und schaltete die Lampen ein. Nigel folgte mir ins Wohnzimmer, wo Clive wie immer auf dem Sessel lag und schlief. Dave plusterte wütend sein Gefieder auf, als ich mich vor den Computer setzte, begnügte sich in der Folge aber damit, mit seinem Schnabel laut knackende Geräusche zu machen, statt sich wie sonst in obszönen Stellungnahmen zu ergehen.

Es brachte alles nichts: Ich konnte mich nicht darauf konzentrieren, irgendwelche E-Mails zu beantworten, in denen es um unseren Tag der offenen Tür ging. Nach einer halben Stunde gab ich auf. Ich schickte Gloria ein kurzes Update zu Immi, und dann schaltete ich den Computer aus. Flehend stupste Nigel mit seiner Schnauze gegen mein Bein, denn er wollte nach draußen. Ich zog meine Jacke über und holte mir eine Taschenlampe, und dann marschierten wir durch die Hintertür hinaus in die feuchte und nebelige Nacht.

Die Taschenlampe erwies sich als keine große Hilfe, denn ihr Strahl war viel zu schwach, um den Dunst zu durchdringen. Eilig liefen wir auf die ungemähte Rasenfläche zu, die sich unweit des Komposthaufens und der Mülltonnen hinter der Scheune auftat. Die feuchte Luft war tückisch und kroch mir am Nacken empor, sodass ich den Kragen meiner Jacke hochstellte. Ich wartete, dass Nigel endlich sein Geschäft verrichtete, und betete, er möge sich sputen. Normalerweise machte es mir nichts aus, ganz allein im Tierasyl zu sein, aber jetzt, da ich nicht mehr wusste, wer Freund und wer Feind war, empfand ich die Dunkelheit hier draußen plötzlich als unheimlich und bedrohlich.

Schon bald trotteten Nigel und ich zum Haus zurück. Der gelbe Schein meiner Sicherheitsleuchte illuminierte die Nebelschwaden, die vor der Hintertür waberten. Als wir näherkamen, blieb Nigel plötzlich stehen und begann leise und warnend zu knurren. Ich umklammerte sein Halsband und versuchte herauszufinden, was ihn so erschreckte.

»Ist da jemand?« Ich strahlte mit meiner völlig nutzlosen Taschenlampe in den undurchdringlichen Dunst.

Ein großgewachsener Mann, der einen dunklen Mantel trug, trat hinter dem Lichtkegel der Sicherheitsleuchte aus der Dunkelheit hervor. »Hab keine Angst, Clodagh, ich bin es nur. Ich wollte dich nicht erschrecken.«

Jack. Ich ließ Nigels Halsband los, und sofort sprang er auf den unerwarteten Besucher zu und leckte ihm zur Begrüßung die Hand.

»Wo kommst du denn plötzlich her?« Dumme Frage. Er musste auf den öffentlichen Parkplatz gefahren sein.

»Ich hatte es vorn an der Haustür probiert, aber es hat niemand aufgemacht, und als ich dann durch den Nebel das Licht im Hof habe brennen sehen, bin ich ums Haus herum zur Hintertür gelaufen. Die Tür stand offen, deshalb nahm ich an, dass du nicht weit weg bist.« Sanft drückte er Nigel von sich, der gerade versuchen wollte, ihm die Ohren abzulecken.

Meine Hände zitterten, und ich vergrub sie in den Jackentaschen. »Du hast mir Angst eingejagt.«

»Das war nicht meine Absicht.« Er trat näher, und sein Gesicht hatte einen ungewöhnlich ernsten Ausdruck. »Ich bin gekommen, um mich bei dir zu entschuldigen, weil ich gestern Abend so davongestürmt bin.«

Nigel trottete zu mir zurück.

»Oh.« Die Nebelschwaden bewegten sich, und ich fröstelte; allmählich kroch die feuchte Luft durch meine Jacke. »Lass uns lieber ins Haus gehen.« Nach meiner Entdeckung am Nachmittag machte mich sein plötzliches Auftauchen nervös und zittrig.

So kalt die Nachtluft gewesen war, so hell, warm und einladend war die Küche. Nigel schleckte ein letztes Mal über Jacks Hand und rollte sich dann zufrieden seufzend in seinem Korb zusammen. Ich zog meine Jacke aus und hängte sie an den Haken, bevor ich mich umdrehte, um meinen Besucher zu konfrontieren.

»Ich bin heute Nachmittag auf meinem Weg zum Supermarkt falsch abgebogen und dadurch an deinem Haus vorbeigekommen.«

»Dann hast du bestimmt George Lovetts Wagen gesehen.« Jack knöpfte seinen langen dunklen Mantel auf. Meine Worte schienen ihn nicht zu beunruhigen.

»Ja. Und er war wohl heute Nachmittag auch hier. Ich habe nicht mit ihm gesprochen – er kam, als ich mit Immi in der Stadt war.«

Jack vergrub seine Hände in den Manteltaschen und straffte die Schultern. »Wo ist Immi denn?«

»Sie ist mit Marcus nach London zurückgefahren. Was geht da vor zwischen dir und Lovett, Jack?« Ich wartete auf seine Antwort, und mein Herz schlug schneller und schneller. Ich hatte nicht vor, mich mit einer Unterhaltung über meine Schwester vom Thema abbringen zu lassen. Ich wollte Antworten.

Er atmete hörbar tief durch. »Ich habe mich heute Nachmittag mit deiner Schwester in der Stadt getroffen. Sie hatte mir eine SMS geschrieben und mich gebeten, mich mit ihr zu treffen.«

Sofort erinnerte ich mich an Immis schuldbewussten Gesichtsausdruck, weil sie für den kurzen Ausflug zum Zeitungsladen so lange gebraucht hatte. »Warum wollte sie sich denn mit dir treffen?« Noch so eine dumme Frage. Meine Schwester hatte sich in mein Privatleben eingemischt – wieder mal.

»Sie hatte ein schlechtes Gewissen wegen gestern Abend. Sie macht sich Sorgen um dich und auch um das Tierasyl. Sie hat mir dargelegt, dass sie befürchtet, deine freiwilligen Mitarbeiter könnten in die Geschichte verwickelt sein.« Wieder atmete er lautstark durch und sah nun ganz verlegen aus. »Ich wusste schon vorher, dass ich mich wie ein Idiot benommen habe, als ich dir gegenüber so ausgeflippt bin, aber Immi hat es noch einmal bestätigt.«

Wir standen einander gegenüber, mitten in der Küche.

Mein Herz vollführte einen leichten Hüpfer, als ich seinen reuevollen Blick sah. »Du hast mir immer noch nicht erzählt, wie George Lovett in das Ganze hineinpasst.«

Er fuhr sich mit der Hand durchs Haar. »Lovett tauchte bei mir zu Hause auf, als ich gerade von meinem Treffen mit Immi kam. Er muss von hier aus gleich zu mir gefahren sein.«

Die Furcht rann wie Eiswasser über meinen Rücken – mir gefiel überhaupt nicht, was ich da hörte. »Warum sollte er dich besuchen wollen? Und warum solltest du ihn in dein Haus lassen? Ich dachte, ihr würdet einander hassen.«

Jack zuckte mit den Achseln. »Ich wollte hören, was er zu sagen hat, ganz besonders, nachdem Immi angedeutet hatte, der Lovett-Clan könne dahinterstecken, dass du die vielen Probleme mit Vandalismus hast.« Seine Kiefermuskeln spannten sich. »Unsere Begegnung war alles andere als freundschaftlicher Natur, das darfst du mir glauben …«

»Das kann ich mir vorstellen.«

Er ergriff meine Hand. Seine Berührung fühlte sich warm auf meiner Haut an und verursachte größte Lustgefühle, die alsdann durch meinen gesamten Körper jagten. »Ich weiß, wir hatten einander versprochen, ehrlich miteinander zu sein. Und ich weiß auch, dass ich dieses Versprechen gebrochen habe, als ich gestern Abend einfach nicht hören wollte, was du mir zu sagen hattest. Kannst du mir verzeihen und mir trotzdem noch vertrauen?«

Ich sah ihm tief in die Augen und erwartete, dass ich so reagierte, wie es meine Art war, dass mich plötzlich Panik und Misstrauen befielen. Nichts. Die Altlast namens Jonathan schien verschwunden zu sein. »Da ist nichts zu verzeihen. Ich hätte dir die Dinge präziser erklären müssen, als du kamst. Es überrascht mich nicht, dass du dachtest, ich würde versuchen, dich reinzulegen.«

Sanft strich er mit dem Daumen über meine Hand, und ich musste schlucken.

»Heißt das, dass ich bleiben und dir erzählen darf, was Lovett zu sagen hatte?« Ein Lächeln spielte auf seinen Lippen, und das Grübchen grub sich in seine Wange.

»Ich denke, ja.« Mehr sagte ich die nächsten paar Minuten nicht. Ich war zu sehr damit beschäftigt, Jack zu küssen – oder mich von Jack küssen zu lassen, genau ließ sich das nicht klären.

Anschließend hängte er seinen Mantel über die Lehne eines meiner Küchenstühle, und wir gingen nach hinten ins Wohnzimmer.

Als wir uns aufs Sofa setzten, hämmerte Dave mit dem Schnabel gegen die Stangen seines Käfigs. »Billiges Flittchen! Zeig uns dein Höschen!«

Jack grinste und legte seinen Arm um meine Schultern. »Dieser Vogel gehört in eine Anstalt.«

Ich versuchte, mich nicht davon ablenken zu lassen, dass seine Hand mir sanft über den Nacken strich. »Wolltest du mir nicht erzählen, was Lovett wollte?«

Sein Gesichtsausdruck wurde schlagartig ernst, und seine Finger hielten inne. »Er wollte wissen, ob du dich entschieden hättest, dein Land an mich zu verkaufen.«

»Was? Wie kam er denn dazu, dich das zu fragen?«

Jack legte die Stirn in Falten. »Er schien zu glauben, dass du kurz davor standest zu verkaufen, als Immi hier auftauchte, um bei dir zu wohnen. Ich glaube, deine Schwester hat mit dem Fernsehauftritt und der Ankündigung, dass ihr diesen Tag der offenen Tür veranstaltet, all seine Pläne zum Scheitern gebracht.«

Ich setzte mich aufrecht hin. »Wie kam er denn darauf zu glauben, dass ich kurz davor stand zu verkaufen?«

Jacks Gesichtsausdruck beantwortete mir die Frage.

»Er dachte, ich hätte wegen meiner finanziellen Probleme gar keine andere Wahl?«

»Was Immis und Marcus' Theorie untermauert, dass ihn jemand, der dir nahesteht, mit Hintergrundinformationen versorgt. Er hat angedeutet, dass er sein Wissen aus erster Hand bezieht.«

Ich kuschelte mich wieder an Jack und genoss das Gefühl, wie sich sein fester muskulöser Körper gegen meinen presste. »Bedeutet das, er könnte in die Brandanschläge verwickelt sein?«

»Das weiß ich nicht. Es dürfte schwierig werden, das zu beweisen.«

»Was hast du zu ihm gesagt?« Ich blickte ihn verstohlen von der Seite an, während er sich meine Frage durch den Kopf gehen ließ.

»Ich habe ihm erklärt, ich wisse nichts davon, dass du die Absicht hättest zu verkaufen. Und dass er hinsichtlich deiner finanziellen Situation falsch informiert sein müsse.«

»Wie hat er darauf reagiert?« Panik machte sich in mir breit. George Lovett hatte den Ruf, ein Mann zu sein, für den es ein Nein als Antwort nicht gab.

Ich spürte, dass Jack mit den Achseln zuckte. »Erfreut

schien er nicht gerade zu sein. Er wollte, dass ich weiß, dass er jedes Angebot, das ich für dein Land mache, überbieten würde. Er hat mir sogar einen zusätzlichen finanziellen Anreiz geboten und vorgeschlagen, dir das Land für wenig Geld abzukaufen und es dann wesentlich teurer an ihn weiterzuverkaufen, statt es selbst zu erschließen. Ich habe ihm gesagt, wohin er sich dieses Angebot stecken könne, und daraufhin hat er nach seinem Chauffeur gerufen und ist auf und davon.«

»Susie hat ihm gesagt, als er heute Nachmittag hier war, es sei unwahrscheinlich, dass ich verkaufen würde. Sie hat behauptet, er habe sich auch mit Jade unterhalten, aber sie wusste nicht, was er zu ihr gesagt hat.«

Jack küsste mein Haar. »Immi und Marcus glauben, dass entweder Susie oder Jade für Lovett spionieren. Du kennst die beiden besser als jeder andere, also was meinst du?«

Mir wurde ganz schlecht. Ich hatte gehofft, meine Schwester würde sich irren, doch schien Jack ihren Theorien Glauben zu schenken. »Ich weiß es nicht. Susie ist leicht exzentrisch, aber sie liebt die Tiere wirklich sehr. Jade ist eine ausgezeichnete Mitarbeiterin, die richtig fest zupackt, und ich kann mir von beiden nicht vorstellen, dass sie sich auf so etwas einlassen würden. Meinst du, es könnte sein, dass ihnen die Informationen versehentlich herausgerutscht sind?«

Jacks Miene war finster. »Ich glaube, dass es hier um weit mehr geht, als irgendwelche Informationen weiterzugeben. Marcus gräbt da mal ein bisschen tiefer. Es kann gut sein, dass eine von den Frauen oder sogar beide für die Brandstiftungen und den Vandalismus verantwortlich sind.«

»Das ist ja entsetzlich.« Ich flüsterte die Worte mehr, als dass ich sie sprach.

Jack schlang seine Arme um mich und presste mich fest an

sich, während ich versuchte, das, was er da gerade von sich gegeben hatte, zu verarbeiten.

»Wann ist dein Tag der offenen Tür?«, fragte er nach ein paar Minuten.

»Nächste Woche. Warum?« Ich drehte mich leicht in seinen Armen, um ihm ins Gesicht blicken zu können.

»Dieser Tag der offenen Tür ist ein Riesending für das Tierasyl. Die Medien werden in Scharen hier auftauchen – Fernsehen, Journalisten, Reporter aus London, so ziemlich alles, was Rang und Namen hat. Wenn dann etwas passieren würde, was den Tag so richtig versaut, wäre das Lovetts beste und wahrscheinlich auch letzte Chance, dich zum Verkauf zu zwingen.«

Ich ließ das auf mich wirken. Und so pervers es auch war: Es machte Sinn. Wenn der Tag ein Erfolg wurde, bescherte mir das aller Voraussicht nach für eine Weile höhere Besucherzahlen. Dann machte ich genug Geld, um meine diversen Schulden zu begleichen und etwas Kapital anzusparen, sodass ich für die nächste Saison ein kleines Polster hatte. Wurde der Tag indes ein Misserfolg, bedeutete das schlechte Presse und zugleich das Ende von Rainbow Ridge.

23

Bevor ich Jack fragen konnte, was ich seines Erachtens tun sollte, war in der Küche plötzlich Tumult. Nigel konnte sich nicht so recht entscheiden, ob er heulen oder bellen sollte, und kratzte hysterisch an der Hintertür.

»Was ist denn mit dem Hund los?« Jack folgte mir auf dem Fuße, als ich durch den Korridor eilte.

»Keine Ahnung. Das hat er bisher nur ein einziges Mal gemacht, und zwar, als Marcus draußen herumschlich und Immi allein im Haus war. Erinnerst du dich? Als wir vom Apple Loft zurückkamen?« Ich griff nach Nigels Halsband und versuchte, den großen Hund von der Tür wegzuziehen, während ich beruhigend auf ihn einredete.

Jack nahm die Taschenlampe, die ich auf den Küchentisch gelegt hatte. »Bleib du hier. Ich sehe mich da draußen mal um.« Er entriegelte die Tür und wurde sofort vom Nebel und der Dunkelheit verschluckt. Erst Sekunden später wurde mir bewusst, dass sich die Sicherheitsleuchte nicht eingeschaltet hatte.

»Jack! Komm zurück!« Mist, wo war er bloß hin? Ich hatte Mühe, Nigel festzuhalten, der mit aller Macht versuchte, aus dem Haus zu flüchten und Jack nachzurennen.

Direkt vor der Tür lag etwas Glänzendes auf dem Boden, das im schwachen Licht, das aus der Küche drang, glitzerte. Mir wurde mit einem Schlag klar, dass die Sicherheitsleuchte keineswegs versagt hatte. Sie war vorsätzlich zertrümmert worden, und die Scherben lagen jetzt überall auf dem Boden verstreut. Das war wahrscheinlich der Auslöser für Nigels Gebell gewesen.

Ich zögerte einen Moment und blieb erst mal im Türrahmen stehen. Ich wollte zwar nach draußen gehen und Jack suchen, doch waren der Nebel und der Nieselregen so stark, dass ich nicht sehen konnte, wohin er gegangen war. Aus der Dunkelheit, aus der Richtung der Gehege, vernahm ich plötzlich Geschrei und etwas, was sich anhörte wie das Schlurfen von Füßen auf Schotter. Ich schnappte mir mein Mobiltelefon, das auf der Kommode lag, um die Polizei zu alarmieren.

»Jack!«

Nigel befreite sich aus meinem Klammergriff und schoss hinaus in die Nacht. Ich konnte ihn aus der gleichen Richtung bellen hören, aus der die schlurfenden Geräusche kamen. Immerhin, dachte ich mir, war es die gleiche Ecke. Der Nebel hatte eine seltsam desorientierende Wirkung, und die Geräusche, die ich normalerweise jede Nacht im Tierasyl hörte, klangen alle gedämpft und verzerrt.

Ich zog meine Gummistiefel an und durchsuchte die Schubladen der Kommode nach einer weiteren Taschenlampe. Ich fand eine alte, die kaum noch Saft hatte, eilte zur Hintertür und hoffte, dass ich keine Dummheit beging. Der schwache Strahl fiel auf eine Wand aus weißem Nebel. Ich atmete tief durch und lief los, um nach Nigel und Jack zu suchen. Das Licht der Taschenlampe erhellte den Oberrand der Einzäunung, sodass ich begann, mir meinen Weg zu bahnen, indem ich mich dicht am Zaun hielt. Das Bellen wurde lauter, und der Schotter knirschte, als würde jemand mit den Füßen danach treten, ein Geräusch, das nur noch von Jacks Flüchen übertönt wurde. Es hörte sich ganz nach einer Prügelei an.

Ich lief weiter und hoffte, Jack nun jeden Moment zu finden, doch war er weiter weg, als ich gedacht hatte. Meine Taschenlampe begann zu flackern. Wo zum Teufel waren sie? Ich schüttelte die Taschenlampe in dem verzweifelten Versuch, den Lichtstrahl am Leben zu erhalten.

»Jack!«

Nigel beantwortete meinen Ruf mit weiterem Gebell. Das Schlurfen und Fluchen verklang, und für den Bruchteil einer Sekunde lag die Dunkelheit in tiefer Stille. Dann fing Nigel an zu heulen. Ich stolperte weiter, so schnell, wie ich konnte, und betete dabei leise vor mich hin. Was, um alles in der Welt, war passiert?

Nigel kam aus dem Nebel hervor und winselte kläglich vor sich hin. Ich richtete den Strahl der Taschenlampe auf seinen Körper und suchte ihn nach Verletzungen ab. Er schien unversehrt zu sein, und so rannte ich weiter, entdeckte die Taschenlampe, die Jack mitgenommen hatte und die jetzt ein paar Meter vor mir auf dem Boden lag. Ich hob sie auf, aber sie war völlig am Ende.

»Jack, wo bist du?« Ich ließ meine Taschenlampe umhergleiten, suchte nach irgendwelchen Anhaltspunkten. »O mein Gott.« Der flackernde Lichtstrahl fiel auf den Körper eines Mannes, der lang ausgestreckt am Boden lag.

Ich sank neben Jack auf die Knie. An seiner Schläfe klaffte eine üble Schnittwunde, und daraus hervor quoll dickes Blut. Er rührte sich nicht. Ich zog mein Handy aus der Jackentasche und rief einen Krankenwagen, suchte dabei wie von Sinnen nach Jacks Puls.

Der Krankenwagen schien ewig zu brauchen. Ich kniete in der Dunkelheit, strich Jack übers Haar und versicherte ihm unter Tränen, es würde alles wieder gut werden. Er stöhnte einige Male, sodass ich wusste, dass er am Leben war, doch hatte ich Angst, ihn zu bewegen und ihn dadurch noch mehr zu verletzen. Das Licht war zu schwach, um das Ausmaß seiner Verletzungen erfassen zu können. Nigel saß an meiner Seite, und sein haariger Körper presste sich fest gegen meinen, als ich betete, der Notarzt möge sich beeilen.

Endlich sah ich helle Lichter, die durch den Nebel auf mich zukamen, und dann hörte ich Stimmen.

»Hier, hier drüben sind wir! Schnell. Bitte.« Meine Stimme wurde zu einem Schluchzen, als der Notarzt und die Polizei zu uns stießen.

Ich händigte ihnen den Torschlüssel aus, damit sie den Krankenwagen näher heranfahren konnten, und ein Polizist wollte wissen, was geschehen sei. Ich konnte ihm gar nichts sagen. Zum einen hatte ich nicht gesehen, was passiert war, und zum anderen war ich jetzt viel zu sehr damit beschäftigt, mir anzusehen, wie sie Jack versorgten, als dass ich mich darauf hätte konzentrieren können, irgendwelche Fragen zu beantworten.

Der Notarzt legte Jack eine Nackenstütze an, und sie betteten ihn auf eine Trage.

»Bitte, ich möchte mit ihm fahren.« Ich hielt den Jackenärmel des Mannes fest, der Jacks Blutdruck überprüfte.

Der Polizist nickte, um damit zu bekunden, dass er einverstanden war, und ich brachte Nigel ins Haus zurück, während man Jack in den Krankenwagen lud. Dann verriegelte ich die Hintertür, sprang in den Wagen, und schon waren wir auf dem Weg zum Krankenhaus.

»Sind Sie eine Verwandte, junge Frau?«

»Nein, ich bin nur eine Freundin.« Mir fiel plötzlich auf, dass ich gar nicht wusste, welche Rolle ich in Jacks Leben spielte. War ich eine Freundin? Seine Freundin? Wir hatten miteinander geschlafen – hatten wir deshalb gleich eine Beziehung, oder fiel das noch in die Kategorie One-Night-Stand? Ich beantwortete die weiteren Fragen des Notarztes so gut ich konnte. Mit vielen Antworten konnte ich nicht gerade aufwarten. Mit keiner, die hilfreich gewesen wäre, wie Jacks Geburtsdatum oder wer sein nächster Angehöriger war.

Jack lag auf der Trage und war leichenblass, den Schnitt an seinem Kopf verdeckte eine Mullbinde. Der Notarzt leuchtete ihm immer wieder mit einer Lampe in die Augen und machte sich hinterher Notizen, und die ganze Zeit tröpfelte eine Infusion in Jacks Arm. Rasch erreichten wir das Melhampton General Hospital, und ich lief neben Jacks Trage in die Notaufnahme, wo ich von einer übereifrigen Krankenschwester aufgehalten und ins Wartezimmer geschickt wurde.

Ich schrieb Immi eine SMS.

Jack im Krankenhaus. Im Tierasyl überfallen worden.

Mir fiel nichts ein, was ich sonst noch hätte schreiben können. Sie anzurufen brachte nichts; ich wusste, dass sie dazu neigte, ihr Telefon über Nacht in der Küche in einer Alessi-Obstschale zu lagern, die mich immer an eine Nierenschale erinnerte. Ich wusste ja nicht einmal, ob sie überhaupt schon wieder in ihrem Apartment war.

Ich ließ mein Telefon in meine Jackentasche gleiten, lehnte mich gegen das harte Rückenteil des grünen Plastikstuhls und schloss für einen Moment die Augen, um die Tränen zurückzuhalten, die andernfalls geströmt wären. Irgendjemand hatte meine Sicherheitsleuchte zertrümmert und Jack draußen im Nebel überfallen. Der Vandalismus und die Brandanschläge waren schon nicht lustig gewesen, aber dieser Vorfall hier brachte das Ganze auf ein völlig neues Niveau. Jetzt hatte ich wirklich panische Angst davor, in meinem eigenen Haus zu sein.

Ich betete, dass Jack wieder gesund wurde. Er war so bleich gewesen. Menschen starben an Kopfverletzungen; man las das immer wieder in der Zeitung, sah, wie jung sie gewesen waren, und dachte, wie schrecklich das doch war. Die Angst schlug mir auf den Magen. Auf einmal war mir körperlich übel, und all der Schmerz und all die Trauer, die ich empfunden hatte, als mein Vater starb und als ich mein Baby verlor, brachen neuerlich über mir herein.

Ich versuchte, mich auf mein Umfeld zu konzentrieren, um nicht die grauenhaften Gedanken zu Ende zu denken, die mir durch den Kopf schwirrten. Im Fernseher, der in der Ecke des Wartezimmers stand, lief eine erbärmliche Dauerwerbesendung, in der darauf hingewiesen wurde, dass man Unterarmgehstützen zurückgeben und seine Parkgebühren zahlen musste. Zu meiner Linken saß eine junge Frau, die einen rosafarbenen Sari trug und lautstark in einen Stapel Papiertaschentücher schluchzte, und vor der Aufnahme stritt sich eine Gruppe betrunkener Kerle.

Alle paar Minuten öffneten sich die elektronischen Türen, und entweder humpelten Neuzugänge herein, oder aber es humpelten Leute wieder hinaus, bei denen die verschiedensten Körperteile eingegipst oder frisch verbunden waren. Ich fragte mich, wie lange es wohl noch dauern würde, bis jemand kam, um mir zu sagen, wie es Jack ging. Ich versuchte, positiv zu denken, und schaute intensiv fern; inzwischen lief die Werbesendung einer örtlichen Anwaltskanzlei.

»Clodagh Martin?« Ganz plötzlich stand eine junge dunkelhaarige Krankenschwester neben mir. »Mister Thatcher ist wieder zu sich gekommen und fragt nach Ihnen.«

Ich folgte der Krankenschwester durch einen Gang mit weiß getünchten Wänden und dankte Gott stumm bei jedem Schritt, dass Jack in Ordnung war.

»Er ist dahinten.« Sie wies auf einen Bereich, der mit einem dunkelblauen Vorhang abgeteilt war. »Sie werden nur leider nicht lange bleiben können, da man ihn auf die Wachstation verlegen wird und die Polizei darauf wartet, ihn wegen des Überfalls befragen zu können.« Sie lächelte mich skeptisch an, fast so, als nehme sie an, ich hätte mit dem Überfall zu tun gehabt.

»Hallo.« Jack schenkte mir ein klägliches Lächeln, als ich an sein Bett trat.

»Hallo zurück.« Ich nahm seine Hand. »Wie fühlst du dich?« Auf der Schnittwunde neben seinem Auge klebten schmale Streifen, die aussahen wie Pflaster. Ein grünlich schwarzer Bluterguss zeichnete sich um die Wunde herum ab und erstreckte sich entlang des Wangenknochens bis zur anderen Seite seines Gesichts, wo das harte Neonlicht auf eine Hautabschürfung fiel.

»Ich habe mich schon besser gefühlt. Ich habe jetzt mehr Mitgefühl mit Marcus.« Ganz kurz zeigte sich das Grübchen auf seiner Wange.

Ich biss mir auf die Unterlippe, um nicht zu weinen. »Was ist denn passiert?«

»Zwei Leute sind über mich hergefallen. Ich habe versucht, mich gegen sie zu wehren, aber zwei gegen einen war kein fairer Kampf.« Er drückte meine Finger. »Ich bin froh, dass sie mir eins übergezogen haben und nicht dir.«

»Sag das nicht.« Ich schniefte. »Die Krankenschwester hat gesagt, die Polizei würde gleich kommen, um mit dir zu reden.«

»Ja. Sie wollen mich über Nacht hierbehalten, weil ich so lange bewusstlos war.«

»Sie haben mich gefragt, wen sie informieren sollen. Ich wusste nicht, wen ich da angeben sollte.«

»Das ist schon erledigt. Die Krankenschwestern haben sich um alles gekümmert.« Er legte sich etwas anders auf das fahrbare Bett und zuckte bei jeder Bewegung zusammen. »Hör mal, schaffst du das, zum Tierasyl zurückzufahren? Kannst du Immi irgendwie bewegen zurückzukommen? Oder gibt es sonst irgendjemanden, zu dem du gehen und bei dem du bleiben kannst?«

»Mach dir um mich keine Sorgen. Ich habe Immi eine SMS geschickt.« Im Dunkel meiner Jackentasche kreuzte ich die Finger meiner freien Hand. Ich freute mich keineswegs darauf, auf mich allein gestellt im Tierasyl zu sein, aber die Tiere brauchten mich. Sobald es wieder hell wurde, konnte ich Tom und Val anrufen. Ich war überzeugt, dass sie mir helfen konnten.

Die Krankenschwester kam und grabschte hastig nach Jacks Krankenakte. Höflich lächelte sie mich an. »Ich fürchte, Sie müssen jetzt gehen.«

Noch einmal drückte Jack meine Hand, um mich zu beruhigen, und dann schickte man mich zurück ins Wartezimmer. Ich bestellte mir ein Taxi, um nach Hause zu kommen. Erstmals war das Tierasyl nicht mein heimeliger Zufluchtsort vor der Welt. Das Leben war mit all seiner Wucht dort eingedrungen und hatte meine Illusionen von Sicherheit und Frieden zertrümmert. Ich war froh und dankbar, dass ich Nigel hatte und dass er ein so großer Hund war und kein kleiner Terrier oder ein Hündchen, das bequem in jede Handtasche passte.

Während der Taxifahrt läutete mein Telefon. Der blecherne Klingelton ließ mich zusammenzucken, und fast fiel mir das Telefon aus der Hand, als ich es aus der Jackentasche fingerte.

»Ich habe deine SMS bekommen. Was ist denn passiert?« Immi klang ganz atemlos vor Angst.

Ich erzählte ihr alles.

»O mein Gott, Clodagh. Wo bist du denn jetzt? Du kannst unmöglich allein im Tierasyl bleiben. Was waren das für Leute? Was wollten die?« Sie überschüttete mich mit Fragen, die ich nicht beantworten konnte.

»Es ist alles in Ordnung, Imms.« Ich bezahlte die Taxifahrt und eilte zur Vordertür, darauf bedacht, sicher im Haus zu sein, bevor der Taxifahrer wieder davonfuhr und ich ganz allein war. Der Nebel hatte sich etwas gelichtet, und die Sicht war inzwischen zumindest so gut, dass ich mein Gespräch mit Immi fortsetzen konnte, während ich die Haustür aufschloss. »Siehst du, ich bin zu Hause. Es ist unwahrscheinlich, dass heute Nacht noch etwas geschieht, und es muss jemand hier sein wegen der Tiere.« Ich wusste nicht, ob ich sie damit besänftigen wollte oder mich selbst.

»Verriegele sämtliche Fenster und Türen. Willst du jemanden bei dir haben? Ich kann dir Marcus schicken.«

Ich konnte nicht umhin zu grinsen, als ich das vernahm. Nigel trottete durch den Korridor, um mich zu begrüßen, und sogar Clive ließ sich dazu herab, zu mir zu kommen, und wand sich um meine Unterschenkel, als ich die Türkette vorlegte.

»Es geht mir gut. Marcus braucht die Strecke nicht noch einmal zu fahren. In ein paar Stunden kommt Tom.« Ich lugte ins Wohnzimmers und sah Dave dösend auf seiner Stange sitzen.

»Ich weiß nicht. Das Ganze ist wirklich beängstigend, Clo.« Ich konnte an ihrer Stimme hören, dass sie immer noch Zweifel hegte.

»Geh ins Bett, Immi. Ich habe die Absicht, genau das Gleiche zu tun. Ich rufe dich morgen an. Es ist alles in Ordnung – wirklich.«

Ich legte die Decke über Daves Käfig und überprüfte die Hintertür und den Riegel des Küchenfensters. Dann überlegte ich einen Moment und durchwühlte schließlich die unterste Schublade der Anrichte, bis ich meinen großen Tischlerhammer fand. Ich hatte vor, mir etwas Sicherheit unter das Kopfkissen zu schieben, bevor ich mich schlafen legte.

24

Ich schlief nicht sonderlich gut; der Hammer unter meinem Kopfkissen und die Stuhllehne, die ich unter die Klinke meiner Schlafzimmertür geklemmt hatte, halfen nicht viel. Ich konnte nicht aufhören, die schrecklichsten Bilder vor meinem geistigen Auge zu sehen, von Jack, der lang ausgestreckt in der Dunkelheit auf dem Boden lag, während zwei schwarzgekleidete Menschen, die beide keine Gesichter hatten, mich auslachten.

Am Ende stand ich auf und zog mich an, bevor der Wecker klingelte. Der Nebel und der Regen der vergangenen Nacht hatten sich verzogen und waren einem feuchten, grauen Morgen gewichen. Eine Tasse Tee schuf keine Ordnung in meinem Schädel, und ich überlegte, ob es wohl noch zu früh war, um im Krankenhaus anzurufen und zu fragen, wie es Jack ging.

Hastig erledigte ich meine Morgenroutine; den Tieren schienen die Vorfälle der vergangenen Nacht nichts ausgemacht zu haben. Bewusst vermied ich, auch nur in die Nähe der Stelle zu gehen, an der man Jack niedergeschlagen hatte. Ich wusste, wie unwahrscheinlich es war, dass seine mysteriösen Angreifer immer noch dort herumlungerten, doch war ich nicht fähig, ruhig und vernünftig zu sein, da der Überfall mir noch in viel zu frischer Erinnerung war. Jedes Mal, wenn ein Windzug ging oder ein Blatt raschelte, drehte ich mich erschrocken um die eigene Achse, weil ich dachte, es sei jemand hinter mir. Nachdem ich eine geschlagene Stunde verschreckt vor mich hingezuckt hatte, war ich erschöpft von meiner eigenen Paranoia. Sogar Nigel wirkte von der Anstrengung ausgelaugt.

Als ich mit meinen Arbeiten durch war, eilte ich zurück ins Haus und rief im Krankenhaus an. Eine kratzbürstige Stimme teilte mir mit, Jack habe eine ruhige Nacht gehabt und dass noch nicht entschieden worden sei, wann man ihn entlassen werde. Letzteres teilte man mir unwillig mit und erst, nachdem ich die Frage bereits dreimal auf verschiedene Weise gestellt hatte. Ich toastete mir Brot und wartete auf Tom.

Tom hatte sich bereiterklärt, jeden Morgen vorbeizukommen, um das Tierasyl auf den Tag der offenen Tür vorzubereiten. Ich beabsichtigte, die Geldspritze, die ich dem Fernsehauftritt zu verdanken hatte, in Baustoffe zu investieren, um ein paar dringend erforderliche Reparaturen vornehmen zu lassen. Alles sollte neu übergestrichen werden, entweder mit Farbe oder mit Holzschutzmittel, und die Rasenflächen mussten perfekt sein, damit an dem großen Tag alles im bestmöglichen Zustand war. Immi hatte sich mit einem Kamerateam in Verbindung gesetzt, und Marty hatte die restlichen Medien organisiert, auf dass sie in Horden über uns herfielen.

Ich mampfte meinen Toast und dachte darüber nach, dass Jack gesagt hatte, jemand könne versuchen, den Tag der offenen Tür zu sabotieren. Gestern Abend, vor dem Überfall, hatte ich diese Idee für weit hergeholt gehalten. Jetzt war ich mir da nicht mehr so sicher.

Mein Mobiltelefon läutete, und mit einem Aufschrei schoss ich von meinem Stuhl.

»Ich bin's. Ich wusste, dass du zu dieser lächerlichen Uhrzeit schon auf den Beinen bist. Ich bin auch schon seit Ewigkeiten auf – Marty hat eine wahnsinnige Zahl an Interviews für heute geplant. Ist alles in Ordnung? Wie geht es Jack?« Immis Stimme klang leise – im Hintergrund war Verkehrslärm zu hören.

»Viel haben sie mir nicht gesagt, nur dass er eine ruhige Nacht hatte. Ich warte darauf, dass Tom kommt.«

Wie aufs Stichwort klopfte es an der Hintertür, und Toms Gesicht erschien am Küchenfenster. Ich schloss die Tür auf und zog mit meiner freien Hand den Riegel zurück. »Er ist gerade gekommen, Imms, also muss ich jetzt Schluss machen.«

»Ich rufe dich später an.« Sie sprach noch weiter, doch knackte es in der Verbindung, und dann riss sie ganz ab, sodass ich nicht mehr mitbekam, was sie noch sagte.

»Abgeschlossen und verriegelt? Was ist los, Clodagh?«, fragte Tom.

Als ich ihm erzählte, was sich zugetragen hatte, verwandelte sich sein sonst immer so fröhlicher Gesichtsausdruck in eine sorgenvolle Miene. »Du hättest uns anrufen sollen. Val wäre sofort gekommen und bei dir geblieben. Das ist nicht richtig, dass ein junges Mädel wie du ganz auf sich allein gestellt ist, wenn da draußen solche Schläger herumlaufen. Was soll bloß aus dieser Stadt werden?« Er ließ sich darüber aus, wie gut alles gewesen sei, als er noch ein junger Mann war, und dass die Polizei mehr tun müsse, und was denn eigentlich mit all den Steuergeldern gemacht würde, die er zahlte. Es war ein Monolog, wie mein Vater ihn auch gehalten hätte, und als mir das auffiel, hatte ich prompt einen Kloß im Hals und Tränen in den Augen.

Schließlich gelang es mir, Tom glaubhaft zu vermitteln, dass ich in Ordnung war, und dann schickte ich ihn los, das Dach des Eselstalls zu reparieren. Kurz darauf kam Susie.

»Ist das Wasser im Kessel noch heiß? Heute Morgen ist es wirklich nicht schön da draußen.« Sie ließ ihre Tasche auf den Küchentisch fallen und begann sich aus den ersten Lagen ihrer Zwiebelkleidung zu pellen.

»Jack liegt im Krankenhaus. Er ist gestern Abend von einem Herumtreiber überfallen worden – hier. Warum, wissen wir nicht. Für meine Begriffe ist nichts gestohlen oder beschädigt worden, wenn man davon absieht, dass die Sicherheitsleuchte zertrümmert wurde.« Ich achtete genau auf ihre Reaktionen. Nicht, dass ich mir hätte vorstellen können, dass Susie sich in schwarze Sachen hüllte, eine Skimaske überstülpte und im Schutz der Dunkelheit einen tätlichen Angriff auf Jack verübte. Da Jack über einen Meter achtzig und Susie noch nicht einmal einen Meter sechzig misst, wäre es wohl auch nur schwerlich zu einem Kampf gekommen.

»Überfallen? Hier?« Mit offenem Mund starrte sie mich an. »Ist er schlimm verletzt? O mein Gott, Clodagh, was, wenn du allein hier gewesen wärest?«

Wenn sie ihr Erstaunen nur spielte, war sie eine bessere Schauspielerin als meine Schwester. Ich brühte ihr eine Tasse Tee, und sie setzte sich an den Tisch.

»Ich weiß, das stelle ich mir auch die ganze Zeit vor. Und dabei zittern mir die Knie.«

»Jade ist spät heute. Vielleicht ist ihr Bus nicht gekommen.« Susie schaute auf die altmodische Herrenuhr, die sie am Handgelenk trug. »Mich wundert, dass ihr Freund sie niemals bringt. Der hat ein richtig schönes Auto.«

»Ach ja?« Ich war überrascht. Ich hatte immer geglaubt, dass Jades Freund ein armer Student war wie sie.

»Ich habe ihn nur ein paarmal getroffen. Jade scheint nicht sonderlich erpicht darauf zu sein, dass ich ihm begegne.« Susie schlürfte ihren Tee. »Er ist ein ganzes Stück älter als sie.«

»Was macht er denn beruflich? Ich habe immer gedacht, er sei Student.« Ich lehnte mich mit dem Rücken gegen die Spüle und versuchte, locker zu wirken.

Susie zog die Augenbrauen hoch. »Genau weiß ich es nicht. Aber ich glaube, er ist Handwerker. Klempner oder irgendsowas in der Art.«

Ich versteckte dieses kostbare Klümpchen Information gut in meinem Hinterkopf, und Susie trank ihren Tee und lief dann los, um sich an die Arbeit zu machen. Nach unserem Schwatz fühlte ich mich nur noch unbehaglicher. Ich wusste eh nur wenig über meine freiwilligen Mitarbeiter, aber jetzt stellte es sich so dar, als wisse ich nicht einmal das Wenige, das ich zu wissen glaubte.

Mein Mobiltelefon läutete, als ich gerade angefangen hatte, die Teebecher zu spülen.

»Hallo.«

Mein Herz vollführte seinen üblichen heiteren kleinen Hüpfer, als ich Jacks Stimme vernahm.

»Hallo zurück. Wie fühlst du dich? Ich hatte heute früh schon mal angerufen, aber sie wollten mir nichts sagen.«

»Ich darf hier raus, das hat nur einen kleinen Haken.«

»Was für einen Haken?« Meine Stimme klang schrill; die unmöglichsten Horrorvisionen sausten mir durch die Hirnwindungen. Die meisten beinhalteten Blutgerinsel im Gehirn sowie grauenvolle psychische Schäden, allesamt Nachwirkungen des Überfalls.

»Na ja, obwohl ich meinen jungenhaften Charme und mein gutes Aussehen voll zum Einsatz gebracht habe, bestehen sie darauf, dass ich nicht Auto fahre und dass mich die nächsten vierundzwanzig Stunden jemand betreut.«

Ich entspannte mich, da sich meine größte Sorge – ein bleibender Hirnschaden – nicht bestätigt hatte. »Dein Wagen steht doch eh hier. Ich kann kommen und dich holen. Du kannst bei mir bleiben.«

Es wurde still in der Leitung. In meinem Haus zu bleiben war vielleicht das Letzte, was er wollte. Bei *mir* zu bleiben war vielleicht das Letzte, was er wollte.

»Danke, Clodagh.«

Ich erteilte Tom und Susie das Kommando und machte mich hastig auf den Weg ins Krankenhaus. Jack saß neben seinem Bett auf einem Stuhl. Ich versuchte, nicht vor Schreck nach Luft zu schnappen, als ich sah, in welchem Zustand er war. Der schwarzgrüne Bluterguss bedeckte inzwischen fast sein gesamtes Gesicht, und sein Kiefer war dick geschwollen.

»Ich habe mir sagen lassen, der andere Typ sehe noch schlimmer aus«, witzelte er.

Ich versuchte, ein Lächeln zustande zu bringen. Eine der Krankenschwestern gab mir eine Broschüre, in der es um Kopfverletzungen ging und die präzise Anweisungen enthielt, was ich tun musste, falls Jack irgendwelche Probleme bekam.

»Ich bin überzeugt, dass ich in den besten Händen bin«, versicherte er ihr.

Wir verließen das Krankenhaus und liefen zu meinem Wagen.

»Brauchst du irgendetwas von zu Hause?« Ich beschäftigte mich gezielt mit meinem Sicherheitsgurt und mit dem Autoschlüssel. Ich war mir nicht sicher, ob Jack wirklich im Tierasyl bleiben wollte.

»Zahnbürste, Rasierapparat, Schlagring.« Er wollte grinsen und zuckte sofort vor Schmerz zusammen.

»Sehr witzig. Du brauchst nicht bei mir zu bleiben, wenn

du nicht willst. Also wenn du einen Freund hast, bei dem du vielleicht lieber bleiben würdest oder so.« Das hatte ich nicht gut formuliert. Das hatte geklungen, als würde ich nicht wollen, dass er bei mir blieb.

»Ich denke, dass sich die meisten meiner Freunde zu Tode erschrecken würden, wenn sie mich so auf ihrer Türschwelle stehen sähen.« Äußerst vorsichtig drehte er sich auf dem Sitz, und ich fragte mich, wie viel Prügel der Rest seines Körpers bezogen hatte.

»Ich werde dir oben in Immis Zimmer das Bett richten.«

Ich hätte nicht an seinen Körper oder ein Bett denken dürfen. Ich konnte spüren, wie ich plötzlich so nervös wurde, dass ich das Fenster auf meiner Seite einen Spaltbreit öffnen musste. Insgeheim hatte ich erwartet, dass er irgendeinen Witz darüber reißen würde, mein Bett mit mir teilen zu wollen, aber das tat er nicht. Stattdessen starrte er nachdenklich aus dem Fenster. Ich konnte nicht dagegen an, ich fühlte mich zurückgewiesen.

Ich wartete im Wagen, während Jack in sein Haus ging, um seine Tasche zu packen. Ich hatte ihm angeboten zu helfen, aber er hatte gesagt, es würde nur ein paar Minuten dauern.

Ich fing gerade an, mir Sorgen zu machen, weil er inzwischen schon so lange im Haus war, als er wieder herauskam. In der einen Hand trug eine dunkelblaue Reisetasche, in der anderen hielt er sein BlackBerry. Behutsam ließ er sich auf den Beifahrersitz gleiten, konzentrierte sich dabei aber voll auf den Bildschirm seines Telefons.

»Interessant.« Er tippte eine kurze Antwort an denjenigen, der ihm die SMS geschickt hatte, und legte sich das Telefon auf den Schoß.

Ich wusste nicht, was sein Kommentar zu bedeuten hatte,

wollte aber nicht neugierig erscheinen, und so fragte ich nicht, was in der Nachricht stand.

Als wir endlich im Tierasyl ankamen, war bereits Mittagszeit. Tom war verschwunden, und ich nahm an, dass Susie sich mit einem ihrer Tupperware-Döschen voller Salat in ihrem neuen Kiosk eingeigelt hatte. Von Jade fehlte jede Spur, und ich fragte mich, ob sie heute überhaupt gekommen war.

»Fühl dich wie zu Hause.« Ich öffnete die Hintertür.

»Danke.« Jack folgte mir ins Haus und tätschelte Nigel den Kopf, als der Hund zu ihm herüberkam, um ihn zu begrüßen.

Wir standen in der Küche und sahen einander an.

»Kann ich dir irgendetwas zu trinken anbieten, oder möchtest du etwas zu Mittag essen?« Wie peinlich das klang!

»Ein Kaffee wäre schön.«

»Geh nach vorn ins Wohnzimmer.« Wir führten uns wie Fremde auf, nicht wie zwei Menschen, die erst vor wenigen Tagen so intim miteinander gewesen waren, wie Menschen es nur sein können.

Ich hörte Dave zur Begrüßung fluchen und wartete, dass das Wasser im Kessel zu kochen begann. Es würde seltsam sein, Jack die nächsten vierundzwanzig Stunden um mich zu haben. Jedes Mal, wenn ich in sein armes zerprügeltes Gesicht blickte, erfassten mich Schuldgefühlte, weil ich ihm letzte Nacht nicht schneller nach draußen in den Nebel gefolgt war.

Ich trug seinen Kaffee ins Wohnzimmer und stellte den Becher vorsichtig auf den Tisch.

»Gibt's jetzt endlich einen Quickie?« Wütend stapfte Dave auf seiner Sitzstange hin und her und wippte mit dem Köpfchen.

Jack schaute neuerlich auf sein Telefon.

»Bist du sicher, dass du das tun darfst?« Ich versuchte, mich zu erinnern, ob die Krankenschwestern irgendetwas über Lesen erwähnt hatten. Es hatte eine lange Liste mit Dingen gegeben, die Jack tun beziehungsweise nicht tun sollte.

»Die SMS ist von Marcus.« Mit seinem geschwollenen Auge sah Jack mich an. »Er hat da so einiges herausgefunden.«

»Und?« Ich hockte mich auf die Armlehne des Sessels und fing mir einen bösen Blick von Clive ein, der selbstverständlich der Ansicht war, dieser Sessel gehöre einzig und allein ihm.

»Es sieht so aus, als fische Lovett im Trüben. Die finanziellen Mittel seiner Firma sind momentan recht knapp.« Jack zog die Stirn kraus und tippte eine Antwort an Marcus.

»Warum würde er dann noch mehr Geld ausgeben und Rainbow Ridge kaufen wollen?«

Jack legte sein BlackBerry auf den Tisch und nahm seinen Kaffeebecher in die Hand. »Ich denke, dein Land ist aus verschiedenen Gründen von Bedeutung. Nicht zuletzt wegen der Zufahrt.« Vorsichtig nippte er an seinem Kaffee und zuckte zusammen, als die heiße Flüssigkeit seine Lippen berührte.

»Das verstehe ich nicht.« Mein Herz krampfte sich vor Mitleid zusammen, als ich sah, wie Jack sich plagte, eine Tasse Kaffee zu trinken.

»Dein Land würde ihm ermöglichen, mit der Gesamterschließung von Long Meadow zu beginnen. Dann könnte er fast doppelt so viele Häuser darauf bauen. Die Baupläne, die bisher genehmigt wurden, enthalten ziemlich viele Beschränkungen wegen der Zufahrt zur Straße. Wenn dein Privatweg ihm gehörte, würde das einen riesigen Unterschied machen.«

»Ich verstehe.« Das war mehr oder weniger das Gleiche, was Mister Curzon von der Bank während unseres Plausches gesagt hatte: dass dieser Privatweg mein Land zu einem Kapital machte.

Jack stellte seinen Becher wieder auf den Tisch. Dunkle Stoppeln lagen wie Schatten auf seinen Wangen, und unter den Augen hatte er vor Müdigkeit dunkle Ringe.

»Du siehst wie erschlagen aus. Geh nach oben, und ruh dich auf Immis Bett ein wenig aus. Ich habe es frisch bezogen, bevor ich dich abgeholt habe.« Ich erwartete, dass er mit mir streiten würde.

»Ein bisschen Schlaf wäre sicher nicht schlecht. Letzte Nacht habe ich nicht gerade viel davon bekommen. Und jedes Mal, wenn ich eingenickt war, wollten sie mir entweder mit einer Taschenlampe in die Augen leuchten oder meinen Arm aufpumpen, um meinen Blutdruck zu kontrollieren.« Vorsichtig erhob er sich vom Sofa.

»Immis Zimmer ist das pinkfarbene.« Ich blieb sitzen, obwohl ich am liebsten meine Arme um ihn geschlungen hätte, um all seine Schmerzen wegzudrücken.

»Natürlich.« Es gelang ihm ein schwaches Lächeln, und Sekunden später hörte ich seine schweren Schritte auf der Treppe.

»Geile Tussi!« Dave spuckte mir den Rest seiner Birne ins Gesicht.

25

Ich ließ Jack schlafen und bummelte mit Nigel über das Gelände des Tierasyls. Das schlechte Wetter hatte die meisten Leute von einem Besuch abgehalten; nur in der Scheune waren ein paar kleine Kinder und sahen sich mit ihren Eltern die Kaninchen und die anderen Kleintiere an.

Susie saß im Kiosk und blätterte in einem Handarbeitsmagazin.

»Schau dir bloß diese hübschen Spitzendeckchen an. Ich muss unbedingt mal wieder häkeln.« Sie hielt mir ein Bild unter die Nase, auf dem ein schauerliches wollenes Teil abgebildet war.

»Hübsch.« Ich hoffte, dass sie mir nicht ansah, dass ich log.

»Jade hat angerufen, als du weg warst. Sie hat gesagt, sie könne die nächsten paar Tage nicht kommen. Es geht ihr wohl körperlich nicht so gut.«

»Gestern kam sie mir noch ganz gesund vor. Hat sie eine Erkältung oder so?« Im Allgemeinen war Jade fit wie ein Turnschuh. Es war Susie, die ständig irgendwelche Kräutermittelchen schluckte und uns mit dem Gestank von Wick VapoRub vertrieb.

»Sie hat sich da nur sehr vage geäußert. Ich habe gefragt, ob sie einen Schnupfen hätte; denn wenn, hätte ich ihr ja ein paar von meinen Hustenlösern vorbeibringen können.« Susie blätterte weiter in ihrem Magazin. »Sie hat gesagt, es gehe ihr nicht gut, aber dass sie am Tag der offenen Tür kommen würde.«

»Ich hoffe, sie fühlt sich bald besser.« Ich war mir nicht

sicher, ob ich wirklich meinte, was ich da sagte, denn auf einmal saß mir die Angst im Nacken und hörte nicht mehr auf zu kribbeln.

Susie blinzelte mich durch ihre Brillengläser an. »Ich rechne fest damit, dass sie hier auftaucht, wenn sie sich wieder danach fühlt. Ach ja, und ich konnte sie nicht dazu bringen, mir zu erzählen, was George Lovett zu ihr gesagt hat. Dabei habe ich ihr angeboten, falls sie dir von Lovett etwas ausrichten sollte, das gern an dich weiterzuleiten.«

»Und was hat sie darauf geantwortet?« Susies Frechheit war bewundernswert, das war nicht zu bestreiten.

»Gar nichts. Sie ist einfach darüber hinweggegangen.«

»Dann kann es ja nichts Wichtiges gewesen sein.«

»Er hat sich aber ewig lange mit ihr unterhalten. Sie war ganz rot im Gesicht, und er sah griesgrämig aus. Aber griesgrämig sieht er ja eigentlich immer aus. Wie eine Bulldogge, die eine Wespe verschluckt hat.« Nach wie vor klang sie irgendwie verärgert.

»Ich bin sicher, es war nichts.« Ich wäre froh gewesen, wenn ich mir da wirklich sicher hätte sein können, doch kam mir Jades Benehmen immer seltsamer vor.

Susie schnaubte verächtlich und wandte sich dann wieder ganz ihrem Handarbeitsmagazin zu.

Nigel und ich marschierten wieder nach draußen und sahen, dass Tom gerade eine Leiter gegen die Rückwand des Hauses lehnte, um sich daranzumachen, die zerbrochene Glühbirne der Sicherheitsleuchte auszuwechseln.

»Ich dachte, das mache ich am besten sofort. Du musst sehen können, wer sich hier draußen herumtreibt; nach dem, was deinem jungen Freund widerfahren ist, erst recht.«

Ich hielt den unteren Teil der Leiter fest, während Tom die Sprossen erklomm.

»Ich weiß inzwischen, was diese Vandalen gestern Nacht vorhatten!«, rief er mir über die Schulter zu.

»Was?«

»Es sieht so als, als hätten sie versucht, den Drahtzaun zu zerschneiden, der hinter der Scheune verläuft. Ich habe heute Morgen ein Loch darin entdeckt – habe es aber wieder geflickt.« Er schraubte die neue Glühbirne ein und steckte das übrig gebliebene Metallfragment der alten sicher in die Brusttasche seines Overalls.

Ich wartete, dass er wieder von der Leiter herunterkletterte. »Was meinst du denn, was sie damit erreichen wollten?«

»Keine Ahnung. Ist für meine Begriffe sehr viel Aufwand, um einfach nur ein bisschen Unfug anzustellen. Vor allem, weil sie deinen jungen Freund so ohne jeden triftigen Grund überfallen haben.« Tom bedachte mich mit einem vielsagenden Blick. Es war klar, dass Jack und ich für ihn jetzt ein Paar waren.

»Eines ist sicher, es sind in letzter Zeit sehr viele merkwürdige Dinge passiert.«

Er nahm die Leiter in beide Hände. »Ja, und ich finde es sehr gut, dass du jetzt jemanden im Haus hast. Val und ich hielten es nie für sicher, dass nur du und deine Schwester hier waren – schon gar nicht bei dem ganzen Aufsehen, das sie erregt. Nachdem das da jetzt passiert ist, mag ich mir gar nicht vorstellen, was hätte passieren können, wenn du allein hier gewesen wärest.«

Er wirkte dermaßen bekümmert, dass ich ganz weiche Knie bekam, weil er sich so um meine Sicherheit sorgte. »Mir wird nichts geschehen«, versicherte ich ihm. »Ich bezweifle, dass die Leute, die Jack überfallen haben, noch mal zurückkommen. Die Polizei hat versprochen, zusätzliche Streifenwagen vorbeizuschicken.«

»Das ist alles schön und gut, aber das haben sie in der Vergangenheit auch schon versprochen, und nichts ist dabei herausgekommen.« Tom klang nicht überzeugt. »Es ist eine gute Sache, dass der junge Mann jetzt hier bei dir wohnt.«

Im Moment war Jack in einem derart üblen Zustand, dass ich mir nicht so sicher war, ob er in nächster Zeit in der Lage sein würde, irgendwelche Angreifer abzuwehren, doch war Tom eindeutig der Überzeugung, dass ich mit einem Mann im Haus sicherer war.

Als Susie und Tom wieder fort waren und das Tierasyl geschlossen hatte, beschloss ich, Jack eine Tasse Tee zu kochen, bevor ich mit meiner Abendrunde begann. Der feuchte graue Tag war in einen verregneten Abend übergegangen, und ich freute mich nicht darauf, allein draußen auf dem Gelände herumzulaufen.

Jack hatte die Vorhänge in Immis Zimmer zugezogen und schlief unter ihrem zart rosafarbenen Oberbett. Als ich die Tür öffnete, drehte er sich von der einen Seite auf die andere und blinzelte mich durch die Dunkelheit an.

»Ich habe dir eine Tasse Tee gemacht.« Ich knipste die Nachttischlampe an, und ihr Schein tauchte den Raum in weiches Licht.

»Danke. Ich glaube, ich bin wie ins Koma gefallen.« Vorsichtig setzte er sich auf. Seine von der Sonne leicht gebräunte nackte Haut bildete einen starken Kontrast zu dem pastellfarben mädchenhaften Bettzeug. Die hässliche Schramme auf seiner Schulter passte zu dem Bluterguss in seinem Gesicht. Instinktiv wollte ich seine verletzte Haut mit meinen Fingern berühren, doch konnte ich mich gerade noch rechtzeitig beherrschen, ohne dass es ihm auffiel.

»Tom sagt, er hätte in dem Drahtzaun hinter der Scheune ein Loch gefunden.«

Jack bewegte unter dem Oberbett seine Beine und klopfte mit der Hand auf die Bettkante, um zu signalisieren, ich solle mich setzen. Also hockte ich mich entsprechend hin.

»Ich erinnere mich, Geräusche gehört zu haben, die klangen, als würde Draht zerschnitten«, meinte Jack, »aber durch den Nebel konnte ich nicht ausmachen, wo sie herkamen. Dann habe ich gesehen, wie die Lichter von Taschenlampen auf mich zukamen, und wollte mich ihnen in den Weg stellen. Den einen habe ich zu fassen gekriegt, das war ein kräftiger Typ, und es kam zu einer kurzen Rangelei, weil ich versucht habe, ihn festzuhalten, aber dann hat mich der andere mit irgendetwas Schwerem geschlagen. Das Nächste, woran ich mich erinnern kann, ist, dass ich im Krankenhaus aufgewacht bin.«

»Und ihre Gesichter hast du nicht gesehen?«

Er schüttelte den Kopf. »Der eine, mit dem ich gerauft habe, war eindeutig ein Mann, aber ich hatte den Eindruck, dass die andere Person, die mich niedergeschlagen hat, eine Frau war. Ich weiß genau, dass ich eine Frauenstimme gehört habe, bevor mir schwarz vor Augen wurde.«

Ich knibbelte mit meinen Fingernägeln an der geflochtenen Borte des Oberbetts. »Das macht das Ganze irgendwie noch schlimmer.«

Er rückte das Kissen zurecht, das unter seinem Kopf lag. Mit den Bartstoppeln im Gesicht und der ungekämmten Haarmähne, die ihm in die Stirn fiel, sah er aus wie ein finsterer, aber äußerst erotischer Pirat. Ich schaute auf seine nackte Brust, auf der in schmaler Spur die dunkle Behaarung wuchs, die den Weg nach unten, in die intimeren Bereiche seines Körpers wies. Mein Puls legte einen Zahn zu, und in meinem Unterleib ballte sich die Lust. Nachdenklich kratzte er sich am Mundwinkel, genau an der Stelle, auf die ich ihn so gern geküsst hätte; ich verzehrte mich förmlich danach. Mist. Ich musste dringend von dieser Bettkante weg …

Ich sprang auf. »Ich mache mich jetzt besser an meine Arbeit. Wenn ich zurückkomme, koche ich uns was zum Abendessen.« Ich hastete zur Tür.

Jack beobachtete mich mit amüsierter Miene. »Macht es dir was aus, wenn ich deine Dusche benutze?«

»Dusche, äh … sicher, nur zu«, quiekte ich, und dann schoss ich aus dem Zimmer, völlig überhitzt und verwirrt von Bildern, die plötzlich vor meinem geistigen Auge auftauchten und Jack in meiner Dusche zeigten – nackt.

Ich beeilte mich mit meiner Arbeit draußen, und meine treue Dose Enteiser-Spray steckte dabei die ganze Zeit in meiner Jackentasche. Das war zwar nicht gerade eine Waffe, aber da die Wolkendecke sich immer mehr senkte und die Sicht dadurch immer weiter abnahm, war das Spray immer noch besser als gar nichts. Nigel begleitete mich, und sein haariges Gesicht vermittelte mir deutlich, was er dachte: dass menschliche Wesen irrsinnig waren und warum ich nicht drinnen geblieben war, statt mich draußen nass regnen zu lassen.

Als wir wieder ins Haus kamen, machte er sich sofort aus dem Staub und verschwand ins Wohnzimmer, wo er sich auf dem Kaminvorleger ausstreckte und alsdann vor dem Feuer leicht vor sich hindampfte. Ich blieb in der Küche und überlegte, was ich zum Abendessen kochen konnte. Es war draußen dermaßen trist und düster, dass ich innerlich zu frösteln begann. Ich zog die blauen Gingham-Vorhänge zu, um den immer dunkler werdenden Himmel nicht mehr sehen zu müssen, und dann schaltete ich das Radio ein, um ein wenig Unterhaltung zu haben. Oben knarrten die Bodendielen, weil Jack umherlief. Ich musste mich mit aller Kraft dazu zwingen, meine gesamte Aufmerksamkeit auf das Kleinschneiden des Gemüses zu richten, statt mich wollüstigen Tagträumen über meinen Hausgast hinzugeben.

Jack kam in die Küche, als ich gerade dabei war, Wham! mitzusingen und zugleich mit dem Messer in die Kartoffeln piekte, die im Topf vor sich hin köchelten.

»Kann ich dir mit irgendetwas helfen?«

Ich hörte auf zu singen und ließ den Deckel geräuschvoll auf den Topf zurückfallen. »Nein, das ist nicht nötig. Setz dich. Es ist schon fast alles fertig.«

Er hatte sich rasiert und geduscht, und als ich das Besteck vor ihm auf den Tisch legte, stach mir der schwache Duft eines frisch gewaschenen Mannes in die Nase. Geschäftig werkelte ich in meiner Küche, goss die Kartoffeln ab und gab das Hühnchen und das Gemüse auf die Teller. Ich hatte noch niemals für einen Mann gekocht.

Jonathan hatte stets darauf bestanden, dass wir zum Essen ausgingen, und zwar in der Regel in ein Restaurant mit schwacher Beleuchtung, das weit von der Universität entfernt war. Vor meinem Studium hatte ich zu Hause gelebt, sodass jede Verabredung, die mit Nahrungsmittelaufnahme einherging, ebenfalls bedeutete auszugehen oder aber an einem Essen mit der Familie teilzunehmen. Die Familienessen waren leider nie übermäßig erfolgreich verlaufen, da mein Vater dazu neigte, meinen jeweiligen Freund schon während der Vorspeise ins Verhör zu nehmen, und Immi ihn bis zum Nachtisch endgültig todgequatscht hatte.

Ich stellte die Teller auf die Platzdeckchen und setzte mich zu Jack an den Tisch.

»Das sieht gut aus.« Er griff nach seinem Besteck.

»Danke.« Das war verrückt. Ich hatte mit diesem Mann geschlafen. Es gab an meinem Körper keine einzige Stelle, die er nicht berührt hatte, und wir hatten einander nackt gesehen. Alles hatte sich so natürlich und so richtig angefühlt an dem Abend, an dem wir einander geliebt hatten. Zwei Menschen, die einander gelobten, offen und ehrlich miteinander zu sein. Wir hatten große Geheimnisse und tiefe Gefühle miteinander geteilt, von unseren Körpern gar nicht zu reden. Und doch schien es aus irgendeinem Grund wesentlich intimer zu sein, einfach nur miteinander in der stillen Gemütlichkeit meiner Küche zu sitzen und gemeinsam etwas zu essen, das ich gekocht hatte.

Was war ich für ihn? Während unseres wilden und ungezügelten Liebesspiels hatte keiner von uns das Wort Liebe erwähnt, und das war in Ordnung gewesen. Wir hatten es wohl beide nicht für nötig gehalten. Jetzt, da ich Jack besser kennengelernt hatte, waren meine Gefühle für ihn stärker geworden, aber ich wusste immer noch nicht, wo ich stand. Ich konzentrierte mich darauf, mein Hühnchen zu essen, und versuchte, genug Mut aufzubringen, um das Thema anschneiden zu können.

Die Hintergrundmusik im Radio verklang, und die stündliche Nachrichtensendung begann. Ich schenkte dem Nachrichtensprecher nicht viel Beachtung, bis ich hörte, dass er Kirks Namen erwähnte. Da eilte ich sofort zum Radio, um den Ton lauter zu drehen.

»Eine Eilmeldung erreicht uns heute Abend aus Los Angeles, wo der britische Schauspieler Kirk Drummond verhaftet wurde. Drummond traf erst vor knapp einer Woche in Hollywood ein, um mit den Dreharbeiten zu dem Blockbuster *Deep Sky* zu beginnen. Weitere Einzelheiten sind zu diesem Zeitpunkt nicht bekannt. Es heißt aber, dass seine Verhaftung mit einer mutmaßlichen Sexualstraftat an einer Minderjährigen in Verbindung steht. Drummond geriet am vergangenen Donnerstag in die Schlagzeilen, als ihn seine ehemalige Freundin, Serienstar Imogen Martin, während der beliebten Fernseh-Talkshow *Talk About It* tätlich angriff. Seit dieser Sendung haben sich mehrere Frauen zu Wort gemeldet, die dem dreißigjährigen Schauspieler anstößiges Sexualverhalten zur Last legen.«

»Hört sich ganz danach an, als wäre deine Schwester in Zukunft noch gefragter als bisher.«

Ich drehte die Lautstärke wieder herunter. »Ich habe dir doch gesagt, dass er ein Widerling ist.«

Dass Kirk ein Dreckskerl war, entschuldigte nicht, dass Immi ihm eine gelangt und ihm zur Unterhaltung der Nation eine Szene gemacht hatte, aber es entschärfte ihr Vergehen ein wenig. Wir hatten kaum zu Ende gegessen, als mein Mobiltelefon zu läuten begann. Zuerst rief Immi an, weil sie wissen wollte, ob ich die Neuigkeiten über Kirk gehört hätte, dann meldete sich Gloria via SMS, um mir zu berichten, dass die ganze Geschichte bei ihnen in den USA ebenfalls für fette Schlagzeilen sorgte.

Jack half mir beim Abwasch, während ich die diversen Anrufe entgegennahm. Seite an Seite standen wir vor dem Spülbecken, plauderten und reichten einander Teller, und dabei spürte ich die ganze Zeit die Spannung, die sich immer mehr zwischen uns aufbaute.

»Das war die letzte Pfanne.« Jack hängte das Geschirrtuch an den Haken. »Womit vergnügst du dich hier, wenn du Zeit dazu hast?«

»Ich lese, surfe im Internet, unterhalte mich mit Dave. Einen Fernseher habe ich nicht.« Ich stellte die Pfanne in den Küchenschrank und stellte fest, dass Jack auf einmal sehr viel dichter neben mir stand als bisher. »Wir könnten natürlich ein bisschen in den Pub gehen.« Meine Stimme quiekte mal wieder, und mir wurde bewusst, dass ich in der Falle saß – eingezwängt zwischen Jack und dem Spülbecken.«

»Wir könnten aber auch einfach zu Hause bleiben«, raunte er, senkte seinen Kopf und küsste meine Lippen.

Ich versuchte, ja nicht zu vergessen, dass ich vorsichtig sein musste mit seinem verletzten Mund, doch da presste sich sein sehniger, fester Körper bereits in ganzer Länge gegen meinen.

»Zu Hause zu bleiben könnte nett werden«, hechelte ich zwischen zwei Küssen.

Seine Hände glitten unter mein T-Shirt und unter meinen BH, und dann umfassten sie meine Brüste. Als er mit den Daumen über meine Brustwarzen strich, konnte ich endgültig keinen klaren Gedanken mehr fassen.

26

Jack ging, kurz nachdem ich mich aus dem Bett gequält hatte, um mich meinen morgendlichen Routinepflichten zu widmen; ein paar Minuten vor meinem Wecker hatte sein BlackBerry geläutet, weil es auf einer seiner Baustellen Probleme gab. Ich hatte gehofft, er würde noch eine Weile bleiben, damit wir reden konnten. Letzte Nacht hatten wir uns nämlich so gut wie nicht unterhalten. Dazu waren wir viel zu sehr mit anderen Dingen beschäftigt gewesen und danach irgendwann eingeschlafen. Mein Traum von einem gemütlichen Frühstück zu zweit zerplatzte, als Jack sein Telefonat beendete, es plötzlich schrecklich eilig hatte, sich anzukleiden, und dabei Flüche von sich gab. Er nahm sich nicht einmal Zeit für eine Tasse Kaffee. Ich musste mich mit einem flüchtigen Kuss und einem »Bis später!« begnügen.

Mein Tag gestaltete sich auch ziemlich hektisch. Das Wetter war besser geworden, deshalb war der Besucherstrom stärker, und außerdem klingelte immer wieder das Telefon, weil Leute anriefen, die Fragen zu unserem Tag der offenen Tür hatten, der in einer Woche stattfand. Ich erhielt auch Anrufe von ein paar Lokalreportern, die Wind von dem Überfall auf Jack bekommen hatten und Einzelheiten erfahren oder erreichen wollten, dass er einen Kommentar dazu abgab. Diese Anrufe nahm nicht ich entgegen, sondern der Anrufbeantworter. Ich hatte von Immi genug gelernt, um zu wissen, dass man sich auf solche Gespräche besser nicht einließ.

Immi rief an, um mir mitzuteilen, dass die Produzenten ihrer Fernsehserie ihre Suspendierung aufgehoben hatten und sie ab Montag wieder drehen würde. Im Grunde riefen Gott und die Welt an, nur einer meldete sich nicht: Jack. Ich konnte verstehen, dass er beschäftigt war, aber immerhin hatten wir die Nacht miteinander verbracht, Arm in Arm … Hätte er sich da nicht irgendwann ein bisschen Zeit nehmen können, um mich kurz anzurufen? Der Tag schleppte sich dahin, und ich hörte nichts von ihm, und so wurde meine Laune schlechter und schlechter. Ich wusste nicht einmal, ob er vorhatte, zum Tierasyl zurückzukommen, oder ob er wieder nach Hause gehen würde, da er ärztlicherseits ja wieder grünes Licht hatte.

Sein scheinbares Desinteresse machte mich ziemlich sauer, sodass ich mich einverstanden erklärte, nach Geschäftsschluss mit Val, Tom und Susie zum Abendessen zum Chinesen zu gehen. Für den Fall, dass Jack mit einem riesigen Rosenbouquet auftauchte in der Hoffnung, mich zu Hause anzutreffen, wo ich seiner harrte, erwartete ihn dort leider eine Enttäuschung. Ich hatte das zu oft mit Jonathan durchgemacht, hatte eigene Verabredungen abgesagt und Freunde verprellt, nur um am Ende ganz allein zu Hause zu sitzen, weil ja vielleicht die Aussicht bestand, dass er doch noch anrief. Ich hatte nicht vor, den gleichen Fehler noch einmal zu begehen.

Das Essen im Lucky Dragon war gut. Es war nett, mal ein paar Stunden rauszukommen, ein bisschen Spaß zu haben und uns damit für all die harte Arbeit zu belohnen, die wir geleistet hatten. Val und Tom waren ganz aufgeregt wegen des Tages der offenen Tür, und gnädigerweise zogen sie mich nicht allzu sehr wegen Jack auf. Selbst Susie beteiligte sich an der Unterhaltung, und nach dem ersten Glas Bier war sie sogar einigermaßen lustig.

Spät ließen wir es nicht werden. Val und Tom brachten mich mit ihrem Wagen nach Hause, während Susie sich in die andere Richtung auf den Weg machte. Auf dem Rücksitz von Toms Wagen kontrollierte ich mein Mobiltelefon – immer noch nichts von Jack, nicht einmal irgendeine blöde SMS. Wie es aussah, wusste ich immer noch nicht, woran ich bei ihm war. Ich erwartete keineswegs, dass er mir ewige Liebe schwor – obwohl es im Grunde recht schön gewesen wäre, wenn er es getan hätte –, ich wollte einfach nur spüren, dass ich ihm etwas bedeutete. Ich wollte nicht nur eine weitere Kerbe in seinem Bettpfosten sein, eine Frau, mit der er schlief, wenn ihm gerade der Sinn danach stand. Vielleicht hatte ich mir selbst nur etwas vorgemacht, als ich mir einredete, es habe mir nichts ausgemacht, dass das L-Wort nicht gefallen war. Vielleicht machte mir das sehr viel mehr aus, als ich bereit war zuzugeben. Meine gute Laune von dem Abend im Lucky Dragon schwand, und ich steckte mein Handy wieder ein und wünschte Val und Tom eine gute Nacht.

Der sonnige Nachmittag war einem kühlen Abend gewichen; der Wind war regelrecht kalt. Ich überquerte die Straße, die vor der Vorderseite meines Hauses lag, und lauschte dem Rauschen der Blätter in den Zweigen, die sich in der frischen Abendluft wiegten. Ich musste gestehen, dass die klare Luft nach dem Nebel der letzten paar Nächte eine wohltuende Abwechslung war. Sie schien die gruselige, von Verdacht und Furcht überschattete Stimmung zu vertreiben, die mich seit dem Überfall auf Jack geplagt hatte.

Noch bevor ich meinen Schlüssel aus der Handtasche ziehen konnte, sah ich die schwarzen Brandspuren und die blasig aufgeplatzte Farbe, die den in der Haustür eingebauten Briefkastenschlitz verunzierten. Mein Herz begann zu rasen, denn Nigel heulte in der Diele wie ein Werwolf. Mit zitternden

Händen steckte ich den Schlüssel ins Schloss. Ich hatte es so eilig, ins Haus zu kommen, dass meine Finger gar nicht gehorchen wollten und ich Mühe hatte, die Tür aufzuschließen.

Nigel sprang mir zur Begrüßung entgegen und freute sich dermaßen über meine Heimkehr, dass er mich fast umwarf, als er seine gewaltigen Pfoten auf meine Schultern legte, um mich gegen die Wand zu drücken. Der Geruch von Kordit brachte mich zum Husten, und ich versuchte, den großen Hund zu beruhigen, damit ich nachsehen konnte, was passiert war. Ich untersuchte ihn von oben bis unten, konnte aber keine Verletzungen entdecken.

Auf der Türmatte fand ich dann den Grund für den Sengschaden, der mir draußen um den Briefkasten herum aufgefallen war. Ein zur Hälfte abgefackelter Feuerwerkskörper hatte ein Loch in die Matte gebrannt, sodass das Haus jetzt nach verkokeltem Kokosbast stank. Die cremefarbenen Wände der Diele waren vom Rauch verrußt, und der Treppenläufer hatte Brandlöcher. Das chinesische Essen, das ich gerade erst zu mir genommen hatte, versuchte ein Comeback, als mir klar wurde, wie wenig gefehlt hatte, und mir wäre das ganze Haus abgebrannt. Gott sei Dank hatte das Feuer sich nicht ausgebreitet und sich stattdessen auf der Matte selbst erstickt. Ich beruhigte Nigel, dann rannte ich ins Wohnzimmer, um nach Dave zu sehen.

»Leck mich am Arsch!«, quäkte er mich an und plusterte sein Gefieder auf.

Seine Stimmung hatte sich durch die Erfahrung mit dem Feuerwerkskörper eindeutig nicht gebessert. Es beruhigte mich, dass es ihm gut ging, und ich rief die Polizei. Dave hörte nicht auf, mir weiter seinen Verdruss ins Gesicht zu kreischen, sodass ich schließlich gezwungen war, ihm den

Schnabel mit einer Weintraube zu stopfen, seinem erklärten Lieblingsleckerli. Ich lugte in die Küche, um sicherzustellen, dass man nicht auch dort versucht hatte, einen Brand zu legen, aber alles sah ganz genau so aus, wie ich es zurückgelassen hatte.

Jetzt, da ich das Ausmaß des Schadens erfasst hatte, fing mein Herz langsam an, sich wieder zu beruhigen. Da fiel mir plötzlich auf, dass mein Kater verschwunden war. Clive hasste laute Geräusche jedweder Art und pflegte ohnehin, sich irgendwo einen Schlupfwinkel zu suchen, wenn ich nicht in der Nähe war. Ich hatte große Angst, dass er verletzt war, und suchte in all seinen Lieblingsverstecken. Endlich fand ich ihn in meinem Kleiderschrank, wo er just in dem Moment auf meine Schuhe pinkelte, als der Streifenwagen der Polizei vor dem Haus hielt.

Es dauerte zwei Stunden, bis die Beamten endlich wieder gingen, mit dem Feuerwerkskörper und meiner Aussage. Ich warf die verbrannte Matte nach draußen vor die Hintertür und schrubbte den schlimmsten Ruß von den Wänden und vom Fußboden des Korridors. Die Erleichterung darüber, dass mein Haus nicht abgebrannt und keines meiner Tiere verletzt worden war, überwältigte mich nahezu. Sobald ich mir vor Augen führte, was alles hätte passieren können, lief mir ein Schauer über den Rücken. Ich hätte im Haus sein können, als der Feuerwerkskörper durch den Briefkastenschlitz gedrückt wurde. Nigel hätte schlafend auf der Türmatte liegen können.

Ich rief Immi an, um ihr zu erzählen, was geschehen war. Ihr Telefon war abgeschaltet, also hinterließ ich ihr eine Nachricht auf der Mailbox. Eine Weile hockte ich mit Nigel an meiner Seite am Fuß der Treppe und überlegte, ob ich Jack anrufen sollte. Einerseits wollte ich ihn anrufen und ihm berichten, was passiert war, andererseits war ich immer noch sauer, weil er mich nicht angerufen hatte. Würde er sich, wenn ich ihn jetzt anrief, verpflichtet fühlen, mir anzubieten, zu mir zu kommen und über Nacht bei mir zu bleiben? Mir wurde vom Scheitel bis zur Sohle heiß bei dem Gedanken an eine weitere Nacht mit Jack in meinem Bett, und ich klappte das Telefon ganz schnell zu.

Wie eine Närrin war ich Jonathan nachgerannt, und der einzige Lohn für meine Mühen waren ein gebrochenes Herz und ein Nervenzusammenbruch gewesen. Ich starrte auf das Telefon in meiner Hand und fühlte mich hin- und hergerissen zwischen dem Wunsch, Jacks Stimme zu hören und mich von ihm beruhigen zu lassen, und der Angst, gerade im Begriff zu sein, all die Fehler, die ich in der Vergangenheit begangen hatte, noch einmal zu machen. Ich hatte in jüngster Zeit ein paar große Schritte nach vorn gemacht, aber jetzt war beinahe Mitternacht, und mein Körper zitterte vor Müdigkeit. Morgen, wenn ich mich stabiler fühlte – morgen würde ich ihn anrufen.

Tom, Val und Susie waren entsetzt, als sie am nächsten Morgen kamen und erfuhren, was sich zugetragen hatte, während wir im Lucky Dragon gewesen waren.

»Das ganze Haus hätte in Flammen aufgehen können.« Vals schönes Gesicht wirkte ganz verstört.

»Deine armen Tiere!« Susie sah aus, als wolle sie jeden Moment in Tränen ausbrechen.

»Du brauchst eine Videoüberwachungsanlage«, trug Tom seinen Teil zur Unterhaltung bei.

»Ich komme heute Abend zu dir zurück. Ich habe heute noch ein Interview und den letzten Fototermin. Den Rest müssen sie vergessen. Du kannst nicht allein in diesem Haus bleiben.« Immi klang so erschüttert, wie ich es war, als sie mich am frühen Morgen anrief.

Ich protestierte nicht groß. Die Vorstellung, einen weiteren Abend allein in dem Haus zu verbringen, verängstigte mich wesentlich mehr, als ich bereit war, durchblicken zu lassen. Ich hatte die Nacht damit verbracht, mich bei jedem fremden Laut hin und her zu wälzen. Ich war so nervös, dass ich nicht einmal Einwände erhob, als Tom losging und ein paar Kameras für die Vorder- und die Hintertür des Hauses besorgte.

Als Jacks Range Rover kurz vor zehn auf den Hof fuhr, verzogen sich die anderen. Meine knappen Antworten auf ihre unschuldigen Fragen, wo Jack denn sei, ließ sie ahnen, dass es zwischen uns beiden nicht zum Besten stand.

Mit grimmer Miene knallte er die Wagentür zu und stürmte über den Schotter auf mich zu.

»Was geht hier vor? Ich hatte heute Morgen eine verstümmelte Nachricht von Immi auf meiner Mailbox, in der es um einen Hausbrand ging. Bist du verletzt? Warum hast du mich nicht angerufen?« Die Blutergüsse in seinem Gesicht hatten sich zu voller Pracht entfaltet, und die Schnittwunde neben seiner Augenbraue war tiefblau und sah entzündet aus.

»Es ist alles in Ordnung. Abgesehen von meiner Türmatte ist nichts zu Schaden gekommen.« Den stechenden Schmerz in meiner Brust versuchte ich zu ignorieren, denn Jack war ja nur hier aufgetaucht, weil meine Schwester ihn angerufen hatte.

»Nach ›in Ordnung‹ hörte sich das für meine Ohren nicht gerade an. Wenn ich das, was Immi gesagt hat, richtig verstanden habe, hat jemand versucht, dein Haus niederzubrennen.« Es zuckte in seiner Wange.

»Sieh mal, es war spät gestern, als es passiert ist. Die Polizei ist gekommen, und als sie endlich wieder weg war, war es schon fast Mitternacht. Außerdem hast *du* dich den ganzen Tag nicht bei *mir* gemeldet.« Ich war ziemlich empört. Er war aus meinem Bett gesprungen und hatte sich danach nicht mehr mit mir in Verbindung gesetzt, und jetzt war er nur gekommen, weil meine Schwester sich die Mühe gemacht hatte, ihn anzurufen.

Jack fluchte vor sich hin, und ich blitzte ihn wütend an.

»Ich hatte gestern keine Gelegenheit, dich anzurufen. Ich war den ganzen Tag auf der Baustelle und bin erst nach elf gestern Abend nach Hause gekommen.«

»Klar.« Ich war nicht von gestern. Jack wusste vielleicht, welche Knöpfe er bei mir drücken musste, um mich anzutörnen, aber ich hatte bereits eine desaströse Beziehung hinter mir, und obwohl ich wusste, dass Jack nicht war wie Jonathan, konnte ich nicht zulassen, dass man mir neuerlich das Herz brach. Ich hatte zu lange gebraucht, um mich vom ersten Mal zu erholen. Er hätte mich anrufen können, wenn er das wirklich gewollt hätte.

Mit finsterem Blick sah Jack mich an. »Gott, Clodagh, du kannst ebenso stur sein wie deine Esel. Sag mir jetzt bitte nicht, dass du vorhast, heute Nacht allein hierzubleiben? Was, wenn diese Leute sich etwas anderes einfallen lassen?«

»Das ist alles schon geregelt. Immi kommt zurück. Du brauchst dir um mich keine Sorgen zu machen.« Damit war er aus dem Schneider. Er brauchte nicht länger den tapferen Ritter zu spielen.

Er biss die Zähne zusammen. »Dann bin ich überzeugt, dass alles ganz wunderbar laufen wird mit euch beiden.«

Er drehte sich auf dem Absatz um und eilte zurück zu seinem Wagen. Die Wucht, mit der sich die Räder drehten, als er wegfuhr, zeigte mir, dass ich ihn ernsthaft wütend gemacht hatte.

Meine eigene Wut verflüchtigte sich binnen der wenigen Sekunden, die Jack benötigte, um aus meinem Blickwinkel zu verschwinden. Ich wusste, dass er nur so verärgert war, weil ich ihm etwas bedeutete. Es ging wieder um Vertrauen. Ich hätte darauf vertrauen müssen, dass er mich anrief und nicht einfach aus meinem Bett sprang und mich hängen ließ. Warum machte ich bloß immer wieder die gleichen dummen Fehler?

Susie kam aus Mikos und Pasquales Stall. »Er sah sauer aus.«

»Wir hatten eine kleine Meinungsverschiedenheit.« Ich hatte nicht die Absicht, mit Susie über mein Privatleben zu sprechen, also entschied ich mich für ein Ablenkungsmanöver. »Gibt es irgendwelche Neuigkeiten von Jade?«

Sie schüttelte den Kopf. »Ich habe versucht, sie anzurufen, weil ich ihr von dem Brandanschlag erzählen wollte, aber es schaltete sich nur die Mailbox ein.«

Es blieb uns keine Zeit, noch weiter zu reden, denn ein LKW fuhr vor, der die mobilen Toiletten für die Liegewiese lieferte. Der Rest des Tages verging wie im Flug. Ich war heilfroh, beschäftigt zu sein – das hielt mich davon ab, mich näher mit der grenzenlosen Leere zu befassen, die seit meinem Streit mit Jack in meinem Inneren herrschte.

Immi traf nach dem Abendessen ein, mit einem Taxi. Sie rannte mir auf dem Weg entgegen, sodass der irritierte Taxifahrer ihr pinkfarbenes Gepäck aus dem Kofferraum des Wagens hieven musste.

»Ich dachte, Jack wäre hier«, tönte sie, nachdem sie die Fahrt bezahlt und ich ihre Koffer und Taschen nach oben in ihr Zimmer geschleppt hatte.

»Das ist eine lange Geschichte.« Ich erzählte ihr, was alles passiert war, ließ den sexuellen Teil allerdings außen vor. »Du hättest ihn nicht anrufen dürfen.«

»Aber woher sollte ich denn wissen, was los war? Ich wusste, dass er bei dir ist, obwohl du kein Wort davon gesagt hast, was sollte ich da also denken? Wenn ihr zwei euch schon nicht entscheiden könnt, ob ihr nun ein Paar seid oder nicht, wie soll ich das dann wissen?« Immi war empört.

Vielleicht hatte sie sogar recht. Ich beschloss, das Thema zu wechseln. »Wie geht es Marcus?«

Ein glückseliges Lächeln legte sich auf die Züge meiner Schwester. »Er ist so ein Schatz, aber entsetzlich beschäftigt mit seinem neuen Job. Du weißt ja sicher schon, was er über deinen Freund George Lovett herausgefunden hat, oder nicht?«

»Ja, Jack hat es mir erzählt.«

»Ach, wie schön, dass ihr wenigstens über eine Sache gesprochen habt.«

Ich wusste nicht, ob mir dieser Anflug von Sarkasmus behagte. »Glaubst du immer noch, dass einer meiner freiwilligen Mitarbeiter in das Ganze hier verwickelt ist?«

Immi runzelte die Stirn. »Ich weiß es nicht. Nach dem, was du mir erzählt hast, hört es sich für mich nicht so an, als würden sich Val oder Tom in so eine Sache hineinziehen lassen. Und von Susie kann ich mir das ebenso wenig vorstellen – so nervig sie auch ist.«

»Damit bliebe nur Jade.« Ich wollte den Gedanken, dass Jade möglicherweise mit Leuten im Bunde stand, die Jack überfallen und versucht hatten, das Tierasyl und mein Haus in Schutt und Asche zu legen, einfach nicht zulassen. Nur war es schon seltsam, dass sie mich nicht angerufen hatte, um mir persönlich zu sagen, dass sie krank war, und dass die

Angriffe sich genau zu der Zeit gehäuft hatten, als sie nicht hier war. Sie wusste, dass ich Geld brauchte, und es sah so aus, als unterscheide sich meine Vorstellung von Jades Lebensstil sehr stark von dem, was Susie berichtet hatte.

Es gab aber auch noch eine ganz andere Möglichkeit: Vielleicht war ich einfach nur paranoid. Das wurden Mädchen schon mal, wenn man ihren Freund bewusstlos schlug und einen gezündeten Feuerwerkskörper durch ihren Briefkastenschlitz warf. Unter Umständen machte ich Jade ganz zu Unrecht schlecht – möglicherweise war das Ganze nur eine Folge irrsinniger Zufälle.

»Hmm. Vielleicht sollten wir mal ein wenig herumspionieren.« Immis Augen begannen zu glänzen.

»Das könnte schwierig werden, da ja fast jeder dein Gesicht kennt.« Ich wusste, dass meine Schwester davon träumte, dass wir Jades Wohnung observierten wie die Beamten in *Law & Order* oder jüngere, schlankere Ausgaben von *Cagney & Lacey.*

Immi zuckte mit den Achseln. »Viel würden wir sicher eh nicht herausfinden. Ich denke mal, wir müssen abwarten, ob sie am Tag der offenen Tür auftaucht, und wenn sie es tut, müssen wir sie genau im Auge behalten.«

Am Wochenende gab es keine weiteren Vorfälle. Ich hörte kein Wort von Jade und nichts von Jack. Meine Hoffnung, dass er sich bei mir meldete, schwand schnell, doch verbot ich Immi ausdrücklich, sich in mein Liebesleben einzumischen und mit ihm Kontakt aufzunehmen. Am späten Sonntagabend machte sie sich in Begleitung von Marcus auf den Rückweg nach London, und beide versprachen sie mir, am Freitag rechtzeitig für den großen Tag wieder da zu sein.

Ihr Wagen war noch nicht ganz vom Hof gerollt, als Val und Tom kamen und eine Flasche Wein mitbrachten und ein Monopolyspiel.

»Wir dachten, ein bisschen Gesellschaft würde dir guttun«, meinte Val, als sie das Geld zählte und austeilte.

»Ja, jeder, der dich hier eventuell beobachtet, soll wissen, dass du nicht allein bist«, fügte Tom hinzu und erklärte sich damit feierlich zum diensthabenden Beschützer.

Ich wusste, dass es sich um eine Verschwörung handelte, als Susie am nächsten Abend mit einem Plastikcontainer voller Bastelzeug anrückte und behauptete: »Ich dachte, wir könnten am Sonntag vielleicht ein paar Grußkarten und Geschenkanhänger verkaufen.«

Ich war dankbar dafür, dass sie sich alle so lieb um mich kümmerten, aber der einzige Mensch, von dem ich wirklich wollte, dass er kam und mich beschützte, war nicht da. Fast drei Tage waren vergangen, und ich hatte immer noch nichts von Jack gehört.

27

Am Freitag tauchte Jade wieder auf und erzählte jede Menge Geschichten über ihr kaputtes Mobiltelefon und einen leichten Anflug von Grippe. Ich hätte ihr gern geglaubt, konnte meine Zweifel aber irgendwie nicht abschütteln. Jedes Mal, wenn ich auf sie zuging, eilte sie davon, weil sie angeblich gerade andernorts etwas Wichtiges zu tun hatte. Mit mir wollte sie also eindeutig nicht reden, obwohl sie, wie ich aus der Ferne beobachten konnte, allen anderen eine Menge zu sagen hatte.

Im Tierasyl ging es rund. Ein Team von Männern kam, um für den Tag der offenen Tür ein Festzelt aufzustellen; ich fand, dass es ratsam war, einen Ort zu haben, an den die Besucher ausweichen konnten, falls das Wetter beschloss, uns Regen zu bescheren. In der Vorhersage war von »unbeständig« die Rede. Ich hatte den ganzen Tag viel zu tun – kümmerte mich um unsere Besucher, gab den Arbeitern Anweisungen und versuchte gleichzeitig, Jade immer schön im Auge zu behalten. Abgesehen davon, dass sie bemüht war, Susie und mir aus dem Weg zu gehen, benahm sie sich allerdings nicht viel anders als sonst, und Susie versuchte sie eigentlich immer aus dem Weg zu gehen.

Derweil schien das Universum Kirk den offenen Krieg erklärt zu haben. Er saß in Los Angeles in Haft und wurde beschuldigt, eine Minderjährige vergewaltigt zu haben; es hatte sich herausgestellt, dass seine letzte Freundin – nicht das Mädchen, das in der Talkshow über Immi hergefallen war – erst fünfzehn Jahre alt war. Dadurch schien Immi wieder das uneingeschränkte Wohlwollen der Öffentlichkeit zu genießen, und die Rollenangebote kamen nur so herein. Ich hoffte nur, dass sie weiterhin nüchtern blieb, jetzt, da sie eine zweite Chance bekam und Marcus hatte, der sie unterstützen konnte.

Ich hatte aufgehört, ständig auf meinem Handy nachzusehen, ob Jack eine Nachricht hinterlassen hatte, doch verspürte ich nach wie vor bei jedem Gedanken an ihn dieses schmerzende Gefühl der Leere in meiner Brust. Ein paarmal hatten meine Hände gedankenlos nach meinem Mobiltelefon gegriffen und seine Nummer eingetippt, aber im letzten Moment verließ mich jedes Mal der Mut, sodass ich das Telefon wieder zuklappte, ohne zu wählen.

Immi und Marcus befanden sich immer noch im totalen Liebestaumel, und geplant war, dass sie beide am Abend kamen. Ich neidete meiner Schwester dieses Glück keineswegs, fühlte mich dadurch aber noch einsamer als sonst.

Jack war der erste Mensch, dem ich nach langer Zeit erlaubt hatte, mir nahezukommen. Ich hatte wirklich geglaubt, dass wir gut zusammenpassten. In rein körperlicher Hinsicht stimmte das sogar – er brauchte mich nur anzusehen, und mein ganzer Leib begann vor Lust zu vibrieren. Das war bei Jonathan nie so gewesen. Mit Jonathan hatte ich das gehabt, was Immi »Sex à la Autofähre« genannt hatte: Roll drauf – dock an – roll runter. Zwischen dem und dem Sex mit Jack lagen Welten.

Meine Beziehung mit Jonathan hatte gänzlich auf meiner seelischen Abhängigkeit beruht, was er immer weiter vorantrieb. Es war nur um ihn gegangen und darum, wie ich zu dem werden konnte, was *er* wollte. Ich war jung gewesen und leicht zu beeindrucken, und er hatte meine Unreife ausgenutzt. Ich war jemand gewesen, mit dem er sich die Zeit vertrieb, während er auf die Heimkehr seiner Verlobten, der College-Professorin, wartete.

Ich schloss das Tierasyl ein paar Minuten vor der Zeit und lief mit einem Tablett voller Getränke nach unten zur Koppel, wo schwer gearbeitet wurde, um alles für den nächsten Tag herzurichten.

»Wo ist Jade?« Ich hatte sie schon eine ganze Weile nicht mehr gesehen – so viel zu dem Thema, dass ich sie observieren wollte.

»Sie hat behauptet, es gehe ihr nicht gut, und ist etwas früher gegangen«, tönte Susie. Ich hatte den Eindruck, als habe sie diese Ausrede nicht unbedingt überzeugt. Busenfreundinnen waren Susie und Jade noch nie gewesen. Jade hielt Susie für leicht übergeschnappt, und Susie verübelte Jade, dass sie gern schon mal so fest mit anpackte, dass Susie um ihren Titel »Beflissenste Mitarbeiterin« fürchten musste.

»Meinst du denn, dass es ihr morgen wieder gut genug gehen wird?« Vielleicht hatte Jade ja das Interesse an ihrer Arbeit hier verloren, oder aber sie war wirklich die Verräterin und glaubte, wir hätten sie durchschaut.

»Sie hat gesagt, sie würde kommen, aber ich bin überzeugt, dass wir auch wunderbar ohne sie zurechtkommen. Sie hat heute den ganzen Tag nichts anderes getan, als hier herumzulungern und Leute auszuhorchen.« Susie nippte an ihrem Glas.

Mir fiel das alte Sprichwort ein über den Esel, der den anderen ein Langohr nennt. Susie horchte die Leute immer aus, sodass es nahezu absurd war, Jade das jetzt vorzuwerfen. Trotzdem machte mir zu schaffen, dass sie heute vielleicht nur gekommen war, um weitere Informationen zu sammeln. Es hätte erklärt, warum sie die ganze Zeit mit allen geplaudert hatte. Vielleicht hatte sie gespürt, dass Susie und ich misstrauisch waren, und sich bewusst von uns ferngehalten, damit *wir* keine Fragen stellen konnten.

»Das Festzelt sieht schön aus, nicht wahr?« Ich lehnte mich mit dem Rücken gegen den Zaun und bewunderte die Fähnchen, die an den Außenseiten flatterten.

»Du wirst hier morgen nichts wiedererkennen, wenn die Verkaufsbuden und Karussells hier stehen!«, rief Val und trat zu uns.

»Es ist regelrecht aufregend. Das sollten wir jedes Jahr machen, Clodagh.« Tom wischte sich mit seinem Unterarm den Schweiß von der Stirn.

»Da bin ich mir noch nicht so sicher. Frag mich das morgen Abend, wenn alles vorbei ist.«

»Ich hoffe nur, dass alles reibungslos abläuft, weil du ja in letzter Zeit so viele Probleme hattest. Nicht, dass irgendein Idiot versucht, dir alles zu versauen«, bemerkte Tom.

Damit hatte er meine größte Angst ausgesprochen. Ich hatte viel darüber nachgedacht, was Jack gesagt hatte, dass vielleicht jemand versuchen könne, meinen Tag der offenen Tür zu sabotieren. Die Polizei hatte versprochen, sowohl auf dem Gelände des Tierasyls als auch um das Gelände herum präsent zu sein, und seit einer Woche hatte es keine Probleme mehr gegeben. Ich hatte einen weiteren Brief von der Firma Lovett bekommen, in dem man mich bat, einen Termin mit ihren Anwälten zu vereinbaren, und hatte ihn sofort in den Altpapier-Container geworfen. George Lovett selbst hatte keinen weiteren Versuch unternommen, mit mir zu sprechen, weder telefonisch, noch indem er vorbeischaute.

»Wir müssen die ganze Zeit hübsch die Augen offen halten. Die Polizei wird hier sein, und Margaret und Doreen kommen morgen ja auch und können helfen.« Margaret und

Doreen waren zwei Damen aus Melhampton, die normalerweise in der Hochsaison aushalfen, indem sie am Eingang saßen und Erfrischungen verkauften. Sie waren beide schon sehr viel älter, kamen aber gern, um zu helfen, wo sie konnten, obwohl Doreen schlechte Augen hatte und Margaret zum Gehen einen Stock benötigte.

»Ich weiß nicht, ob Miss Marple und ihre Gehilfin so besonders gut darin sind, skrupellose Kriminelle zu verschrecken«, sinnierte Val. Dabei verzog sie keine Miene, sodass Tom und ich beide kichern mussten. »Margaret dürfte schwerlich in der Lage sein, mit ihrem Stock jemandem über die Felder nachzujagen.«

Susie verstand überhaupt nicht, was daran lustig sein sollte.

»Ich komme später noch mal vorbei, wenn ich mit dem Hund rausgehe. Nur um nachzusehen, ob alles in Ordnung ist und nirgendwo eine zwielichtige Gestalt herumlungert«, verkündete Tom.

»Dann komme ich mit. Allein läufst du mir um Mitternacht hier nicht herum. Wer den jungen Jack bewusstlos schlagen konnte, macht aus einem alten Narren wir dir Hackfleisch.« Mit einer Geste wilder Entschlossenheit zerrte Val sich ihre Strickjacke über den gewaltigen Busen, während Tom die Augen verdrehte.

»Ich bin sicher, dass alles gut laufen wird – und ich will nicht, dass hier irgendjemand zur Selbstjustiz greift.« Warnend blickte ich Tom ins Gesicht.

In trautem Einvernehmen leerten wir unsere Gläser. Danach sammelte ich sie ein und verabschiedete mich, bevor ich das Tor hinter den anderen zusperrte. Hübsch sah es aus in meinem Tierasyl. Die Zäune waren frisch gestrichen, die Schuppen und Ställe waren alle repariert und tipptopp in

Ordnung, die Schilder vor den Gehegen waren sauber, und – was am allerwichtigsten war – meine Tiere sahen alle aus, als würden sie geliebt und als würde man sich um sie kümmern. Ich hoffte, dass unsere Bemühungen zum Erfolg führten und wir die Zukunft von Rainbow Ridge sichern konnten.

Immi und Marcus hatten versprochen, Pizza mitzubringen, sodass ich mir ums Kochen keine Sorgen machen musste. Stattdessen duschte ich rasch, zog mich um und ging anschließend mit Nigel spazieren. Wir liefen die Straße hinunter. Lovetts Männer hatten auf Long Meadow mit der Arbeit begonnen, und im Straßengraben lagen Schollen von schwerem braunen Lehmboden, abgefallen von den Rädern der Fahrzeuge, die auf die Baustelle und wieder zurückgefahren waren.

Bevor wir die Einfahrt zur Baustelle erreichten, machten wir kehrt und liefen zurück nach Rainbow Ridge. Das Wetter machte den Eindruck, als würde es morgen trocken bleiben, und der Sonnenuntergang malte orangefarbene Streifen an den Himmel und tauchte die Landschaft in einen sattgoldenen Glanz. Mein Leben wäre perfekt gewesen, wenn Jack an meiner Seite gewesen wäre!

Als Nigel und ich nach Hause kamen, stand Marcus' blauer Wagen neben meinem im Hof, und als ich die Küche betrat, wehte mir der köstliche Duft frisch gebackener Pizza mit Tomaten und Basilikum entgegen. Marcus stellte gerade die Teller auf den Tisch, während Immi mit abgepacktem Salat kämpfte, der fest von selbstklebender Plastikfolie verhüllt wurde.

»Ich habe mich schon gefragt, wo du bist. Wir sind auf der Fahrt schneller vorangekommen als erwartet.« Sie legte den Salat aus der Hand und schloss mich in die Arme.

Normalerweise wurde mir beim Anblick meiner Schwester nicht gleich weinerlich zumute, aber meine Gefühle spielten mir momentan alle möglichen Streiche.

»Erzähl uns genau, was passiert ist«, forderte sie mich auf.

Bei Pizza, Salat und einem Glas Cola erzählte ich Marcus und Immi sämtliche Einzelheiten über den Überfall auf Jack und den Brandstiftungsversuch. Als Nächstes berichtete ich ihnen, was ich im Hinblick auf Jade befürchtete. Sie waren beide der Ansicht, dass ich ihr gegenüber zu Recht misstrauisch war, was mich ein wenig enttäuschte. Ich schätze, ich hatte gehofft, sie würden sagen, dass ich das Ganze zu sehr dramatisierte; mir behagte es immer noch nicht, so viel Argwohn gegen einen Menschen zu hegen, den ich für meine Freundin gehalten hatte.

»Du musst ihr morgen eine Aufgabe geben, die sie zwingt, sich an einer speziellen Stelle aufzuhalten.« Voller Enthusiasmus wedelte Immi mit ihrem Stück Pizza. »Dann können wir sie im Auge behalten und sicherstellen, dass sie keine Gelegenheit bekommt, irgendetwas zu sabotieren.«

»Vorausgesetzt, sie *ist* der Saboteur. Selbst wenn sie in irgendeiner Form in das Ganze verwickelt sein sollte, kann es ja durchaus sein, dass sie lediglich Informationen beschafft.« Allein schon, dass wir diese Unterhaltung führten, war kaum zu fassen.

»Ja, aber wir würden sofort mitbekommen, wenn irgendein Verdächtiger ihre Nähe sucht, um mit ihr zu sprechen.« Immi war nicht bereit, meinen Einwand gelten zu lassen. Ich glaube, ihre langjährige Erfahrung als Schauspielerin lässt sie zuweilen vergessen, dass das wirkliche Leben nicht nach Drehbuch verläuft.

»Es wäre schön, einen stichhaltigen Beweis zu haben. Irgendetwas Greifbares, das dieses Mädchen mit einem der Vorfälle in Verbindung bringt.« Marcus nippte an seiner Cola.

Eine Weile mampften wir schweigend unsere Pizza, und ich ließ mir seine Worte durch den Kopf gehen.

»Ich habe was!« Ich leckte meine Finger ab und sprang auf, durchwühlte meine Jackentasche. »Ich habe diese Wollfäden hier gefunden. Sie hatten sich im Holz verfangen, als sie den Zaun der Koppel kaputtgemacht haben.« Ich zeigte sie Immi und Marcus. »Die Wolle hat einen äußerst ungewöhnlichen Farbton. Jade hat einen Pullover aus dem Garn, und sie hat uns erzählt, dass ihre Tante in Kanada den für sie gestrickt hat. Ich wusste, dass ich die Farbe schon mal gesehen hatte, aber bis eben wusste ich nicht, wo.«

»Und du bist sicher, dass die Fäden nicht zufällig an den kaputten Zaun gelangt sind?«, fragte Marcus.

»Der Schaden ist in der Nacht angerichtet worden, und Tom hat ihn am frühen Morgen entdeckt. Niemand sonst ist auf dem Feld gewesen. Und es ist definitiv eine Frau involviert – Jack hat gesagt, dass einer der beiden, die ihn angegriffen haben, eine Frau war. Und erinnert ihr euch an diese Fußabdrücke, die ich entdeckt habe, als wir dachten, Marcus sei der Herumtreiber?« Mir wurde ganz schlecht bei der Erkenntnis, dass Jade tatsächlich die Übeltäterin war.

Immi hatte derartige Seelennöte nicht, und so hopste sie auf ihrem Stuhl auf und nieder vor lauter Erregung. »Jetzt müssen wir ihr eine Falle stellen!«

Marcus warf ihr über den Rand seines Glases einen prüfenden Blick zu.

»Was? Sag bloß nicht, dass du anderer Meinung bist.« Sie beruhigte sich ein wenig, und ich gelangte zu dem Schluss, dass Marcus einen positiven Einfluss auf sie ausübte.

»Ich werde mal darüber nachdenken und lasse mir bis morgen etwas einfallen«, sagte er.

Da ich mit ein paar Wollfäden und einem Verdacht nur

schwerlich zur Polizei gehen konnte, nahm ich mir vor, auf Marcus zu bauen und zu hoffen, dass ihm eine durchführbare Lösung für mein Dilemma einfiel.

»So, und jetzt erzähl mal, was da zwischen dir und Jack läuft«, tönte Immi. Wir erledigten gerade den Abwasch, und Marcus war bereits oben und duschte.

»Nichts.« Ich versuchte, den Eindruck zu erwecken, als mache mir das nichts aus.

»Hast du ihn nicht angerufen?« Ihr Geschirrtuch hörte auf, sich zu bewegen, und sie versuchte, in meinem Gesicht zu lesen.

»Er hat mich nicht angerufen.« Ich legte einen der seifigen Teller auf das Abtropfgestell.

Immi verdrehte die Augen. »Ihr zwei seid unmöglich.«

Da hatte sie nicht ganz unrecht. Eigentlich hatte ich versuchen wollen zu lernen, wieder mehr zu vertrauen und mich selbst mehr in eine Beziehung einzubringen, aber trotzdem hielt ich mich jedes Mal zurück, wenn es hart auf hart kam. Ich hätte Jack nach dem Vorfall mit dem Feuerwerkskörper anrufen müssen.

»Ruf ihn einfach an, Clo.« Immi legte das Geschirrtuch weg und nahm mich in die Arme. »Er ist nämlich einer von den Anständigen.«

Sie entschwand nach oben, um Marcus zu suchen, während ich das restliche saubere Geschirr wegräumte. Ich holte mir mein Mobiltelefon und wanderte ins Wohnzimmer.

Dave schlich über seine Sitzstange und rieb dabei mit dem Köpfchen gegen die Käfigstangen. »Oben ohne kostet extra!«, krächzte er.

Ich klappte mein Telefon auf, rief Jacks Nummer auf, dann klappte ich das Telefon wieder zu. Ich hatte nicht die geringste Vorstellung, was ich sagen sollte. Also starrte ich auf mein

Handy, als erwarte ich, dass es mir die Lösung für mein Dilemma lieferte.

»Gib uns ein Küsschen!« Dave schlug mit dem Schnabel gegen den Käfig, was einen metallisch klingenden Laut verursachte, um damit meine Aufmerksamkeit zu erregen.

»Benimm dich.«

Ich wusste immer noch nicht, was ich tun sollte.

Ich wusste aber, was ich wollte. Ich wollte Jacks Stimme in mein Ohr raunen hören, wollte hören, wie er mich mit einem seiner Kalauer aufzog. Ich wollte, dass er neben mir auf dem Sofa saß und mich in seinen Armen hielt. Wenn ich die Augen schloss, konnte ich immer noch spüren, wie sich meine Wange gegen seine Brust presste, konnte den schwachen männlichen Duft seiner Haut riechen und die regelmäßigen dumpfen Schläge seines Herzens hören.

Mein Herz fühlte sich an, als habe es jemand in einen Schraubstock gespannt, um langsam immer weiter zu drücken, bis es in Millionen winzige Einzelteile zerbrach. Das war alles zu viel. Es wurde Zeit, dass ich aufhörte, stur und dumm zu sein. Zeit, dass ich ihm gestand, was ich für ihn empfand – Zeit, dass ich neuerlich riskierte, mein Herz zu verlieren. Ich klappte mein Handy wieder auf und schickte Jack eine SMS.

Was ich getan habe, war falsch. Ich vermisse dich. Es tut mir leid. Ruf mich an.

28

Ich weiß nicht, was ich erwartete. Insgeheim hoffte ich, Jack würde meine Nachricht lesen und auf der Stelle zu mir eilen, um mich zu küssen und Frieden zu schließen. Stattdessen – nichts. Ich blieb auf und spielte auf dem Computer Spider Solitaire, kontrollierte zwischendurch alle paar Minuten mein Mobiltelefon für den Fall, dass ich nicht gehört hatte, dass eine SMS oder ein Anruf gekommen war, aber nichts, *nada*, null. Irgendwann gab ich auf, ging ins Bett und gönnte mir eine selbstmitleidige Runde Tränen in Gesellschaft von Kater Clive.

Als ich mich am nächsten Morgen aus dem Bett hievte, dem Tag der offenen Tür, waren meine Augen vom Weinen geschwollen und vom Schlafmangel übernächtigt. Es war noch dunkel, als ich Nigel aus seinem Schlummer weckte, weil ich auf Zehenspitzen in die Küche schlich, um meine Gummistiefel zu holen. Ich blickte kurz aus dem Fenster und sah, dass das Wetter versprach, sich anständig zu benehmen. Der dunkelblaue Himmel war wolkenlos, und mit lautem Chorgezwitscher begrüßten die Vögel den neuen Morgen.

Um auch nur ja keine sinnlose Handlung auszulassen, kontrollierte ich neuerlich mein Handy, obwohl ich wusste, wie unwahrscheinlich es war, dass Jack mir zu nachtschlafender Zeit an einem Samstagmorgen eine SMS schicken würde. Die Besitzer der Verkaufsbuden und die Leute, die für das Unterhaltungsprogramm zuständig waren, würden im Verlauf der nächsten paar Stunden eintreffen, und so zog ich meine Jacke über und flitzte nach draußen, um mich meinen morgendlichen Routinepflichten zu widmen.

Tom kam, als auch der Mann mit der Miniatur-Eisenbahn und die Leute mit dem Karussell eintrafen. Als Marcus und Immi sich um neun Uhr endlich blicken ließen, hatten Susie und Val bereits über eine Stunde hart gearbeitet, Leute herumdirigiert, potenzielle Geldgeber an mich weitergeleitet und grundsätzlich dafür gesorgt, dass jeder glücklich war. Immi kehrte ganz den Fernsehstar heraus, indem sie Autogramme gab und vor dem großen Moment, da wir öffneten, mit sämtlichen Budenbesitzern für Fotos posierte und dabei jeden bezirzte, der in Sichtweite war.

Jade glänzte mit Abwesenheit. Schon hoffte ich, sie würde überhaupt nicht auftauchen, denn dann brauchte ich mir keine Sorgen über das zu machen, was sie andernfalls vielleicht anstellen würde. Ich fragte mich, ob Marcus sich etwas hatte einfallen lassen, wie er versprochen hatte. Ich wollte nicht, dass es wegen meiner Verdächtigungen zwischen Jade und mir zu einer Konfrontation kam, zumindest nicht heute, während hier so viel los war. Eine große Szene mit Anschuldigungen sorgte nicht gerade für gute Publicity und konnte die ganze Veranstaltung vermiesen. Der feige Vogel Strauß in mir hoffte, das Problem mit Jade würde sich ganz von alleine lösen, ohne dass ich irgendetwas tun musste.

Marty kam und sah blendend aus in ihrem smaragdgrünen Seidenkostüm und mit den üblichen Accessoires, die aus Schuhen mit himmelhohen Absätzen und einer Zigarette bestanden; den Rauchen-verboten-Schildern schenkte sie keinerlei Beachtung. Sie ließ die Presse am Eingang antreten (vornehmlich Lokalpresse, manche waren aber auch landesweit vertreten), und Immi posierte mit einem der Meerschweinchen für Fotos. Margaret und Doreen hatten im Kiosk Stellung bezogen und bereiteten sich darauf vor, die Besucher einzulassen, die bereits in einer Schlange vor dem Tor warteten. Margaret hatte sich eine Thermoskanne mit Kaffee mitgebracht, und Doreen hatte einen stylischen Flachmann mit Whisky dabei.

Das Tor wurde geöffnet, und die Besucher begannen hereinzuströmen. Immi hatte einen Stelzenläufer und einen Jongleur engagiert; die begrüßten die Kinder und schienen bei denen gut anzukommen. Nachdem ich mich davon überzeugt hatte, dass Doreen und Margaret mit dem Verkauf der Eintrittskarten zurechtkamen, machte ich mich auf den Weg zur Scheune, in der stündlich Streichelsitzungen veranstaltet wurden, in deren Verlauf die kleinen Kinder die Kaninchen streicheln oder ein Meerschweinchen auf den Arm nehmen durften wie das, mit dem Immi für die Fotos posiert hatte. Auf dem Weg dorthin kam ich an Susies Bastelbude vorbei, wo handgemachte Grußkarten angeboten wurden, signierte Fotos von Immi und ein paar Kugelschreiber und Schlüsselringe, die wir hatten anfertigen lassen und die mit Fotos unserer Tiere bedruckt waren.

Immi hatte speziell für heute eine Ladung hellroter Polohemden bestellt, die der Aufdruck »Rainbow Ridge« zierte, und darunter waren die Konturen eines Kaninchens aufgestickt, das unter einem Regenbogen saß. Eines der Shirts trug sie selbst zu ihren Skinny Jeans und hochhackigen Schuhen. Susie hatte das gleiche an, sah aber trotzdem nach wie vor aus wie eine Stadtstreicherin, denn sie hatte sofort geklagt, das sei ihr so zu kalt, und über das hellrote Polohemd ein kohlgrünes Oberteil aus Fleece gezogen. Val war das Teil um die Brust herum ein bisschen knapp, und Tom sah darin aus wie ein Weihnachtsmann ohne Rauschebart. Ich kam mir fast ein bisschen lächerlich vor, als ich den Kindern erlaubte, in kleinen Gruppen in die Ställe zu gehen, und ihnen dann dabei half, die Tiere liebevoll zu streicheln. Ich hatte mich schon so lange im Hintergrund des Lebens gehalten, dass ich schon gar nicht mehr richtig damit zurechtkam, wenn Menschen mich wahrnahmen.

Als ich nach der ersten Streichelsitzung den Kopf aus der Scheunentür herausstreckte, um zu sehen, wie es draußen lief, wimmelte es auf den Gehwegen nur so von Menschen. Das Fernsehteam war gekommen und filmte Immi und die anderen Besucher mit den Tieren. Ich schlich an ihnen vorüber und lief nach unten zur Koppel, wo all die Verkaufsbuden und die Karussells standen, um zu sehen, wie Susie klarkam. Unterwegs überprüfte ich mein Handy – immer noch nichts. Ich musste mich der Tatsache stellen: Was auch immer zwischen Jack und mir gewesen war, ganz offensichtlich war es zu Ende.

»Clodagh, ich habe schon nach dir gesucht.« Marcus stand plötzlich neben mir und legte seine Hand auf meinen Arm.

»Was ist passiert?« Sein Gesichtsausdruck verriet mir sofort, dass es sich um etwas Ernstes handelte.

»Kannst du kurz mal mitkommen?«

Ich folgte ihm durch die Scharen von Menschen zu einer ruhigeren Stelle am Rand des Tierasyls neben der Rotdornhecke.

»Was ist?« Ich sah mich um, konnte aber nirgendwo etwas entdecken, was nicht in Ordnung gewesen wäre. Jeder schien sich blendend zu amüsieren, Immi war nüchtern, und soweit ich es beurteilen konnte, war nichts Entsetzliches geschehen.

»Ich glaube, ich habe Jade gesehen.« Er zeigte mir ein nicht gerade scharfes Foto, das er mit seinem Mobiltelefon gemacht hatte. »Ist sie das? Ich habe sie nur ein paarmal flüchtig gesehen, aber ihre Haare scheinen irgendwie anders auszusehen.«

Ich sah mir den Schnappschuss genauer an. Es war eindeutig Jade, aber in ihrem Pony waren keine pinkfarbenen Strähnchen mehr. »Sie ist hier?«

»Ja, aber sie hat die Ecken gemieden, an denen sich die anderen freiwilligen Mitarbeiter aufhalten, und ist in die Nähe der Scheune verschwunden. Wir müssen sie finden. Es scheint nicht der geringste Zweifel zu bestehen, dass sie Unheil im Schilde führt.«

Mir wurde übel. »Wissen die anderen Bescheid?«

»Nur Immi und Tom. Ich werde mit dir gehen.«

Gemeinsam bahnten wir uns unseren Weg zurück durch die Menschenmassen und liefen dann auf die Scheune und die Gehwege zu, die zu den Tiergehegen führten. Vor uns hatte sich ein richtiger Pulk gebildet, und ich musste mich auf die Zehenspitzen stellen, um zu sehen, was da los war.

»Esel!«, rief plötzlich ein kleines Mädchen, das nur wenige Schritte von mir entfernt stand.

Ich zwängte mich durch den Pulk, und Marcus hielt sich dicht hinter mir. Miko und Pasquale waren nicht mehr in ihrem Gehege, sondern standen mitten in einer Gruppe von Besuchern. Mister Sheen schlenderte hinter ihnen her und kaute dabei glückselig auf etwas herum, das aussah wie eine Eistüte, die er wahrscheinlich einem arglosen Passanten gestohlen hatte.

»Die Tiere sind frei!« Entsetzt starrte Marcus mich an.

Rosie, das vietnamesische Hängebauchschwein, sauste an meinen Füßen vorüber. Ich bückte mich und bekam ihre Körpermitte zu fassen, vorauf sie protestierend quiekte.

»Schnapp dir die Ziege!« Es gelang mir, Rosie in ihr Gehege zu locken und das Tor zu verriegeln. Dann fiel es mir wie Schuppen von den Augen – Jade hatte Schlüssel zu sämtlichen Gehegen. Sie konnte die Tiere freigelassen haben.

Marcus und Mister Sheen standen einander Aug in Aug gegenüber. Für den Fall, dass reine Willenskraft entscheiden musste, wer aus diesem Zweikampf als Sieger hervorging, fürchtete ich, dass Mister Sheen gewinnen würde. Ich hatte zum Glück aber einen Apfel in meiner Jackentasche, und so gelang es mir, den Ziegenbock zu bestechen und durch den Menschenpulk zurück in seinen Stall zu führen.

Weiter unten auf dem Weg hörte ich schnatternde, fauchende Geräusche, denen Kinderschreie folgten, was mir verriet, dass die Gänse auch frei herumliefen.

»Kommst du mit den Eseln klar?«, rief ich Marcus zu, obwohl ich mir keine allzu großen Hoffnungen machte, dass er mit irgendeinem meiner Tiere klarkommen würde – auf ihre ganz persönliche Art und Weise waren sie alle recht mühsam. Überall standen Leute, und schon vernahm ich weitere Schreie, weil die Gänse nun in die Menschenmenge hineinliefen.

»Sag mir, wie man die dazu bewegt, sich zu rühren.« Marcus beäugte Miko, als sei der Esel ein Wesen aus einer anderen Galaxie.

»Tätschele ihnen einfach den Nacken, und ruf ihre Namen, und sie werden dir folgen.«

Damit überließ ich ihn seinem Schicksal und bahnte mir einen Weg durch die Menschenmenge, um zu den Gänsen vorzudringen. Die Enten und Hühner waren kein allzu großes Problem, da man sie später zusammentreiben konnte. Die Gänse trippelten indes fauchend und mit abgespreizten Flügeln auf jeden zu, und das konnte Menschen, die an Tiere nicht gewöhnt waren, ungemein beängstigen. Überdies hackten sie nach jedem, der sich ihnen in den Weg stellte, und so plagte mich bereits die Vision, von Eltern traumatisierter Kleinkinder verklagt zu werden.

Um mich her herrschte das reine Chaos. Die einen versuchten, den frei umherlaufenden Tieren aus dem Weg zu gehen, andere wollten sie tätscheln und streicheln. Schreie drangen aus dem Menschenpulk, der sich vor dem Gehege des Federviehs gebildet hatte, und es wurde immer schwieriger, sich durch die Massen zu zwängen. Entweder versperrten mir die Leute den Weg oder aber sie hielten mich auf, um mir mitzuteilen, dass die Gänse frei herumliefen, und mich zu fragen, was ich dagegen tun wolle.

Immi und das Fernsehteam waren von einer der etwas aggressiveren Gänse gegen den Zaun gedrängt worden, und das Tier fauchte sie jedes Mal an und schlug wild mit den Flügeln, wenn einer versuchte, sich zu rühren.

»Clodagh!« Immi erspähte mein rotes Hemd.

»Mach dir keine Sorgen, sie sind gleich wieder alle in ihrem Gehege.« Ich jagte die Gans vor mir her, und die Leute hatten es eilig, uns Platz zu machen.

Das Fernsehteam filmte das Chaos, filmte, wie ich jeden einzelnen der verirrten Vögel aufgriff und an sein angestammtes Plätzchen zurückbrachte. Im Geist schwor ich mir, Jade zu töten, wenn ich sie fand. Sie hatte ganz offensichtlich ihren Schlüssel benutzt, um von Gehege zu Gehege zu gehen und die Tiere freizulassen, weil sie wusste, welches Chaos sie damit anrichten würde. Sie baute wahrscheinlich darauf, dass es dadurch jetzt so aussah, als seien die Ställe nicht hundertprozentig sicher, was allen den Spaß verdarb und Schmach über das Tierasyl brachte.

Ich verschloss das Tor und überließ es Immi, mit dem Kamerateam zu sprechen, während ich losging, um nachzusehen, wie Marcus mit den Eseln zurechtgekommen war. Zu meiner Erleichterung waren sie beide wieder in ihrem Gehege.

»Danke.« Ich verriegelte das Tor. »Meinst du, sie ist weg?«

»Nein, sie ist immer noch hier. Jack ist ihr auf den Fersen.«

Hatte Marcus *Jack* gesagt? Nein, da musste ich mich verhört haben ...

»Sie ist hinter die Scheune gelaufen, in die Nähe der Stelle, an der Jack überfallen wurde.« Gemeinsam eilten wir hinüber.

»Aber was hat sie denn vor?« Ich war ganz außer Atem vom Tierejagen- und -fangen und versuchte, mit Marcus Schritt zu halten.

»Das werden wir gleich herausfinden.« Er hielt sein Mobiltelefon in der Hand und schrieb eine SMS, ohne auch nur eine Sekunde stehen zu bleiben.

Vor der Scheune waren nicht so viele Menschen. Wir liefen durch ein kleines Tor, das mit den Worten »Nur für Personal« gekennzeichnet war, und gelangten so hinter das Gebäude. Der Weg führte zu einem kleinen Schuppen, in dem Tom alte Kanister mit Farbe und Holzschutzmittel lagerte. Er befand sich außerhalb des öffentlichen Bereichs und in sicherer Entfernung der Tiere, und außerdem wuchsen drumherum riesige Schmetterlingssträucher. Die Tür zum Schuppen stand offen, und mir wurde dermaßen mulmig, dass sich mir die Nackenhaare sträubten. Ich wusste, dass Tom den Schuppen immer verschlossen hielt. Er war sehr vorsichtig, wenn es darum ging, dafür zu sorgen, dass alles sicher war.

Marcus wollte sich vor mich stellen, doch legte ich ihm meine Hand auf den Arm und hielt ihn damit zurück. Ich wollte nicht, dass meinetwegen noch jemand verletzt wurde. Meine Schwester würde mir nie verzeihen, wenn Marcus hier zusammengeschlagen wurde. Wir wussten schließlich nicht, ob Jade allein war oder in Begleitung ihres gewalttätigen Komplizen.

»Jade! Ich weiß, dass du hier bist!« Tief in meinem Inneren kochte die Wut. Wie konnte sie es wagen, meinen Tag der offenen Tür zu sabotieren? Es schmerzte schon genug, dass sie monatelang so getan hatte, als sei sie meine Freundin, mit mir gelacht und gescherzt hatte, nur um sämtliche Informationen an George Lovett weiterzugeben.

Jade trat aus dem Schuppen, ihr Gesicht hatte einen trotzigen Ausdruck. »Clodagh.«

»Ich glaube, du gibst mir die Tierasyl-Schlüssel besser zurück.«

Ihr Gesicht wurde rot, und für einen kurzen Moment erwartete ich, sie würde sich weigern. »Hier. Ich hätte sie dir eh zurückgegeben.« Sie zog die Schlüssel aus ihrer Hosentasche und warf sie mir vor die Füße ins Gras.

»Was treibst du hier hinten?«, fragte Marcus. Die gleiche Frage hatte ich ihr auch stellen wollen.

Jades Augenlider zuckten, und ich schätzte, dass sie jetzt liebend gern Reißaus genommen hätte, nur blockierten wir ihren Fluchtweg. Ansonsten gab es nur noch einen schmalen, zugewachsenen Kaninchenpfad, der hinter dem Schuppen verlief, und sie hätte schon sehr verzweifelt sein müssen, um sich da hindurchzuzwängen.

»Nichts.« Sie wich einen Schritt zurück, und ich dachte, sie würde jetzt losrennen.

»Ich glaube, ich weiß, was sie hier getrieben hat.« Jack trat hinter einem der Schmetterlingssträucher hervor. Sie saß in der Falle.

29

Ich wusste nicht, wen Jacks plötzliches Auftauchen mehr überraschte – Jade oder mich. Flüchtig sah ich zu Marcus hinüber, aber er schien gewusst zu haben, dass Jack hier war. Ich schätze, dass er deshalb auf dem Weg so fieberhaft SMS geschrieben hatte. Aus irgendeinem Grund reichte es schon, Jack zu sehen, und schon machte mein Herz wieder einen Hüpfer.

»Besserwisser Jack Thatcher. Du bildest dir immer ein, auf alles eine Antwort zu haben.« Jade hatte ihre Sinne schnell wieder beieinander, und spöttisch grinste sie Jack ins Gesicht.

»Nicht auf alles, aber es gibt so einiges, bei dem ich wohlbegründete Vermutungen anstellen kann«, erwiderte er.

Mein Herz begann zu rasen, als ich die wilde Entschlossenheit in seinen Augen sah und in seinem Gesicht, das von den Schlägen, die er bezogen hatte, immer noch Blutergüsse hatte.

»Und ich glaube, dass ich auch so manches weiß«, fügte Marcus hinzu.

Jade blickte finster vor sich hin. »Wie ist es mit dir, Clodagh? Hat es dir die Sprache verschlagen?«

Zum ersten Mal wurde mir bewusst, dass Jade mich hasste. Diese junge Frau, die ich für meine Freundin gehalten hatte, der ich mich anvertraut hatte, mit der ich gescherzt hatte und die ich vor noch gar nicht langer Zeit von Herzen gern fest eingestellt hätte, diese junge Frau hasste mich.

»Ich kann mir einiges zusammenreimen.« Ich nahm mir vor, nicht vor ihr zu weinen, obwohl mich ihr Verrat tief verletzte.

Arglos zuckte sie mit den Achseln. »Ist ja auch nicht weiter von Bedeutung.«

»Ich glaube, dass die Polizei die Ansicht vertreten wird, dass es sehr wohl von Bedeutung ist, wenn sie den Informationen nachgeht, die wir ihr gegeben haben«, erklärte Marcus.

»Ihr könnt mir nichts anhängen.« Selbstgefällig grinste Jade uns an. »Ich glaube nicht, dass die Polizei viel machen kann, weil die Tiergehege offen gelassen wurden und ein paar Gänse herausrennen konnten.«

»Das vielleicht nicht, aber das war ja auch nur ein Ablenkungsmanöver, nicht wahr? Damit du dich hier hineinschleichen und das zu Ende bringen konntest, was du in der Nacht angefangen hattest, als dein Freund und du über mich hergefallen seid.« Jacks Stimme klang eisig.

Ein Schauer lief mir den Rücken hinunter. Jacks Temperamentsausbrüche waren mir vertraut, jene, die ihn explodieren ließen und dann wieder verrauchten. Dieser eisige Zorn hingegen war sehr viel bedrohlicher. Gegen den kam Jade mit ihrer Das-ist-mir-alles-egal-Haltung nicht an.

»Du kannst nichts davon beweisen.« Sie blickte Jack unverwandt an.

»Die Indizien, die gefunden wurden, können beweisen, dass du diejenige warst, die das Futtermittellager und den Kiosk am Eingang in Brand gesetzt hat.« Marcus trat einen Schritt auf sie zu.

»Du bluffst.« Jade wandte den Kopf, um Marcus anzusehen, und dabei wich ihr sämtliche Farbe aus dem Gesicht.

»Wir haben sehr gute Aufzeichnungen von der Videoüberwachungsanlage, die dich dabei zeigen, wie du deine Fingerabdrücke von den Benzinkanistern wischst«, sagte Jack.

»Das glaube ich dir nicht.«

Jack bewegte sich ruckartig und zog Jade im nächsten Moment die große Segeltuchtasche von der Schulter. »Sollen wir hier auch mal einen Blick hineinwerfen?«

»Gib mir meine Tasche zurück!« Sie versuchte, sie ihm wieder zu entreißen, aber er warf den Inhalt ins Gras.

Drahtschneider, Feuerwerkskörper, Handschuhe und Streichhölzer lagen neben Dingen, die schon eher in die Handtasche einer Frau gehörten.

»Hattest du eine weitere Party mit Feuerwerk geplant?«, fragte Marcus.

»Warum, Jade?« Ich starrte auf die Feuerwerkskörper. Sie war es gewesen, die um Haaresbreite mein Haus niedergebrannt hatte. Sie hätte mich und meine Tiere töten können. Ich konnte das überhaupt nicht fassen.

»Geld.« Jack antwortete als Erster. »Ist es nicht so, Jade?«

Sie bewegte sich auf den Weg zu, aber Jack trat näher an sie heran.

»Ich weiß nicht, was du meinst.« Ihr Blick wanderte von Marcus zu Jack und dann zurück zu mir.

Mir war übel.

»Das Geld, das George Lovett dir gezahlt hat, damit du ihm über Clodaghs Finanzlage Bericht erstattest und er eine Strategie erarbeiten kann, um ihr alles abzukaufen.« Jacks Ton war schroff.

»Das Geld, das er dir und deinem Freund dafür gezahlt hat, dass ihr Clodagh in Angst und Schrecken versetzt, damit sie verkauft, weil ihr Geschäft ruiniert ist und sie es vor Panik in ihrem eigenen Haus nicht mehr aushält.« Marcus' Ton war nicht weniger schroff.

»Ich dachte, du wärest meine Freundin.« Ich schüttelte den Kopf, als könnte ich damit wenigstens einige der Gefühle loswerden, die sich in meinem Hirn ballten.

»Warum würde ich deine Freundin sein wollen?« Trotzig reckte Jade das Kinn in die Höhe. »Du und die verrückte Susie – was für ein Pärchen: die totalen Verlierer. Dann taucht deine dämliche Säuferschwester hier auf und bringt alles durcheinander.«

Marcus trat noch einen Schritt auf sie zu, und ich sah, wie er die Hände zu Fäusten ballte.

»Du hast Jack überfallen und warst bereit, mein Haus niederzubrennen.« Ich versuchte, in der bleichen, zornigen Furie, die vor mir stand, die junge Frau wiederzuerkennen, von der ich geglaubt hatte, ich würde sie kennen.

»Er hätte alles durcheinanderbringen können. Ich habe versucht, dich von ihm fernzuhalten. Susie hat mir immer schön zugehört und mir geglaubt, und ich hatte gehofft, sie würde mir die Arbeit abnehmen.« Jade blickte verächtlich.

Sie hatte also ganz bewusst Gift versprüht. Sie hatte Susie gezielt Lügen über Jack eingeflüstert und sie dazu verlockt, diese Lügen an mich weiterzuleiten. Und alles nur, um mich daran zu hindern, möglicherweise an Jack zu verkaufen.

»Warum George Lovett?« Ich musste wissen, warum sie sich überhaupt auf die ganze Sache eingelassen hatte. Geld konnte nicht der einzige Grund gewesen sein.

»Es ist Onkel George, nicht wahr, Jade? Der Bruder deiner Mutter?«, sagte Marcus.

»Mir reicht es jetzt. Ich gehe. Ihr könnt mich hier nicht festhalten.« Sie machte einen Schritt nach vorn.

Marcus trat beiseite, sodass wir plötzlich den Polizeibeamten sehen konnten, der hinter uns den Weg hinuntergelaufen war, ohne dass ich es bemerkt hatte. Ich war zu sehr mit dem beschäftigt gewesen, was sich vor mir abspielte.

»Ich glaube, dieser Herr würde sich vorher gern noch ein wenig mit dir unterhalten«, meinte Marcus. Er wandte sich an den Polizisten. »Das Video mit dem Beweismaterial steht Ihnen zur Verfügung, Officer.«

»Wir hatten uns erlaubt, in dem Schuppen eine Kamera und Aufzeichnungsgeräte aufzustellen«, erklärte Jack.

Jade begann zu fluchen wie ein Marktweib, als der Polizeibeamte ihr ihre Rechte vorlas und ihr Handschellen anlegte. Ich sank auf eine in der Nähe liegende Gartenwalze aus Beton, die Tom benutzte, um den Rasen nach Maulwurfangriffen wieder in Ordnung zu bringen. Marcus begleitete den Polizisten und die immer noch protestierende Jade. Jack hockte sich neben mich auf den Rand der Walze.

»Bist du okay?«, fragte er leise.

Ich konnte die Wärme seines Schenkels spüren, als wir dicht an dicht nebeneinander vor dem Schuppen saßen.

»Ich weiß es nicht genau. Ich bin immer noch sehr verwirrt über das, was da gerade passiert ist.«

Eine Weile saßen wir schweigend da. Der Lärm der vielen Menschen, die nur wenige Meter von uns entfernt waren, schien zu einem Summen in der Ferne zu werden, und ich richtete meinen Blick fest auf ein einsames Gänseblümchen, das genau neben meinem Fuß blühte.

»Ziemlich blöd komme ich mir vor.« Ich konzentrierte mich auf das Gänseblümchen und sein fröhliches gelbes Mittelstück und die weißen Blättchen, die sich zu den Rändern hin zartrosa färbten.

»Das solltest du nicht. Du bist mir nie blöd vorgekommen, niemals«, sagte Jack. »Es tut mir leid, dass ich auf deine SMS nicht geantwortet habe.«

Ich beugte mich vor und pflückte das Gänseblümchen, ließ es zwischen meinen Fingern kreisen. »Macht nichts.«

In gewisser Weise machte es wirklich nichts. Nicht mehr. Er war just in dem Moment aufgetaucht, als ich ihn am meisten gebraucht hatte.

»Du musst gedacht haben, dass ich dich nicht sehen wollte.«

»Da nimmst du dich mal wieder viel zu wichtig«, versuchte ich zu scherzen. Ich wollte nicht an die letzten paar Tage zurückdenken, an diese grässlichen Tage, in denen ich geglaubt hatte, dass es Jack nicht mehr gab in meinem Leben. Als ich den letzten Schritt gewagt und ihm via SMS gesagt hatte, wie viel er mir bedeutete, und er nicht geantwortet hatte.

»Ich wollte dich die ganze letzte Woche anrufen. Ich musste immerzu an dich denken und habe mich gefragt, wie es dir geht. Ich muss deine Nummer hundertmal auf meinem Bildschirm aufgerufen haben, wenn nicht noch häufiger«, sagte er.

»Ich wollte dich auch anrufen, aber als du nicht auf meine SMS geantwortet hast …« Ich schaffte es nicht, ihn anzusehen. Stattdessen knetete ich den Stängel des Gänseblümchens weiter durch.

»Ich konnte mich nicht bei dir melden. Das hätte alles ruinieren können. Ich habe mir immer wieder gesagt, dass es ja nur noch die paar Tage waren.«

»Ich verstehe nicht.« Für mich hatte es sich angefühlt wie eine Ewigkeit, und dem Blick in Jacks Augen nach zu urteilen hatte er es ebenso empfunden.

»Marcus rief mich an und erzählte mir, was er über Jade in Erfahrung gebracht hatte. Wir beschlossen, irgendwie zu versuchen, ihr eine Falle zu stellen, damit sie gesteht.« Jack rutschte leicht auf der Walze herum.

»Wusste Immi Bescheid?« Ich nahm nicht an, dass dem so war. Immi konnte Geheimnisse nur schlecht für sich behalten, und außerdem hatte sie aus sämtlichen Rohren schießen wollen, um Jade auf frischer Tat zu ertappen. Ich sah Jack an.

Er schüttelte den Kopf. »Nein.« Wir haben uns darüber unterhalten, ob wir es dir und Immi sagen sollten, uns aber dagegen entschieden. Ich hatte Angst.«

»Oh.« Ich riss ein Blütenblatt von dem Gänseblümchen und ließ es ins Glas flattern. Ich konnte Jack nicht zum Vorwurf machen, dass er beschlossen hatte, mir nichts zu sagen. Was Menschenkenntnis anging, war ich eindeutig eine Niete, nachdem ich nicht nur Jonathan, sondern auch Jade völlig verkehrt eingeschätzt hatte. Vielleicht passierte mir das immer, wenn ich mit Leuten zu tun bekam, deren Namen mit J begann. Dann war ich sicher gut beraten, Jack noch einmal genauer unter die Lupe zu nehmen.

»Bist du böse auf mich?«

Ich konnte spüren, dass er mich ansah.

»Ja und nein.« Ich riss noch weitere Blütenblätter von dem Blümchen.

»Ich hatte Sorge, dass Jade dahinterkommen würde, dass du ihr auf den Fersen bist. Deine Ehrlichkeit ist eines der Dinge, die ich an dir liebe. Ich wusste, dass es dir schwerfallen würde zu glauben, wie sie wirklich ist.« Er setzte sich wieder anders hin und seufzte. »Ich hatte Angst, sie könnte dich irgendwie verletzten. Ich bin mir ziemlich sicher, dass es Jade war, die mir in der Nacht mit dem Drahtschneider über den Kopf geschlagen hat, und dass es ebenfalls Jade war, die den Kiosk in Brand gesetzt hat. Ich glaube, sie hat unter Beweis gestellt, dass sie keinerlei Hemmungen hat, Menschen zu verletzen und Leben aufs Spiel zu setzen, als sie einen Feuerwerkskörper durch deinen Briefkastenschlitz geworfen hat. Sie wusste nicht, dass du nicht zu Hause warst, und sie wusste, dass die Tiere im Haus waren.«

Ich biss mir auf die Unterlippe und warf neuerlich einen verstohlenen Blick in sein Gesicht. Seine Augen blickten ernst.

»Du bedeutest mir zu viel, Clodagh, als dass ich das Risiko eingehen konnte, dass dir irgendjemand wehtut. Ja, ich wollte sie auf frischer Tat ertappen, aber noch viel wichtiger war mir, dass du in Sicherheit bist.«

Mein Puls begann wieder zu rasen, dröhnte durch meine Venen wie ein Schnellzug. »Es tut mir leid, dass wir uns gestritten haben.«

Jacks Mund verzog sich zu einem schwachen Lächeln, und auf seiner Wange zeigte sich das Grübchen. »Aber ohne ein bisschen Zankerei wäre das Leben ja langweilig. Ich selbst bin auch ziemlich hitzköpfig.«

»Und starrsinnig. Vergiss starrsinnig nicht.« Wärme durchflutete meinen Körper, wusch den hohlen Schmerz heraus, den ich verspürt hatte, seit Jack gegangen war.

»In Ordnung, starrsinnig – das bist du auch.« Er griff nach meinen Händen, und das Gänseblümchen fiel zu Boden. Meine Haut begann dermaßen zu prickeln, als er mich berührte, dass es mir fast die Sinne raubte.

»Könnten wir denn versuchen, in Zukunft etwas weniger zu streiten? Es ist sehr belastend, und ich bemühe mich wirklich, das mit dieser Vertrauerei besser hinzukriegen.« Plumper hätte ich es wohl kaum formulieren können, doch hoffte ich, dass er verstand, was ich meinte.

»An der Vertrauerei arbeite ich selbst auch noch.« Sacht küsste er meine Lippen. »Mein Herz habe ich dir schon vor sehr langer Zeit geschenkt, Clodagh.«

Mir blieb der Atem weg, als ich in seinen Augen las, was er fühlte. »Und ich glaube, ich habe dir meines geschenkt, und es war mir nur nie bewusst.«

»Ich liebe dich, Clo.«

In meinem Innersten perlte das Glück wie Champagner in einer Flasche, kurz bevor man den Korken knallen ließ.

»Ich liebe dich auch.« Das war die Wahrheit, ich liebte ihn. Von heute auf morgen war das nicht passiert. Vielmehr waren meine Gefühle von dem Augenblick an, da wir einander zum ersten Mal beim Ball des Bürgermeisters begegnet waren, bei jeder weiteren Begegnung stärker geworden. Deshalb hatte ich so gelitten, als er nicht mehr dagewesen war, deshalb hatte es mir fast das Herz zerrissen, als ich plötzlich an seinen Absichten zweifelte. Ich hatte ihn so oft verkehrt eingeschätzt. Jack war in jeder Krise für mich dagewesen. Er war alles, was Jonathan nicht gewesen war, und noch sehr viel mehr. Das Wunder war nicht, dass ich ihn liebte, sondern dass er mich liebte.

Er schlang seine Arme um mich, und ich ergab mich seinem Kuss. Immi hatte recht gehabt: Jack war einer von den Anständigen. Vielleicht hatte Jade mir einen Gefallen getan – vielleicht hatte ich durch das Ganze endlich gelernt, meinem Instinkt zu trauen.

DANK

Von ganzem Herzen danke ich all den Tierexperten, die mir meine niemals enden wollenden Fragen beantwortet haben. Meiner genialen Kritikerin Jessica Raymond danke ich für ihre uneingeschränkte Unterstützung. Ein dickes Dankeschön an alle bei Little Black Dress, ganz besonders an Claire Baldwin und Sara Porter sowie an meine reizende Agentin bei Darley Anderson, Ella Andrews.